JASMIN SCHREIBER

Endling

Weitere Titel der Autorin:

Marianengraben
Der Mauersegler
Schreibers Naturarium

JASMIN SCHREIBER

ENDLING

ROMAN

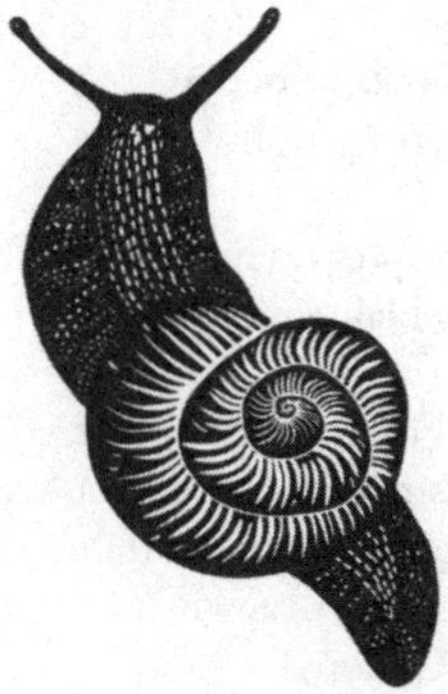

eichborn

Die Bastei Lübbe AG verfolgt eine nachhaltige Buchproduktion. Wir verwenden Papiere aus nachhaltiger Forstwirtschaft und verzichten darauf, Bücher einzeln in Folie zu verpacken. Wir stellen unsere Bücher in Deutschland und Europa (EU) her und arbeiten mit den Druckereien kontinuierlich an einer positiven Ökobilanz.

FSC www.fsc.org MIX Papier | Fördert gute Waldnutzung FSC® C014496

Eichborn Verlag

Originalausgabe

Textredaktion: Doreen Fröhlich, Chemnitz
Umschlaggestaltung: Jasmin Schreiber, Massimo Peter-Bille
Einband-/Umschlagmotiv: Jasmin Schreiber
Satz: hanseatenSatz-bremen, Bremen
Gesetzt aus der Adobe Caslon
Druck und Verarbeitung: GGP Media GmbH, Pößneck

Printed in Germany
ISBN 978-3-8479-0145-7

5 4 3 2 1

Sie finden uns im Internet unter eichborn.de

Für meine Eltern.

Für meine Mutter, die den härtesten Job der Welt (= Mutter) parallel zu mehreren anderen Jobs durchgezogen hat, damit ich als ihr Kind jetzt an einem Rechner sitzen und mit Geschichtenschreiben Geld verdienen kann.

Für Gerhard. Weil er nie aufgibt, und selbst wenn die gesamte Menschheit auf einen Schlag aussterben würde, wäre er der Letzte, der hier das Licht ausmacht.

Für meinen Vater, weil er so viel Fantasie, Kreativität und Neugier in mein Gehirn gepflanzt hat, dass es vermutlich für drei Schriftstellerinnenleben reichen würde.

Macroglossum stellatarum
Taubenschwänzchen

irgendwann kracht das alles auf mich drauf. all die ausgestopften tiere, globen, mikroskope, auf nadeln aufgespießte insekten, die ganzen bücher über biologie, über naturgeschichte und spinnen, präparate in gläsern, kleine terrarien, forschungsnotizen und hefte, ferngläser, feldführer, konservierte pflanzenproben, die muschelsammlung, poster und diagramme und das hölzerne bettgestell, auf dem tante auguste liegt und die mit rudernden armen auch mit durch die decke bricht. das kracht alles auf mich drauf, und das war's dann.

Eine Nachricht von meiner kleinen Schwester. Ich nahm einen Schluck von meinem kalten Tee, der schon seit heute früh neben meinem Notebook stand, und wartete. Drei Punkte tanzten im Chatfenster und zeigten an, dass sie noch tippte.

Das war nicht ihre erste Nachricht an mich an diesem Tag. Hanna und ich hielten konstant Chatkontakt, was wichtig war, da wir uns nicht häufig sehen konnten: Sie lebt mit Mama in Frankfurt, ich in München, und wegen der in letzter Zeit so häufig auftretenden Pandemien war Reisen nicht immer so einfach. Deshalb stand ich unter ziemlichem Nachrichtenbeschuss, was mir aber ganz recht war. Ich freue mich, wenn meine kleine Schwester mir schreibt.

kaboom, tot!, tauchte in unserem Chatfenster auf.

Du musst vorher noch dein erstes Buch fertig schreiben und siebenundzwanzig werden, erst dann darfst du sterben, antwortete ich ihr.

ein echtes künstlerinnenende? wäre cool, glaub aber nicht, dass die decke noch so lange durchhält.

Du willst ja auch nicht bis siebenundzwanzig zu Hause wohnen.

und mama allein lassen?

Sie kommt klar.

sie kommt NICHT klar, aber woher willst du das wissen, du warst lange nicht hier.

Ich komm bald wieder vorbei.

bald bald?

Ganz bald.

okay. bis später! ich schreibe an einer neuen geschichte, schicke sie dir bald. ciao ciao

Ich legte das Handy beiseite und schaute wieder auf den Bildschirm meines Computers. Ich schreibe gern. Für mich ist es ein schönes Hobby, aber Hanna ist jetzt sechzehn und schreibt schon *so gut,* da ist im Vergleich jeder Buchstabe, den ich zu Papier bringe, eine Beleidigung der Literatur. Sie nimmt an

Wettbewerben teil, schreibt Geschichten online in einem Blog, schreibt, wo immer sie kann. Dass Hanna irgendwann Schriftstellerin wird oder Drehbücher schreibt, das ist ausgemachte Sache in unserer Familie. Sie muss etwas Kreatives machen, etwas Künstlerisches. Für mich wäre das nichts gewesen. Auch wenn ich Sprache liebe, mir fehlt einfach oft die Fantasie, wenn es darum geht, Dinge von Grund auf zu erfinden. Deshalb bin ich Wissenschaftlerin geworden, Biologin und, um genau zu sein: Entomologin. Also so eine komische Insektenfrau.

Eigentlich forsche ich an kleinen Käfern, für die sich kein Schwein interessiert. Na ja, außer mir und noch drei, vier anderen hier in Deutschland. Aber bei uns Insektenleuten ist es so, dass wir natürlich auch hier und da unsere Fühler ausstrecken und unseren Kolleginnen und Kollegen helfen. Und deswegen arbeitete ich gerade an einem Forschungsprojekt über Schmetterlinge.

Schmetterlinge? Hatte ich nie so richtig auf dem Schirm. Ja klar, eure bunten Flügel sind hübsch und so, wir haben's kapiert! Als ich 2031 meinen Biologie-Bachelor in der Tasche hatte und mich für den Master eingeschrieben habe, da war ich der Meinung, Schmetterlinge wären wohl die größten Langweiler der Insektenwelt. Doch während mein Studium voranschritt, wurde mir klar, dass es gar keine langweiligen Insekten gibt und Schmetterlinge alles andere als öde sind. Überraschung: Nur acht Prozent aller *Lepidoptera,* also Schmetterlinge, sind tatsächlich als Schmetterlinge klassifiziert. Der Rest? Motten. Und die Bandbreite der Vielfalt in beiden Gruppen ist schlichtweg atemberaubend. Und ja, wie ich bereits erzählt habe: Ich bin die seltsame Insektenlady, und ich liebe es, über alles zu reden, was krabbelt und flattert.

Zum Beispiel könnte ich jetzt von der Vampirmotte schwärmen, *Calyptra thalictri,* auch bekannt als Wiesenrauten-Kapuzeneule, die sich von Blut ernährt (ja, richtig gelesen; es gibt tatsächlich blutsaugende Schmetterlinge, und ja, die kommen auch bei uns vor; gern geschehen), oder von den Glasflüglern, *Sesiidae,* die sich mit ihren transparenten Flügeln für Vögel praktisch unsichtbar machen können. Vielleicht nicht so spektakulär in Sachen Gruselfaktor oder Aussehen, aber dennoch, beeindruckend ist der Monarchfalter, *Danaus plexippus.* Dieser orange-schwarze Wanderfalter legt auf seinen Reisen durch Nord- und Südamerika Tausende von Kilometern zurück, und jedes Mal, wenn ich ein solches Geschöpf auf meinen Exkursionen in der freien Natur beobachtet habe, konnte ich es kaum glauben: So ein winziges Wesen, kaum mehr als ein paar Gramm schwer, bringt die Kraft auf, riesige Gebirge zu überwinden! Gebirge! Genau, so habe ich auch geschaut. Mich bringen drei Treppen schon aus der Puste, denn ich bin in etwa so fit und sportlich wie ein Ast.

Mich hauen diese Rekorde um. Die Vorstellung, zu was so kleine, oft unterschätzte Lebewesen in der Lage sind, macht mir Gänsehaut. In Europa haben wir auch Schmetterlinge, die solche großen Reisen unternehmen können, beispielsweise das Taubenschwänzchen, *Macroglossum stellatarum.* Jedes Jahr zog es zwischen Süd- und Nordeuropa hin und her, überquerte die Alpen, um in unseren Gärten vor einer Blüte wie schwerelos in der Luft zu stehen und dabei wie ein Kolibri auszusehen. Tatsächlich gibt es in Europa keine Kolibris, allerdings ist dieser Falter so groß und puschelig, dass er auf den ersten Blick wirklich wie ein kleiner, wunderhübscher Vogel mit einem aufgefächerten Schwanz aussieht.

Wieso ich mich gerade mit diesen kleinen Kerlchen befasste, ist jedoch ein weniger schönes Thema. Denn die Taubenschwänzchen waren verschwunden – ja, einfach so. Zack, weg. Und deshalb saß ich hier vor meinem Rechner und brütete gemeinsam mit anderen Wissenschaftlerinnen und Wissenschaftlern über eben jenem Rätsel – 2041, zehn Jahre nach meiner Bachelorarbeit, sieben Jahre nach dem Beginn des großen Baumsterbens. *What a time to be alive!*

Ich öffnete ein paar Programme. Die Statistiksoftware, mit der ich arbeitete, ermöglichte es mir, tief in die über die Jahre gesammelten Daten einzutauchen und nach Mustern und Zusammenhängen zu suchen, die einen Hinweis auf das plötzliche Verschwinden der Taubenschwänzchen geben könnten, und seit Tagen zerbrach ich mir schon den Kopf über ein paar Werte, die ich von einer Kollegin bekommen hatte.

Ich stellte gerade fest, dass die letzten bekannten Sichtungen der Falter in den italienischen Alpen auf fünfzehnhundert Metern Höhe stattgefunden hatten, also in einem Gebiet, das besonders stark vom Klimawandel betroffen war. Der Temperaturanstieg selbst in diesen Höhen und der Rückgang der Niederschläge haben die Vegetation und die Ökosysteme dort drastisch verändert, kurz gesagt: Die Gegend war ziemlich abgerockt. Mir blutet das Herz, wenn ich an den Zustand unserer Gebirge – meiner Lieblingsorte! – denke. Es begann 2023 damit, dass immer mehr Berggipfel abbrachen; erst in Galtür und den Dolomiten, später auch an der Zugspitze, dem Matterhorn, niedrigeren Gipfeln des Himalayagebirges. Der Grund? Auftauender Permafrost.

Die Berge sind zu warm, so wie die gesamte Welt. Das ist der Grund, wieso viele Tiere und Pflanzen, die auf kühlere Temperaturen angewiesen sind, immer weiter nach oben steigen und uns hier unten *abhandenkommen.* Das ist aber schon die Variante, wenn es gut läuft. Denn wenn es schlecht läuft, sterben sie komplett aus.

2037 hatte eine Freundin und Kollegin von mir gemeinsam mit ihrem Team beobachtet, dass diese kleinen puscheligen Schmetterlinge in die Berge hineingeflogen waren – deutlich weniger als noch zehn Jahre zuvor, aber durchaus noch amtliche Schwärme. Also alles normal bis dahin. Doch das Problem war, dass sie nicht mehr aus den Bergen herauskamen. Es war, als hätten die Felsmassive den Trupp einfach verschluckt. Keine einzige Spur wurde gefunden, nicht einmal ein zerfetzter Flügel. Auch weiter oben hatte man nach ihnen gesucht: nichts.

Ich grübelte so viel über diesen Umstand nach, dass ich nachts sogar von Taubenschwänzchen träumte. Vielleicht war nur ein Teil in die Berge gezogen und dort aus unbekannten Gründen verschwunden? Und ein anderer Teil hatte eine Route eingeschlagen, die wir nicht mitbekommen haben? Vielleicht übers Meer. Vielleicht. So viele Vielleichts.

Ich begann nun, Mails zu schreiben. An andere Forschende aus den USA, an Naturschutzorganisationen, an Leute an meiner Uni, denn ich hatte Fragen, brauchte noch mehr Daten, irgendwelche Anhaltspunkte, um die ich mein Hirn wickeln konnte. Als ich damit fertig war, sah ich auf die Uhr. Kurz nach elf. Da steckte jemand den Kopf zu meiner einen Spalt geöffneten Tür herein.

»Hey, stör ich gerade?« Es war Hannes, ein älterer Kollege, der auch mein Doktorvater ist und stets in sehr liebenswerter Zerstreutheit durch das Institut läuft, immer etwas am Suchen, immer am Murmeln, die Nase gern in sein Tablet vertieft, weil man die Zeit, in der man herumläuft, ja auch dafür nutzen kann, ein Paper zu lesen. So ist zumindest seine Einstellung. Seine Leidenschaft gilt eigentlich den Heuschrecken, den Orthoptera, aber er hat mich trotzdem als Doktorandin angenommen, weil ich unbedingt mit einer seiner Methoden arbeiten wollte. Heuschreckenleute finden die Faszination für Käfer oft etwas banal, und Käferleute finden Heuschrecken oft langweilig. Ansonsten mögen wir Insektenleute uns eigentlich immer recht gern. Gleichzeitig kann der Streit um die Zugehörigkeit eines Insekts zu einer Gruppe, der oft in leidenschaftlichen Leserzuschriften und Artikeln in einschlägigen Publikationen ausgetragen wird, regelrecht in Krieg ausarten.

Hannes hat mir einmal erzählt, dass an seiner ehemaligen Universität zwei ältere Professoren schon seit vierzig Jahren darüber stritten, ob die Heuschrecke *Tetrix kraussi* eine eigene Art oder nur eine morphologische Variante, also eine andere Form, von *Tetrix bipunctata* sei, und dass es schließlich zu einer handfesten Schlägerei zwischen den beiden gekommen war. Hannes war gerade noch rechtzeitig dazugestoßen, um zu verhindern, dass der eine Wissenschaftler dem anderen mit einem Bürostuhl das Gesicht zertrümmerte, den der Erstere bereits mit zitternden Ärmchen hochgehoben und drohend über dem am Boden liegenden Gegner geschwungen hatte. Hach, Systematiker. Sind schon ein lustiges Völkchen.

»Ne, alles gut«, antwortete ich und drehte mich zu ihm um.

»Wie läuft's?«, fragte er und lehnte sich an den grünen Metallschrank, in dem ich meine Bücher, ein bisschen Equipment und eine absurde Menge fünfundneunzigprozentigen Ethanol aufbewahrte. Letzteres nur so halb legal, da das Zeug eigentlich im Labor gelagert werden musste. Ich hatte jedoch keine Lust, gefühlt einhundert Mal am Tag zwischen Labor und Büro hin- und herzulaufen, wenn ich es für meine Proben brauchte, deshalb tat ich das, was alle taten: Ich bunkerte das Zeug heimlich in meinem Schrank.

»Ach, na ja. Geht so.«

»*Macroglossum?*«, fragte er und zog seine Strickjacke enger um sich. Die Klimaanlage in meinem kleinen Büroverschlag stand immer auf niedrigster Temperaturstufe, weil mich die zwangsläufig entstehende Wärme in diesem kleinen stickigen Raum sonst unweigerlich todmüde machte.

»Ja, aber es kommt nichts bei rum. Ich dreh durch, ehrlich.«

»Hast du mit Karina gesprochen?«

Karina war unsere Schmetterlingsfrau hier am Fachbereich. Sie war bis oben hin zugestopft mit anderen Projekten, konnte mir aber zumindest die ein oder andere Frage beantworten.

»Ja, ich hab ihr die Daten geschickt und war schon zweimal bei ihr, um sie durchzugehen. Ist einfach frustrierend.«

»Das glaub ich«, stimmte er mir zu und wippte auf seinen Fußballen vor und zurück.

»Du wippst«, sagte ich und kniff die Augen zusammen.

»Ach ja?«, antwortete Hannes und hörte sofort auf damit.

»Ja. Was ist los?« Ich wusste, dass Hannes nur wippte, wenn er sich sehr über etwas freute oder sehr schlechte Nachrichten hatte. Wäre es Ersteres gewesen, wäre er sofort damit herausgeplatzt. Demzufolge musste es sich um Letzteres handeln, was mir jetzt gar nicht gelegen kam.

»Also …«

»Ist … Oh nein, ist es die Doktorandenstelle?«

»Ja.«

»Sie streichen sie, oder?«, fragte ich. Ich hörte meinen Puls in den Ohren pochen.

»Ja, sie haben wieder Gelder gekürzt.«

»*Noch mehr?*« Ich war stinksauer. »Wie viel denn noch? Einerseits erklären sie die Biodiversitätsforschung zur Prio und beschweren sich, dass die Erkenntnisse zu langsam kämen, andererseits erwarten sie, dass wir uns Angestellte herbeizaubern?« Ich brauchte wirklich dringend Hilfe und Entlastung und hatte mich sogar schon für eine Bewerberin entschieden.

»Sieht so aus, ja. Die Uni meinte, vielleicht im nächsten Jahr.«

»Ja, das sagen sie immer«, schnaubte ich. »Man will eigentlich meinen, dass die Regierung in Geld schwimmen muss. Jetzt, da sie auch das Arbeitslosengeld so stark beschnitten und viele andere Sozialleistungen ersatzlos gestrichen hat. Was machen die mit der ganzen Kohle? Sie in Münzen ausbezahlen, in einen Tresor füllen und wie Dagobert Duck darin ein paar Bahnen schwimmen?«

»Ja, ist scheiße. Bei den Botanikern ist es noch schlimmer.

Es ist nur noch einer von den Gräserleuten da, die anderen wurden alle entlassen.«

»Wer ist noch da?«

»Johannes.«

»So ein Zufall, der einzige Mann in der ganzen Abteilung.«

Hannes wippte wieder.

»Ja, egal«, ersparte ich ihm die Antwort und stützte mein Gesicht in meine Hände. Hannes war definitiv einer von den Guten, ich wusste, dass er das alles auch so sah. Dass er alles *durchschaute.* »Danke fürs Bescheidsagen.«

Hannes nickte, klopfte mir etwas unbeholfen auf die Schulter, was mich wohl aufmuntern sollte, und ging wieder aus meinem Büro. Ich schloss die Augen und atmete ein paarmal ruhig durch.

Gerade als ich mein Büro verlassen wollte, klingelte mein Handy. Ich sah auf das Display: Es war Mama.

Ich nahm den Anruf mit »Mama, warte kurz!« an und versuchte, meine Bluetooth-Kopfhörer irgendwie zum Laufen zu bringen. Ein Telefonat mit ihr konnte durchaus länger dauern, und ich wollte nicht die ganze Zeit das Handy ans Ohr halten müssen. Man sollte meinen, dass man 2041 eine Möglichkeit gefunden hatte, diesen eigentlich simplen Vorgang nicht zu einem kompletten Höllentrip aus Verbindungsversuchen und *Hallo, hallo, hörst du mich jetzt?* zu machen, doch nein, es funktionierte immer noch genau so furchtbar wie vor fünfzehn oder zwanzig Jahren.

»Warte, ich ruf dich zurück!«, sagte ich und legte auf.

Also Bluetooth-Kopfhörer zurück ins Case.

Kurz warten.

Bluetooth-Kopfhörer wieder aus dem Case holen.

Warten, bis mein Handy sich dazu herablässt, mit den Dingern zu kommunizieren.

Jetzt noch mal Mama anrufen.

»Mama?«

»Bluetooth-Kopfhörer?«, fragte sie.

»Japp, genau.«

»Hach ja, das alte Lied.«

»Ja, nun … Ist alles in Ordnung?«

»Ja, ja, alles okay … Wie geht es dir denn, Schätzchen?«

»Ach, es gibt viel zu tun. Ist ja nichts Neues. Mit Hanna alles guti?«

»Ja, ja. Keine Sorge.«

»Rufst du wegen etwas Bestimmtem an?«, fragte ich. Ein ziemlicher Wink mit dem Zaunpfahl, aber ich hatte in einer Stunde ein Meeting und wollte vorher noch ein paar Sachen erledigen.

»Ja, tatsächlich, ich wollte … Also ich hab eine Bitte an dich, und ich weiß nicht … Also ich will dir auch keine Umstände machen. Du hast ja viel zu tun, die Projekte und das alles, die Forschung, du sagst es ja selber …«

Ich ging in die Küche, um mir einen Kaffee zu machen, weil ich jetzt schon merkte, dass das wohl nicht in fünf Minuten erledigt sein würde. Der Beginn des Telefonats war typisch Mama. Zum besseren Verständnis der Situation im Folgenden ein paar Dinge, die man über meine Mutter wissen sollte.

Erstens: Sie will niemandem Umstände machen, fühlt sich oft zu viel, hat Angst, anzuecken, zu nerven, zu stören. Das kommt sicher von der *sehr* traditionellen Erziehung, die sie genossen hatte. Omas und Opas Vision für ihre Tochter war ein braves, ordentliches Mädchen, das zu einer braven, ordentlichen Frau heranwuchs. Was dabei herauskam, war jedoch eine unsichere, ängstliche Person, die immer das Gefühl hat, zu viel zu sein. Ja, sie hat hier und da dennoch manchmal rebelliert, zum Beispiel bei ihrer Berufswahl. Ihre Mutter, also meine Oma, hatte sich gewiss nicht ausgemalt, dass ihre Tochter einmal tote Tiere für Museen präparieren wollte. Dennoch war

Mama nicht unbedingt selbstbewusst. Wenn sie etwas sagen möchte, leitet sie oft mit *Verzeihung* oder *Sorry, dass ich das sage, aber* ein. Wenn sie könnte, würde sie sich pausenlos für ihre Existenz entschuldigen.

Zweitens: Trotz allem ist Mama unglaublich lustig. Es dauert zwar eine Weile, bis sie auftaut, aber dann kennt sie kein Halten mehr. Meist ist Alkohol im Spiel, denn den scheint sie zu brauchen, um sich aufzulockern, sich frei und unbeschwert zu fühlen, den Ballast ihrer Ängste und Unsicherheiten abzuwerfen. Früher nicht so häufig, jetzt jedoch immer mehr. Oft sagt sie, wenn sie verkatert aufwacht: *Puh, nein, ich lass den Alkohol, das ist nichts für mich!,* doch dann wird auf ihrer Arbeit im Museum wieder angestoßen, dann trinkt sie wieder sprudelnden Sekt, der ihr sofort in den Kopf schießt und ihre Wangen rötet, oder ein Bier mit den Kollegen, dann noch eins und vielleicht noch eins, und dann ist Mama wieder auf Tempo, macht Scherze, ist so charmant wie nur wenige Menschen, die ich kenne. Mit ihr zu sprechen fühlt sich dann an, als schippere man auf einem kleinen Kanu einen Fluss entlang, man wird von ihren Worten wie von sanften Wellen hin und her gewogen, und es ist einfach nur gut. Kein Wort zu viel, keins zu wenig, keine turbulenten Stellen. Mama weiß immer genau, welche Bemerkung oder Frage jetzt passend ist und welche nicht, weiß immer, wie weit sie gehen kann oder wie sie in eine unangenehme Gesprächssituation eingreifen muss, um die Beteiligten da herauszuretten. Manche Menschen werden beim Trinken rechthaberischer, aggressiver, gereizter, Mama nie. Sie wird immer weicher und fällt am Ende allen dauernd um den Hals, quillt über vor Liebe, die Gefühle sprudeln aus ihr heraus wie aus einer Sektflasche, die man zu viel geschüttelt hat vor dem Öffnen. Und irgendwann wird sie müde, dann muss sie ganz schnell nach Hause, von jetzt auf gleich. Und dann fällt sie schwer ins Bett, noch berauscht und beglückt, und am nächsten Morgen sagt sie: *Das mach ich nie wieder!*, nur um drei Tage später wieder ein Sektglas in der Hand zu haben.

Nur: Mittlerweile ist das alles dann eben doch gekippt. Das Glas findet nicht mehr nur alle paar Tage den Weg in ihre Hand, sondern jeden. Und das ist das Dritte, das man über Mama wissen muss: Sie ist Alkoholikerin. Viele denken bei diesem Wort an versoffene Schlägertypen am Bahnhof, aber so ist sie nicht. Sie brilliert in ihrem Job als Präparatorin im Naturkunde-Museum, ist immer engagiert, pünktlich, freundlich; ich bin mir sicher, dass nicht einmal die meisten ihrer besten Freundinnen und Freunde irgendetwas ahnen, vor allem, da Alkohol in unserer Gesellschaft so normalisiert ist wie keine andere Droge. Dass im Kollegium lustig eine Heroinspritze die Runde macht, weil Gisela befördert wurde? Unvorstellbar. Dass man mittags zu diesem Anlass ein paar Gläschen lecker schmeckendes Zellgift kippt? Komplett normal. Machen wir im Labor auch. Wie soll Mama in dieser Atmosphäre auffallen? Es ist ja nicht so, dass sie sich mit hartem Korn zusäuft, bis sie kotzt, bis sie in der Gosse liegt, bis sie ihr Leben vollkommen versaut hat. Das ist das Klischee, das so viele bei Alkoholikern im Kopf haben. Nein, so ist das nicht. Nur seit Papa tot ist, ist der Alkohol eben ihre Medizin geworden, sie trinkt, um sich nicht eingestehen zu müssen, dass sie depressiv ist, nutzt perlenden Schaumwein und elegante Longdrinks und dunkles, starkes Bier als Selbstmedikation. Und wie das beim Alkohol so ist, kann es durchaus sein, dass sie sich eben doch irgendwann mit hartem Korn zusäuft, bis sie kotzt, bis sie in der Gosse liegt, bis sie ihr Leben vollkommen versaut hat.

Und nun kommen wir zum vierten Fakt: Mama ist Witwe.

Bei der vorletzten Pandemie vor sechs Jahren hatte Papa sich auf der Arbeit angesteckt. Er war Techniker bei der Bahn, ein *systemrelevanter* Beruf, und irgendwie musste er sich dabei infiziert haben, während wir alle isoliert zu Hause saßen. Erst lachte er es weg, meinte, so alte starke Bäume wie er würden nicht gefällt. Und ein alter starker Baum war Papa definitiv, er war fast zwei Meter groß und ein bisschen dick, trug einen schwarzen Vollbart wie unser Opa, der Spanier war, und eine stets zu rote Nase wegen des etwas zu hohen Blutdrucks, gegen den Mama ihm morgens immer die Tabletten hinlegte, und die er dennoch immer so oft vergaß, weil er so wuselig war.

Als Papa krank wurde, war es zu Beginn nur Husten und ein kleiner Ausschlag, ein wenig Fieber, nicht viel, 38,7 Grad die meisten Tage, was die rote Papanase noch kirschiger werden ließ. Doch irgendwann stieg das Fieber, die Blutungen begannen – erst in seinen Augen, dann in seinem Mund, irgendwann im Darm, in der Lunge. Wir saßen an seinem Bett und blickten auf diesen so fremd aussehenden Menschen hinab, wir hielten seine Hand und bangten so sehr um ihn, Mama, Hanna, Tante Auguste und ich. Papa hatte zu dem Zeitpunkt schon lange nicht mehr gelacht, sondern lag, drei Wochen nach seiner Infektion, nur mit Sauerstoffmaske im Krankenhausbett und sah uns mit müden, aber auch ängstlichen, eingebluteten Augen an. Papa wurde immer verwirrter, sprach irgendwann nur noch bruchstückhaftes und eingerostetes Spanisch, die Sprache seiner Kindheit und seiner Eltern, was jedoch niemand von uns verstand. Und irgendwann lag Papa im künstlichen Koma und schrumpfte uns unter unseren Händen davon. Aus unserem dicken, lustigen Vater wurde ein krankes, dünnes Strichmännchen, das am Ende nicht mehr aufwachen würde und das Mamas Lachen mitgenommen hatte.

»Mama, es ist okay«, sagte ich jetzt am Telefon, schaltete die Kaffeemaschine an und suchte nach Keksen. Nervennahrung war in diesem Moment nicht unangebracht.

»Nun, also ich … Also meine Therapeutin meinte, dass es gut wäre, wenn ich eine kleine Auszeit nehme. Ich hab ihr direkt gesagt, dass das nicht geht, wegen Hanna und Tante Auguste …«

»Was heißt *kleine Auszeit?*«, fragte ich.

»Nun, sie sprach von einer Reha ... sechs Wochen. Vielleicht mal nicht jeden Tag ein Sektchen zum Feierabend ...«

Sektchen. Ich habe in den letzten Monaten häufiger im Internet nach Symptomen für Alkoholismus gesucht und mir durchgelesen, woran man – abgesehen vom offensichtlich problematischen Trinkverhalten – erkennt, wenn jemand in ein Alkoholproblem abrutscht. Was dort oft stand: Verniedlichungen scheinen ein erster Hinweis zu sein, der einen aufmerken lassen sollte. Ein Sektchen, ein Gläschen, ein Schnäpschen. Alles kleinreden, verniedlichen, ach, es ist doch nur ein Gläschen, und noch eins, und ein drittes, viertes, fünftes. Am Ende sind es ja nicht fünf Gläser, sondern fünf Gläschen, deshalb ist es ja nicht so schlimm, oder? Mama jedenfalls war Meisterin im Kleinreden.

»... und sie meinte, ich muss da aufpassen. Und ja, auch wegen meiner Stimmungsschwankungen, und weil ich mich so schlapp fühle insgesamt ... Da meinte sie eben, dass ich eine Pause brauche und dass mir so eine Kur guttun würde. Dass ich da gute Methoden lernen könnte, alles besser zu bewältigen. Und auch mal paar neue Gesichter sehen.«

»Aber das klingt doch gut!«

Das klang tatsächlich sehr gut. Länger schon hatte ich mich gefragt, ob meine Mutter einen Entzug machen müsste, hatte versucht, mich zu informieren und zu verstehen, wann das nötig wäre und wie man so etwas angeht. Dementsprechend war ich ziemlich erfreut, zu hören, dass sie das selber anging. Damit hatte ich nicht gerechnet.

»Ja, eigentlich schon«, antwortete sie. Sie zögerte. Ich hörte, wie sie nervös einen Kugelschreiber klicken ließ.

»Aber?«

»Nun, es ist wegen Hanna. Ich kann das in ihren Sommerferien machen, sodass niemand ein Auge darauf haben muss, dass mit der Schule alles läuft. Aber dennoch ...«

»Ist Hanna nicht alt genug, das selber hinzukriegen? Mit sechzehn? Tante Auguste ist doch auch da.«

Meine Mutter schwieg.

»Mama?«

»Ja, nun … also eigentlich schon. Bestimmt, irgendwie.«

Das klang jetzt nicht so zuversichtlich.

»Gibt es da ein Problem?«

»Ach, Zoe. Mit Hanna ist es gerade nicht so leicht, weißt du. Bestimmt einfach nur die Pubertät, nichts Wildes. Aber mit Tante Auguste ist es deutlich schlimmer geworden.«

Noch schlimmer? Ich versuchte mir auszumalen, was das bedeuten könnte. Das letzte Mal war ich 2038 zu Hause gewesen, und damals hatte Tante Auguste schon drei Jahre lang – seit der Beerdigung meines Vaters, ihres Bruders – das Grundstück nicht mehr verlassen. Mittlerweile waren es also schon sechs Jahre. Meistens besuchen meine Mutter und meine Schwester mich hier in München, um mal ein bisschen rauszukommen. Nicht nur aus Frankfurt, sondern einfach auch aus diesem Haus mit seinen vielen unverarbeiteten Erinnerungen, die wie Geister durch die Zimmer spuken.

»Was heißt *deutlich schlimmer*?«, fragte ich meine Mutter.

»Na ja …« Sie schwieg kurz. »Deine Tante verlässt ihre Wohnung mittlerweile gar nicht mehr, wir müssen ihr Lebensmittel und alles bringen, weil sie auch den Lieferanten nicht mehr traut. Also wegen der Bakterien und so, weißt du … Sie desinfiziert alles, und … Nun, es ist einfach schlimm. Schwer zu erklären. Deinem Vater würde es das Herz brechen.«

Ich gab die Suche nach Keksen auf, schenkte mir endlich eine Tasse Kaffee ein, setzte mich damit an den Küchentisch und drückte mit Daumen und Zeigefinger der rechten Hand auf meine Nasenwurzel. Seit drei oder vier Tagen hatte ich Kopfschmerzen, und diese Informationen machten es nicht besser. Migräne kommt direkt aus der Hölle, da bin ich mir sicher.

»Wieso habt ihr mir das nicht erzählt? Also dass *sie* mir das nicht erzählt, ist klar, aber wieso habt *ihr* es nicht erwähnt? Seit wann ist das denn so schlimm?«, fragte ich Mama.

»Hm, eine Weile … Also als du zuletzt da warst, war es ja schon schlimm. Aber dass sie gar nicht mehr … also … Also bestimmt seit anderthalb Jahren, würde ich sagen. Tut mir leid, ich weiß es gar nicht sicher, ähm. Aber wir wollten nicht, dass du dir Sorgen machst. Du hast doch so viel Arbeit, so viel *wichtige* Arbeit!«

»Gut, hör zu. Du gehst zu deiner Kur, das ist auch wichtig. Ich will, dass du das unbedingt machst. Und ich komme nach Hause und zieh bei Hanna und Auguste ein und passe auf.«

»Bist du dir sicher?«, fragte Mama. Ihre Stimme klang jetzt aufgeregt.

»Ja, ganz sicher. Wann geht es los?«

»In fünf Wochen, Ende Juni. Da fangen auch die Sommerferien an.«

»Alles klar, wir besprechen das am besten morgen, da ist ja Wochenende. Stress dich nicht, ich komme auf jeden Fall.«

Erithacus rubecula
Rotkehlchen

Man bräuchte auch zu Hause ein Fenster, an dem den ganzen Tag Landschaften vorbeiziehen, schrieb ich meiner Schwester.

jetzt wirst *du* aber wieder literarisch!

Na ja.

willst du nicht doch ein buch schreiben? wir könnten die schreibenden schwestern werden, very intellektuell und alles.

Bin mir very sicher, dass ich das nicht will.

wie lange fährst du noch?

Eine Stunde.

ah cool, ich hol dich vom bahnhof ab!

Super.

ist der zug voll?

Ein bisschen.

spiel zombieapokalypse! und erzähl es mir dann!

Mal sehen.

Ich saß im Zug. Es hatte ein bisschen gedauert, mir sechs Wochen freizuschaufeln, aber mit einer Kombination aus Urlaubstagen, Abfeiern von Überstunden und Umschichten von Vor-Ort-Projekten hatte es geklappt. An einigen Sachen konnte ich von der Ferne aus arbeiten, und auch bei der Bachelorarbeit, die ich gerade betreute, reichten Onlinetreffen vollkommen aus. Die Studentin war ziemlich auf Zack und auch schon sehr weit in ihrer Forschung.

Ich legte das Handy wieder weg und schaute aus dem Fenster. *Zombieapokalpyse spielen* hatte Hanna erfunden, und es ging so: Wenn man irgendwo saß, beispielsweise im Zug, musste man sich vorstellen, dass genau jetzt eine Horde Zombies über einen herfällt. Ein bisschen wie in dem südkoreanischen Retro-Horror-Film *Train to Busan* von 2016, wo eine Epidemie ausbricht, während ein Vater seine Tochter per Zug zur Mutter bringen will, von der er getrennt lebt. Und na ja, das klappt alles nicht so dolle. Zombies, dies das, alles unschön. Jedenfalls schaut man sich dann im eigenen Zugabteil um. Alle Leute, die dort sind, gehören jetzt zum Team, und man muss sich überlegen, wer welche Rolle einnimmt, welche Rolle man selber spielt und wie hoch unter diesen Bedingungen die Überlebenschancen wären.

Der Waggon war relativ voll, ich sah eine Familie mit Kindern *(das wäre schon mal schlecht, also vor allem für sie selbst. Aber auch für uns, Kinder sind laut, und wenn wir uns verstecken, werden wir sofort gefunden. Vorausgesetzt, Zombies können hören),* eine ältere Frau *(vermutlich eines der ersten Opfer, Mist!),* mehrere Leute in ihren Zwanzigern, was wiederum gut war. Und ich hatte das große Glück, dass ein Soldat in Uniform mitfuhr. Jackpot. Zumindest bei diesem Spiel. In anderen Situationen, na ja.

Mit dem beruhigenden Gefühl, bei einer Zombieapokalypse einigermaßen gute Chancen zu haben, betrachtete ich durch das Zugfenster das Panorama, das sich mir bot. Sanft geschwungene Hügel reihten sich aneinander, Ackerland breitete sich vor meinen Augen aus, durch träge kleine Rinnsale und Zäune in Quadrate unterteilt. Kein überwältigender Anblick wie der der Berge, die ich so liebte, aber dennoch nicht ohne Charme.

Mein Blick blieb an einer fernen Baumgrenze hängen. Buchen und Fichten, die Klassiker. Einst waren das wunderbar grüne Refugien, jetzt glichen sie eher müden Greisen. Eine einsame Birke stand am Rand der Gruppe. Es war erstaunlich, wie schnell viele kleine Wälder in Mitteleuropa innerhalb eines Jahrzehnts zusammengebrochen waren. Eine Tatsache, die ich mir nie hätte vorstellen können. Ich hatte es wirklich nicht kommen sehen.

Als ich klein war, hatte ich mich mit meinem Vater mal im Frankfurter Stadtwald verlaufen. Ich meine, wir reden hier nicht vom Schwarzwald, sondern von einem relativ überschaubaren Waldstück in der Nähe des Frankfurter Waldstadions, das heutzutage nur noch bei Tageslicht genutzt wurde, weil die Stromkosten für die Flutlichtanlage einfach zu hoch waren. Damals kannte ich es jedoch vom Fußball, denn Papa war Eintracht-Fan, und ich durfte manchmal zu den Spielen mitkommen. Ich war 2015 mit meinem Vater im Wald unterwegs, und Smartphones mit ihren Umgebungskarten und den Taschenlampen waren zwar schon lange die Norm, mein Vater jedoch eher Typ oldschool, weshalb er nur ein kleines Klapptelefon mit Tasten besessen hatte. Wir hatten an dem Tag Drachen steigen lassen und komplett die Zeit vergessen, weil es einer dieser schönen und sonnigen Spätherbsttage war, an denen man das Echo des vergangenen Sommers noch einmal hören konnte. Irgendwann stand die Sonne schon sehr tief, und wir bemerkten, dass alle anderen Familien bereits nach Hause gegangen waren. Wir machten uns also auf den Rückweg, doch die schon sehr tief stehende Sonne sank rasch, und mein Vater war sich plötzlich nicht mehr so sicher, wo es zur Bahn ging. Es wurde also ziemlich schnell *ziemlich* dunkel, wir verliefen uns, und ich zitterte an der Hand meines Papas – ich dürfte so acht Jahre alt gewesen sein –, während er mit einem Feuerzeug leicht gebückt den Boden ausleuchtete, damit wir nicht hinfielen. Ein Smartphone hätte uns wirklich geholfen, mit Karte und Taschenlampe und allem, oder zumindest ein funktionierendes normales Handy. Denn natürlich war der Akku von Papas Handy leer, wir hatten also niemanden anrufen können. Auch das noch. Andererseits war das ausgesprochen typisch für Papa. Handy nie geladen, Papa selbst immer etwas zerstreut.

Jedenfalls war mir der Wald damals in der Dunkelheit plötzlich feindlich erschienen. Schatten tanzten im Zwielicht über das Unterholz, und die Farne und Büsche sahen wie furchterregende Gestalten aus, ihre Wedel und Äste wirkten wie gekrümmte Arme und Hände, die nach mir greifen wollten.

Keine Ahnung, was sich der Wald gedacht hatte; die Tiere, die uns beobachteten, die Bäume, über deren Wurzeln wir stolperten. War das Rascheln ihres Laubes vielleicht nicht nur der Wind, sondern ein Flüstern und Lachen? Vielleicht machten sie sich über uns lustig, das hätte ich auf jeden Fall an ihrer Stelle getan. *Was für unfähige Clowns Menschen doch sind, schaut mal, drei Minuten im dunklen Wald und schon total hinüber, hahahaha, raschelraschelraschel, hahahaha!* Keine Sorge, mir ist schon klar, dass ein Baum nicht lachen kann, vermutlich nicht einmal denken, so wie wir *denken* aus unserer Menschenperspektive definieren. Trotzdem stelle ich mir so was manchmal gerne vor.

Irgendwann fanden wir den richtigen Weg, wir waren ja nicht in endlosen schwedischen Wäldern gefangen. Nach zwei Stunden Herumgeirre sahen wir das Leuchten der Bahnhaltestelle und konnten nach Hause zu Mama fahren, die schon krank vor Sorge war.

Das war damals. Heutzutage würde man sich selbst bei finsterster Nacht nicht mehr im Frankfurter Stadtwald verlaufen können, denn es ist davon nicht mehr viel übrig. Seit zwölf Jahren haben wir das große Baumsterben, seit acht Jahren nur noch Dürren während Frühling und Sommer. 2033 ist ums Stadium herum so ein schlimmer Waldbrand ausgebrochen, dass am Ende nur noch rund zehn Prozent des Waldes übrig waren. *Zehn. Prozent.* All die Bäume, all die Tiere, alles verbrannt, alles tot.

Es ist furchtbar, und doch gehört das heutzutage zu meinem Arbeitsalltag. Solange es Insekten zu studieren gibt, machen wir Forscherinnen und Forscher weiter. Wir katalogisieren, beschreiben und archivieren, wir verwalten und sortieren das Artensterben, denn irgendjemand muss das machen, alles muss für die Nachwelt festgehalten werden. Und an der Speerspitze der deutschen Biodiversitätsforschung – also der Wissenschaft von der Vielfalt der Arten, Gene und Ökosysteme – stand unter anderem meine Tante Auguste, eine Koryphäe in ihrem Gebiet.

Auch wenn meine Tante das Grundstück seit Jahren nicht mehr verlässt, ist sie Professorin und ein echtes Workhorse. Sie macht nichts anderes außer arbeiten, von morgens bis abends. Arbeit, Arbeit, Arbeit. Ihr Einsiedlerkrebsverhalten, das andere wohlwollend als *exzentrisch* bezeichnen, wird an der Uni geduldet, weil man auf ihre Kompetenz nicht verzichten kann. Deshalb lebt sie in der Wohnung über der meiner Mutter und meiner Schwester, leitet ihre Arbeitsgruppe aus der Ferne, unterrichtet und forscht eingeigelt vor sich hin, allein mit HP14, ihrer Weinbergschnecke.

Japp, meine Tante hat eine Weinbergschnecke als Haustier. Der wissenschaftliche Name ist *Helix pomatia*, und HP14 war vor allem eins: ein *Endling*. Die Letzte ihrer Art also, das einsame Überbleibsel einer seit Millionen von Jahren andauernden Erfolgsgeschichte, die mit dem Tod dieses kleinen Exemplars ebenfalls zum Erliegen kommen würde. Meine Tante hing an dieser Schnecke, als würde es um ihr eigenes Leben gehen, wirklich wahr. Seit zwölf Jahren suchten sie und ihr Team einen Partner für HP14, und wenn ich mit ihr sprach oder wir uns per Mail austauschten, gehörte es zum guten Ton, sich zu erkundigen, wie es denn der Schnecke gehe und ob es schon etwas Neues gebe.

Die Welt hat sich in den letzten zwei Jahrzehnten rasant verändert und der menschliche Einfluss eine Lawine ins Rollen gebracht, die niemand mehr aufhalten konnte. Die Zahl der Endlinge, dieser traurigen, einsamen Geschöpfe, wuchs momentan exponentiell. HP14 war einer der ersten einer richtigen Welle, und mittlerweile bevölkerten sie die Labore in Massen, während wir Wissenschaftlerinnen und Wissenschaftler die zusammenbrechenden Ökosysteme dieser Welt auf der Suche nach einem Paarungspartner für diese Tiere durchstreiften. Klingt deprimierend? Oh ja. Schon oft habe ich mir meine Berufswahl vorgeworfen, mich gefragt, ob ich nicht einen Karriereweg hätte einschlagen können, der sich mit weniger deprimierenden Themen beschäftigt. Aber gut, so ist es einfach.

Der Einfluss des Menschen hat nun mal eine unumkehrbare ökologische Krise ausgelöst, und da stecken wir alle drin, Biologin oder nicht. Mein Gott, ich weiß noch, als der Tod des letzten Rotkehlchens namens Mila in einem Freiburger Labor landesweite Trauer auslöste, ich war selbst fix und fertig. Dass es mal keine Rotkehlchen mehr geben würde, hätte ich nicht gedacht – diese kleinen, resoluten Kerlchen, die nicht davor zurückschreckten, sich mit einem Menschen anzulegen, der für ihren Geschmack ein wenig zu nah am Nest vorbeispazierte.

Mila war damals nur die Spitze des Eisbergs, denn der eigentliche Horror war das fast vollständige Absterben der Buchen vor etwa zehn Jahren, eine verheerende Kettenreaktion, die ein Massensterben von Insekten, Pflanzen, Säugetieren und Vögeln nach sich zog. Wir ersaufen seitdem in Stechmücken, weil es viel zu wenig Wespen, Vögel und Spinnen gibt, die es mit ihnen aufnehmen. Dengue-Fieber in Deutschland? Mittlerweile nicht ungewöhnlich.

Natürlich war das alles auch politisch nicht ohne Folgen geblieben. Nach und nach schwappte eine Welle der Angst durch die Gesellschaft, und dann es wurde so *richtig* schlimm. Und *richtig schlimm* übersetzte sich bei uns Deutschen natürlich erst einmal direkt in Toilettenpapierhamsterkäufe. Keine Ahnung, was das immer soll. Ob die Leute denken, dass Klopapier von Spinnen und Schmetterlingen fußgeklöppelt wird und dass man, wenn die aussterben, nirgendwo mehr welches finden kann? Jedenfalls wünschte ich mir, dass es dabei geblieben wäre und wir als Resultat dieser *German Angst* nicht plötzlich von einer rechtskonservativen Koalition regiert werden würden, die versprochen hatte, alles zu regeln und *Ängste ernst zu nehmen* – und doch kam es genau so.

Über Politik nachzudenken, bereitet mir als Frau derzeit wenig Freude, und als diese Gedanken durch meinen Kopf waberten, während ich aus dem Zugfenster schaute, versuchte ich sie schnell zu verscheuchen, indem ich wieder nach meinem Buch griff, in dem ich schon die ganze Strecke über erfolglos versuchte zu lesen.

Mein Handy vibrierte. Es war Hanna.

kann dich doch nicht abholen, gibt stress zu hause ...

Mit Mama?

ne auguste, erzähl ich dir dann.

Ich legte das Handy weg und sah wieder aus dem Fenster. Zehn Minuten noch. Ich konnte schon den Fernsehturm sehen.

Pholcus phalangioides
Große Zitterspinne

Der Garten sah fantastisch aus. Das Gras stand hoch, eine Clematis rankte am Regenrohr empor und hielt ihre großen blauen Blüten wie eine offene Radarschüssel in den Weltraum. Margeriten blühten, Nelken auch, Pfingstrosen, Disteln, Gänseblümchen und Butterblumen verteilten sich als Farbtupfer zwischen den hohen Grashalmen. Eine Brombeerhecke war über die Schubkarre gewachsen, die seit Jahren an derselben Stelle neben dem Eingang lehnte. Der Garten war ein schöner Lebensraum, oder wie unsere Nachbarin Frau Schäfer gesagt hätte, wenn sie noch leben würde: *eine Katastrophe.*

Ich stellte meine Reisetaschen ab und ging über die Wiese zu einer Stelle, an der sich viele Kuckuckslichtnelken ausgebreitet hatten. An ihren filigranen Stängeln wiegten sich ihre feinblättrigen rosafarbenen Blüten im Wind. Zufrieden bemerkte ich, dass eine Schwebfliege vor ihr in der Luft flirrte. Es sah aus, als hypnotisierten sie sich gegenseitig, die Pflanze die Fliege und umgekehrt. Ich ging weiter und entdeckte einen Weberknecht in den Brombeeren, ein paar kleine Schnecken, eine Assel.

Manche Dinge funktionieren noch.

Unser Haus war klein, ursprünglich das Elternhaus meines Vaters und von Auguste. Opa war nach dem Tod von Oma in eine kleinere, seniorengerechte Wohneinheit in einem Altenstift gezogen, weil er das Alleinsein nicht mehr ertragen und wegen seiner Parkinson-Erkrankung schon früh Hilfe benötigt hatte, und Vater und Auguste hatten danach jeweils eine Etage des Elternhauses für sich beansprucht und zu Wohnungen umgebaut, Auguste oben, meine Eltern unten. Für uns Kinder war dieser Anschluss an unsere Tante das Beste, das hätte passieren können, denn: Unsere Tante war großartig.

Auguste und ich hatten schon immer eine besondere Verbindung gehabt. Als ich klein war, packten wir zwei- oder dreimal im Monat unsere Rucksäcke und stiegen in den Zug, begierig darauf, der Natur all ihre Geheimnisse zu entlocken. Irgendwann kam auch Hanna mit, aber in den ersten achtzehn Jahren meines Lebens gehörte mir meine Tante ganz allein. Auguste, die eine wirklich brillante Biologin und eine außerordentlich geduldige Lehrmeisterin ist, hatte mir auf unseren Spaziergängen alles erklären können, alle Pflanzen und Tiere, die Stoffkreisläufe, Räuber-Beute-Beziehungen, all so was. Auf diese Weise hatte sie mir eine Ebene unserer Welt eröffnet, die den meisten Menschen ein Leben lang verborgen bleibt. Wenn man durch eine Landschaft geht und plötzlich die Namen der Organismen kennt, die dort leben, wenn man versteht, wie alles funktioniert und zusammenhängt, dann verwandelt sich diese Landschaft von einer dekorativen Tapete in eine Ansammlung von Akteuren. Dann ist das alles nicht mehr anonym, sondern unglaublich *konkret.* Ein bisschen so, wie wenn man auf eine Party geht und niemanden kennt. Man ist in dem Fall einfach von einer gesichtslosen Menschenmenge umgeben, die nichts in einem auslöst. Aber wenn man mit Jan quatscht und Samira begrüßt, ist alles so vertraut. Geschichten tun sich auf, Beziehungen werden sichtbar. Meine Tante leistete in unserer Kindheit genau das für mich – sie stellte mich der Welt vor, riss den Schleier von meinem Gesicht und ließ mich wirklich sehen, fühlen und verstehen, wo ich bin. Dafür kann ich ihr gar nicht genug danken. Sie ist auch der Grund, warum ich so besessen von Insekten und anderen kleinen Tieren bin, warum ich Biologin geworden bin, all das.

Auch Hanna hat als Kind die Natur geliebt, vor allem die Tiere. Einmal stießen wir bei unseren Bergwanderungen auf die Spuren von Gämsen, und als wir sie schließlich bei ihren halsbrecherischen Manövern in den Steilwänden entdeckten, musste Hanna vor Angst um die kleinen Kitze weinen. Sie war ein vorsichtigeres Kind als ich, aber nicht so vorsichtig, wie es unsere Großmutter – Mamas Mutter – gerne gehabt hätte, die sich ständig um uns sorgte. Hanna war trotz allem so wild, wie es kleine Mädchen eben immer sind, bevor man anfängt, sie wie Origamipapier zu falten und zu verbasteln, bis sie sich in stille und hübsch anzusehende Schwäne verwandeln. Sei ruhig, mach dich nicht dreckig, spiel hiermit, damit aber nicht, nein, das ist für Jungs, schrei nicht so herum, nein, du kannst jetzt nicht raus, spiel doch mal mit den Puppen von Oma, nein, der Rock ist zu kurz, das geht nicht, zieh eine Strumpfhose drunter, schlag die Beine übereinander, nein, zum Toben bist du doch schon zu groß, sei nicht so zickig, sei nicht so schüchtern, sei aber bitte nicht zu laut, sei dies, sei das, jenes aber nicht, nein, nein, NEIN!

Hanna ließ sich zum Glück niemals falten, blieb formstabil, auch, weil man uns gestattete, wir selbst zu sein. Niemals zerrten Mama oder Papa an uns Töchtern herum, niemals stöhnten sie über die schlammverschmierten Klamotten, wenn wir von einem unserer Ausflüge zurückkamen. Und wie abenteuerlich waren diese gewesen! Wir rannten Berge hinauf, stiegen von Hügeln in Täler hinab, tobten und heulten wie die Wölfe, Auguste ein paar Meter hinter uns, immer mit Hut, immer mit Wanderstock, immer mit einem Lächeln. Einmal, bei einem Ausflug in den Schwarzwald, schlug Hanna vor, einen Altar für Gaia zu bauen. Sie kannte diese Göttin aus den Geschichten, die Mama ihr vorgelesen hatte, und so sammelten Hanna und ich Stöcke und Steine, klaubten totes Holz und Laub auf, während unsere Tante etwas abseits versuchte, das Zelt aufzubauen. Wir schichteten die Steine übereinander, legten die Blätter und Stöcke in einem Kreis drum herum und stellten eine kleine Figur aus Zweigen und Bast auf. Das sollte die Göttin selbst sein, und ehrlich gesagt sah das Ding aus wie etwas, das man manchmal in Horrorfilmen sieht. Ich war damals zwar schon erwachsen – Hanna und mich trennen ja achtzehn Jahre, sie ist die ungeplante Nachzüglerin gewesen –, dennoch sprang auch ich um ihr kleines Heiligtum herum und tanzte mit meiner Schwester; meine Schwester, noch nicht einmal sechs Jahre alt, rief die Göttin an und schrie so wild und laut, wie es nur kleine, wütende Mädchen können, denen man ihre Kraft und Wildheit noch nicht genommen hat. Wir haben damals so, so viel erlebt. Wir bauten Dämme und rissen sie wieder ein, errichteten Hütten aus Reisig, trugen Wasserschlachten in Flüssen aus und versuchten, Fische mit den Händen zu fangen. Nachts zogen wir uns ins Zelt oder in gemütliche kleine Pensionen zurück und erzählten uns flüsternd, was wir an diesem Tag besonders spannend gefunden hatten. Wir schliefen mit dem Zirpen der Grillen ein und wachten mit dem Duft von frisch gebrühtem Tee auf, bereit für einen neuen Tag voller Entdeckungen.

Alles hatte sich in diesen Jahren so, so gut angefühlt. Diese Ausflüge erscheinen mir im Rückblick wie wunderbare Märchen; zu schön, um wahr zu sein. Mittlerweile sind sie es auf jeden Fall, denn diese unbeschwerten Zeiten waren lange vorbei.

Anyways, ich ging zurück zu meinen Taschen und schaute die Fassade hinauf zu den Fenstern im ersten Stock. Sie sahen staubig aus, Tante Auguste war nie ein großer Fan davon gewesen, die Fenster zu putzen. Trotzdem hatte sie es früher ab und zu getan, damit die Pflanzen genug Licht bekamen, aber auch das hatte sich anscheinend geändert. Ich schirmte meine Augen mit der Hand gegen die Sonne ab, um zu sehen, ob ich die

Schatten von Blättern und Zweigen hinter der Scheibe erkennen konnte, aber nichts.

Ich nahm je eine Reisetasche links und rechts in die Hand und schleppte mich zur Tür. Natürlich hatte ich wieder viel zu viele Sachen dabei. Mein Stereomikroskop mitzunehmen, war ziemlich ehrgeizig und vielleicht auch ein bisschen bescheuert, wenn man bedenkt, wie schwer und sperrig das Ding war, aber gut. Im Zug fiel mir ein, dass Tante Auguste auch Mikroskope hatte, aber da war es schon zu spät gewesen. Doch wenn ich schon sechs Wochen hier sein musste, wollte ich die Zeit wenigstens nutzen, um eine kleine Bestandsaufnahme der Insekten- und Pflanzenvielfalt in der Gegend zu machen, vielleicht würde ja eine wissenschaftliche Veröffentlichung daraus werden, wer weiß.

Im Nachbarhaus ging die Tür auf, und ein schwarz-grauer Haarschopf schob sich raus.

»Ach, Zoe, hallo!«

»Hallo, Herr Karadeniz!«, rief ich zurück und versuchte die Schultern so zu bewegen, dass es aussah, als würde ich irgendwie … winken?

»Lange nicht gesehen! Besuchst du die Mama!«

Unser Nachbar hat die interessante Angewohnheit, jede Frage wie eine Aussage klingen zu lassen. *Besuchst du die Mama. Wie geht es dir. Was machst du heute. Hast du heute Schule.*

»Ja, genau, ich bin ein paar Wochen hier … Mama … Also Mama geht in Kur!«

»Ach, der Rücken, oder?«

So, das war also die offizielle Geschichte, alles klar. Gut zu wissen.

»Ja genau, der Rücken! Der macht ihr ja schon lange Probleme.« Ich spielte mit.

»Ach ja.« Er trat ganz aus der Tür raus und sah dabei aus wie immer: beige Hose mit Bügelfalten, braune, gemusterte Pantoffeln, ein karierter Pullunder, darunter ein einfarbiges Hemd. Der schwarze Schnurrbart war ebenso akkurat gestutzt wie sein Garten. Der Rasen sah aus, als habe man ihn mit der Nagelschere in Form gebracht, die Buchsbäume waren abgerundet, und links vom ordentlich gefegten Plattenweg stand ein kleines Vogelbad, das seit jeher Konfliktpotenzial in sich trug.

Normalerweise würde man denken, dass sich Menschen, die ein Vogelbad aufstellen, über Vogelbesuch freuen. Nicht so Herr Karadeniz. Jedes Mal, wenn ein Vogel kam, um darin zu baden oder Wasser zu trinken, wurde er von unserem Nachbarn mit finsterer Miene ins Visier genommen. Frau Karadeniz – eine große Tierfreundin, für die er das Vogelbad überhaupt erst eingerichtet hatte – hatte ihrem Mann verboten, die Vögel zu verscheuchen, und so konnte er nur tatenlos zusehen. Kaum war der gefiederte Übeltäter nach seiner Schandtat verschwunden, machte sich unser Nachbar daran, sich zu vergewissern, dass wirklich nirgendwo mehr Vogelkot oder Federn zu finden waren. Er schrubbte alles mit Essigwasser ab und stöhnte dabei ziemlich melodramatisch, aber als Biologin konnte ich das Ganze nur gutheißen. Nachdem uns beim zweiten Meisensterben 2029 fast alle Blaumeisen weggestorben waren, weil sie sich, wie schon einmal ein paar Jahre zuvor, mit einem Bakterium infiziert hatten, begrüßte ich den Putzfimmel unseres Nachbarn durchaus. Man konnte sagen, was man wollte, aber die Vogeltränke der Karadeniz' glänzte wie neu.

»Cem ist auch da«, erklärte Herr Karadeniz, »ihr habt euch ja auch länger nicht gesehen, oder!«

Nachbarssohn Cem und ich kannten uns von klein auf und hatten unsere Kindheit und Jugend zusammen verbracht, bevor es uns nach der Schule in verschiedene Städte verschlagen hatte. Wir teilen auch einige peinliche Erinnerungen. Ich fasse schnell zwei Beispiele zusammen: Ich war zwölf, er sechzehn, ich war in ihn verknallt und hatte ihm einen Liebesbrief geschrieben. Er las ihn, typisch Junge, seinen Freunden vor, und alle lachten mich aus. Hinterher tat es ihm leid, aber ich wurde noch wochenlang von seinen Kumpels verarscht. Irgendwann war Gras über die Sache gewachsen, aber ich selbst hatte es eines Tages filmreif wieder abgemäht, denn na ja, als ich fünfzehn war, und weil ich ihn immer noch ziemlich gut fand, ließ ich mich von meinen besten Freundinnen bequatschen und fragte ihn, ob er mit mir zum Schulball gehen würde. Er sagte zu, das war also nicht das Problem, bis zu diesem Punkt lief alles gut. Das Problem war eher mein Kleid, von dem ich beim Kauf mit meiner Mutter behauptete, dass es definitiv nicht zu eng wäre und dass ich bis zum Ball bestimmt noch ein bis zwei Kilo abnehmen könnte. Die typischen Gedanken, die man als Social-Media-versauter und essgestörter Teenager eben so hat. Wie alle meine Freundinnen dachte ich damals nur an Diäten, rechnete mir aus, bis wann ich wie viele Kilos abnehmen musste, verglich mich ständig mit den Körpern gephotoshoppter erwachsener Frauen.

Aber so ist das als Frau, oder? Unsere Körper sind noch nicht einmal ausgewachsen, noch nicht einmal fertig, und doch »wissen« wir schon als junge Mädchen, dass sie schlecht, dass sie *falsch* sind. Unsere Mütter hören ihren Müttern zu, hören *Mein Gott, ich bin fett geworden* oder *Ich bin auf Diät,* oder *Ich muss was gegen diese Cellulite machen,* und wenn sie erwachsen sind, reden sie genauso mit sich, was wir dann wieder hören. Ernsthaft, es ist wie ein Generationentrauma, wie eine ansteckende Krankheit, die unaufhaltsam weitergegeben wird.

Ich hatte damals als Teenager jedenfalls meinen Willen und das Kleid bekommen. Das Ende vom Lied war, dass ich drei Kilo zugenommen habe, weil ich vor lauter Angst quasi ununterbrochen am Stressnaschen war, wofür ich mich natürlich wieder gehasst und bestraft habe, klar. Auf der Tanzfläche mit

Cem riss dann eine Naht an der Seite. Er war ein Gentleman, legte mir sein Jackett um, damit die anderen es nicht merkten, und brachte mich nach Hause, obwohl es noch gar nicht so spät war. Es dauerte ewig, bis ich mich von dieser Peinlichkeit erholt und auch aufgehört hatte, das Haus durch den Garten zu verlassen, um von Cem nicht gesehen zu werden – sein Zimmer ging nämlich zur Straße raus. Das mit dem Schwarm hatte sich kurz darauf eh erledigt, als Cem sein Coming-out hatte und seinen ersten festen Freund nach Hause brachte. So viel dazu.

»Ach, toll! Ja, bestimmt sieht man sich mal. Wie lang bleibt er denn?«, antwortete ich Herrn Karadeniz.

Cem war mittlerweile Arzt geworden und wohnte in Hamburg.

»Ein paar Wochen, er hat … ähm … Er macht eine berufliche Auszeit. Zum Entspannen.« Mein Nachbar sah dabei verdächtig nervös aus, und das klang auch so gar nicht nach Cem, der ziemlich karriereorientiert ist.

Interessant. Mama fährt wegen dem »Rücken« für eine »Auszeit« zur »Kur«, Cem macht eine berufliche »Auszeit«, alles okay, bitte gehen Sie weiter, hier gibt es nichts zu sehen, uns geht es allen richtig, richtig gut!

»Schön! Ich muss dann mal rein«, versuchte ich das Gespräch zu beenden. Ich machte mir eine innerliche Notiz, mich mal wieder bei Cem zu melden und zu fragen, ob alles okay sei.

»Ja, also bis bald dann! Grüß die Mama!«, verabschiedete sich mein Nachbar und zog sich wieder in sein Haus zurück.

»Mache ich!«

Ich schleppte meine Sachen zur Tür und klingelte. Ich war zu beladen, um den Schlüssel rauszukramen, außerdem fühlte es sich komisch ein, einfach in ein Haus hineinzuspazieren, in dem man nicht (mehr) wohnt.

Ich wartete kurz, dann hörte ich Schritte und sah eine Gestalt hinter der Milchglasscheibe.

»Zoe!« Meine Mutter war sehr aufgekratzt. Sie wrang ihre Hände, zuppelte an ihren Haaren herum und hatte irgendwas Tänzelndes an sich, so als sei sie kein Mensch, sondern ein nervöses Pferd.

»Mama«, rief ich und stellte die Taschen ab. »Du hast eine neue Frisur!«

»Ja, ich bin mir nicht sicher … nun … Gefällt sie dir?«

»Ja, die ist super«, beruhigte ich sie. Sie hatte ihre Haare kurz geschnitten und blond gefärbt, was ihr absolut, also wirklich *absolut* gar nicht stand. Ich versuchte auch den Rest meiner Mutter unauffällig zu mustern. Sie sah irgendwie … *ausgezehrt* aus. Augenringe, hängende Haut unterm Kinn, kantiger Kiefer, unruhiger Blick. Ganz so, als würde sie von innen aufgefressen werden. Als wir uns umarmten, fühlte sich ihr Körper unter meinen Händen ungewohnt dünn an. Ich schnupperte an ihr und roch Alkohol. *Wie viel trinkt sie noch mal? Isst sie überhaupt noch?*

»Ist alles in Ordnung?«, fragte Mama, die meine Begutachtung bemerkt haben musste. »Ist was mit deinen Augen?«

»Ne, äh, alles gut!«

»Zoe!«, brüllte es hinter ihr. Meine Schwester kam wie ein kleiner Windhund hinter meiner Mutter hervorgeschossen und fiel mir um den Hals.

Hanna war ein wenig klein für ihr Alter, und so zart. Während ich optisch eher vom Typus fröhliches Brauereipferd bin, ist meine jüngere Schwester schon immer eher Typ melancholischer Weberknecht: kleiner kompakter Körper, lange und schmale Arme und Beine, immer voller Sehnsucht und für ihren Geschmack zu sehr gefangen im Jetzt, und man spürte immer, dass sie gerade lieber … keine Ahnung, irgendwo anders wäre.

Ich löste mich aus der Umarmung, und gemeinsam trugen wir mein Gepäck in die untere Wohnung.

»Also sag mal«, fragte meine Mutter, die die Tasche mit meinem Mikroskop erwischt hatte. »Mensch, was hast du denn da drin?«

»Ach«, sagte ich und nahm sie ihr schnell ab, »ein bisschen Forschungszeug, nicht so wichtig.«

Wir setzten uns ins Wohnzimmer, und ich sah, dass Mama das *gute* Kaffeegeschirr rausgeholt hatte. Eigentlich gehört Mama nicht unbedingt zu der Generation, die so was besitzt – die *guten* Gläser, das *gute* Geschirr –, aber sie hatte es nun mal von Oma geerbt. Ich sah keinen Sinn darin, auf nicht unerheblichen Stauraum zu verzichten, um das *gute* Geschirr aufzubewahren, das nur zwei-, dreimal im Jahr für ein paar Stunden hervorgeholt wird. Aber ich bin sowieso nicht so der Kaffeekränzchentyp. Jetzt stand das Porzellan jedenfalls vor mir. Was mir ebenfalls auffiel: In der Mitte des Tischs befanden sich eine Flasche Wein und drei Gläser. *Mitten am Tag?*

»Was gibt es denn?«, fragte ich und löste meinen Blick von der Flasche.

»Bienenstich.«

»Ah, mein Lieblingskuchen!«

Mama strahlte, als sie sah, wie ich mich auf den Kuchen stürzte, als hätte ich noch nie in meinem Leben etwas gegessen. Impulskontrolle ist sowieso nicht meins, aber Bienenstich führt bei mir definitiv zu einer Art Hirnschmelze, ich kann nichts dagegen tun. Sobald mein Blick auf die köstlichen, klebrigen Mandelsplitter fällt, channel ich meinen inneren Bagger, und dann wird geschaufelt.

»Aber jetzt sagt doch mal«, begann ich, nachdem ich zufrieden meinen leeren Teller nach dem dritten Stück von mir schob. »Was gab es denn vorhin für einen Stress mit Auguste?«

Hanna und meine Mutter sahen sich an. Mama wirkte ernst und verstimmt.

»Willst du ein Glas Wein?«, fragte sie, fast so, als würde

ich das, was kommt, nicht überstehen, ohne einen sitzen zu haben.

»Was? Nein, dafür ist es doch viel zu früh. Und Hanna …«, ich wandte mich meiner Schwester zu, »ich weiß nicht, ob du …«

»Ach komm, jetzt sei doch kein Spielverderber, lass uns auf deine Ankunft anstoßen!«, sagte meine Mutter. »Außerdem kriegt Hanna immer nur ein Glas, wie du auch damals im selben Alter!«

Stimmt. Aber *immer? Was heißt das jetzt schon wieder?* Ich überlegte, ob ich dazu was sagen sollte, beschloss aber, erst einmal abzuwarten und keine voreiligen Schlüsse zu ziehen. Meine Sensoren waren durch Mama irgendwie überempfindlich geworden, ich sah überall Alkoholiker. Als sei ich selber fast ein bisschen durchgeknallt.

»Was ist denn jetzt mit Tante Auguste?«, fragte ich noch einmal.

»Nun …«, begann meine Schwester zögernd.

»Hanna hat Auguste bei einer Dating-App angemeldet. Und das fand eure Tante nicht so toll, deswegen hat es vorhin gekracht.«

Hanna setzte einen Gesichtsausdruck auf, der irgendwo zwischen Schuldbewusstsein und Bockigkeit changierte.

»Ähm. Aber wieso denn das?«, fragte ich, musste aber grinsen. Ich fand's eigentlich ganz witzig.

»Ich dachte, so kommt sie mal wieder raus! Mit einem Typen, so bei 'nem Date oder so was!«, verteidigte sich meine Schwester.

»Oh, hm.« Ich dachte darüber nach. Seit ich meine Tante kenne, habe ich noch nie erlebt, dass sie in einer Beziehung war. Oder irgendein Interesse an romantischen Themen hatte.

»Wissen wir denn überhaupt, ob sie auf Männer steht?«, fragte ich.

Hanna starrte mich an, ihr Mund klappte leicht auf. »Ach du Scheiße«, sagte sie, »darüber habe ich gar nicht nachgedacht.«

»Tut sie, das ist nicht der Punkt«, warf meine Mutter ein.

»Bist du dir sicher?«, fragte ich.

»Ich … Also ich kenne ein paar Exfreunde von ihr. Ihre letzte Beziehung ist zehn Jahre oder so her. Ich denke mal, da hat sich nichts geändert. Oder kann sich so was ändern?«, fragte sie.

»Schau mich nicht so an, ich hab keine Ahnung, was bei Auguste abgeht«, sagte ich.

»Jedenfalls ist das die Privatsache eurer Tante, darum geht es jetzt nicht.« Die Stimme meiner Mutter zeigte an, dass das Thema für sie erledigt war und dass sie das Gleiche nun auch von uns erwartete.

»Ja, lassen wir das, es geht uns nichts an. War keine coole Aktion, Hanna. Du willst ja auch nicht, dass wir uns in dein Dating einmischen, oder?«

»Welches Dating, haha«, entgegnete meine Schwester trocken.

»Aber sagt mal«, setzte ich an, »wie schlimm ist es denn nun? Mit Tante Auguste?«

Wieder sahen sich Hanna und meine Mutter mit diesen nervtötend bedeutungsschwangeren Blicken an.

»Also?«, hakte ich nach.

»Nun … Also am besten siehst du es dir selbst an. Sie erwartet sowieso deinen Besuch, ich glaube, sie freut sich schon sehr, dich zu sehen«, sagte meine Mutter. »Ist doch schon so lange her!«

»Ich bring dich hoch«, bot Hanna an und stand auf.

»Ich denke, ich finde es gerade noch so«, witzelte ich, aber meine Schwester ging unbeirrt in den Flur.

»Es ist jetzt alles etwas anders, und du musst ein paar Sachen wissen. Ist schräg, glaub mir.«

Ich folgte Hanna und stieg mit ihr die Treppe hoch.

Nach Vaters Tod hatte Auguste das Haus geerbt, das war damals im Erbvertrag so festgelegt. Das bedeutete, dass meine Mutter und meine Schwester auf ihre »Gnade« angewiesen waren, da das Gehalt meiner Mutter absolut nicht ausreichte, um eine Wohnung für zwei in der Stadt zu finanzieren. In den letzten fünfzehn Jahren sind die Mietpreise völlig außer Kontrolle geraten, wie so ziemlich alles in unserer Gesellschaft, und die Obdachlosigkeit ist so hoch wie noch nie seit dem Zweiten Weltkrieg. Jedenfalls wollte meine Mutter unsere Tante nicht verärgern, wobei ich nicht glaube, dass Auguste meine Familie jemals rausschmeißen würde, egal, bei wie vielen Singlebörsen sie angemeldet wird. Aber da Mama eher ängstlich ist, sah sie Hanna und sich vermutlich schon mit Einkaufswagen voller Tüten und Decken in der Fußgängerzone stehen.

»So, jetzt musst du erst einmal das Ritual machen«, erklärte mir meine kleine Schwester nüchtern.

»Das … das was?«

»Das *Ritual.* Mama und ich nennen das so. Es ist wegen der Keime, weißt du? Auguste ist da ziemlich unentspannt, und na ja, sie hat sich halt so eine Sache ausgedacht … eine Abfolge von Desinfektionsschritten.«

Ich stand drei Stufen unterhalb von Hanna und sah zu, wie sie aus einem Eimer eine Sprühflasche nahm und sich komplett damit einnebelte.

»Was ist das?«

»Das ist ein Desinfektionsgemisch, aber sehr verdünnt, ist für die Kleidung. Meistens hinterlässt es keine Flecken.«

»*Meistens?*«

»Ja, kommt halt immer auf das Material an.«

Meine Schwester stellte die Sprühflasche wieder in den Eimer und nahm jetzt eine kleinere, viereckige Flasche raus, die aussah wie Krankenhaus-Desinfektionsmittel.

»Damit reibst du deine Hände und dein Gesicht ein.«

»Du scherzt, oder?«

»Leider nein.«

»Das Gesicht? Das trocknet doch voll aus, und was ist, wenn man was in die Augen kriegt?«

»Mach einfach, spart die Diskussion.« Sie stellte die Flasche zurück und nahm ein Haargummi aus einer kleinen Schale, um sich die Haare zurückzubinden. Dann zog sie sich Einweghandschuhe an, mit denen sie eine medizinische Maske aus einem Spender nahm und sich aufsetzte. Schließlich zog sie sich eine OP-Haube über den Kopf und Überzieher über die Schuhe.

Ich starrte sie fassungslos an. »Das machst du jedes Mal, wenn du zu ihr gehst?«

»Ja, wir alle müssen das machen. Also so viel Besuch kriegt sie natürlich nicht … ich … na ja, Mama, ihr Arzt. Ab und zu eine Mitarbeiterin oder so aus der Uni. Ist nicht viel los hier. Ich denke mir halt, dass sie vielleicht einfach einen guten Grund braucht, wieder rauszugehen. Deshalb hab ich sie bei der App angemeldet, weißt du? Dachte, das motiviert sie. Sie will halt nicht, wegen …«

»… wegen der Keime«, vervollständigte ich ihren Satz. »Schon klar.«

»Wenn sie sich mal überwinden würde, das Haus zu verlassen, würde sie sicherlich merken, dass sie keine Angst zu haben braucht. Es ist immerhin schon wieder etwas besser geworden mit ihr, vor einem Jahr mussten wir noch Ganzkörperanzüge anziehen.«

»Mhm«, murmelte ich.

»Jetzt du«, forderte sie mich auf.

Ich ging die letzten drei Stufen hoch und versuchte dieselbe Desinfektions-Reihenfolge beizubehalten, die meine Schwester vorgegeben hatte. Am Ende sahen wir aus wie zwei OP-

Schwestern kurz vorm Eingriff. Wirklich *viel* besser jetzt, ganz klar.

»So, und jetzt darfst du durch die Tür gehen.«

Ich trat durch die Glastür, die in einen kleinen Vorraum führte, von dem aus man zur eigentlichen Wohnungstür gelangte. Es gab ein kleines Fenster, vor dem eine ziemlich trocken aussehende Palme stand. Auf ihr sah ich etwas, das mich sehr freute: eine Große Zitterspinne, *Pholcus phalangioides.* Früher gab es sie zu Dutzenden in jeder normalen Wohnung, aber in den letzten drei Jahren wurde sie kaum noch gesichtet. In vielen Teilen Deutschlands gilt sie bereits als ausgestorben, und auch hier wissen wir nicht, warum. Keine sinnvollen Daten, kein Hinweis, nichts. Ich trat näher an die Pflanze heran und beobachtete, wie sich die Spinne leicht bewegte und hin und her schaukelte.

»Hallo, kleiner Kumpel«, flüsterte ich und ärgerte mich, dass ich mein Handy unten gelassen hatte. Ich würde also noch einmal hier hochmüssen, um ein Foto zu machen. Ich richtete mich wieder auf und sah fragend zu meiner Schwester.

»Einfach klopfen«, forderte sie mich auf.

Ich klopfte und hatte meine Hand noch nicht wieder sinken lassen, da wurde die Tür schon aufgerissen. Vor mir stand ein blauer Müllsack in Menschengestalt.

Helix pomatia
Weinbergschnecke

Es musste sich um meine Tante handeln. Ganz sicher war ich mir zwar nicht, konnte es mir aber durch den Kontext herleiten, sag ich mal. Sie war komplett in einen blauen Schutzanzug gekleidet, der sie wie ein Müllsack auf zwei Beinen aussehen ließ. Ihr Gesicht war von einer OP-Maske und einer Laborbrille verdeckt, ihre Haare steckten unter einer zerknitterten Kapuze.

»Oh … okay, wow. Tante Auguste?«, fragte ich.

»Zoe!«, rief sie und winkte aufgeregt.

Da eine Umarmung wohl nicht drin sein würde, winkte ich einfach unbeholfen zurück.

»Wie schön, dich zu sehen«, sagte ich. *Zumindest deine Augen.*

»Ja. Entschuldige den Aufzug, ich war mir nicht sicher, ob Hanna dir schon die Regeln erklärt hat und du vorbereitet hier oben ankommst. Ich dachte, ich gehe lieber mal sicher.«

»Hanna hat mir schon alles erklärt, danke.«

Lieber erst einmal so tun, als sei das alles ganz normal.

»Prima!«, rief meine Tante, nahm die Laborbrille ab und schlug die Kapuze zurück. Ihre grau-braunen Haare waren zu einem Pferdeschwanz gebunden. Früher war sie kräftig und muskulös gewesen, doch mittlerweile sah sie hager aus, irgendwie ausgemergelt, nicht nur im Gesicht. Fast wie meine Mutter. Als sie aus dem Anzug stieg, sah ich, dass ihre Klamotten an ihr schlotterten. *Mein Gott, was ist hier los?*

Meine Schwester schien sich hinter mir ein bisschen wegzuducken.

»Kommt doch rein«, sagte unsere Tante und trat beiseite.

Die geöffnete Tür mündete in einen vollgerümpelten Flur. Meine Tante hatte immer schon die Angewohnheit gehabt, alles Mögliche aufzubewahren. Kein Müll und auch keine alten Tageszeitungen oder so, aber jedes Buch, jedes Souvenir von ihren vielen Reisen – oder auch Mitbringsel anderer Leute von deren Reisen – verblieb für immer in der Wohnung.

Ich trat in den Flur.

»Ich mach uns erst einmal einen Tee. Geht einfach geradeaus durch ins Wohnzimmer«, dirigierte uns meine Tante.

Einfach war hier schon mal gar nichts. In der Mitte des Flurs gab es nur einen schmalen Gang, durch den man sich regelrecht schlängeln musste. Links und rechts von uns stapelten sich Kartons und Bücher. *Wenn ich hier irgendwo anstoße, gibt es eine Lawine,* dachte ich.

Ich zögerte kurz, bevor ich das Wohnzimmer betrat. Hanna nahm den Anblick gelassen wahr, sie kannte das wohl schon, aber ich musste meine Augen ziemlich aufgerissen haben, denn als meine Schwester neben mir stand und meinen Gesichtsausdruck sah, flüsterte sie mir zu: »Haha, ja … Ist anfangs ein kleiner Schock, ne?«

Seit meinem letzten Besuch, der schon ein paar Jahre her war, hatte sich der … *Zustand* … meiner Tante und auch ihrer Wohnung deutlich intensiviert, und ich wusste nicht, ob ich lachen oder weinen sollte. In mir kämpften eine Menge Gefühle, vor allem eins stach heraus: Überwältigung. Absolute Überwältigung.

Das kleine Zimmer war voll. Sehr voll. Als wir ein paar Schritte in Richtung der Raummitte gingen, schienen die glasigen Augen unzähliger ausgestopfter Tiere jede unserer Bewegungen zu beobachten. Sie erinnerten mich an die Zeit in meiner Kindheit, als Tante Augustes Faszination für die Tierpräparation ihren Höhepunkt erreicht hatte und sie unserer Mutter – sie ist ja Tierpräparatorin – immer wieder tote Tiere mitbrachte, die sie für sie ausstopfen sollte.

Wo hatte Auguste die eigentlich her?

Ich war mir nicht sicher, ob ich die Antwort auf diese Frage wirklich wissen wollte. Mein Blick fiel auf einen vollgestellten Tisch in der Ecke des Raumes, auf dem eine zugeklebte, irgendwie pilzig aussehende Petrischale auf einem absurd hohen Bücherstapel stand. Ich drehte mich einmal um die eigene Achse und betrachtete die sich biegenden, völlig überladenen Bücherregale, die nicht nur mit Büchern, sondern auch mit allerlei Kleinkram gefüllt waren. Jetzt verstand ich Hannas Angst, dass Auguste mitsamt ihrem Hab und Gut durch die Decke krachen könnte, viel besser.

Ein Spinnennetz war zwischen den Ranken eines vertrockneten Farns aufgespannt, Gruppen zarter Muscheln bildeten ein Mosaik ozeanischer Erinnerungen, jede Rippe und Furche auf ihnen erzählte von salzigen Tiefen und lange vergangenen Zeiten. Daneben lag ein Stück knorriges, sonnengebleichtes Treibholz, ein kleines Fläschchen mit schillernden Schuppen stand neben einer Vase, in die ein Bündel Federn gesteckt worden war. Eine Reihe von kleinen, mit einem Korken verschlossenen Gläsern enthielt konservierte Pflanzen, hier mischten sich verwelkte Blütenblätter von Rosen und Wildblumen mit Grashalmen und feinen Zweigen, dort sah man Messingfiguren, eine Taucherbrille, einen Steinhaufen, Krimskrams.

Hanna griff nach einer Glaskugel, deren Schliff den Raum in Regenbogenfarben erstrahlen ließ, als sie sie in das Sonnenlicht hielt, das durch die staubigen Fenster fiel. In ihrem Inneren gedieh ein Miniatur-Ökosystem, eine Welt aus Moos und Steinchen und Ästchen. Sie stellte das kleine Terrarium wieder ab und ließ ihre Finger über die zahllosen Buchrücken wandern. Ich stellte mich neben sie und las die Titel: *Staphylinidae Deutschlands* (oh, was für mich!), *Die Mollusken Nordrhein-Westfalens, Wildtiere im urbanen Raum: Anpassung und Überleben, Der Kosmos Pilzführer, Schreibers Naturarium, Grundlagen der Genetik.*

Eine antike Lupe, deren Griff nach jahrelangem Gebrauch abgenutzt und glatt geworden war, lag neben einer Sammlung abgegriffener Bestimmungsbücher. Fleckige Seiten mit Eselsohren erzählten von den unzähligen Expeditionen, die Auguste früher unternommen hatte. Ich spürte einen schmerzhaften Stich, als ich das kleine, eingestaubte Bestimmungsbuch für Kinder sah, das wir immer hatten mitnehmen dürfen. Hanna hatte es auch gesehen und griff danach. Wir sahen uns stumm an und mussten gar nichts sagen, um zu wissen, was die andere gerade dachte und fühlte. Sehnsucht. Nostalgie, Trauer. All so was. Sie legte das Buch ungeöffnet wieder zurück.

Die wenigen regalfreien Stellen des Zimmers waren mit Postern und Schautafeln über Artenvielfalt, Naturschutz und Ökologie geschmückt, dazwischen hingen gerahmte alte botanische Illustrationen. Mein Blick verweilte auf den detaillierten Zeichnungen. Eine Ansammlung von Globen in einer Ecke weckte mein Interesse, und ich tippte einen an. Überraschend leichtgängig drehte sich die Kugel in der Holzhalterung, und meine Schwester stoppte sie mit dem Zeigefinger. Er landete in Portugal. Ich stellte mir unsere Tante Auguste in jungen Jahren vor, wie sie die Welt erforschte und all die Schätze barg, die nun in den vier Wänden dieses Zimmers eingeschlossen waren.

Jeder Gegenstand, jedes Stückchen hier enthält einen Teil der ehemals so offenen und freien Welt meiner Tante, die sie nicht mehr betreten kann, weil sie eingesperrt ist, dachte ich. *Sie kann nicht mehr raus, und jetzt steckt die ganze Welt hier drin. Und zwar schon viel zu lange ohne Update.*

»Setzt euch doch«, sagte Auguste, die uns mit einigem Abstand gefolgt war, in diesem Moment, und knetete nervös ihre Hände.

Sie stand uns gegenüber etwas steif mitten im Zimmer, vom angekündigten Tee war nichts zu sehen. Zum ersten Mal seit Jahren – und nun auch ohne, dass sie in einem Müllsack steckte – konnte ich einen Blick auf meine Tante werfen. Verstohlen musterte ich sie von Kopf bis Fuß. Sie trug Khakishorts und ein beige kariertes, kurzärmeliges Hemd und sah dabei zumindest äußerlich aus, als sei sie auf einer endlosen Safari, kurz vor einem Abenteuer, bereit, auf eine Exkursion zu gehen.

Die Stimmung im Raum war etwas angespannt. *So fremd und gleichzeitig so vertraut kann man sich vermutlich nur in einer Familie fühlen.*

»Setzen, ja. Ähm ...« Hanna runzelte die Stirn und sah sich um. »Wo denn?«

»Ah ... Ach so, natürlich, Moment.«

Unsere Tante huschte durch den Raum und räumte ein paar Stapel alter Fachzeitschriften von einem gepolsterten, antik aussehenden Sessel, auf dem Hanna Platz nahm. Ich selbst räumte mir einen kleinen Schemel frei.

»Ich war wirklich lang nicht mehr hier«, stellte ich fest.

»Ja, das stimmt«, antwortete meine Tante.

»Och, ich war hier ehrlich gesagt auch ewig nicht mehr«, sagte Hanna mit einem spielerisch grausamen Unterton, »was echt seltsam ist. Wir wohnen schließlich im gleichen Haus.«

Ich starrte Hanna an. *Wo kam das denn plötzlich her?*

»Ja, nun ...«

»Du warst auch echt lange nicht mehr unten bei uns.«

Anscheinend war das Kriegsbeil von eben noch nicht begraben. Ich beobachtete, wie Auguste begann, sich unwohl zu fühlen. Jetzt fragte ich mich doch, ob das mit der Dating-Plattform wirklich fürsorglich gemeint war oder ob Hanna unsere Tante einfach ärgern wollte. Oder war sie verzweifelt auf der Suche nach einer Reaktion?

»Na ja«, wollte ich einwerfen, doch Hanna unterbrach mich direkt wieder. »Gemacht haben wir auch lange nichts mehr«, schob sie beiläufig-lässig hinterher.

»Hanna, du weißt doch, es ist nicht so einfach«, sagte meine Tante, die immer noch mitten im Raum stand.

»Ja, das sagst du immer … Oder beziehungsweise schreibst du das, weil zum *Sagen* müsste man sich ja *sehen* oder wenigstens *telefonieren,* aber auch das passiert ja eher selten, ne? Es sei denn, ich bringe dir deine Einkäufe. Gesprächig bist du da aber auch nicht besonders.«

Meine Schwester hatte nun vollends in den Aggro-Modus geschaltet und hielt unsere Tante wie ein hilflos zappelndes Insekt mit der Pinzette ins Licht. Und sie schien Spaß dabei zu haben. *Uff.*

»Willst du HP14 füttern?«, versuchte meine Tante abzulenken.

»Keinen Bock auf die kack Schnecke.«

Sie ist kein Kind mehr, das sich mit einer Schnecke beschwichtigen lässt.

Ich dachte an das vorige Jahr zurück. Damals, als sie fünfzehn war, hatte sie mich in München besucht, wo wir zusammen auf einem illegalen Rave in einem Industriegebiet am Stadtrand waren. Die Straßenbahn war an jenem Abend für diese Uhrzeit und die Fahrtrichtung untypisch belebt gewesen. Ich hielt mich an meiner halb vollen Bierdose fest, während um uns herum junge Menschen lachten, tuschelten, sich etwas zuriefen, anstießen, knutschten, ausgelassen waren, lebten. Das Innere der Straßenbahn war damals nicht nur ein Ort, es war ein Organismus, der Menschen rein- und rauspumpte, der pulsierte, arbeitete, atmete. Für mich eine total neue Erfahrung, da ich normalerweise nicht so gerne feiern gehe. Als wir am Rave ankamen, standen die Stahltüren der Gebäude offen wie klaffende, dunkle Münder – bereit, uns und alle anderen zu verschlingen, und genau das wollte Hanna, glaube ich: verschlungen werden, verschwinden, Teil von irgendetwas werden, nicht mehr sie selber sein beziehungsweise sich kurz nicht wie Hanna – die Schülerin mit dem toten Vater und der depressiven Mutter – fühlen, das Mädchen mit der Tante, die in einem Haufen Krempel über ihr wohnte und sie einfach vergessen hatte. Auf der Tanzfläche sah ich, wie sie sich selbst ausschüttete und allein durch die Musik in einen Bewusstseinszustand kam, den andere nur mithilfe harter Drogen erreichen konnten. Ich war fasziniert und verstand da zum ersten Mal, dass meine kleine Schwester eben kein Kind mehr war.

Jetzt saß ich jedenfalls neben ihr bei meiner Tante, sah sie an und fragte mich, ob ich die schlechteste Schwester der Welt war, weil ich mich in letzter Zeit sehr offensichtlich nicht genug um sie gekümmert hatte und irgendwas mit ihr los war, von dem ich nichts wusste.

»Was ist das für ein Buch?«, fragte Hanna jetzt und zeigte auf einen in fleckiges Leinen gebundenen Wälzer. Anscheinend wollte sie meine Tante vom Haken lassen.

»Oh, das, lass mich sehen«, sagte Auguste und ging zum Bücherstapel, auf dem das Buch ganz oben thronte. »Das ist ein altes Erdkundebuch … interessant«, murmelte sie und blätterte darin. Unter *interessant* stellte ich mir was anderes vor, aber nun gut.

»So, was machen wir denn jetzt mit euch?«, fragte sie, nachdem sie das Buch wieder zugeklappt hatte.

»Ich weiß nicht. Was machst du denn normalerweise hier so den ganzen Tag?«, fragte Hanna.

»Ähm … Also ich arbeite eben.«

»Ja, aber außer der Arbeit?«

»Wie meinst du das?«

»Na in der Freizeit … Was machst du, um Spaß zu haben? Spaß, du erinnerst dich?«

»Sei nicht so schnippisch. Ich habe einfach viel zu tun. Die Zeiten sind schwierig, da kann Zoe mir sicher zustimmen. Und die Arbeit stapelt sich einfach. Aber sie macht mir auch Spaß.«

»Aha. Und hast du irgendwelche Freunde?«

»Klar«, entgegnete Auguste und klang dabei defensiv.

»Wen denn?«

Ich schaute zwischen Hanna und Auguste hin und her. Der Gesichtsausdruck meiner Tante hatte sich verhärtet.

Während der großen Pandemie ist nicht nur mein Vater gestorben. Auch unsere Großeltern und viele von Mamas und auch Augustes Freundinnen und Freunden haben ihre Infektion nicht überlebt. Augustes Freundeskreis hatte sich stark ausgedünnt, was auf jeden Fall bei der Entstehung ihrer Ängste eine Rolle gespielt haben musste. Ein heikles Thema, aber Hanna hatte das damals nicht so sehr mitbekommen. Also wusste sie nicht, dass sie in einer Wunde stocherte.

Gerade wollte ich etwas sagen, da kam Augustes Antwort: »Sophie. Meine beste Freundin, die kennst du doch noch.«

Hanna, die mittlerweile wieder auf dem Sessel saß, schlug die Beine übereinander und lehnte sich zurück.

Sophie, wer war das noch mal, überlegte ich, *war das die Komische mit den abrasierten Haaren und den vielen Papageien zu Hause?*

»Sagt mir nix«, brummte Hanna.

»Meine Freundin aus Studientagen, die mit den blonden Locken.«

Ah, jetzt weiß ich, wen sie meint. »Die, die so viel reist«, erinnerte ich meine Schwester. »Sie hat uns immer kleine Geschenke aus anderen Ländern mitgebracht.«

»Ah … ach die!« Hannas Gesicht hellte sich auf. »Ja. Die ist echt cool. Und macht ihr Videoanrufe, oder wie?«, fragte sie meine Tante.

»Und E-Mails, genau. Sie fragt auch immer nach dir, und ich erzähle ihr dann, wie es dir geht.«

»Und, wie geht es mir denn momentan?«

Da war es wieder, das kleine rastlose Tierchen in Hanna, das sie biss und zwickte und sie dazu bringen wollte, ebenfalls zu beißen und zu zwicken.

»Sag du es mir doch«, entgegnete Auguste, mit einem Mal vollkommen ruhig.

»Ist doch egal«, gab Hanna auf.

»Ist es nicht«, entgegnete unsere Tante.

»Mir geht's super, richtig gut, alles ist geil. Zufrieden?«

Auguste schwieg und sah sie nur an.

Hier scheint ja echt alles eskaliert zu sein.

»Ich mache uns Tee«, sagte Tante Auguste, jetzt schon zum zweiten Mal, und ging aus dem Zimmer.

»Hanna, ich …«, begann ich, doch sie unterbrach mich. »Mein Vater ist tot, meine Mutter in der Klapse, und ich sitze hier zwischen lauter ausgestopften Tieren bei meiner abgedrehten Tante, die seit Jahren das Haus nicht verlassen hat und mit einer Schnecke zusammenwohnt. Komm mir jetzt bloß nicht mit 'ner Standpauke, du hast echt keine Ahnung.«

»Sei nicht so«, sagte ich.

»Wie bin ich denn?«

»Wie … wie ein Teenager.«

Hanna setzte einen gespielt schockierten Gesichtsausdruck auf.

»Aber wieso hast du mir nicht Bescheid gesagt, dass es mittlerweile …« Ich suchte nach Worten.

»Dass hier alle durchgedreht sind?«, fragte Hanna.

»Na ja, ja. Ich meine, ernsthaft, das geht doch so nicht. Ihr wart doch gar nicht mal so selten bei mir in München, aber das habt ihr nie erwähnt. Und wenn ich mit Tante Auguste Mails schreibe, okay, das ist meistens wegen der Arbeit, sagt sie immer, es sei alles in Ordnung. Und für sie scheint es das ja irgendwie auch zu sein.«

»Keine Ahnung, wollte dich nicht stressen. Haben uns ja auch schon dran gewöhnt, kein großes Ding.«

Kein Großes Ding? An was hatte sich meine Schwester noch so alles gewöhnt?

»Und sag mal«, setzte ich wieder an, »wenn wir Auguste besuchen, muss ich dann jedes Mal dieses Reinigungszeug da machen? Auch, wenn ich nur kurz runtergehe, um mein Handy zu holen?«

»Natürlich«, sagte meine Tante, die plötzlich im Türrahmen stand, »es wäre sowieso gut, wenn du nicht so viel rausgehst. Ich meine … Wir haben eine Pandemie nach der anderen. Es ist sinnvoller, das Risiko einzuschränken. Du bist doch auch Wissenschaftlerin, du verstehst das doch, also dass es vernünftig ist, oder?«

Vernünftig ist das hier also, dachte ich und besah mir den ausgestopften Pfau, der auf einer kleinen Säule stand, genauer. *Sitzen da etwa ebenfalls ausgestopfte Mäuse auf seinem Rücken und reiten ihn?* Tatsache, der Pfau trug sogar ein kleines Zaumzeug. *Wer kennt es nicht.*

»Mh«, antwortete ich nur.

Stille.

»Ach, es ist so schön, dass du da bist, Zoe«, sagte meine Tante. »Es wäre doch toll, wenn wir jetzt häufiger was miteinander machen, denkt ihr nicht? Wir können ja abends immer zusammen essen, solange Mama auf ihrer Kur ist. Hier bei mir. Was haltet ihr davon?«

»Ne–«, begann Hanna.

»Ja, alles klar«, sagte ich lauter als sie.

»Gut. Ich muss jetzt ein paar Mails schreiben«, erklärte Auguste und ging in Richtung Arbeitszimmer. Den Tee hatte sie wohl wieder vergessen und uns gleich mit.

»Ich denke, ich gehe zu Lara.« Hanna hievte sich nach dieser Mitteilung ungelenk aus dem offensichtlich ein bisschen zu tiefen Sessel und ging zur Wohnungstür.

»Okay. Bist du dann gegen sechs Uhr wieder hier?«, fragte ich.

»Ja, *Mama.* Bis später!«, antwortete sie, als sie die Tür hinter sich schloss.

»Ich … Ich denke, ich werde jetzt auch gehen. Wir müssen noch Mama Tschüss sagen, die fährt gleich los«, rief ich und erhob mich ebenfalls von meinem Schemel.

»Ja, mach das. Wir können ja über Handy in Kontakt bleiben«, rief Auguste in den Flur.

»Gut. Dann geh ich mal.« Ich versuchte, möglichst wenig Gegenstände zu touchieren, während ich mir einen Weg in den Flur bahnte. Als ich aus der Wohnung kam und die Treppe hinunterging, sah ich meine Mutter schon am unteren Treppenabsatz mit ihren Koffern stehen.

»Oh, du bist schon so weit«, stellte ich fest.

»Ja, ich will den Zug nicht verpassen«, erklärte sie.

Die Angst vor verpassten Zügen oder Flügen war schon immer tief in meiner Mutter verankert. Egal zu welchem Anlass, sie ist immer mindestens eine Stunde zu früh, und das kann wirklich nervig sein. Nehmen wir zum Beispiel Bahnhöfe. Ich verstehe ja, dass Pünktlichkeit hier superwichtig ist, aber eine Stunde zu früh ankommen, wenn man kein Gepäck einchecken und keine Sicherheitsmaßnahmen durchlaufen muss? Das macht einfach keinen Sinn. Und erst die Partys, uff. Es ist, als hätte meine Mutter einen inneren Wecker, der sie dazu zwingt, bei jedem gesellschaftlichen Ereignis mindestens eine halbe Stunde zu früh zu erscheinen. Wie gesagt: *mindestens.* Es spielt keine Rolle, ob es sich um ein zwangloses Beisammensein oder eine formelle Angelegenheit handelt; sie ist immer *über*pünktlich. Und mal ehrlich, wer mag schon Gäste, die viel zu früh auftauchen? Es ist doch immer so, dass man im letzten Moment noch was erledigen muss, schnell noch saugen, weil man kurz vor knapp noch ein Glas hat fallen lassen, sich noch mal schnell umziehen, realisieren, dass man das Klo nicht geputzt hat, all so was. Und das alles findet dann eben im Beisein meiner Mutter statt, die höflich und unaufdringlich wirken will und deshalb permanent versichert, dass das alles gar nicht schlimm sei, nein, nein, keine Sorge!

»Na kommt her, meine Großen«, sagte sie jetzt und nahm Hanna und mich gleichzeitig in die Arme. »Ist doch auch schön, wenn ihr ein bisschen Zeit für euch habt, oder?«

Hanna und ich bejahten das brav, und mit einer Mischung aus Zuversicht und Unsicherheit im Gesicht drehte sich meine Mutter zur Tür und öffnete sie. Draußen wartete schon ihre Freundin und Arbeitskollegin Anne mit einem kleinen Elektrobus vom Naturhistorischen Museum, in dem beide arbeiteten. Eigentlich war meine Mutter strenge Verfechterin des öffentlichen Nahverkehrs, aber sie war jetzt schon so gestresst von der Angst, dass sie vielleicht zu spät zum Zug kommen könnte, dass sowohl Anne als auch ich ihr nicht zutrauten, nervlich mit dreimal Umsteigen zurechtzukommen. Würde sie auch nur einen Bus verpassen oder die U-Bahn zwei Minuten zu spät abfahren, meine Mutter würde vermutlich vor Stress in Ohnmacht fallen. Deshalb gab es heute Privattaxi für sie.

Hanna und ich luden die Taschen und Koffer auf dem Rücksitz ab, dann gab es eine letzte Umarmung, und kurz darauf winkten wir dem Auto hinterher.

»Hat Auguste sich eigentlich von Mama verabschiedet?«, fragte ich meine Schwester.

»Heute früh schon. Sie haben aus dem Fenster miteinander gesprochen.«

»Wie, Tante Auguste hat runtergerufen, und Mama stand im Garten, oder wie?«

»Japp.«

»Mein Gott, das muss aufhören.«

»Jo, viel Glück, Tantchen davon zu überzeugen. Ich hau jetzt ab.«

»Du bist beim Abendessen dabei, oder?«

»Jahaaa«, antwortete meine Schwester, rollte mit den Augen und ging die Straße entlang in Richtung Bushaltestelle.

Ocypus olens
Schwarzer Moderkäfer

Ich saß an meinem Rechner und betrachtete Bilder von sehr kleinen Käfern. Ich hatte noch über dreihundert dieser Datensätze vor mir, alles neue Arten, die seit Jahren in zoologischen Sammlungen schlummerten und die noch niemand beschrieben hat. Das war mein eigentliches Forschungsgebiet: *Staphylinidae,* oder auch einfach: Kurzflügelkäfer. Keine Ahnung, was das ist? Kein Problem, das geht den meisten Menschen so. Meine Freundinnen und Freunde raunen Gästen auf Partys zu, dass sie das Wort *Käfer* generell vermeiden sollen, wenn sie mit mir sprechen, weil ich nicht mehr zu bremsen bin, sobald mich jemand nach meinem Lieblingsthema fragt. Aber gerade ist niemand hier, also was wollen sie tun?

Also Staphyliniden, oh, wo soll ich nur anfangen? Diese winzigen Käfer, die von den meisten Menschen nicht registriert werden, haben einen besonderen Platz in meinem Herzen als Entomologin. Sie besitzen vielleicht nicht den so offensichtlichen Glamour von Schmetterlingen oder Hirschkäfern, aber ich kann mit guter Fachkenntnis sagen, dass sie zu den coolsten Kreaturen gehören, die man erforschen kann.

Das erste Mal richtig wahrgenommen habe ich sie, als ich als Kind mal einen Schwarzen Moderkäfer gefunden habe, der sich in den langen Haaren unserer damaligen Schäferhündin verheddert hatte. Der Körper war lang und schwarz, die dunklen Flügeldecken nur ganz kurz, sodass sie den Hintern frei ließen – eher wie ein Cape, das aus Stylegründen und nicht wegen der Funktionalität getragen wird. Der Käfer war relativ groß, und ich hatte zuerst Angst, ich war erst fünf oder sechs Jahre alt. Doch Tante Auguste hat den Käfer vorsichtig aus der Hundemähne gepflückt und mir auf die Hand gesetzt. Er stellte seinen langen Hinterleib auf und versuchte wohl sein Möglichstes, um gefährlich zu wirken – unsicher, was jetzt mit ihm geschehen würde. Kann man verstehen.

Meine Tante erklärte mir, dass ich vor Insekten keine Angst haben bräuchte, dass sie spannender als Füchse oder Wölfe oder andere »gefälligere« Tiere seien. Sie erzählte, dass es allein von den Kurzflügelkäfern über siebzigtausend bekannte Arten gebe und dass ich, wenn ich selber mal Forscherin sein würde, noch Zehntausende weitere Arten entdecken könne, wenn ich das wollte.

Ich glaube, sie hat das damals nur so gesagt und niemals gedacht, dass ich *wirklich* mal an diesen Tieren forschen würde. Das war auch gar nicht mein Plan gewesen, sondern hat sich eher zufällig ergeben. Aber Auguste hatte mit allem recht. Die Vielfalt ist so riesig, bei meiner ersten Exkursion in den Tropen musste ich quasi nur den Fuß heben und alles absammeln, was daran hängen geblieben war – boom, neue Arten entdeckt! Und damit ein neues Hobby. Denn das Beschreiben der neuen Arten ist eher so ein kleines Liebhaberinnenprojekt von mir, das neben meiner eigentlichen Forschung an den Zusammenhängen zwischen der Vielfalt der vorkommenden Kurzflügelkäfer und dem Zustand des entsprechenden Ökosystems läuft. Anfangs gab ich ihnen relativ gewöhnliche Namen, die oft irgendetwas mit ihrem Aussehen oder der Gegend zu tun hatten, an denen ich sie fand. *Scopaeus chrysolithus,* weil die Flügeldecken des kleinen Käfers so grünlich wie manche Exemplare dieser Mineraliengruppe geschimmert haben, *Scopaeus mare,* weil ich jenen Käfer am Meer entdeckt habe. Irgendwann bin ich dazu übergegangen, die Käfer nach berühmten Leuten, Filmen oder Musikstücken zu benennen – wieso sollte ich nicht etwas Spaß dabei haben? Schon einmal von *Hemisteiuis interstellaris* gehört? Den Käfer habe ich nach meinem Lieblingsfilm benannt, dem Weltraumklassiker *Interstellar.*

In den Tropen ist gefühlt das meiste noch unentdeckt, und manchmal sitzt mir bei der Arbeit diese diffuse Angst im Nacken, dass ich Käfer beschreibe und katalogisiere, die mittlerweile schon ausgestorben sind – und wir das einfach noch nicht wissen. Überhaupt ging man noch vor zweihundert Jahren davon aus, dass die Tropen nicht so artenreich wie die ach so überlegene westliche Welt der weißen Männer seien. Absurd, oder? Ich meine, die *Tropen,* meine Güte … Auch heute noch schleppen wir aus Exkursionen Hunderte bislang unbekannte Exemplare mit nach Hause. Manche der Proben, die entweder in Alkohollösung liegen oder getrocknet aufgespießt sind, sind zehn, zwanzig oder sogar sechzig und mehr Jahre alt. Wer weiß, wie viele dieser Arten von der sich immer schneller drehenden Biodiversitätskrise schon mit in den Abgrund gerissen wurden.

Jedenfalls: Ich liebe Staphyliniden. Man findet sie echt überall, im Boden, in der Laubstreu, in Pilzen, ü-b-e-r-a-l-l. Und genau deshalb saß ich jetzt vor meinem Rechner und beschrieb eine neue Art, um mich ein wenig zu beschäftigen und diesen kleinen, schwarz-braunen Käfer vor mir auf die wissenschaftliche Landkarte zu bringen, damit man, sollte er mittlerweile schon ausgestorben sein, weiß: Er war mal da. Manchmal weiß ich gar nicht, ob meine Arbeit mich glücklich oder traurig macht oder einfach beides.

Gerade überlegte ich, wie ich die Art, die ich momentan beschreibe, nennen würde, als es an der Tür klingelte. Ich erwartete niemanden, rechnete also eher mit dem Paketdienst. Als ich die Haustür öffnete, stand da: Cem.

»Oh, hi …«, begrüßte ich ihn ein wenig überrascht.

»Hey, mein Vater hat gesagt, dass du in der Stadt bist, und da dachte ich, dass ich gleich mal vorbeischauen muss!«, sagte er.

»Oh, okay. Cool, hi!«, wiederholte ich ein bisschen bescheuert.

Cem sah mich erwartungsvoll an. »Kann ich reinkommen?«

»Ach so, klar, sorry!«, sagte ich und ließ ihn eintreten. »Du weißt ja, wo das Wohnzimmer ist.«

»Natürlich, ich werde unsere Deckenzelt-Nächte, die wir als Kinder unter eurem Esstisch verbracht haben, nie vergessen!«

Erst jetzt bemerkte ich, dass er eine Flasche Wein in der Hand trug. »Wow, okay, du heute auch, ist es nicht ganz schön früh für Wein?«, fragte ich und ließ Cem an mir vorbeigehen.

»Stimmt. Aber zu meiner Verteidigung kann ich sagen, dass es sich um Weißwein handelt und es an einem schönen Sommernachmittag wie heute absolut legitim ist, im Garten zu sitzen und Weinschorle zu trinken.«

Hätte so auch von meiner Mutter kommen können.

»Na gut. Geh doch schon mal zur Terrasse durch, ich bring Gläser mit«, dirigierte ich ihn.

Als ich mit zwei Weingläsern mit Eiswürfeln und einer Flasche Sprudelwasser folgte, sah ich, dass Cem sich auf die kleine Treppe gesetzt hatte, die zur Wiese hinterm Haus hinunterführte.

»Dass eure Gärten vorm und hinterm Haus der absolute Albtraum meines Vater sind, ist dir klar, oder?«

Ich betrachtete die Wiese, deren Gräser und Wildblumen hüfthoch standen. »Oh ja«, stimmte ich lächelnd zu und setzte mich neben ihn.

Er öffnete den Schraubverschluss der Flaschen und schenkte uns erst reichlich Wein ein und füllte dann mit ein wenig Wasser auf.

»Du warst lange nicht mehr hier, oder?«, fragte Cem. Er hielt sein Weinglas in der Hand und stützte sich mit dem Ellbogen auf einer Treppenstufe ab.

»Ja, fast drei Jahre nicht. Hat sich irgendwie nicht ergeben, ich war zu eingespannt.«

»Hast du deine Familie die ganze Zeit nicht gesehen?«

»Doch, klar, sie haben mich ein paarmal in München besucht, also Mama und Hanna. Mama kriegt immer recht einfach Urlaub, deshalb kommen Hanna und sie meist zu mir. Bei mir ist das immer ein bisschen fummeliger. Bin froh, dass es jetzt so gut geklappt hat.«

»Ah, okay. Und deine Tante?«

»Die habe ich echt ewig nicht gesehen. Reisen war ja zuletzt ziemlich schwierig wegen der Hygienemaßnahmen ... Und sie reist ja eh auch nicht mehr so gern.«

»Pandemie, Pandemie, hach ja«, sagte Cem. »Bin aber einigermaßen froh, dass die Leute die Hygienevorschriften und das alles mittlerweile ernst nehmen. Weißt du noch, Corona? In unserer Kindheit?«

»Oh ja. *Es ist nur eine Erkältung!*«

»Ganz schön viele Erkältungen in letzter Zeit«, brummte Cem und nahm einen Schluck. »Wobei die Krankheiten jetzt ja wirklich deutlich schlimmer sind als alles, was wir bis dahin kannten. Aber wem sag ich das ... Hast du ja mit deinem Vater miterlebt.«

»Ja ... Wie ist das für dich als Arzt? Du bist ja direkt dran.«

»Kommt drauf an, ich bin ja in erster Linie Metzger in der Orthopädie, hehe. Aber ich muss schon immer mal einspringen, das stimmt. Der Krankenstand ist dann ja auch unter uns Krankenhausleuten superhoch, irgendwann triffts halt jeden, ne.«

Wir schwiegen und schauten beide in den Garten. Die hohe Wiese wurde von Büschen umrahmt, Johannis- und Stachelbeeren, wobei der Ernteerfolg mittlerweile mager ausfiel. Zu wenig Bestäuber.

»Dein Vater meinte, du machst eine berufliche Auszeit. Ist der Stress der Grund?«, fragte ich.

»Das hat er gesagt?«

»Ja.«

Cem drehte sein Glas zwischen den Fingern. »Ich bin entlassen worden.«

»Was? Shit, tut mir echt leid!«

»Ja. Sie mussten Stellen kürzen ...«

»Äh, okay ... Absolut nachvollziehbar kurz nach einer und quasi direkt vor der nächsten Pandemie.«

»... ja, oder? Nun, jedenfalls hat es zufälligerweise bei den Stellenkürzungen hauptsächlich Frauen und Leute getroffen, die halt nicht Schmidt mit Nachnamen heißen, sag ich mal. Na ja, und dass ich schwul bin, hat damit bestimmt auch was zu tun.«

»Krass ... Meinst du echt?«

»Safe.«

»Unfassbar, wie alles mittlerweile ... wie es sich verändert hat. Also wie alles plötzlich so geworden ist. Und wie man sich auch dran gewöhnt. Stell dir das mal vor fünfzehn, zwanzig Jahren vor! Jedes Mal, wenn man die Nachrichten anmacht, will man nur kotzen. Und jetzt sind auch noch die ganzen skandinavischen Länder aus der EU raus und ach. Es ist alles so kaputt. Lieber nicht drüber nachdenken, macht nur Angst, das alles.«

»Einfach ein riesiger Scheißehaufen, ja«, stellte Cem fest und leerte sein Glas. Er hatte einen ordentlichen Zug drauf.

Dann schenkte er sich nach, diesmal nur Wein. »Wie läuft es bei dir so«, fragte er.

»Du meinst, wie mein Job läuft, in dem ich dafür bezahlt werde, zu zählen, wie schnell alle möglichen Tiere aussterben? Fantastisch, der Arbeitsplatz ist mir auf jeden Fall sicher ... so, wie es umwelttechnisch bei uns aussieht. Eine Branche mit Zukunft!« Ich prostete mit meinem Weinglas in die Luft, Cem lachte.

»Was hat deine Mutter eigentlich am Rücken?«

»Fragst du jetzt als Nachbar oder Orthopäde?«

»Vielleicht beides?«

»Meine Mutter hat nichts am Rücken. Ebenfalls eine Lüge. Sie trinkt. Und ist jetzt in *Kur*, was vermutlich auch einfach ein schönes Wort ihrer Therapeutin für *Entzug* ist.«

»Shit, und ich tauche hier mit einer Flasche Wein auf, prima.«

»Schon okay. Aber ja, Alkohol ist ein schwieriges Thema hier im Haushalt.«

»Nicht nur bei deiner Mutter, oder?«

»Ich trinke fast nie, ich …«

»Ich meinte eher deine Schwester.«

»Hä? Was?« Ich hatte mein Weinglas abgestellt und schaute Cem jetzt einigermaßen ratlos an.

»Ach, egal, geht mich ja auch gar nichts an.«

»Ne, sag jetzt. Du kannst nicht so was raushauen und dann einen Rückzieher machen.«

»Ach, das ist einfach etwas, das mein Vater mir erzählt hat. Dass deine Schwester oft sehr spät nach Hause kommt, und meistens nicht mehr ganz nüchtern …«

»Stalkt der Hanna oder was?«

»Okay, das bekommst du gerade irgendwie in den falschen Hals, ähm …«

Ich setzte mich auf. »Wie bekommt man so was denn bitte in den *richtigen* Hals?«

»Okay, okay, stopp. Noch mal von vorn: Mein Vater stalkt niemanden. Der hat ja voll lange schon Schlafstörungen, weshalb er nachts im Haus herumgeistert. Und er beobachtet gern die Straße, das weißt du ja. Da ist er so ein bisschen ein Freak, wie ein Nörgelrentner. Unser Dorfsheriff halt.«

»Ja.«

»Und er hat nachts wohl Hanna häufiger gesehen und mir das erzählt. Und vor allem, dass er sich Sorgen um sie macht. Aber er rennt jetzt nicht durch die Nachbarschaft und posaunt da irgendwelche Theorien herum!«

»Sorry, ich … Ich weiß auch nicht.«

Cem sah mich an, während ich ebenfalls mein Weinglas leerte.

»Es ist einfach … Ich bin hier heute angekommen und habe das Gefühl, dass innerhalb meiner Familie alles außer Kontrolle geraten ist.«

»Magst du erzählen?«, bot Cem an. »Ich weiß, wir haben jetzt länger nicht mehr gesprochen und sehen uns nur selten, aber wir kennen uns seit unserer Kindheit. Also wenn du reden willst …«

Ich schenkte mir Wein nach, ebenfalls ohne Wasser. Jetzt musste man auch nicht mehr so tun als ob. »Dass meine Mutter trinkt, ist so eine Sache, die sich erst in den letzten zwei oder drei Jahren zugespitzt hat. Ich meine, sie war noch nie ein Kind von Traurigkeit, aber in letzter Zeit macht sie das echt häufig. So als … als Trost, weißt du? Zum Aufheitern, Ablenken, keine Ahnung, als Arzt hast du mit so was ja vielleicht auch zu tun.«

»In meinem jetzigen Fachgebiet habe ich eher mit den körperlichen Folgen feuchtfröhlicher Abende zu tun. Gebrochene Rippen durch Schlägereien im Suff, gebrochene Beine durch Stürze und so weiter. Aber in meiner Assistenzarztzeit hatte ich viele Dienste in der Notaufnahme, und ja, da kriegt man ein bisschen was mit. Ziemlich viel Scheiße auch.«

»Ja. Also es ist nicht so, dass Mama so eine richtig schlimme Säuferin ist, mit jeden Tag Abschießen und Blackouts und so, weißt du«, versuchte ich meine Mutter zu verteidigen. »Ich glaube, sie ist eher das, was man eine funktionale Trinkerin nennt. Sie kriegt das mit dem Job und alles super auf die Reihe, aber genehmigt sich halt fünf- oder sechsmal die Woche jeweils eine halbe bis eine Flasche Wein. Das ist zumindest das, was Hanna mitkriegt und mir erzählt. Ich weiß natürlich nicht, ob noch ein bisschen was dazukommt, wenn niemand hinguckt.«

Der Satz hing eine Weile in der Luft zwischen uns.

»Das ist wirklich ziemlich viel«, sagte Cem.

»Ja, finde ich auch, und ich habe große Angst, dass es sich immer mehr verselbstständigt, dass Hanna in drei, vier oder fünf Jahren vielleicht zum Studieren wegzieht, und dann sitzt meine Mama hier in diesem Haus und säuft sich jeden Tag die Hucke voll, weil sie so allein und traurig ist …« Dass ich in Tränen ausbrach, war jetzt nicht geplant, but here we are. Das Wasserwerk sprang an. »Ach du scheiße, sorry«, sagte ich und versuchte zu lachen, während ich meine Augen trocken wischte und die Nase hochzog.

»Schon gut«, sagte Cem und fummelte eine Taschentuchpackung aus seiner Jeans.

»Du bist ja gut vorbereitet«, stellte ich fest und schnäuzte mir die Nase.

»Heuschnupfen«, antwortete Cem nur.

»Ach so.«

Wir beobachteten einen Käfer, der sich gerade die Steinstufen hochkämpfte, während ich mich wieder ein bisschen beruhigte.

»Es ist so schwierig, also das alles, und jetzt kommst du damit an, dass meine Schwester auch irgendwie ein Problem entwickelt, und dann ist da ja noch meine Tante, die oben in ihrer Rumpelkammer sitzt und nicht mehr rausgeht und wie in Raserei alles und jeden mit Desinfektionsmittel einsprüht. Es ist einfach … Es ist einfach krass, und ich war so lange nicht da, und ich hab das Gefühl, dass ich mich nicht genug gekümmert habe. Es ist alles gerade so, so scheiße, Cem.«

»Tut mir sauleid … Ich hätte einfach das Maul halten sollen.«

»Ne, ist ja eigentlich gut, also ich will so was ja wissen. Was mit Hanna ist und so. Und ich bin ja jetzt ein paar Wochen hier und soll aufpassen, auf beide. Auf Hanna und Auguste.«

»Und wer passt auf dich auf?«, fragte Cem.

»Hör auf mit solchen Emo-Fragen, sonst heul ich gleich wieder los«, sagte ich mit einem gequälten Lächeln.

»Vielleicht sehe ich dich einfach gerne heulen? Vielleicht bin ich ein kranker Sadist? Vielleicht bin ich ja deshalb rausgeflogen, weil ich Menschen gerne leiden sehe? Vielleicht deshalb überhaupt erst Arzt geworden? Weißt du es?«

Cem grinste, und tatsächlich musste ich ebenfalls lachen. Ich schüttete wieder ein bisschen Wasser in mein Glas, weil ich mir gut vorstellen konnte, dass der Wein etwas mit meinem Gefühlsausbruch zu tun haben könnte.

»Aber sag mal, deine Tante …«

»Total durchgeknallt, japp«, bestätigte ich.

»Sie verlässt gar nicht mehr das Haus?«

»Nope. Ich war in ihrer Wohnung … Also es ist nicht dreckig oder so, nur ein bisschen eingestaubt, aber Alter … Es ist alles so zugeräumt, kann man sich schlecht vorstellen, muss man gesehen haben. Absurd.«

»Das ist so krass, ich meine, als wir Kinder waren, waren wir so oft mit Auguste unterwegs … im Wald oder an irgendwelchen Seen oder so. Im Stadtwald. Oder da am Baggersee, weißt du noch?«

»Ja, klar. Da habe ich schwimmen gelernt. War ’ne gute Zeit, damals.«

»Ja, voll.«

»Aber ernsthaft, du als Arzt: Was mache ich mit meiner Tante? Wie kriege ich sie da wieder raus?«

»Das fing mit dem Tod deines Vaters an, oder?«

»Nicht direkt … Also ich glaube, dass im ersten halben Jahr alles noch normal war. Also in Anbetracht der Umstände *normal.* Aber irgendwann ging es mit einem Waschzwang los, doch als meine Mutter ihr vorgeschlagen hatte, dass sie auch mal bei einer Therapeutin vorbeischauen könnte, hat Auguste abgelehnt. Der Waschzwang verschwand irgendwann, wir waren alle schon erleichtert … Doch dann sind noch Freunde und Freundinnen von ihr an der Krankheit gestorben, und sie bekam große Angst, das Haus zu verlassen. Weil sie sich nicht anstecken wollte. Und als dann nach der Pandemie die Leute so langsam wieder rausgingen, sich alles wieder öffnete, blieb meine Tante einfach … ja, zu Hause. Sie blieb einfach zu Hause.«

»Mhm. Ich bin kein Psychiater, und Ferndiagnosen mache ich als Arzt sowieso nicht. Aber habt ihr in eurer Familie richtig getrauert?«

»Natürlich, hallo, mein Vater ist gestorben?«

»Ja, aber ich meinte jetzt nicht, ob ihr traurig wart. Sondern ob ihr euch damit beschäftigt habt, das irgendwie aktiv angegangen seid.«

»Also wir waren bei einer Familienpsychologin, allerdings wollte Auguste da nicht mit. Aber auch wir waren nur zwei oder drei Sitzungen da. Keine Ahnung. Kann man falsch trauern?«

»Weiß nicht. Aber ich weiß, dass Traumata Zwänge oder Phobien auslösen können. Nicht müssen, aber können. Ich meine, es war ja schon krass: Pandemie, eh schlimm, so viele Tote, und euer Vater war einer davon. Das kann schon traumatisieren.«

»Ja, ich weiß. Ach, keine Ahnung«, sagte ich und stützte mein Gesicht auf die Hände. »Wenn sie nicht zur Therapie will, wird das eh nix. Dabei gibt es so viele Onlineangebote, Mann. Wir haben doch nicht mehr 2020.«

»Auguste ist jetzt nicht der Typ Mensch, der sich zu Sachen zwingen lässt, ne?«

»Ja, fuck.«

Schweigen.

»Vermisst du deinen Job? Und Hamburg?«, fragte ich, um das Thema zu wechseln, und dachte im selben Moment: *dumme Frage, natürlich.*

»Ja, schon«, gab Cem zu. »Keine Ahnung, was ich jetzt mache. Muss wohl eine eigene Praxis aufmachen. Jobtechnisch ist ja momentan eh alles etwas schwierig.«

»Kannst du dir das leisten, also 'ne Praxis?«, fragte ich. »Sorry, eigentlich mega die übergriffige Frage.«

»Ich hab dich zum Heulen gebracht, denke, das ist im Vergleich dazu absolut harmlos. Und äh, nein?« Cem lachte.

»Klasse, wie prima unsere Leben laufen!«, rief ich und hob mein Glas erneut. Er stieß an.

Cem blieb noch ein oder zwei Stunden, und wir plauderten über harmlosere Themen. Es wurde mir dabei erst so richtig bewusst, wie absurd es war, dass wir in den vergangenen Jahren so wenig Kontakt hatten. Mit ihm zu reden, war schön, vermutlich auch deshalb, weil man nur mit wenigen Menschen Erinnerungen teilt, die so weit in die eigene Vergangenheit zurückreichen.

Als er gegangen war – nicht ohne mir das Versprechen abzunehmen, dass wir das bald wiederholen würden –, blieb ich noch ein wenig sitzen, bevor ich mich bereit machte, um mit meiner Tante und Hanna zu Abend zu essen.

Ich hatte das Desinfektionsritual hinter mich gebracht und klopfte, als ich eine Nachricht von Hanna bekam.

wird etwas später

In dem Moment machte Auguste die Tür auf. »Zoe! Toll, kommt Hanna gleich nach?«

»Ich weiß nicht, sie schrieb, dass es wohl etwas später werden würde.«

»Oh, in Ordnung. Dann komm mal rein, ich habe schon angefangen.«

Die Küche war klein, aber gemütlich. Die braunen Holzregale waren angefüllt mit allerhand Zeug, mit Kräutertöpfen, Gewürzen und Teedosen, mit einer kleinen Sammlung Tütensuppen und selbst gemachten Marmeladen, Gelees und Essiggurken. Vorratsgläser voller Nudeln, Getreide, Mehl, trockener Linsen und Kichererbsen standen in Reih und Glied. Die Sammlung von Schneidebrettern, einige davon mit eingebrannten Tier- und Pflanzenmotiven, sowie Töpfe und Pfannen aus Gusseisen und Kupfer, ergänzt durch Backbleche und -formen, Messbecher und -löffel, eine Küchenwaage sowie Kochbücher übers Einmachen, Fermentieren und Saftpressen, über vegetarische Gerichte und Eisrezepte, nahmen außerdem jeden Zentimeter der hölzernen Arbeitsflächen ein – bis auf eine kleine Lücke, in der ein abgenutztes sauberes Schneidebrett in Bereitschaft lag. Früher hatte meine Tante gerne und viel gekocht, doch das war in einem anderen Leben gewesen, vor all *dem*.

Auf der anderen Seite der Küche stand ein kleiner quadratischer Esstisch mit drei Stühlen, wobei sich auf einem von ihnen Dokumente und Zeitschriften stapelten, *Nature* und *Science, Ecology Letters, Diversity and Distributions, Restoration Ecology, IBIS* und *Lakes and Reservoirs.* Eine Ausgabe von Letzterem lag aufgeschlagen auf dem Tisch, beim Überfliegen sah ich, dass es um eine Süßwasserschneckenart ging, die als ausgestorben galt, jetzt aber wieder in Nepal nachgewiesen worden war. *Endlich mal gute Nachrichten, wenngleich ein Tropfen auf den heißen Stein.* Man klammert sich als Forscherin eben an alles, an jede gute Nachricht, an jedes kleine Aufatmen, an jede Kombination aus Buchstaben und Zahlen, die den Mundwinkel nach oben zucken lässt, wenn auch nur kurz.

»Setz dich doch«, sagte meine Tante. »Ich hatte gerade

soooo ein anstrengendes Seminar. Unterrichtest du eigentlich mittlerweile auch?« Sie stand am Herd und hantierte mit Töpfen, Tellern und einer großen Schüssel. Es gab Nudeln und Salat, soweit ich das erkennen konnte.

»Ab und zu, ja, einmal im Jahr betreue ich einen Kurs zur Insektendiversität.«

»Ah, spannend. Sind die Studis bei dir gut vorbereitet?«

»Geht so, sag ich mal ...«

»Ich hab bei diesem Kurs da echt Probleme. Die sollten Texte vorbereiten, doch als der erste Student mit seiner Präsentation begann, war direkt klar, dass er den Artikel nicht gründlich gelesen hat. Er stolperte über alle Schlüsselbegriffe, konnte Forschungsergebnisse nicht erklären ... Es war echt zäh. Bei den anderen lief es kaum besser.«

»Hm«, sagte ich und setzte mich auf einen der knorrigen Holzstühle, »vielleicht haben die einfach wenig Zeit? Oder ist das Pensum doch zu hoch?«

»Von meinem Kurs? Finde es eigentlich okay.«

»Ich meine insgesamt. Studieren ist stressig, weißt du?«

Auguste drehte sich mit der Schöpfkelle in der Hand um. »Natürlich weiß ich das, denkst du, ich habe meine Abschlüsse in der Lotterie gewonnen? Ich bin ja auch geduldig, versuche, ihre Wissenslücken zu schließen, statt sie einfach nur schlecht zu benoten. Ich weiß auch nicht. Vielleicht liegt es an mir, an meiner Art zu unterrichten.« Sie drehte sich wieder den Töpfen zu und rührte in einer Soße. Es roch ziemlich gut, nach Tomaten und frischen Kräutern. Die baute sie seit jeher auf ihren Fensterbänken an, obwohl sie das auch im Garten machen könnte.

»Vielleicht ... Vielleicht liegt es an der Onlinelehre?«, fragte ich vorsichtig. »Also dass es für viele Studis einfacher ist, vor Ort zu lernen, wissen wir ja aus Untersuchungen. Vielleicht kommen nicht alle mit Onlineseminaren klar?«

»Ich weiß. Das geht auch anderen Lehrenden so, hab die ja gefragt. Die versuchen mich auch immer aufzumuntern, sagen mir, dass sie auch Probleme in ihren Onlineseminaren haben ... Aber ich habe eben *nur* die Onlineseminare, es geht nicht anders.«

»Hast du mal überlegt, an die Uni zurückzukommen? Also vor Ort?«

Auguste drehte sich um und sah mich entsetzt an. »Aber doch nicht während einer Pandemie!«

»Ja, nun, die letzte Pandemie ist zwei Jahre her ...«

»Es gibt schon wieder beunruhigende Daten aus den USA, da braut sich was zusammen.«

»Das stimmt. Aber davor? In den letzten zwei Jahren? Ich meine ... Wann warst du denn zuletzt draußen?« Ich bewegte mich auf Minengebiet. Meine Tante schichtete jedoch unbeirrt Spaghetti und Soße auf Teller.

»Seit vielen Jahren nicht mehr.«

»Vermisst du es nicht?«

Sie schwieg. Ich überlegte, ob ich noch einmal nachhakte oder es gut sein ließ.

»Wann kommt deine Schwester?«

»Ich weiß nicht ...« Ich nahm mein Handy und schrieb Hanna. *Wann kommst du genau? Wir sitzen hier am Tisch und warten.*

Ein Haken: angekommen. Ich wartete kurz. Zweiter Haken: gelesen.

Doch sie tippte nicht.

Ich rief sie an, wurde weggedrückt.

»Sie drückt mich weg«, stellte ich erstaunt fest. *Das ist ja wohl nicht ihr verdammter Ernst.*

»Ja, das sieht ihr ähnlich«, sagte Auguste und brachte Teller und Schüsseln rüber.

»Wie meinst du das?«

»Deine Schwester befindet sich in einer … wilden Phase, sag ich mal. Sie ist etwas unberechenbar momentan. Probiert sich eben aus, wie man das halt so macht.«

Jetzt fing auch sie noch damit an.

»Sie feiert viel?«

»Kann man so sagen.«

»Wie kriegst du das mit?«

»Ich höre, wenn sie nachts nach Hause poltert. Und ehrlich gesagt riecht sie nicht selten nach Alkohol, wenn sie mir meine Sachen bringt. Ist verkatert. Solche Dinge eben.«

Meine Tante hatte sich gesetzt und zu essen begonnen. Ich starrte sie fassungslos an.

»Was sagt Mama dazu?«

»Ich weiß nicht, deine Mutter ist mir gegenüber ein wenig … reserviert.«

»Aber du sagst es ihr?«

»Natürlich.«

Langsam nahm ich die Gabel auf und stocherte in meinem Essen herum. Mir war jeglicher Appetit vergangen.

»Glaubst du, sie rutscht gerade in ein Alkoholproblem?«, überwand ich mich zu fragen.

»Nein, das denke ich nicht. Sie hat sich nur ein wenig verloren, glaube ich. Sucht irgendwas in den Nächten, das sie hier nicht finden kann.«

»Was soll das heißen?«

Meine Tante hörte auf zu essen und legte ihr Besteck beiseite. »Seien wir mal realistisch. Hanna ist das Nesthäkchen, sie war das ungeplante verspätete Geschenk in dieser Familie. Du konntest mit Mutter und Vater aufwachsen, sie nicht. Jens …« Sie schluckte. Es fiel ihr immer noch schwer, über Papa zu reden. »Jens ist tot. Ihre Mutter hat Probleme. Und du wohnst schon lange nicht mehr zu Hause. Und ich … Nun, ich habe wenig Zeit. Ich denke da schon länger drüber nach, komme zu keinem Schluss. Aber wenn ich ganz ganz ehrlich bin, kann ich mir vorstellen, dass sie sich fühlt, als hätten wir sie –«

»– im Stich gelassen«, vervollständigte ich den Satz. »Fuck.«

»Ist natürlich ziemliche Küchentischpsychologie, und das nicht nur, weil wir jetzt gerade am Küchentisch sitzen.«

Ich lächelte höflich über Augustes lahmen Witz.

»Aber ich glaube, deiner Schwester geht es nicht so gut im Moment.«

»Ich habe immer mehr das Gefühl, dass es hier niemandem in dieser Familie auch nur ansatzweise gut geht«, sagte ich und begann dann doch, Nudeln auf meine Gabel zu drehen.

Phlogophora meticulosa
Achateule

Hanna kam um halb drei Uhr nachts nach Hause. Ich war bei brennendem Licht auf dem Sofa eingenickt und schreckte auf, als die Haustür zufiel.

»Hanna?«, rief ich und rappelte mich auf.

»Mhm«, hörte ich es murmeln.

Ich stand auf und ging in den Flur, wo ich vor meiner komplett zerschossenen Schwester stand. Sie schwankte, schielte, ihre Pupillen waren große schwarze Löcher.

»Bist du drauf?«, fragte ich.

»Hm?«, fragte Hanna.

»Hast du Drogen genommen?«, fragte ich. Meine Stimme bebte vor unterdrückter Wut.

»Ichhabnurbisschenwasgetrunken«, war die Antwort.

»Wo warst du?«

»Raven mit Lena. Muss jetzt pennen.«

Ich wollte sie schütteln und anschreien, wollte Mama anrufen und sie anschreien, wollte zu Auguste hochrennen und auch sie anschreien, aber ich stand nur da und sah zu, wie meine Schwester ins Badezimmer wankte. Alles in mir fühlte sich an, als würde ich in einem der Aufzüge im Maintower stehen und ungebremst nach unten rasen. Kabel gerissen, ciao.

Ich ging wieder zurück ins Wohnzimmer und dachte noch einmal ernsthaft darüber nach, mir jemanden zum Anbrüllen zu suchen. Stattdessen klappte ich meinen Rechner auf und startete eine vertraute Abfolge von Tastenanschlägen, die ich immer dann tippte, wenn ich mich von etwas Unangenehmem ablenken wollte. Schon war er offen und lockte mich zu sich, unser Zufluchtsort. Unser Leuchtfeuer. Unser Akt der Rebellion gegen ein unterdrückerisches Regime – das Forum der Nachtschwärmer beziehungsweise: nighthawks. Gegründet von einem anonymen Kollektiv von Wissenschaftlerinnen in den USA, war dieses (höchst illegale) Onlineforum aus der Asche der immer weiter ausufernden frauenfeindlichen Gesetze entstanden, eine Oase inmitten der trostlosen Landschaft von Abtreibungsverboten und Verhütungseinschränkungen. Denn als der Biodiversitätscrash kam, viele Arten sich verabschiedeten und rechtspopulistische Positionen auch deshalb wieder Konjunktur hatten, weil die Leute es plötzlich mit der Angst zu tun bekamen, brachen auch über unser liberales Land repressive Gesetzgebungen herein. So war das die moderne Realität von Frauen im Jahr 2041: Abtreibungen waren komplett verboten, außer im medizinischen Notfall. Hier in Deutschland, aber auch in den meisten anderen EU-Staaten. Verhütungsmittel wie die Pille gab es nur für verheiratete Paare, und da auch nur, wenn der Mann seine Zustimmung gab. Die Pille danach gehörte der Geschichte an, genau wie umfassende gesundheitliche Aufklärung.

Im Nachtschwärmerforum gibt es anonyme und sichere Beratung für Frauen. Das Forum befindet sich im Dark Web, ist also nur über einen bestimmten sicheren, verschlüsselten Browser erreichbar. Das ist wichtig, da das Internet mittlerweile überwacht und zensiert wird, oder wie unsere Regierung sagt: *Das Internet wird von Fake News freigehalten, sodass es von allen Menschen sicher benutzt werden kann.*

Ich loggte mich ein und sah als Erstes mein kleines Profilbild: eine Achateule, einen meiner Lieblingsschmetterlinge. Mittlerweile auch ausgestorben, klar.

Dann klickte ich mich zum deutschen Forum durch und scrollte dort durch die offenen Beiträge, die noch keine Antworten hatten.

Bei einer Anfrage blieb ich hängen. NightGRRL schrieb: *Kann man während der Menstruation schwanger werden?*

Ich nahm den Rechner vom Tisch und setzte ihn auf meinen zum Schneidersitz zusammengeschlagenen Beinen ab. *Es ist zwar unwahrscheinlich,* tippte ich, *aber nicht unmöglich.* Dann erläuterte ich die Feinheiten des Menstruationszyklus, des Eisprungs und der Langlebigkeit von Spermien. Ich habe schon häufiger darüber nachgedacht, mir eine Datei anzulegen, wo ausführliche Erklärungen und Antworten vorgeschrieben wären, allerdings hatte ich zu große Angst, dass solche kompromittierenden Inhalte gefunden werden würden. Nicht nur bekäme ich dann wohl massiv Probleme, auch die Existenz dieses Forums würde auf dem Spiel stehen. Es war sowieso ein Wunder, dass bislang noch nichts passiert und die ganze Sache noch nicht aufgeflogen war.

Eine andere Nutzerin fragte nach sicheren Abtreibungsmethoden, wobei die Verzweiflung ihrer vermutlich schnell dahingetippten Worte in einer Menge Tippfehler abzulesen war. Ich informierte sie über die von der WHO genehmigten Protokolle und in welchen Ländern es noch die Möglichkeit gab, so einen Eingriff vornehmen zu lassen. Und auch, wo es illegale Alternativangebote im Land gab – von Ärztinnen und Ärzten, die alles riskierten, um Frauen weiterhin die medizinische Versorgung bieten zu können, die sie verdienten.

Es folgten eine Reihe von Fragen zur Empfängnisverhütung, auf die ich jeweils detailliert einging und die biologischen Mechanismen, die Wirksamkeit und mögliche unerwünschte Begleiterscheinungen erklärte. Durch meine akademische Ausbildung verfüge ich zwar über ein umfangreiches Repertoire an biologischem Wissen, doch die wahre Herausforderung bestand darin, dieses Wissen in verdauliche Informationsbrocken für diejenigen zu übersetzen, die mit dem biologischen Fachjargon weniger vertraut waren und sich vermutlich gerade in einem Zustand absoluter Panik oder tonnenschwerer Angst befanden.

Meine Finger jagten im dunklen Wohnzimmer über die Tastatur, und ich merkte erst nach ein oder zwei Stunden, dass der Sonnenaufgang durch die zugezogenen Vorhänge lunste. Ich klappte den Rechner zu und schlurfte zu meinem alten Zimmer. Über die Schwelle zu treten, fühlte sich an, als würde ich von einer Zeitkapsel verschluckt, in der das kleine Mädchen, das ich einst war, immer noch herumgeisterte.

Jedes Mal, wenn ich diesen Raum betrat, kam er mir kleiner vor, als ich ihn von früher in Erinnerung hatte, die Dimensionen schienen sich im Laufe der Jahre irgendwie verringert zu haben. Doch jede Ecke, jeder Winkel, jedes alte Möbelstück war mir total vertraut.

Auf der einen Seite des Zimmers stand mein alter Holzschreibtisch, dessen Oberfläche durch jahrelanges leidenschaftliches Skizzieren, hektisches Notieren und gelegentliches Verschütten von Getränken, Farben oder sonstigen Flüssigkeiten gezeichnet war. In Bechern steckten Buntstifte, auf den Regalen fanden sich alte Schulbücher und meine Notizbücher, Skizzen von Insekten und das eine oder andere gepresste Blatt.

Auf einem kleinen Regal über meinem Bett standen Insektenmodelle, die ich aus Pappmaché gebastelt und dann mit Gouache-Farben bemalt hatte, und eine Reihe verstaubter Naturführer, deren Buchrücken vom ständigen Gebrauch zerknittert waren, flankierten die Modelle – jeder Band randvoll mit meinen handschriftlichen Notizen und Ideen, die ich mit Kuli an die Seite neben die gedruckten Texte gequetscht hatte. Über dem Schreibtisch hing eine alte Korkplatte, die komplett mit Fotos, Eintrittskarten von Konzerten, Postkarten und Stickern vollgepinnt war. In der Ecke des Zimmers stand ein alter, abgenutzter Sessel unter dem Fenster, eine gemütliche Ecke, in der ich unzählige Stunden lesend und Serien schauend verbracht habe. Ein fadenscheiniges Kissen, das mit einer Libelle bestickt war, lag noch immer auf dem Sessel – ein Geschenk meiner Tante Auguste.

Ich stellte den Laptop auf dem Tisch ab und legte mich ins Bett. Sobald ich wieder aufwachte, würde ich mit meiner Schwester sprechen müssen, so viel war sicher.

Osmia cornuta
Gehörnte Mauerbiene

Hanna mauerte am nächsten Morgen. Auf meine Frage, wo sie denn gewesen sei, murmelte sie nur wieder irgendwas von einem Rave, und ich hatte nicht die Nerven, alle Details aus ihr herauszuquetschen.

Ich ließ sie auskatern und besuchte meine Tante, um mit ihr über Hanna zu sprechen, doch auch sie konnte mir nicht mehr sagen als am Tag zuvor. Überhaupt war sie sehr abgelenkt.

»Sag mal, was schaust du denn dauernd auf dein Handy?«, fragte ich sie.

»Ach … Ich warte auf eine Nachricht von Sophie. Hab schon lange nichts mehr von ihr gehört.«

»Wie lange ist denn *lange?*«

»Fast zwei Wochen.«

»Oh, okay, ist nicht wenig.«

»Ja, sie ist auf Exkursion, sucht nach so matriarchalen Gemeinschaften in den Alpen.«

»Ah, das erklärt es doch, die Verbindung ist da bestimmt nicht so toll.«

»Ja … vielleicht. Aber es ist dennoch untypisch. Sie meldet sich immer, auch wenn sie unterwegs ist.« Meine Tante runzelte die Stirn. »Und wenn sie eine Weile nicht erreichbar sein wird, sagt sie vorher Bescheid. Dieses Mal ist es aber irgendwie … anders.«

»Machst du dir echt Sorgen?«, fragte ich.

»Ich weiß nicht. Ja? Oder nein. Nein, bestimmt ist alles in Ordnung. Egal.« Auguste steckte ihr Handy wieder weg. »Sag mal, wie läuft eigentlich deine Forschung?«

»Ach, ganz gut. Ich hab letztens interessante Daten zu Mauerbienen gefunden, *Osmia cornuta*. Es gab wieder Sichtungen in Nordrhein-Westfalen. Good news.«

Meine Tante nickte. Wir hatten es uns im Wohnzimmer bequem gemacht, und ich saß auf dem Sessel, auf dem Hanna das letzte Mal gesessen hatte, während meine Tante auf dem Schemel hockte. Wir tranken Tee, wofür wir immer unsere Masken kurz runterzogen.

»Arbeitest du noch an dem *Macroglossum*-Projekt?«, fragte sie.

»Ja, ach, die Taubenschwänzchen … Ich werde nicht schlau aus den Daten, wirklich nicht. Wie kann ein Tier einfach in die Berge fliegen und dort verschwinden? Das ist doch absurd!«

»Hm, wirklich ungewöhnlich … Gab es Einzelsichtungen?«

»Nein, das ist es ja! *Das* macht ja alles so seltsam. Keine Einzelsichtung, keine Totfunde, gar nichts. Als hätte es diese Schmetterlinge nie gegeben!«

»Das kann nicht sein.«

»Eben. *Das kann nicht sein!* Das sage ich dauernd, das sagt Charly dauernd, also meine Freundin, die daran forscht … Alle meine Kolleginnen und Kollegen sagen es, die Leute von Oxford sagen es, alle! Das ist ja das *Ding*, diese Unmöglichkeit davon. Ich versteh es einfach nicht.«

»Wie damals bei den Spinnen«, sagte meine Tante. »Da hätte ich auch erwartet, dass sich zumindest die Spinnenkadaver irgendwo stapeln müssten, wenn es zum Beispiel ein Umweltgift war, das sie getötet hat … Aber auch nichts. Es wurden einfach immer weniger, über zwei Jahre lang, was ja trotz allem ein atemberaubendes Tempo ist. Wenn ich es mir recht überlege, ist es dann doch eher so ein Fingerschnipsen im Evolutionskontext. Ich frage mich … Ich frage mich, ob es so was wie ein Versteck gibt. Wo es einfach noch Populationen gibt, irgendwo geschützt.«

»Du meinst ein Reservoir?«, fragte ich sie.

»Ja, genau. Alles andere wirkt so unlogisch.«

»Ja, keine Ahnung. Wäre doch schön, es würde irgendwo ein Taubenschwänzchen-Reservoir geben, und wir haben es einfach nur noch nicht gefunden.«

Meine Tante dachte nach. »Gibt es Laborpopulationen?«, fragte sie.

»Ne, nichts. Hat ja niemand kommen sehen.«

»Verstehe. Und deine sonstige Forschung? Die Staphyliniden? Hast du das Paper mit dem Vergleich der Ökosysteme durch?«

»Immer noch Peer-Review.«

»Wie lang liegt es da jetzt schon rum? Zwei Monate, drei? Dass die immer so ewig brauchen, Paper durchzugehen. Mittlerweile haben sie KI-Unterstützung und alles, kriegen es aber dennoch nicht schneller hin. Affig.«

Ich nickte nur.

Tante Auguste ist eine glühende Verfechterin der Effizienz. Wenn es möglich gewesen wäre, Zeit auf einem Konto anzusparen wie in dem Kinderbuch *Momo,* hätte sie es getan. Meine Tante war schnell und produktiv und das in so ziemlich allem. Als Kind habe ich manchmal Schach gegen sie gespielt, und sie ließ jede Partie wie ein Gewirr von Händen und Figuren aussehen. Wo andere lange grübelten, spielte sie wie in Raserei. Ironischerweise ließ sie diese Effizienz in ihrer Wohnung komplett vermissen. Auch jetzt fühlte ich mich wieder auf dem Sessel, als würde ich im Versteck eines sammelbesessenen Hamsters hocken, das Nest vollgestopft mit Dingen, die andere als trivial oder überflüssig abgetan hätten. Vom fünfzigsten Korkenzieher über Campingausrüstung bis hin zu Bedienungsanleitungen für Geräte, die sie nicht einmal (mehr?) besaß, hatte meine Tante alles aufbewahrt, *für den Fall, dass es eines Tages nützlich sein könnte.* Dieser Tag würde wohl nie kommen, aber sie bestand darauf, für den Fall der Fälle vorbereitet zu sein – und zwar für *jeglichen* Fall, wie es schien. Sollte eine Clownstruppe vor ihrem Haus eine Panne haben und ihre vielen Ballontiere schnell aufblasen müssen, hätte meine Tante sicherlich mehrere Luftpumpen in Industriestärke parat gehabt. Ich betrachtete ein Regal mit mehreren Brettspielen. Das Komitee der Domino-Weltmeisterschaft beschließt, ein wichtiges Spiel in ihrem Wohnzimmer auszutragen? Kein Problem, Auguste hätte mehrere Sets Dominosteine bereitstellen können. Während meine Tante an ihrem Tee trank und ich meinen Blick durch den Raum schweifen ließ, sah ich eine Marienstatue ganz oben auf einem Regal, was mich dann doch ziemlich verwunderte.

Tante Auguste findet ihre Zuflucht in der Wissenschaft. Sie ist ihre Quelle der Wahrheit, ihr Leitstern, ihr Lebenssinn, die größte Liebe und Beziehung ihres Lebens. Sie würde es niemals zugeben, aber ich bin mir sicher, dass sie die verstorbene Biologin Jane Goodall mehr liebt als mich oder meine Schwester. Sie verehrt die wissenschaftliche Methode mit derselben Inbrunst, mit der manche Götter anbeten. Religion hält sie jedoch für einen unproduktiven Zeitvertreib, weshalb ich einigermaßen erstaunt über dieses Artefakt war. Vielleicht ein Mitbringsel.

Sie schaute gerade wieder auf ihr Handy.

»Hast du mal versucht, Sophie anzurufen?«, fragte ich sie, nachdem ich meinen Blick von den sagenhaft hässlichen Strumpfwaren losgerissen hatte.

»Ja, aber ihr Handy ist aus.«

»Oh … Vielleicht ist es kaputt?«

»Und ihr Rechner auch? Die Briefkästen?«

Hilflos zuckte ich mit den Schultern.

»Hast du eigentlich vor, zu arbeiten, während du hier bist?«, fragte Auguste und wechselte damit abrupt das Thema.

»Ja, ich muss ein paar Sachen für zwei Projekte erledigen, außerdem betreue ich eine Bachelorarbeit. Und ich wollte vielleicht ein bisschen kartieren …«

»Hier mal ein wenig den Insektenbestand zu erheben, ist sicherlich keine schlechte Idee«, befand auch meine Tante und nickte zufrieden.

»Ja, ich dachte daran, vielleicht auch im Grüneburgpark zu kartieren. Die letzten Daten, die ich finden konnte, waren von 2024.«

»Klingt gut, vielleicht können wir ja zusammen ein kleines Paper machen.«

Das wäre natürlich super, ihr Name war ein absolutes Schwergewicht in der Wissenschaft. Ein Paper mit ihr hatte sehr gute Chancen, sogar bei den größten Magazinen durchzukommen.

»Sehr gern zusammen, würdest du dafür mitkommen?«, fragte ich mit naiver Hoffnung.

Meine Tante riss die Augen auf. »Natürlich nicht, das wäre ja viel zu gefährlich!«

Mich würdest du also einfach in diese Gefahr da rausschicken, alles klar, danke dafür.

»Okay«, sagte ich, »aber …«

»Du sammelst, wir werten gemeinsam aus. Du hast ja dein Mikroskop dabei, damit kannst du dich im Arbeitszimmer mit einrichten. Komm«, forderte sie mich auf, stellte den Tee ab und erhob sich.

Als wir in der Tür des Arbeitszimmers standen, ließ ich den Raum auf mich wirken. Wieder war es nicht schmutzig, nicht einmal hässlich oder so, es sah eigentlich sehr schön aus. All die Regale voller Bücher, die Präparate und Zeichnungen an den Wänden, die Gläser und Glasglocken voller eingelegter Proben, die Papierstapel überall. Es war wie der Prototyp des Arbeitszimmers eines verrückten Genies, hatte sogar etwas Filmhaftes mit dem Sonnenlicht, das durch die matten Scheiben fiel und den Staub in goldenen Strahlen tanzen ließ. Trotzdem gab es ein Problem: Es war absolut kein Platz. Weder für mich noch für mein Mikroskop oder auch nur meinen Rechner. Es sah fast aus, als hätte meine Tante sich eine Stelle in das Chaos hineingefräst, um dort an einem kleinen Teil ihres Schreibtisches sitzen zu können.

»Nun«, begann ich, doch meine Tante schien dasselbe zu denken.

»Ich würde vorschlagen, du arbeitest eventuell doch im Wohnzimmer.«

»Ich kann auch einfach unten in meinem Zimmer arbeiten, das ist kein Problem.«

»Nein, dann musst du dich ja alle zwanzig Minuten desinfizieren, wenn ich kurz mit dir sprechen will. Das ist absolut ineffizient.«

»Wir könnten Videocalls machen? Oder chatten?«

»Nein, Zoe, jetzt bist du schon mal da, die Zeit sollten wir nutzen.«

Ich gab mich geschlagen und nickte. Gleichzeitig fragte ich mich, ob meine Tante einsam und einfach froh war, dass mal jemand da war.

Eristalis tenax
Mistbiene

Die Junisonne fiel durch das üppige Grün der Baumkronen und warf Schatten auf den unbefestigten Weg, der sich durch den Park schlängelte. Kinder lachten und spielten auf dem jetzt schon verbrannten Rasen, Fahrradfahrer radelten an mir vorbei, Hunde trotteten neben ihren Besitzerinnen her, die Nasen an den Boden oder den Hintern eines anderen Hundes geheftet. Es war wieder einmal über dreißig Grad heiß, und der Schweiß lief mir in die Augen. Ich hasse die heißen Sommer. Schon Ende April, Anfang Mai geht es los mit den Temperaturen über fünfundzwanzig Grad, und ab Juli durchlebt man jeden Tag wie im Backofen, bis es Ende Oktober endlich kühler wird. Ich stellte mir vor, wie die durstigen Bäume sich zur Wasserflasche an meinem Rucksack hinunterbeugten, die Blätter wie Ketten rasseln ließen und das Holz *Wasser, Wasser* knarzte. Wie sie ihre Wurzeln aus dem Boden rissen und damit auf den Weg traten, wie sie die Verfolgung aufnahmen und mich und meine Wasserflasche durch den Park jagten. Ich verscheuchte den Gedanken.

In meiner bewährten Feldausrüstung stand ich auf einer Wiese, mein Tablet fest in der Hand. Vor mir erstreckte sich der Grüneburgpark auf der Seite des Palmengartens, und ich hatte mir gerade ein Transekt abgesteckt. Das ist im Wesentlichen eine Strecke, an der ich entlanggehen und die Arten aufschreiben würde, die ich entdeckte.

Ich sah beispielsweise ein paar Mistbienen, *Eristalis tenax*, die jedoch eigentlich keine Bienen, sondern große, flauschige Schwebfliegen waren, welche sich lediglich als Bienen ausgaben. Den nicht gerade schmeichelhaften Trivialnamen haben sie erhalten, weil es sich ihre Larven gerne in Sickergruben oder Jauche gemütlich machen. Ich bemerkte auch ein paar kleinere Käfer, einige Ameisen und auch einen Zitronenfalter, was tatsächlich eine für mich sehr aufregende Situation war, da man ihnen kaum noch begegnete. Begeistert markierte ich den Punkt in meinem GPS-Gerät und tippte auf meinem Tablet herum.

Da erregte ein freundliches pelziges Knäuel meine Aufmerksamkeit. Ein kleiner schwarzer Hund mit wedelndem Schwanz und extrem entschlossenem Gesichtsausdruck näherte sich mir mit spielerischem Schwung. Ich hatte anscheinend die Neugier des Welpen geweckt, und er stürzte sich auf meinen Schuh, während ein großer, dünner Mann mit dunklen Locken etwa dreißig Meter entfernt mit einer Leine winkte und wedelte und immer wieder *Humboldt, Humboldt* rief, was meinen kleinen neuen Freund nicht sonderlich zu beeindrucken schien.

Seit unser Schäferhund gestorben war, als Hanna noch ganz klein war, hatte ich keinen Hund mehr gehabt. Meine Eltern hatten danach einfach sehr wenig Zeit wegen der vielen Arbeit, also durften wir keinen neuen haben, und seit ich mit vierundzwanzig ausgezogen war und allein lebte, hatte ich genau dasselbe Problem wie meine Eltern damals: keine Zeit. Dennoch konnte ich der magnetischen Anziehungskraft, die von Hunden ausging, nicht widerstehen. Meiner Meinung nach ist es eine absolut einzuhaltende Verpflichtung, Hunde jederzeit zu grüßen; alles andere wäre unhöflich. Ich ging also in die Hocke und ließ mir das Gesicht ablecken, während ich im Geiste die Krankheiten durchging, die dadurch übertragen werden konnten. Als ich mich gerade fragte, was Tante Auguste wohl zu dieser Szene sagen würde, stand der Besitzer atemlos neben mir. Seine Haare waren genauso dunkel gelockt wie die seines kleinen Pudels, er beugte sich hinunter, sagte »Humboldt, sitz!«, was der kleine Mann dieses Mal tatsächlich befolgte, und leinte ihn an.

»Tut mir leid«, entschuldigte er sich, und dann folgte das obligatorische *Er ist sonst nicht so, er hört eigentlich gut,* wobei wir beide wussten, dass das natürlich gelogen war und dass Humboldt ganz genau so war, und zwar immer.

Nach einigen Minuten Hunde-Talk verabschiedete ich Humboldt und sein Herrchen ein bisschen widerwillig und widmete mich wieder meiner Aufgabe, als ich eine Nachricht von meiner Tante erhielt.

Kannst du bitte nach Hause kommen? Ich will was mit dir bereden.

Eigentlich hatte ich auch schon genug Daten gesammelt, wollte aber noch ein paar mehr Fotos von der Stelle machen.

Worum geht es?, schrieb ich.

Es kam länger keine Antwort, weshalb ich das Handy beiseitelegte, um meine Sachen zu packen und das ein oder andere Foto zu schießen. Dann vibrierte die Smartwatch an meinem Handgelenk. Darauf las ich: *Irgendwas stimmt bei Sophie nicht. Ich glaube, da ist was passiert.*

Polyergus rufescens
Amazonenameise

Zu dritt saßen wir im Wohnzimmer, Auguste auf dem Sessel, Hanna auf dem Schemel. Ich hatte mich im Schneidersitz auf den Boden gesetzt.

»Aber vielleicht ist ihr Handy einfach kaputt?«, sagte Hanna.

Meine Tante rieb sich die Schläfen. »Das hat Zoe auch gesagt, und das dachte ich auch erst. Aber es gibt so viele seltsame … Zufälle.«

»Welche genau?«, fragte Hanna.

»Ich erreiche sie seit Wochen nicht. Sie hat sich vorher aber nicht abgemeldet, wie sie es normalerweise machen würde. Handy aus. Keine Reaktion auf Mails. Und ihre Vorträge, die sie in Italien und auch in München halten sollte: abgesagt. Ich habe herumtelefoniert, erst wollte mir niemand was sagen, dann hieß es: Fällt aus wegen Krankheit.«

»Und wenn sie einfach krank *ist*?«, fragte ich.

»Sie ist nicht krank! Sie hätte mir Bescheid gegeben oder irgendjemand anderem. Aber niemand hat was von ihr gehört, nicht ihre Tochter, auch nicht ihr Department in den Niederlanden.«

»Ich dachte, sie wohnt in Deutschland?«, fragte Hanna und runzelte die Stirn.

»Nein, sie ist seit zwei Jahren in Amsterdam an der Uni. Academia hier in Deutschland ist Matriarchatsstudien nicht gerade … positiv gegenüber eingestellt. Die Atmosphäre ist gekippt. In Holland ist es aber noch nicht so schlimm. Und in Italien eigentlich auch nicht, seit die Faschisten dort gewaltsam abgesetzt wurden. Deshalb hatte sie da so viele Vorträge. Nur hier bei uns ...«, erklärte meine Tante und machte eine vage Handbewegung in der Luft.

»Müssen wir den Faschismus auch erst mal wieder ausprobieren, statt von anderen Ländern zu lernen. Ist so unser Ding«, schloss ich.

»Na also, Faschismus ist das hier ja trotz allem nicht«, warf Auguste ein.

»Na ja, vielleicht *noch* nicht. Aber wir bewegen uns darauf zu. Zensiertes Internet, Frauenrechte fürn Arsch ... Ich meine: Ehemänner vergewaltigen ihre Frauen wieder ganz legal, es ist wahrscheinlicher, dass dir ein Arzt Heroin verschreibt als die Pille ... Politisch haben wir die Wahl zwischen Pest und Cholera, es gibt so, so, so viel Altersarmut ... Und hast du die Pläne gesehen, dass Kinderarbeit in *gewissen Ausnahmezuständen* wieder erlaubt werden soll?«

»Letzteres ist sicher nur so eine Populismusdiskussion, das macht doch niemand«, wiegelte meine Tante ab.

»Haben sie das bei den Abtreibungen nicht auch gesagt?«, fragte meine Schwester. Im Gegensatz zu meiner Tante war sie sehr politisch interessiert und bei dem Thema direkt auf Krawall gebürstet. Ihre Augen waren angriffslustig zusammengekniffen.

»Ja«, sagte ich. Ich spürte, wie mich wieder einmal eine Welle der Frustration überrollte. »Und ich finde, wir ...«

»Okay, ja, das ist alles gerade sehr schlimm. Aber können wir kurz beim Thema bleiben?«, unterbrach mich Auguste.

»Sorry, ja.« Ich nahm meinen Sonnenhut, der neben mir lag, in die Hände und ließ ihn herumwirbeln. »Also Sophie scheint wie vom Erdboden verschluckt, Handy aus, reagiert nicht auf Mails, niemand weiß, wo sie ist, Vorträge abgesagt«, fasste ich noch einmal zusammen.

»Genau. Und ich weiß, dass sie ein paar Probleme mit Gruppen hatte, die ihre Arbeit … Nun, die ihre Arbeit nicht besonders positiv auffassen. Ihre Erkenntnisse sind nicht gerade Regierungslinie, sag ich mal. Und von der Regierung gibt's halt das Geld. Schwierig alles.«

»Boah, glaubst du, man hat ihr was angetan? Wie in so einem Agententhriller?«, fragte Hanna begierig und rutschte an die Kante ihres Hockers.

»Ich … Also ich weiß nicht … vielleicht?«, sagte Auguste unsicher.

»Was arbeitet sie denn genau?«, fragte meine Schwester.

»Sie untersucht Systeme, die von Frauen geführt werden. Vergleicht sie mit den klassischen westlichen, vor allem kapitalistischen Gesellschaften, wie wir sie eben so kennen.«

»Mit dem Patriarchat, meinst du«, fügte ich an.

»Ja. Jedenfalls geht es darum, ob und wie von Frauen geführte oder dominierte Gesellschaftssysteme vielleicht besser laufen. Erfolgreicher sind, friedlicher, wohlhabender.«

»Ist das so?«, fragte Hanna.

»Das ist jetzt nicht so eindeutig und einfach zu sagen. Aber schon der kleinste Hinweis reicht, bestimmte Leute nervös zu machen.«

»Kann mir vorstellen, dass sie nicht gerade mit Forschungsgeldern überschüttet wird«, brummte ich. »Wo unsere lieben Regierungsmitglieder uns doch dauernd erzählen, dass es uns als Gesellschaft besser gehen würde, wenn wir Frauen uns wieder mehr ins *Häusliche* zurückziehen, ne? Und wenn wir natürlich unserer Pflicht als Gebärmaschinen besser nachkommen würden, damit wenigstens der heimische *Homo sapiens* nicht ausstirbt, hach ja. Gebären fürs Vaterland.« Ich lächelte giftig.

»Ja, nun … Jedenfalls wurde Sophie in den letzten Jahren immer wieder unter Druck gesetzt, bestimmte Veröffentlichungen zurückzuziehen. Erst hat sie sich gewehrt«, erklärte

Auguste, »aber irgendwann hat sie sich dann doch gefügt. Was blieb ihr anderes übrig? Trotzdem haben sie ihre Gelder irgendwann gestrichen, ihren Lehrstuhl ebenfalls und letztlich das ganze Fach verboten.«

»Krass«, sagte Hanna.

»Ja, und … Ich weiß, es klingt viel zu sehr nach Thriller und Verschwörungstheorie. Aber ich hab ein ganz komisches Gefühl.«

»Können wir nicht einfach die Polizei anrufen?« Meine Schwester sah von meiner Tante zu mir.

»Kannst du vergessen, die werden uns nicht helfen«, erklärte ich. »Die verhaften Sophie höchstens wegen *staatsgefährdender Schriften* oder *Aufwiegelung* oder so 'nem Scheiß.« Ich sah zu meiner Tante, die wirklich, *wirklich* besorgt aussah. So kannte ich sie gar nicht. »Weißt du, ob sie gesucht wird oder so?«

»Nein. Aber vielleicht … Vielleicht ist es doch was Politisches. Also ich kann es mir nicht vorstellen, aber gleichzeitig doch«, sagte sie.

Man sollte hier wissen: Meine Tante ist unglaublich unpolitisch. Ihre glühende Hingabe für alles Biologische lässt keinen Platz für Staatsgeschäfte. Während in anderen Häusern rund um die Uhr die Nachrichtenkanäle dröhnten, hörte sie höchstens Naturdokumentationen, wissenschaftliche Podcasts und ab und zu ein Hörbuch über Insekten. Und während sich große Teile der Öffentlichkeit über die neuesten Wahldebatten oder politischen Veränderungen auf dem Laufenden hielten, war Tante Auguste eher mit einem Peer-Review-Artikel über mikrobielle Resistenzen oder einem Buch über die Paarungsgewohnheiten von Aaskäfern beschäftigt. Es war, als ob das gesamte politische Spektrum auf einer Frequenz existierte, auf die sie einfach nicht eingestellt war.

Ich hatte einmal versucht, sie während eines Videoanrufs in eine Diskussion über die Auswirkungen der neuen restriktiven Frauengesetze zu verwickeln. Sie zog nur eine Augenbraue hoch, murmelte etwas Abfälliges, stimmte mir zu, dass das alles schlecht sei, und lenkte das Gespräch schnell auf die Wiederentdeckung der Ameisenart *Polyergus rufescens* in Thüringen. In den Augen der Regierung – oder besser des Regimes, wie es meine Freundinnen und Freunde und die Leute vom Nachtschwärmerforum nannten – wäre sie quasi der Modellorganismus für die Erforschung des vorbildlichen Staatsbürgers. Ihr Desinteresse an politischen Angelegenheiten führte dazu, dass sie den Status quo selten infrage stellte oder herausforderte. Stattdessen konzentrierte sie ihre Energie auf ihre Arbeit, die für die Regierung von großer Bedeutung war – schließlich wollte man das Artensterben in den Griff kriegen, um die Wirtschaft wieder auf die Beine zu kriegen. Aber ich glaube, diese Passivität kam schleichend. In meiner Kindheit hatte ich meine Tante als sehr aktiv und an der Welt interessiert erlebt, aber spätestens seit dem Tod meines Vaters hatte sich das grundlegend geändert.

»Wo wurde sie zuletzt gesehen?«, fragte ich.

»In der italienischen Stadt Bozen, von dort aus wollte sie zu einem Dorf in den Dolomiten aufbrechen. Ein Dorf, in dem nur Frauen leben sollen.«

»Geil, da würde ich auch gern wohnen«, sagte Hanna. »Wo liegt das? Wie ist der Name?« Sie zog ihr Handy raus und öffnete die Karten-App.

»Das Dorf ist auf keiner Karte verzeichnet, ich kenne den Namen nicht, weiß aber ungefähr, wo es liegt, warte.« Meine Tante griff nach dem Handy. Sie schob den Ausschnitt ein wenig hin und her. »Sophie spricht so oft darüber. Hmmm … ah! Hier etwa, irgendwo in diesem großen Bereich in den Bergen«, sagte sie und reichte das Handy meiner Schwester.

Ich richtete mich auf und schaute mit auf das Display. »Mach mal die Satellitenansicht an«, forderte ich sie auf.

Hanna schaltete die Ansicht an, und wir warteten, bis das Gebirge gerendert war. Man sah Felsen, Bäume, Straßen. Allerdings blieb ein sehr großes Gebiet, in dem das Dorf liegen sollte, pixelig. Es waren nur Farben und Schattierungen zu erkennen.

»Man sieht ja gar nichts«, stellte meine Schwester enttäuscht fest.

»Ja, das ist manchmal so, dass nicht alle Orte der Welt auf Satellitenbildern gut aufgelöst werden«, erklärte meine Tante.

»Kennst du da jemanden?«, fragte ich, »also im Dorf?«

»Nein.«

»Das heißt, du kannst da nicht nachfragen, ob Sophie angekommen und alles in Ordnung ist?«

Auguste schüttelte den Kopf, und wir schwiegen kurz.

»Du musst hinfahren«, sagte Hanna.

»Was? Ich? Wie soll das gehen, das ist Unsinn«, wiegelte meine Tante ab, »wir sind hier nicht im Kino, wo man sich in Abenteuer stürzt, um Leute oder die Welt zu retten.«

»Also wenn es um Lara ginge und sie meine einzige Freundin wäre und in einem Gebirge verschollen sein würde, würde ich hinfahren, nach ihr suchen und sie retten.«

Ich ließ meine Blicke zwischen Hanna und Auguste hin- und herwandern. Meine Schwester hatte sich nach vorn gebeugt und ihre Arme auf die Knie abgestützt. Sic fixierte meine Tante mit den Augen. »Du *musst.*«

»Ich denke nicht, dass … Ich muss auch arbeiten, ich hab keine Zeit, ich …«

»Hör mir zu«, sagte meine Schwester in leisem, ernstem Tonfall, ein bisschen so, wie ich es von Bösewichten aus Serien kenne, »die Sache mit Mama, Zoe und mir hast du komplett verkackt.«

»Hanna, du …«

»Ich bin noch nicht fertig!«, erstickte Hanna Augustes Einwände, stellte sich hin und baute sich ganz nah vor ihr auf. »Also, mit uns, das hast du total verkackt. Aber Sophie ist deine beste Freundin und vermutlich der letzte Mensch, der noch keinen totalen Abfuck auf dich hat. Wenn du sie jetzt auch im Stich lässt, hast du niemanden mehr. Du bist dann ganz allein. Weil ich dann auch kein Wort mehr mit dir reden werde. Nie wieder. Und Zoe ist bald wieder in München. Hast du das verstanden?«

Auguste sah mit großen Augen zu Hanna auf, bis diese sich wieder auf ihren Hocker fallen ließ. Auch ich starrte meine Schwester an und fragte mich, wann sie sich in eine Art Mafia-Boss verwandelt hatte. Im Arbeitszimmer herrschte absolute Stille, ab und zu quietschte einer der Stühle.

Schließlich nahm meine Tante Haltung an. »Du hast recht. Ich … mache ein paar Anrufe. Wir müssen überlegen, wie wir da hinkommen …«

»*Wir*?«, fragte ich und merkte sofort, wie mein Stresspegel stieg.

»Ja natürlich *wir*«, sagte meine Tante und sah mich dabei an, als sei ich schwer von Begriff. »Ihr kommt natürlich mit.«

»Geil, wir fahren nach Italien!«, rief Hanna, jetzt wieder ganz Teenie-Schwester. »Ich schreib sofort Lara, und, oh mein Gott, ich muss packen! Kommen wir da auch ans Meer oder zumindest an den Gardasee? Ich bin so aufgeregt! Ich glaube, ich brauche einen neuen Bikini! Ich fahr in die Stadt!« Sie sprang auf und rannte aus dem Zimmer.

»Der Gardasee ist doch im Sommer immer ausgetrocknet«, rief ich ihr hinterher, doch sie hörte mich schon nicht mehr.

Wie sollte ich *das* bitte Mama erklären?

Corvus corone
Aaskrähe

Als meine Tante in der Uni anrief, um dort mitzuteilen, dass sie eines der Autos für eine Exkursion brauchte, war ihr Team fassungslos und dachte, das sei ein Scherz. Letztlich schaffte sie es jedoch, eine Mitarbeiterin dazu zu bringen, am nächsten Tag den kleinen Van vorbeizufahren. Hanna war unglaublich aufgeregt und freute sich sehr auf den »Urlaub«, ich hingegen rätselte immer noch, wie zur Hölle wir unsere Tante in die Karre reinkriegen und den ganzen Weg bis nach Italien transportiert bekommen würden – denn daran glaubte ich noch nicht.

Auguste packte jedoch mit überraschender Begeisterung, und auch meine Schwester und ich suchten uns Klamotten und anderen Kram für eine Woche Aufenthalt zusammen. Wir einigten uns alle darauf, Mama erst einmal nichts zu sagen, um sie nicht unnötig mit Sorgen zu belasten, sie sollte sich auf ihre Therapie konzentrieren können. In Italien würden wir sie vielleicht einfach wissen lassen, dass wir auf einem Ausflug seien. Oder so.

Ich schrieb ein paar Mails an mein Department und organisierte noch einen Videocall mit meiner Bachelor-Studentin, um sicherzugehen, dass sie die nächsten Tage ohne mich zurechtkam. Ich würde vermutlich nicht groß zum Arbeiten kommen.

Am nächsten Tag war es Zeit, das Haus zu verlassen. Acht Uhr morgens, Abfahrt. Hanna und ich hatten schon alle Taschen im Auto verstaut. Es fehlten nur noch Auguste und HP14. Ja, ich weiß, aber sie ließ sich nicht davon abbringen, die Schnecke mitzunehmen. Die Mitarbeiterin, die das Auto gebracht hatte, war eigentlich davon ausgegangen, HP14 mit ins Labor zu nehmen, aber da war nichts zu machen. Auguste wollte sich unter keinen Umständen von der Schnecke trennen, also hatte ich noch eine Faunabox (quasi ein kleines Plastikterrarium mit einem Tragegriff) gekauft, es eingerichtet und die Schnecke reingesetzt. Die Box hing jetzt an der linken Hand eines blauen Müllsacks, unter dem sich meine Tante verbarg und der in ihrer Wohnungstür stand.

»Bist du bereit?«, fragte ich.

»Ich ... Ich glaube schon?«, fragte Auguste unsicher.

Hanna saß schon im Auto und war damit beschäftigt, die ganze Welt wissen zu lassen, dass es jetzt zum »Urlaub« nach Italien ging. Gott sei Dank hatte Mama kein Social Media, und ich hoffte, dass niemand, den sie kannte, die Postings sah und nachfragte.

»Wir machen ganz langsam, ja?«, beruhigte ich Auguste. Wir hatten gerade noch gemeinsam alle Pflanzen gegossen und kleine, mit Wasser gefüllte Tontiegel in die Erde gedrückt. Das Wasser würde den Weg durch den porösen Ton im Zeitlupentempo machen, sodass die Pflanzen vor der Vertrocknung geschützt waren und auch nicht ertrinken würden.

Meine Tante setzte langsam einen Fuß vor den anderen und nahm die Treppe so vorsichtig in Angriff, als würde sie den Abstieg von einem extrem hohen Berggipfel bewältigen. *Da kommt sie herunter – vom Berg der Einsamkeit,* dachte ich ein bisschen verkitscht.

»Wir haben den Van sehr gründlich desinfiziert«, versuchte ich sie zu beruhigen. »Außerdem tragen wir Schutzmasken und Haarnetze und haben ganz viel Desinfektionsmittel im Auto, okay? Alles wird gut gehen.«

»Alles wird gut gehen«, sprach mir meine Tante nach, den Blick konzentriert nach vorn auf den Van gerichtet.

Kurz fragte ich mich, ob Herr Karadeniz schon am Fenster stand und das Spektakel beobachtete, da machte meine Tante einen Schritt aus der Haustür und stand zum ersten Mal seit Jahren im Vorgarten unseres Hauses. Ich ging ebenfalls raus, ließ die Haustür ins Schloss fallen und schloss ab.

Ab hier ging alles schief.

Gerade wollte ich den Schlüssel wegstecken, da setzte meine Tante HP14 ab und drehte sich zu mir um.

»Ich kann das nicht, Zoe, es geht nicht«, keuchte sie.

Ich sah, dass sie am ganzen Körper zitterte.

»Mach die Tür auf!«, rief sie mir hektisch zu.

»Setz dich doch erst einmal hier auf den kleinen Absatz und mach ein paar Atemübungen«, schlug ich vor, doch da hatte sich meine Tante schon regelrecht auf mich gestürzt.

»Zoe, gib mir den Schlüssel!«, schrie sie und griff danach. Sie erwischte ihn, jedoch trugen wir beide Latexhandschuhe, was unserer Fingerfertigkeit nicht gerade zuträglich war. Der Schlüssel entglitt uns und fiel durch das kleine Gitter vor dem Türabsatz.

»Zoe, Zoe, hol ihn da raus! Ich muss rein … ich … Ich kriege keine Luft!«

Mittlerweile war auch Hanna dazugekommen. »Was ist los?«, fragte sie.

»Ich muss wieder rein!«, japste meine Tante.

»Sie hat eine Panikattacke«, antwortete ich, während ich nach einem Stock suchte, um den Schlüssel aus der kleinen Grube zu fischen, die sich unter dem Gitter befand.

»Dann mach doch die Tür auf!«, rief Hanna.

»Es geht nicht! Der Schlüssel steckt unter dem Gitter fest!«

Meine Tante riss sich die Maske vom Gesicht, und ich sah, dass sie kreidebleich war.

»Zoe, ich … ich …«

»Tante Auguste, du hyperventilierst, du musst aufhören, so schnell zu atmen!«, versuchte ich sie zur Vernunft zu bringen, doch keine Chance.

»Tantchen, atme ruhiger«, versuchte es auch Hanna, die sich neben sie gekniet und sie an den Schultern gepackt hatte.

»Ich … kann nicht atmen … mein Herz … Mir ist so schwindelig …«

Ich versuchte mit einem kleinen Zweig, den ich gefunden hatte, an den Schlüssel zu kommen.

»Zoe, sie wird gleich ohnmächtig!«

»Scheiße, warte«, rief ich, schmiss den Zweig weg und rannte rüber zum Haus der Karadeniz'.

Ich hämmerte an die Tür, die kurz darauf von einem entgeistert schauenden Herrn Karadeniz geöffnet wurde.

»Zoe, was ist …«

»Ist Cem da?«, platzte ich raus. »Meine Tante hat eine Panikattacke und braucht einen Arzt.«

Herr Karadeniz versuchte, an mir vorbei in unseren Vorgarten zu spähen, während er rief: »Cem, *Oğlum!* Komm her! Hier wird ein Arzt gebraucht!«

Einige Sekunden später steckte Cem seinen Kopf hinter seinem Vater hervor. »Was gibt's?«

»Cem, komm mit, Auguste liegt im Vorgarten und hat eine Panikattacke, ich … Ich weiß nicht, was ich machen soll.«

Cem griff nach einer braunen, voll beladenen Einkaufstüte neben sich, schüttete den Inhalt aus – nicht ohne den Protest seines Vaters – und lief mir zu unserem Haus nach. Dort kniete er sich neben meine Tante, die so schnell wie eine kleine, verwundete Maus atmete, und legte ihr beruhigend die Hand auf die Schulter.

»Hallo, Auguste, ich bin's, Cem. Atmen Sie bitte in diese Tüte.«

Mit aufgerissenen Augen versuchte meine Tante nach der Tüte zu greifen, die Cem klein gefaltet hatte. Er half ihr, sie ans Gesicht zu halten. Es dauerte einige Minuten, bis die Atemfrequenz meiner Tante ein wenig langsamer wurde. Ihre Augenlider flatterten. Cem sprach beruhigend auf sie ein, ganz der Arzt, während Hanna und ich neben Auguste knieten und sie abstützten.

Es vergingen einige weitere Minuten, bis Cem die Tüte sinken ließ. »Wie geht es jetzt?«, fragte er.

»Besser«, sagte meine Tante zwar noch etwas zittrig, jetzt zum Glück aber wieder mit ihrer normalen Stimme.

»Was ist hier eigentlich los?«, fragte Cem.

»Wir wollten nach Italien fahren«, erzählte meine Schwester, »dann hat es sich Tantchen aber anders überlegt, und Zoe hatte den Schlüssel fallen lassen, sodass wir nicht mehr ins Haus gekommen sind. Und da bekam meine Tante Angst.«

»Wir müssen auch den Schlüssel da noch irgendwie rauskriegen«, erinnerte ich sie.

Cem griff zum Gitter – und hob es an. »Ganz einfach«, sagte er, während ich mich wie der dümmste Mensch der Welt fühlte.

Blitzschnell griff meine Tante in die Kuhle, holte den Schlüssel raus, sprang auf und schloss die Haustür auf – und weg war sie. Die Tür fiel krachend ins Schloss.

»Scheiße, das wird wohl nix«, sagte Hanna enttäuscht. Sie band sich die Haare hoch und nahm das Smartphone auf, das sie neben uns ins Gras gelegt hatte. »Ich geh zu Lara, auf den Mainwiesen ist heute Rave.«

»Warte – wann bist du wieder da?«, fragte ich und stand ebenfalls ächzend auf.

»Mal sehen«, sagte Hanna und ging in Richtung Gartentörchen.

»Sei bis Mitternacht zurück!«, rief ich ihr nach, wurde jedoch von ihr ignoriert.

Ich ging langsam zum Van, um ihn abzuschließen. Cem hatte die Faunabox mit HP14 aufgehoben. In der Aufregung hatte Auguste die Schnecke wohl vergessen.

»Was ist das?«, fragte er und hielt die Box hoch.

»Ach, das ist die Weinbergschnecke meiner Tante. Die letzte, die es gibt.«

Cem hielt sich die Box vors Gesicht. »Die letzte Weinbergschnecke, krass«, sagte er.

Ich schloss den Van ab und drehte mich zu Cem um.

»Willst du mit rüberkommen, im Garten ’nen Kaffee oder ’ne Limo trinken?«, bot er an.

»Klar, jetzt ist eh alles fürn Arsch.« Ich folgte ihm.

Der Garten hinterm Haus der Familie Karadeniz war genau so akkurat gepflegt wie der Vorgarten. Die Wiese war raspelkurz, allerdings nicht so braun wie die in Parks und anderen Gärten. Herr Karadeniz schien den Rasen zu wässern, die Kosten wollte ich mir gar nicht ausmalen.

Ich krempelte meine Hosenbeine auf, um etwas Sonne an meine Kalkstelzen zu lassen.

»Du weißt schon, dass es keine gesunde Bräune gibt?«, ermahnte mich Cem, krempelte aber seine Hose ebenfalls hoch.

»Ich lebe gern gefährlich«, antwortete ich.

»Ich hoffe, deine Tante hat sich wieder beruhigt«, sagte Cem und streckte sich auf der Liege aus.

»Ja … hoffe auch. Weißt du, es ist alles nicht leicht für sie. Ich denke, sie ist sehr einsam, ist Menschen auch gar nicht mehr gewohnt. War heute alles ein bisschen viel. Die Vorstellung, solche Angst zu haben, das Haus zu verlassen … uff.«

»Hm … Muss schlimm sein. Hab viel Einsamkeit gesehen, als ich nach dem Abi ein Pflegepraktikum im Altersheim gemacht habe.«

»Ja?«

»Ja, war schon echt heftig teilweise. Leute, die seit Jahren keinen Besuch mehr bekommen hatten. Die seit Jahren nicht mehr mit dem Vornamen angesprochen wurden, immer nur gesiezt. Weil all ihre Freunde tot sind, und alle anderen Leute wie Ärztinnen, Pfleger, andere Mitarbeiterinnen und Mitarbeiter … Ja, die siezen halt alle.«

»Krass. Über so was habe ich nie nachgedacht. Oh Mann, stelle mir gerade vor, wie ich irgendwann so einsam in 'ner Wohnung hocke. Alt, ziellos, seit Jahren niemanden getroffen außer meine Ärzte und den Bäcker. So zu altern, ist nicht schön. Ich frage mich auch, ob meine Tante sich jemals selbst die Schuld für ihre Einsamkeit gibt. Sich selbst seltsam findet. Manchmal denke ja sogar ich, dass mit *mir* was komisch ist. Weil ich auch nicht so supergerne unter Menschen bin, zumindest nicht unter fremden Leuten. Wird mir alles schnell zu viel. Denke dann aber auch oft: Zoe, reiß dich zusammen, die anderen kriegen es auch hin! Sei mehr wie die! Vermutlich komme ich deshalb auch so selten nach Hause. Menschen stressen mich, selbst meine eigene Familie.«

»Du warst als Kind schon eher die Eigenbrötlerin. Nur von Käfern und Schnecken in Einmachgläsern konntest du nie genug bekommen.«

»War echt so, ne? Ist heute nicht viel anders, um ehrlich zu sein.«

Wir beobachteten beide eine Krähe, die über den Garten flog und sich in einen Nadelbaum gegenüber setzte. Eine Kiefer vermutlich. *Krah, krah, krah.*

»Ich glaube«, nahm Cem den Faden wieder auf, »dass Einsamkeit, also *echte* Einsamkeit, einen Riss in uns verursacht. Wir sind ja eine Mischung aus der Person, die wir unter Leuten sind, und der Person, die wir allein sind. Weißt du, was ich meine?«

»Glaube schon.«

»Und wenn man einsam ist, wird dieser andere, soziale Teil

abgerissen, und man steht dann da so als Schnipsel und denkt sich–«

»Schöne Scheiße!«, warf ich ein und lachte.

»Ja, genau: *Schöne Scheiße* denkt man dann«, stimmte mir Cem zu. Ich dachte nach. Cem hat vermutlich recht damit, dass Einsamkeit das Gefühl verursacht, ein irgendwie zerstückeltes Leben zu führen. So als würden uns wichtige Teile von uns selbst fehlen. Dass man sich selbst vielleicht sogar regelrecht vermisst. Ich bin mir sicher, dass uns lang anhaltende Einsamkeit irgendwie krank machen kann. Vermisste meine Tante ihr früheres, mutiges Ich? Das so abenteuerlustig war, das seine Nichten so sehr liebte und keine Sekunde ohne sie sein wollte?

»Ich muss mal die Schnecke rüberbringen«, sagte ich. »Danke für die Limo.« Ich stand unbeholfen auf und machte mich auf den kurzen Heimweg.

So viel zum Ausflug nach Italien. Aber wenigstens konnte ich jetzt Mama anrufen, ohne sie anlügen zu müssen. Das war immerhin etwas.

Dynastes hercules
Herkuleskäfer

Die Stimmung war nach unserem missglückten Abreiseversuch gedrückt. Hanna kam gar nicht mehr nach Hause und schlief ein paar Tage bei ihrer Freundin Lara. Meine Tante hatte sich in ihrer Wohnung verbarrikadiert und antwortete nur sporadisch auf meine Nachrichten. Die gemeinsamen Abendessen waren gestorben, bevor sie richtig begonnen hatten. Meiner Mutter hatte ich am Telefon gesagt, dass alles prima laufe.

Gerade saß ich in meinem alten Zimmer am Notebook und beantwortete im Nachtschwärmerforum die Frage, wo man die *Pille danach* bekommen könne (bundesweit bei einer leider immer kürzer werdenden Liste Apotheken unterm Tresen), als sich etwas in mir aufbaute, das ziemlich unmissverständlich war: Wut. Ich beendete meine Nachricht, schickte sie ab und klappte meinen Rechner zu. Das ging so nicht weiter.

Ich stand auf und verließ dic Wohnung. Zeit, diesen Berg zu besteigen. Oben angekommen machte ich ein paar Fotos von der Zitterspinne in der Palme und nahm mir vor, der Pflanze nächstes Mal etwas Wasser mitzubringen. Desinfektionsmittel, Haube, Desinfektionsmittel, Handschuhe, Schuhüberzieher, noch mehr Desinfektionsmittel, Maske. Und klopfen.

Lange tat sich nichts. Ich klopfte noch ein paarmal, bis ich ein »Ja doch, ja doch, Moment« hörte. Meine Tante öffnete mir *leicht bekleidet* die Tür, was in ihrem Fall bedeutete, dass sie zwar Klamotten, aber nur einen Mundschutz trug.

»Zoe, hallo …«, begrüßte sie mich.

»Hallo. Kann ich reinkommen?«

»Oh. Ach so. Ja. Ja, natürlich.« Meine Tante trat beiseite und ließ mich rein. »Komm, wir setzen uns in die Küche und trinken einen Tee.«

Dort wartete schon eine große Kanne Kräutertee, dessen starke Minznote ich durch meinen Mundschutz riechen konnte. Sie holte mir meine Lieblingstasse aus meiner Kindheit aus dem Schrank – aus Steingut, mit kleinen Entchen drauf – und schenkte sie mir voll. Anschließend verließ sie kurz den Raum, um ihre eigene Tasse zu holen. Als sie zurückkam, stellte ich erstaunt fest, dass sie ihren Mundschutz ausgezogen hatte.

»Du kannst deinen auch abnehmen«, sagte sie etwas verschämt.

»Bist du sicher?«

»Ja … Du bist jetzt ja schon ein paar Tage hier und rennst auch nicht groß draußen herum … Ich denke, dass wir uns mittlerweile die gleichen Bakterienkolonien teilen.«

Ich nahm meine Maske ab.

»Die Haube lass aber lieber auf«, intervenierte sie eilig, »und die Schuhüberzieher auch … Man schleppt ja trotzdem immer so viele Keime und Dreck von draußen rein, da weiß man nie.«

Ich steckte den Mundschutz in die Tasche meiner Jeans und probierte etwas Tee, befand ihn aber noch als zu heiß.

»Willst du drüber reden?«, fragte ich und spielte mit den Fingern am Henkel der Tasse herum, »also über das, was passiert ist. Und Sophie.«

Meine Tante sah so aus, als würde sie definitiv nicht drüber sprechen wollen, als würde sie genau genommen nie wieder über *irgendetwas* sprechen wollen. Sie setzte sich gerade hin, umschloss ihre Tasse mit beiden Händen und starrte hinein, als würde sie auf ihrem Grund die Antwort auf meine Fragen finden.

Wir saßen eine Weile so da, dann sagte meine Tante: »Ich mache mir wirklich Sorgen um Sophie«, und schon fiel sie in sich zusammen wie eine Marionette, der man die Schnüre durchgeschnitten hatte. Ihre Augen füllten sich mit Tränen, und schon zuckten ihre kleinen, schmalen Schultern unter ihren Schluchzern.

Ich hatte keine Ahnung, was ich tun sollte. Sie umarmen? Würde sie dann nicht ausrasten? Doch Auguste steigerte sich immer mehr in die Schluchzer hinein, weshalb ich aufstand und mich neben sie kniete. Ich legte meinen Arm unbeholfen um ihre Taille und griff mit der anderen Hand nach ihrem Arm, da drehte sie sich zu mir, sank vom Stuhl auf den Boden und krallte sich an mir fest wie ein Bärenkind, das in den Fluss gefallen und kurz vorm Ertrinken war. Ihre Nägel gruben sich schmerzhaft in meine Schulter, doch ich ließ nicht los, sie weinte und weinte. Und so sehr ich mich auch zusammenriss, ging natürlich auch bei mir das Wasserwerk los, weil ich daran denken musste, wie viele Jahre meine Tante schon nicht mehr umarmt worden war, wie leid mir das tat, wie schlimm das gewesen sein musste, wie sehr ich sie vermisste, wie sehr ich meinen Vater vermisste, wie sehr ich überhaupt alles vermisste, auch Mama, Hanna, mich, unsere ganze Familie; also saßen wir da, klammerten uns aneinander und weinbrüllten uns gegenseitig ins Ohr.

»Okay, wow, findet hier die Heulolympiade statt? Denn dann hättet ihr beiden safe Gold geholt.« Hanna stand in der Tür und sah mit gerunzelter Stirn und ziemlich verwirrt auf uns hinab. Sie zögerte kurz, dann hob sie ihr Smartphone und begann, uns zu filmen.

»Was … Hanna, dein Ernst?« Ich wand mich aus dem Griff meiner Tante, stand auf und versuchte, ihr das Handy aus der Hand zu schnappen.

»Was denn? Das ist voll krass, lass mich!«, rief Hanna und

wehrte mich ab, »ich poste das nicht, das ist nur für mich zum Schreiben … Das ist total … jetzt *lass los!*«

»Zoe, lass sie«, sagte meine Tante, und ich ließ meine Arme sinken, fühlte mich wieder wie zwölf, gehorchte ihr unhinterfragt.

Auguste stand an der Spüle und wischte sich die Augen mit Küchenrolle ab. Wortlos reichte sie mir ein Stück, und auch ich trocknete meine Tränen und schnäuzte einmal ordentlich.

»Sagt mir jetzt vielleicht irgendjemand, was das gerade für Performancekunst war?«, fragte Hanna und setzte sich an den Küchentisch. »Wieso tragt ihr keine Masken?«

»Ich … Was machst du hier?«, fragte ich, nachdem ich mich auch gesetzt hatte.

»Ich hab doch geschrieben, dass ich nach Hause komme. Lara hat Stress mit ihrem Freund, keinen Bock, mir den zu geben.«

»Ach so …«

»Also?«, fragte sie erneut.

»Wir haben über Sophie gesprochen«, erklärte Auguste. »Mir geht es damit nicht so gut …«

»Das ist offensichtlich«, unterbrach sie Hanna. Dann rückte sie an meine Tante ran und griff mit ihrer behandschuhten Hand nach Augustes nackten Händen. »Deshalb müssen wir was tun. Entweder Leuten Bescheid geben, die sie suchen, oder, wenn dir da niemand einfällt, es selber machen.«

»Ich weiß … ich … Ich weiß das.«

»Was würde Sophie tun, wenn sie an deiner Stelle wäre?«, fragte Hanna.

Meine Tante lachte gequält. »Sie würde zur Not ins Weltall fliegen, um mir zu helfen, sie würde in den Marianengraben tauchen, jeden Berg besteigen.«

»Siehst du?«, sagte Hanna, »und jetzt musst du ihre … ihre … ihre Bergsteigertaucherastronautin sein. Oder so.«

»Ich kann fahren«, bot ich an. »Ich fahre uns, wir desinfizieren das Auto und richten es quasi als unser keimfreies Hauptquartier ein. Du bleibst hinten sitzen, vielleicht ist das eh erst mal besser. Etwas abgeschiedener, sicherer. Wir gehen das ganz langsam an.«

Meine Tante lehnte an der Arbeitsfläche der Küche und klammerte sich wieder an ihre Teetasse. »Okay«, stimmte sie endlich zu.

»Das ist sehr mutig«, sagte ich zu Auguste. »Das macht dich zu einem richtigen Herkuleskäfer!«

Das war der Lieblingskäfer meiner Tante, und als ich Kind war, sagte sie immer, wenn sie mich zu etwas überreden wollte, das ich mich zuerst nicht traute: *Wenn du das machst, bist du ein richtiger Herkuleskäfer!*

»Na dann auf!«, rief meine Schwester und klatschte in die Hände. »Gepackt haben wir ja noch.«

Anthocharis cardamines
Aurorafalter

»Danke, dass du uns hilfst.« Ich stand neben Cem und sah zu, wie er mit Tante Auguste sprach und ihr *sehr* wissenschaftlich fundiert Dinge über Angststörungen erklärte, über Panikattacken, über das Auto als sicheren Hafen. Wissenschaftliche Informationen, Daten und Fakten – das ist die Sprache, mit der man meine Tante erreicht, und Cem machte das richtig gut. Ich betrachtete währenddessen einen Aurorafalter, der mit seinen weiß-orangenen Flügeln das Auto umschwirrte.

»Erst das sympathische Nervensystem«, murmelte meine Tante, »der Herzschlag erhöht sich, schnellere Atmung, geweitete Pupillen, Schweißausbrüche.«

»Richtig«, sagte Cem, der sich zum Auto runtergebeugt hatte, in dem meine Tante saß.

»Die Blutgefäße verengen sich«, fuhr sie fort, »der Blutdruck steigt. Adrenalin wird ausgeschüttet. Gleichzeitig wird der Parasympathikus weniger aktiv … Bauchgrummeln, Schwindel, Mundtrockenheit, Sehstörungen. Das Herz flippt aus.«

»Genau. Es ist eine ganz natürliche Reaktion auf Stress. Kein Herzinfarkt oder Ähnliches. Und Sie können es jederzeit mit den Übungen, die wir besprochen haben, stoppen.«

»Das ist sehr positiv gedacht«, schnaubte meine Tante.

»Keine Sorge, mit ein bisschen Übung wird das klappen. Sie kriegen das gut hin.«

»Sag nicht immer *Sie!* Früher hast du mich auch nicht gesiezt, ich bin noch nicht achtzig, meine Güte«, blaffte Auguste ihn überraschend barsch an.

»Sorry. Ich rede dann noch mal mit Zoe. Alles Gute.« Er richtete sich wieder auf, zog seine OP-Maske ab und drehte sich zu mir. »Ihr schafft das. Wie lange fahrt ihr nach Italien?«

»Kommt drauf an, wie lange das an der Grenze dauert. Sind ja gerade Ferien.«

»Oh Mann, Schengen, gute, alte Zeit.«

»Lang ist's her.«

»Weißt du noch: EU?«

»Klingt für mich wie Fantasy. Jetzt warten jedenfalls erst einmal sieben Stunden Autofahrt auf mich ... plus drei Stunden oder so Grenzkontrollen, yeah.«

»Ich hoffe, ihr findet ihre Freundin.«

»Ja ... Das hoffe ich auch. Ich schreib dir und halte dich auf dem Laufenden.« Ich wollte ihn umarmen, wich aber zurück. Meine Tante lieber nicht provozieren. Stattdessen winkte ich und stieg ins Auto ein.

Auf dem Beifahrersitz saß Hanna, die wieder ganz im Ferienmodus war. Sie hat nicht viele Familienurlaube erlebt und war erst vor zwei Jahren einmal im Ausland gewesen, damals mit der Schule in Frankreich. Dementsprechend konnte ich ihre Aufregung verstehen. Ich war nur froh, dass wir alle gültige Pässe hatten, auch wenn der meiner Tante nächstes Jahr ablaufen würde.

Ich stieg auf der Fahrerseite ein. »Alles okay? Alle bereit? HP14 sicher verstaut?« Ich sah durch den Rückspiegel, dass die Faunabox auf dem Schoß von Auguste saß, die ziemlich angespannt wirkte.

»Okay, dann mal los!«, rief Hanna, die neben mir auf dem Beifahrersitz ihr Handy mit dem Musiksystem des Autos verband. »Jetzt hören wir erst mal richtig geil Musik!«

»Warte damit bitte, bis wir auf der Autobahn sind«, sagte ich und startete den Motor.

Hylotrupes bajulus
Hausbock

»Nicht so schnell!« Meine Tante klammerte sich mit einer Hand an den Sicherheitsgurt, mit der anderen hielt sie HP14 fest.

Wir fuhren dreißig Stundenkilometer »schnell« und waren erst am Ende der Straße angekommen.

»Du ... Ich fahr schon wirklich langsam und auch sehr vorsichtig. Aber ich muss jetzt gleich schneller werden, erst fünfzig, dann auf der Autobahn natürlich über hundert. Ich sollte schon bis zum Tempolimit von hundertdreißig ausreizen, sonst kommen wir nie an.«

»Ich ... Mir wird schlecht.«

Ich seufzte und fuhr rechts ran. »Hanna, kannst du mit Tante Auguste die Plätze tauschen? Vielleicht wird es ihr doch vorne etwas besser gehen.«

»Hinten ist's eh cooler«, sagte meine Schwester und stieg aus.

Nach dem Platzwechsel fuhr ich wieder los. Es schien den Magen meiner Tante tatsächlich zu beruhigen, vorn zu sitzen. Allerdings musste ich mich jetzt mit einer Menge *Achtungs* und *Stopps* und *Zoeschaudakommteinautos* herumschlagen, was auch nicht unbedingt besser war. Als sie »STOPP!!!« schrie und ich eine Vollbremsung hinlegte, nur weil in fünfzig Metern Entfernung jemand über einen Zebrastreifen ging, reichte es mir.

»Tante Auguste, du musst mich fahren lassen, sonst setz

ich die Karre gegen ’ne Wand! Du hast jetzt Redeverbot!«, schnauzte ich sie an.

»Ich … Ich habe was?« Meine Tante sah mich entgeistert an.

»Es ist nicht böse gemeint«, erklärte ich mit wieder ruhigerer Stimme, »aber wenn du mich immer so erschreckst, wird es wirklich gefährlich.«

»Ja okay, hast ja recht. Ich bin still.«

Auf der Autobahn lief es dann relativ reibungslos. Doch kaum hatten wir Würzburg passiert, musste Hanna dringend auf die Toilette. Ich fuhr also bei einer Raststätte raus und schloss das Auto an eine der Schnellladesäulen an. Der Van hatte zwar eine Reichweite von fünfhundertfünfzig Kilometern, aber wenn ich hier schon herumstand, konnte ich die Batterie auch laden lassen. Ich ging in die Raststätte, bezahlte den Strom und kaufte noch ein paar Reisesnacks. Sicher war sicher, und Nervennahrung brauche ich bei dieser Fahrt definitiv.

Als ich zurück zum Auto kam, lief mir Hanna schon entgegen.

»Oh, warst du so schnell?«, fragte ich.

»Ja … Du, äh, es gibt ein Problem mit Tantchen. Sie lässt mich nicht ins Auto.«

»Was?«

»Ja, weil ich da halt auf der Toilette war …«

»Oh Mann, nicht im Ernst.« Ich klemmte mir meine Snacks unter den Arm, gab Hanna die drei Wasserflaschen, die ich gekauft hatte, und marschierte auf das Auto zu.

»Auguste, i-«, sagte ich durch das heruntergekurbelte Beifahrerfenster, doch weiter kam ich nicht. Ein Sprühstoß traf mich direkt im Gesicht. »Was … sag mal, *spinnst du?*«

Meine Tante hatte mich mit Desinfektionsmittel aus einer Sprühflasche beschossen, was jetzt fürchterlich in den Augen brannte.

»Es ist nur zu deinem Besten«, quiekte Auguste.

»Zu meinem *BESTEN?*« Ich verlor meine Contenance vollends, griff ins Auto und riss ihr die Flasche Desinfektionsmittel halb blind aus den Händen. »Das«, schrie ich und warf sie auf den Boden, »kann nicht«, ich trat auf die Flasche, »dein verdammter Ernst«, ich sprang richtig drauf, »sein!!!«

Meine Schwester starrte mich entgeistert an.

»Wie soll ich fahren, wenn ich nichts sehen kann? Meine Augen brennen wie sau!«, schrie ich weiter, schmiss meine Snacks auf den Boden, schraubte eine der Wasserflaschen auf und versuchte mir den Inhalt in die Augen laufen zu lassen.

»AUA!!!«, schrie ich. Es brannte noch mehr als vorher.

»Scheiße, komm mal runter«, rief meine Schwester und hob die Süßigkeiten auf. »So schlimm ist es jetzt auch nicht.« Sie beugte sich ins Auto rein, um die Snacks abzulegen, und genau in diesem Moment traf auch sie ein Sprühstoß. »AUA, FUCK!!!« Hanna rieb sich hektisch die Augen. »Wie viele von den verdammten Flaschen hast du denn, verdammt noch mal!«

»Es ist … Also es ist doch nur sicherheitshalber!«, rief meine Tante mit schriller Stimme.

»Du hättest es uns einfach herausreichen können!«, rief ich.

»Ja … Das stimmt vielleicht …« Auguste klang jetzt einigermaßen verzweifelt.

»Ich geh noch mal rein«, sagte Hanna und eilte in die Raststätte.

»Warte, ich komm mit!«, rief ich und folgte ihr.

Nachdem wir uns auf der Raststättentoilette die Augen ausgewaschen und noch ein bisschen vor uns hin geschimpft hatten, lehnte ich mich mit der Hüfte an eines der Waschbecken. »Wir brauchen einen Plan, so geht das echt nicht die ganze Fahrt«, sagte ich.

»Sie lässt uns safe nicht mehr ins Auto.«

»Was machen wir jetzt? Umdrehen?«

»Und in drei Tagen wieder losfahren, und dann ewig hin

und her, bis wir endlich ankommen? Dann sind die Ferien auch rum.« Hanna verschränkte die Arme vor der Brust. »Was für eine Scheiße. Ich glaub, ich brauch jetzt erst mal 'nen Wein.«

»Du brauchst *keinen* Wein«, sagte ich, »da müssen wir sowieso noch mal reden, aber nicht jetzt.«

Hanna verdrehte die Augen. »Nur weil du gern allein in deinem Zimmer hockst, heißt das nicht, dass andere Leute keine Freunde haben, mit denen sie auch mal was unternehmen.«

»*Saufen und Drogen nehmen* ist also was unternehmen? Das ist deine Vorstellung von Spaß?« Ich merkte langsam, aber sicher, dass mir das alles zu bunt wurde. Auguste, Hanna, Mama. Alle komplett im Eimer, und ich bald auch, wenn das so weiterging.

»Man ist nur einmal jung.«

»Ah, willst du dann wie Mama in 'ne Klinik, wenn du dann nicht mehr so jung bist?«

»Scheiße, jetzt tu mal nicht so, als ob es dich juckt, was ich mache!«

»Natürlich juckt es mich!« Ich starrte Hanna fassungslos und auch ein bisschen wütend an.

»Oh ja, na klar. Du bist einfach abgehauen und warst in den letzten Jahren fast nie da!« Jetzt schrie Hanna, was ihr einen schrägen Blick von einer älteren Dame einhandelte, die sich an ihr vorbei in eine Toilettenkabine drückte.

»Hanna, jetzt schrei doch nicht so, ich–«

»Du bist nach Papas Tod einfach abgehauen! Und hast mich allein gelassen mit Mama, die säuft, und unserer durchgedrehten Tante!«, brüllte Hanna mir ins Gesicht, »und *jetzt* tust du so, als seist du die geile Heldin hier, kommst vorbei, um uns zu retten! Seht mich an! Ich passe auf meine Schwester und Tante auf, während meine Mutter in Reha ist, weil sie gar nichts mehr geschissen kriegt und ihr Leben nicht aushält! Seht mich an, mir ist das alles egal, mir ist egal, dass Papa tot ist, mir ist–«

»Du hast doch *keine* Ahnung, wovon du redest!« Jetzt brüllte ich auch. »Du warst noch jung, aber alt genug, dich *vielleicht* zu erinnern, dass ich nach Papas Tod den ganzen Laden geschmissen habe! Du sagst, dass sich niemand um dich kümmert. Und wer kümmert sich verdammt noch mal um MICH?«

»DU BIST ERWACHSEN!«

Ich war einigermaßen beeindruckt, dass Hanna noch lauter schreien konnte. Ich war mir bis dahin sicher gewesen, dass sie schon den Lautstärkegipfel erklommen hatte, but nope, here we are.

»ICH BIN EIN KIND! Verfickte Scheiße!«

Aus der Toilettenkabine kam ein lautes, aufgesetztes Räuspern.

»Aber nicht MEIN Kind!«, blaffte ich zurück.

»Aber deine *Schwester!*« Hanna weinte jetzt. »Wie konntest du mich mit *denen* allein lassen? Wie konntest du das tun! Wie konntest du nur? Wieso hast du das gemacht?«

Wir schwiegen beide und starrten uns schwer atmend an. Meine Hände zitterten. Dann streckte ich eine Hand aus und zog Hanna in meine Arme. »Ich weiß«, sagte ich und spürte einen dicken Kloß im Hals. »Du hast recht, ich weiß, ich weiß, shhht.«

Hanna schluchzte noch minutenlang in meinen Armen, bis mir plötzlich klar war, dass sich die Omi wegen uns nicht aus der Kabine traute. »Lass uns erst mal rausgehen hier.«

Ich nahm ein paar Papiertaschentücher aus dem Spender und schob meine verheulte Schwester zur Tür hinaus. Als wir durch die Raststätte gingen, folgten uns misstrauische Blicke, und für einen Moment hatte ich Angst, dass jemand die Polizei gerufen haben könnte. Ich schaute starr geradeaus und ignorierte den Rest der Welt. Draußen setzte ich Hanna, die sich jetzt wie eine zerbrechliche, willenlose kleine Marionette führen ließ, auf eine der Picknickbänke. Ihr Haarnetz war irgendwo auf dem Weg verloren gegangen, ihr Blick war leer. Sie sah aus, als habe sie sich eben im Waschraum komplett ausgeschüttet, und jetzt war nichts mehr in ihr, kein einziger Tropfen. Ich setzte mich auf die andere Seite des Tisches, nahm mein eigenes Haarnetz ab und streckte meine Hände nach ihren aus, aber sie zog sie ein Stück zurück. Ich beließ es dabei.

»Ich …«, begann ich, »ich weiß, dass ich … oder nein, ich wusste es nicht. Ich war so fertig nach Papas Tod, wo ich alles erledigen musste, all die Behördengänge, die Anrufe, all das, was Mama nicht geschafft hat. Ich war so fertig und musste weg, deshalb habe ich die Stelle in München angenommen. Ich … Ich hab nicht kapiert, dass das so schlimm für dich werden würde. Ich hab da nur an mich gedacht, daran, dass ich das alles nicht mehr packe. Und ich hatte Angst, dass das irgendwie abfärbt auf dich … keine Ahnung. Es ist schwer zu erklären, ich verstehe es selber nicht ganz. Vielleicht hatte ich auch ein schlechtes Gewissen, wenn ich euch besucht habe, und hab das deshalb vermieden. Ich weiß auch nicht. Ist vielleicht auch schwierig, jetzt so ’ne Aussprache zu machen, also hier …«

Hanna fuhr mit ihren Fingern die Rillen im Holz des Picknicktisches nach, auf und ab, auf und ab. Ich sah einen Käfer an der Tischkante entlanglaufen. *Hausbock,* dachte ich. *Hylotrupes bajulus. Nicht ausgestorben, aber gefährdet.* Ich ließ meine Schwester ein paar Minuten in Ruhe und beobachtete den Käfer. Er war mittelgroß, vielleicht zwei Zentimeter lang. Schlanker Körper, dunkelbraune Färbung, auffällige weiße Flecken auf den Flügeldecken und diese unglaublich langen Fühler, die für Bockkäfer so charakteristisch waren. Er blieb an der Tischkante sitzen und wackelte mit den Antennen hin und her.

»Hanna?«, fragte ich schließlich.

»Wir müssen jetzt eine Lösung für Tante Auguste finden«,

sagte sie und nahm sich eins der Papiertücher, die zusammengeknüllt auf dem Tisch lagen.

»Ja … aber–«

»Ich will da jetzt nicht weiter drüber reden«, blockte sie ab.

»Oh … okay. Ja. Vielleicht auch besser. Wir sollten uns beruhigen, muss ja auch gleich wieder konzentriert fahren.«

Plötzlich ertönte eine Hupe.

»Ist das unser Auto?«, fragte ich und drehte mich um.

»Keine Ahnung, aber lass mal hingehen.«

Als wir am Auto angekommen waren, winkte uns unsere Tante hektisch heran. Sie saß wieder auf dem Rücksitz, was ich unkommentiert ließ. Vielleicht fühlte sie sich dort wirklich sicherer.

»Wo wart ihr denn so lange?«, fragte sie und musterte Hannas verheultes Gesicht, in dem die Wimperntusche total verlaufen war.

»Wir haben uns die Augen ausgewaschen. Hast du gehupt?«

»Ja, hier kam schon eben jemand aus der Raststätte raus und meinte, dass wir das Auto von der Ladesäule wegfahren müssen. Außerdem muss ich auch mal aufs Klo.«

»Ja dann geh doch jetzt«, schlug ich vor.

»Hier doch nicht!« Meine Tante riss ihre Augen auf. »Das ist total *unhygienisch!*«

»Ja nun, aber was bleibt dir anderes übrig?«

»Ich geh im Wald.«

»Im *Wald?*«

»Ja, fahr irgendwo ab, okay?«

»Wenn ich jetzt noch dauernd in 'nem Wald abfahren muss, kommen wir nie an!«

»Dafür müsstest du uns sowieso erst mal ins Auto lassen«, merkte meine Schwester trocken an.

»Gib mal das Zeug her, du hast doch bestimmt noch etliche Flaschen in deiner Tasche«, sagte ich schroff.

Meine Tante öffnete ihre Tasche und holte ein Desinfektionsspray raus. Zögernd gab sie es mir. »Aber wirklich ordentlich sprühen, auch die Kleidung. Und die Schuhsohlen.«

Mittlerweile war ich an einem Punkt angekommen, an dem es mir egal war, dass etliche Familien in Sichtweite neugierig ihre Hälse nach uns reckten und uns bei unserem unwürdigen Reinigungsritual zusahen.

»Dass das alles scheiße für die Umwelt ist, weißt du?«, fragte ich meine Tante, während ich meine Schuhe einsprühte.

»Ja, nun, man muss Kompromisse eingehen«, antwortete sie.

»Ah ja. Na dann. Dürfen wir jetzt wieder ins Auto?« Der scharfe Geruch brannte in meiner Nase. »Oder fehlt noch was.«

»Ne, jetzt ist es okay.«

Ich stieg ins Auto und ließ es an, während meine Tante noch tiefer in ihren blauen Schutzanzug einsank.

»Suchst du eine Abfahrt? Für einen Wald?«, fragte sie von hinten.

»Ja doch. Wieso ist es eigentlich für dich okay, im Wald zu pinkeln? Da ist doch technisch gesehen auch alles dreckig.«

»Das Problem sind die Menschen«, erklärte Auguste mit müder Stimme. »Die Menschen und ihre Keime. Vor Erde oder Tieren habe ich keine Angst. Ich habe ja auch keine Berührungsängste mit HP14. Nur die Menschen ... menschliche Siedlungen ... Gebäude eben. Alles, was Menschen angefasst haben, wo sie leben, atmen, husten, niesen. Das ... Das geht nicht.«

»Aha«, sagte ich.

Hanna hatte sich ihre Kopfhörer in die Ohren gesteckt und sah aus dem Beifahrerfenster. Das würde ein prima Roadtrip werden, das wusste ich jetzt schon.

Canis lupus familiaris
Haushund

Wir brauchten über sechs Stunden bis zur deutsch-österreichischen Grenze, an der wir aber nur eine Dreiviertelstunde standen. Tante Auguste trank pausenlos Tee aus ihren Thermoskannen, was sich dann in etliche Toilettengänge im Wald übersetzte. An der österreichisch-italienischen Grenze standen wir fast drei Stunden, was uns alle den letzten Nerv kostete. Als der Kontrolleur seinen Kopf ein wenig ins Innere steckte, um einen Blick in den Fahrgastraum zu werfen, hatte ich kurz Angst, dass meine Tante ihn mit Desinfektionsmittel besprühen würde und wir dann richtig Stress bekämen, aber sie blieb ruhig.

»Ist sie krank?«, fragte der Beamte mit Blick auf das Schutzoutfit meiner Tante. Er sprach Hochdeutsch, hatte aber einen starken österreichischen Dialekt. Neben ihm tänzelte ein Schäferhund unruhig umher.

»Nein, sie hat nur etwas Angst vor Keimen«, antwortete ich angespannt.

Der Kollege des Beamten, der ein paar Schritte hinter ihm stand, flüsterte etwas auf Italienisch.

»Hm. Kann ich bitte Ihre Impfpässe sehen?«

Ich kramte in meiner Tasche und holte unsere drei gelben Pässe raus. »Hier«, sagte ich und reichte sie ihm.

Er nahm sie in Augenschein. »Haben Sie irgendwelche Symptome?«, fragte er meine Tante.

Sie schüttelte stumm den Kopf.

Dann nahm er eine Temperaturmesspistole und zielte damit auf die Stirn meiner Tante. »36,8 … Das sieht gut aus. Danke und unfallfreie Fahrt.« Er gab mir die ganzen Pässe zurück und winkte uns durch.

»Puh«, seufzte meine Tante, »hat aber prima geklappt.«

Ich nickte nur. Nach fünf Kilometern kam eine Raststätte, an der ich rausfuhr. Ich schloss das Auto an eine der Schnellladesäulen an. In zehn Minuten konnte man mit diesen Ladesäulen zwanzig Prozent der Batterie aufladen, was echt krass war. Das Auto lud schneller als mein Handy. Als ich mich wieder reingesetzt hatte, schaute ich auf meiner Handykarte die Umgebung an.

»Also wir fahren erst nach Bozen, ja?«, fragte ich, »und dann nach Cortina d'Ampezzo …«

»Genau«, bestätigte meine Tante.

Meine kleine Schwester war derweil beschäftigt damit, aus dem Fenster raus die Berge mit ihrem Handy zu filmen.

»Aber es wäre schlauer, wenn wir direkt nach Cortina … Dings … fahren würden. So drehen wir eine Schleife.«

»Ja … Aber in Bozen gibt es jemanden, mit dem wir reden müssen.«

»Oh, da hast du uns noch gar nichts von erzählt.«

Auguste zuppelte unruhig an ihrem Anzug herum. »Ach, hab ich nicht?«

»Nein …« Ich runzelte meine Stirn. »Wer wohnt denn da?«

»Sophies Bruder.«

»Oh … okay. Das … Das ist ja ein Zufall«, sagte ich.

»Nein, gar nicht so sehr. Ohne ihren Bruder wäre sie nie auf die Spur dieser Frauengemeinschaft gekommen. Es gibt keine Aufzeichnungen, nur Gerüchte, die man sich hier erzählt. Über diesen einen Berg, der anders ist.«

»Anders?«

»Ja, die Natur ist dort etwas … Ich weiß nicht. Es gibt viele Geschichten, die alle sehr bescheuert klingen. Über so Aberglaubenzeugs will ich jetzt gar nicht sprechen. Jedenfalls fahren wir erst mal zu Tom, hier ist die Adresse.« Meine Tante schickte mir einen Standort aufs Handy.

Gerade wollte ich den Motor anlassen, da schrie meine Schwester plötzlich »Halt!« und sprang aus dem Auto.

»Was … Hanna!« Ich schaltete den Motor wieder ab, stieg ebenfalls aus und umrundete den Wagen.

Meine Schwester kauerte rund zehn Meter entfernt in einem Gebüsch, und gerade wollte ich zu ihr rübergehen, da drehte sie sich um – und hielt einen hechelnden braunen Hund mit langen, dünnen Beinen und langer, feiner Schnauze ungelenk in den Armen.

»Oh mein Gott«, flüsterte ich.

Hanna und der ängstlich wirkende Hund kamen rüber. »Ich hab ein Foto geschossen, die App sagt, das ist ein Podenco Canario!«

»Wo hast du den her?«, fragte ich.

»Der kommt hier nicht rein!«, schrie meine Tante durch das heruntergekurbelte Fenster.

»Da hinten aus dem Gebüsch, der war da angeleint. Neben ihm stand eine leere Schüssel.«

»Vielleicht gehört der hier jemandem«, sagte ich und blickte mich um.

»Denke ich nicht, schau mal in meine Arschtasche.«

Ich hob die Augenbrauen, fummelte aber an ihrer Jeans herum. Zog einen Zettel raus. *For free* stand darauf.

»Die haben den ausgesetzt«, erklärte Hanna, »ernsthaft, welches kranke Schwein macht so was, der hat bestimmt total Durst. Hier, nimm mal kurz.« Sie drückte mir den Hund in die Arme, sodass sein Gesicht direkt vor meinem landete, und machte sich am Kofferraum zu schaffen.

»Geht mit dem Hund ein bisschen vom Auto weg, bitte!«, rief meine Tante aus dem Fenster.

»Ja, okay.«

Ich ging drei Schritte weiter und sah mir den Hund genauer an. Er war hellbraun mit kurzem Fell, seine Nase pink mit weißen Flecken um die Schnauze, und seine Augen waren bernsteinfarben. Er war wirklich schön, aber furchtbar verstört. Sein ganzer Körper zitterte so sehr, dass ich Probleme hatte, ihn zu halten. Beschützerinstinkt und Hundeliebe sprangen sofort in mir an, und ich bemühte mich, meine Gefühle im Zaum zu halten.

»Hier«, sagte Hanna und kam mit einer der Zeltschnüre ums Auto herum. Sie nahm sie doppelt, band eine Schlaufe und stülpte sie über den Kopf des Hundes. Dann machte sie einen Knoten, damit sich die Schlaufe nicht weiter zuzog. »Jetzt kannst du ihn runterlassen.«

Ich stellte den Hund auf seine vier dünnen Beine und sah zu, wie er uns geduckt von unten anblickte, den langen Schwanz mit weißer Spitze fest zwischen die Beine geklemmt. Ich beugte mich hinunter und schaute ihm unter den Bauch.

»Es ist ein Mädchen«, stellte ich fest.

»Wir müssen ihn mitnehmen … also *sie*«, sagte meine Schwester.

Wie ich auch hatte Hanna sich schon immer einen Hund gewünscht. Unser Schäferhund ist ja gestorben, als sie zwei Jahre alt war; seitdem hatten wir keine Haustiere mehr gehabt, worunter sie ein bisschen gelitten hatte. Dementsprechend schwer würde es jetzt werden, ihr diesen Hund auszureden.

Verdammt, und wie redete ich mir *diesen Hund aus?*

»Nimm mal kurz die Leine«, wies sie mich an und drückte mir die Schnur in die Hand, dann ging sie in die Raststätte.

Es dauerte drei oder vier Minuten, in denen die Hündin einen Weltrekord im Zittern aufstellte, bis Hanna zurückkam. Sie trug eine große Flasche stilles Wasser und eine Emailletasse, auf der »Toni« stand.

»Hab nichts anderes gefunden«, sagte sie. Sie füllte die Tasse mit Wasser und stellte sie der Hündin hin.

Gespannt sahen wir zu, wie sie ängstlich an der Tasse schnupperte, immer wieder unsicher zu uns sah, dann einen ersten kleinen Schlabberschluck nahm und anscheinend plötzlich realisierte, was für einen großen Durst sie hatte. Hektisch schlabberte sie los, und ich ließ Hanna die Tasse einmal nachfüllen, bis ich sie zurückhielt.

»Nicht so viel auf einmal«, ermahnte ich sie, »das ist nicht gut.«

»Wie nennen wir sie?«, fragte Hanna. Ihre Augen strahlten, und ich sah, dass auch ihre Hände vor Aufregung zitterten.

»Hanna, wir können sie nicht mitnehmen.«

»Genau!«, rief meine Tante aus dem Fenster. »Wir sagen der Raststätte Bescheid!«

»Aber sie braucht Hilfe!« Hanna blickte mich entschlossen an, und ich wusste, dass das ein harter Kampf werden würde.

»Wir organisieren Hilfe. Wir können sie nicht mitnehmen. Wir haben auch gar nichts für sie!«

»Aber …«

»Hanna, nein. Warte hier, ich geb in der Raststätte Bescheid.« Ich ließ Hanna und die Hündin stehen und ging in die Raststätte. Sie war ziemlich groß und bot laut Schildern Übernachtungsmöglichkeiten und Duschen an. Ich steuerte auf eine der leeren Kassen zu, hinter der ein Mann in Verkaufsuniform stand.

»Entschuldigung, sprechen Sie Deutsch?«, fragte ich.

»Grüß Gott«, kam die Antwort, »sicher.«

Österreicher oder Bayer; ich hatte Dialekte noch nie auseinanderhalten können. »Wir haben da draußen einen Hund gefunden … Wen rufen wir denn am besten an? Damit man sich um ihn kümmert?«

Der Kassierer verzog den Mund, womit er wohl aussagen wollte *Das, was ich jetzt sage, wird Ihnen nicht gefallen, und es tut mir leid.*

»Nun … Ma kinnan de Bulln obiruffa, de foan eahm o.«

»Ähm, ich glaube, das hab ich nicht verstanden …«

Der Kassierer seufzte kurz und bemühte sich, Hochdeutsch weiterzusprechen, konnte seinen starken Dialekt jedoch nicht ganz abschütteln. »Wir können die Polizei rufen, die holen ihn ab«, wiederholte er.

»Und die bringen ihn dann ins Tierheim?«

»Ja, nur …« Der Mann fühlte sich sichtlich unwohl. »Seit ein paar Jahren werden die Raststätten von herumstreunenden Hunden überrannt. Die Leute haben kein Geld mehr, um sich um ihre Vierbeiner zu kümmern, ist wie eine Epidemie. Pro Jahr haben wir da, uff …« Er drehte sich zu seinem Kollegen um, der hinter ihm Alkoholflaschen einräumte. »Wos moanst du?«, fragte er ihn.

Der andere drehte sich um. »Na eh, i denk so um die fünfhundert oder sechshundert Hunderln«, antwortete der.

»Jo«, sagte der Kassierer und wandte sich mir wieder zu. »Und des sind nur wir hier. Gibt ja viele andere Raststätten, da können Sie es sich ausrechnen.«

»Und was … bedeutet das jetzt?«, fragte ich. Ich wusste nicht, worauf er hinauswollte.

»Nun … Die Hunderln werden nach zwei oder drei Wochen … erlöst … Also wenn sie keine Halsbänder und Hundemarken haben. Und wenn sie nicht adoptiert werden, werden sie eben … ja. *Erlöst.* Wie gesagt.«

»Sie … Wie meinen Sie das? Die Hunde werden getötet?« Ich holte zischend Luft.

»Ja.« Der Kassierer seufzte schwer. »Es sind einfach so viele.

Und dann vermehren sich auch die ganzen Streuner noch, die gibt es ja noch zusätzlich zu den Ausgesetzten. Ist sehr traurig, alles.«

Ich starrte ihn an. »Was … Also was mache ich dann jetzt?«

»Entweder nehmen Sie den Hund mit, oder wir müssen ihn abholen lassen.«

»Die armen kleinen Wuzerl«, brummte sein Kollege hinter ihm.

»Ich … okay, danke. Ich … Ich überleg es mir.« Ich drehte mich um und ging aus der Raststätte raus.

Draußen sah ich schon, dass Hanna und Auguste stritten.

»Ah, endlich, Zoe!«, rief meine Tante, »was haben die gesagt? Holen sie den Hund ab?«

Hannas Gesicht glühte rot, sie schwieg aber und schaute mich nur an.

»Wir … ich …« Ich sah zu der Hündin hinab, die zusammengerollt auf dem harten Boden lag und angestrengt versuchte, sich so sehr wegzuducken, wie es nur irgendwie geht. *Oh Gott, ich kann das nicht.* Ich holte einmal tief Luft und sagte: »Sie haben gesagt, dass sie in die Tötung kommt, wenn sie abgeholt wird. Es gibt hier wohl zu viele ausgesetzte Hunde.«

»WAS?«, schrie Hanna, woraufhin die Hündin aufsprang und bitterlich zu … ja … schreien begann. Sie bellte nicht, sie jaulte nicht. Sie öffnete ihr Maul und schrie einfach. Dabei klang sie wie eine gestresste Katze oder wie ein Waschbär. Wir starrten irritiert zu der Hündin, Hanna bemerkte ihren Fehler sofort und ging in die Hocke. »Shhhht, tut mir leid, ich tu dir nichts, shhhht.«

Meine Tante sah mich an. »Sie töten sie?«, fragte sie.

»Ja, das wird hier wohl so gemacht.«

Auguste schwieg.

»Zoe, wir können sie nicht zu denen bringen … Zoe, bitte, schau sie dir an«, flehte meine Schwester.

Die Hündin hatte sich wieder flach auf den Boden gedrückt, ihre Flanken hoben und senkten sich hektisch.

»Fuck«, sagte ich und lehnte mich ans Auto. »Was machen wir jetzt?« Das war eine Reisekomplikation, die ich wirklich nicht gebrauchen konnte.

Eine Autotür auf der anderen Seite des Autos schlug zu, und ich sah, dass meine Tante ausgestiegen war. Sie umrundete das Fahrzeug und stieg auf der Beifahrerseite wieder ein.

»Der Hund sitzt hinten, letzte Reihe, eine Reihe zwischen uns. Und alle Fenster auf! Wer weiß, was seine Besitzer alles für Krankheiten hatten.«

Witzig, sagt man das normalerweise nicht andersrum? Wer weiß, was für Krankheiten der Hund hat?

Hanna jauchzte.

»Stopp, Moment, wir … Wir haben doch gar nichts für den Hund!«, protestierte ich. »Und was ist, wenn wir noch mehr ausgesetzte Hunde sehen, nehmen wir die alle mit?«

»Was ist deine Lösung, Zoe?«, sagte meine Tante in einer überraschend ruhigen und pragmatischen Stimme. »Wir können die Hündin ja schlecht in den Tod schicken.«

»Und wie kriegen wir sie auf dem Rückweg über die Grenze?«

»Das lass meine Sorge sein«, befand Auguste, zog ihr Handy heraus und begann, irgendetwas zu tippen.

Hanna drückte mir die »Leine« in die Hand und räumte das Zelt und die Schlafsäcke, die auf der hinteren Rückbank lagen, eine Reihe nach vorn. Dann nahm sie die Hündin hoch und setzte sich mit ihr nach hinten.

»Ich nenne sie Toni, wie die Tasse!«, rief Hanna.

»Jetzt fahren wir erst mal zu Tom, es ist schon spät«, sagte Auguste.

Ich griff die Wasserflasche und die Tasse und reichte beides Hanna nach hinten durch. Dann schloss ich die Tür des Vans, umrundete das Auto und stieg ein.

Cicadetta montana
Bergsingzikade

Toms Haus befand sich nicht in Bozen, sondern etwas außerhalb und inmitten eines weitläufigen Weinbergs, von dem ich mich fragte, ob er zum Grundstück gehörte. Die verwitterten Steinmauern versprühten rustikalen Charme und waren mit bunten Töpfen voller Geranien geschmückt. Die hölzernen Fensterläden, die in einem verblichenen Türkis gestrichen waren, machten selbst mir richtig Bock auf Urlaub, dabei bin ich nicht so der Reisetyp. Links und rechts vom Haus blühte ein wilder, kleiner Garten mit Kräutern und einer Weinrebe, die sich um Spaliere rankte und auch schon auf das Haus übergegriffen hatte. Alles wirkte wie ein superkitschiges Postkartenmotiv, aber ich muss sagen, dass mir das richtig gut gefiel.

»Ihr bleibt erst mal hier«, wies uns meine Tante an, und ich hielt den Atem an, als ich sah, dass sie tatsächlich ausstieg und auf die Haustür zusteuerte.

»Geht sie gerade wirklich einfach hin?«, fragte meine Schwester vom Rücksitz.

»Ich glaub es selbst kaum.«

Wir beobachteten Auguste, wie sie klingelte und dann ein paar Schritte zurückwich. Plötzlich hörte ich ein seltsames Geräusch von hinten, es klang ein bisschen wie … ein Pumpen?

»Fuck«, rief Hanna. Sie riss die Schiebetür auf und schob den Hund gerade noch rechtzeitig raus. Toni erbrach sich mit zitternden und krampfenden Flanken.

»Sie ist Autofahren vielleicht nicht so gewöhnt«, kommentierte Hanna die Situation.

Prima, Gott sei Dank müssen wir in den nächsten Tagen kaum fahren.

»Gib ihr noch mal ein bisschen Wasser aus ihrer Tasse«, sagte ich. Wir mussten uns langsam auch Gedanken machen, wo wir Futter und eine anständige Leine herbekamen.

In dem Moment ging die Haustür auf, und heraus kam ein Mann mit grauen Haaren und grüner Latzhose. Ich öffnete das Beifahrerfenster auf der dem Haus zugewandten Seite, um mitzuhören, doch wir waren zu weit entfernt. Der Mann riss die Augen auf, war erst erstaunt, dann freute er sich und ging mit ausgebreiteten Armen auf Auguste zu, was sie jedoch hektisch nach hinten ausweichen und abwehrend mit den Händen winken ließ. Der Mann blieb stehen und ließ die Arme sinken, und es sah so aus, als würde er jetzt erst realisieren, in was für einem Aufzug sein Besuch vor ihm stand.

Es wurden wieder ein paar Worte gewechselt, dann winkte mir meine Tante, dass ich rüberkommen sollte.

»Das ist meine Nichte Zoe«, stellte mich Auguste vor, nachdem ich mich zu ihnen gesellt hatte. »Und das da drüben ist Hanna.« Sie zeigte auf meine Schwester. »Ebenfalls meine Nichte.«

Der Mann lächelte mich an. Sein Gesicht und die Hände waren stark gebräunt, vermutlich verbrachte er die meiste Zeit draußen.

»Hallo, ich bin Tom«, stellte er sich vor und streckte mir die Hand aus, zog sie aber gleich wieder zurück.

»Ach, kein Problem«, sagte ich und wollte nach ihr greifen, doch meine Tante schüttelte den Kopf. Ich zog meine Hand nun auch wieder zurück.

»Tauschen wir lieber nicht zu viele Keime aus«, flüsterte Auguste.

Tom sah mich an und zog die Augenbrauen hoch, doch ich sagte nichts.

»Tom, eine Sache zuerst: Können wir heute Nacht auf deinem Grundstück zelten?«, fragte Auguste.

»Klar. Aber ihr braucht nicht zelten, ich hab ein kleines Gästehaus!«, sagte er.

Meine Tante überlegte kurz, dann sagte sie: »Hast … Hast du da häufig Gäste?«

»Nein, das steht eigentlich seit Jahren leer, ist deshalb bestimmt auch ein wenig staubig. Früher hatten wir häufiger Touristen da, aber meiner Frau wurde das irgendwann zu viel, deshalb machen wir das schon seit locker zehn Jahren nicht mehr. Und wenn uns die Kinder besuchen, schlafen die sowieso im Haus.«

»Deiner Frau …«, begann Auguste.

»Ja«, antwortete Tom leise und sah verlegen aus.

Aber was ich hier besonders interessant fand: Meine Tante sah *auch* verlegen aus, sogar unter ihrem Mundschutz konnte ich das erkennen, weil sie ihre Augen so komisch wegdrehte. *Was war da denn los?*

»Ja, also ich nehme an, dass das gehen könnte«, sagte Auguste.

Tom strahlte. »Prima!«

»Und noch eine Sache: Wir haben diesen Hund gefunden und müssten Halsband, Napf, Futter und so weiter kaufen. Weißt du, wo man hier so was noch kriegt? Es ist ja schon recht spät.«

Ich schaute auf mein Handydisplay: 20:03 Uhr.

»Ach, das ist kein Thema, wir haben ja selbst Hunde, da ist sicherlich was über.« Tom stapfte auf Hanna und Toni zu und ging in die Hocke. »Ach schau an, ein Mädchen. Na, du Kleine«, flüsterte er und legte seine Hand vorsichtig auf ihre Brust. »Ängstliche Hunde nie am Kopf angreifen, nie von oben, immer von Augenhöhe, am besten die Brust anfassen oder die Seite«, erklärte er an Hanna gerichtet.

Meine Schwester nickte eifrig und machte es ihm nach.

»Ist das ein Windhund?«, fragte er.

»Ein Podenco Canario«, erklärte Hanna, »zumindest habe ich das im Internet so gesehen. Sie heißt Toni!«

»Ah, sehr schön. Wo habt ihr sie gefunden?«

»An der Raststätte hinter der Grenze. Sie war da angeleint.«

Tom richtete sich wieder auf. »Oh ja, wir haben ein großes Problem mit ausgesetzten Hunden und Katzen. Die Tierheime platzen aus allen Nähten, und seit einigen Jahren landen sie nach ein paar Wochen ohne Adoptionsbewerbung in Tötungsstationen. Schlimm. Wir haben auch sechs Streuner aufgenommen«, erzählte er.

»Komisch, ich hab gar kein Bellen gehört, als ich geklingelt habe«, sagte Auguste.

»Ja, die sind mit Emma in den Weinbergen, Abendrunde. Kommen bestimmt gleich wieder. Aber wartet, ich hol euch mal eben was …« Er verschwand im Haus und blieb ein paar Minuten verschwunden, während wir warteten.

»So«, begann er, als er wieder rauskam. »Schauts mal her, ich hab hier was.« In den Händen hielt Tom eine Leine, ein Halsband, eine alte Wolldecke und einen Napf. Außerdem eine Lochzange. »Schauen wir mal, wie das Halsband passt. Vielleicht ist es zu groß, aber wir können noch ein paar Löcher reinmachen, ist ja Leder.«

Er beugte sich zu Toni runter, die unter jeder seiner Berührungen zusammenzuckte, aber stillhielt, während er ihr das Halsband anpasste. Vermutlich einfach aus Angst. Dann klinkte er die abgenutzt aussehende Lederleine ein und drückte sie Hanna in die Hand. Dann entfernte er die Zeltschnur von ihrem Hals und legte sie beiseite.

»So, dann kannst du mit deiner Toni auch mal richtig Gassi

gehen. Schau mal, da hinter dem Haus führt ein Weg in die Weinberge hoch. Gib nur Acht, dass du nicht in meine Frau reinrennst, so viele fremde Hunde wären vielleicht noch etwas viel für Toni.«

Hanna strahlte und schoss sofort ein paar Fotos von Toni an der Leine. Irgendwas an der Situation schien der Hündin vertraut vorzukommen, vielleicht das Gefühl, angeleint worden zu sein. Sie stand jetzt ein wenig aufrechter, und der Schwanz war nicht mehr ganz so doll zwischen die Beine gekniffen. Sie sah gepflegt aus, war sicherlich mal ein geliebtes Haustier gewesen. Was mag ihre Menschen dazu bewogen haben, sie aufzugeben? Vielleicht haben sie gehofft, dass jemand ihr ein schönes Zuhause gibt und sie deshalb nicht direkt ins Tierheim gebracht, wo ihr ohnehin der Tod gedroht hätte. Aber was wäre, wenn sie niemand gefunden hätte? Wenn sie da verdurstet wäre? Ich schüttelte mich innerlich. Furchtbar. Bestimmt vermisste Toni ihre Familie.

»Bis später«, rief Hanna und lief mit Toni an der Leine der Abendsonne entgegen. Die Hündin folgte ihr mit locker nach hinten geknickten Stehohren.

Ich schaute mich um, es war wirklich schön hier. Der Weinberg, der über dem Haus thronte, erstreckte sich in geordneten Reihen über das Gelände. Weiter oben ging er in einen schroffen Berg mit verwitterten Felsen und zerklüfteten Gipfeln über.

»Ihr wollt nicht zufällig noch eine Hündin?«, fragte ich hoffnungsvoll.

Tom lachte. »Ne, eigentlich war schon bei vier Schluss, jetzt haben wir sechs, aber das ist ehrlich gesagt schon zu viel. Haben alle irgendwo am Straßenrand aufgesammelt, bis auf Bruno, der kommt aus dem Tierheim.«

»Schade. Dachte, ich frag mal.«

»Zeigst du uns das Gästehaus?«, fragte meine Tante.

»Ja klar, folgt mir.«

Das Gästehaus war klein und gemütlich. Die Fassade war weiß verputzt, die hölzernen Fensterläden ebenfalls türkis gestrichen. Es lag eingebettet in einen Miniaturwald rund fünfzig Meter vom Haus entfernt, und neben dem Haus stand ein kleiner Brunnen, der mit Brettern abgedeckt war.

»Funktioniert der?«, fragte ich.

»Schon lange nicht mehr. Hier ist alles ausgetrocknet ...«, sagte Tom und sah zu den Weinbergen hinüber, um seinen Mund ein sorgenvoller Zug.

»Aber hier gibt es immerhin noch einiges an Insekten, oder?«, fragte ich. Mir war aufgefallen, dass ganz schön viel krabbelte und summte.

»Ja, hier in den Bergen haben wir ... ein besonderes Klima, nehme ich an. Ein paar Sachen sind anders.«

»So?«, fragte meine Tante, die immer wieder nervös zum Gästehaus schaute.

»Ja, aber lassen wir das jetzt. Ich zeig euch erst mal, wo ihr übernachten werdet.«

Das Gästehaus war kompakt vom Grundriss her: Wohnbereich mit Schlafsofa, kleines Schlafzimmer mit Doppelbett, Bad. Im Wohnzimmer gab es eine winzige Küchenzeile, und alles war ordentlich angestaubt. Die Einrichtung würde ich als rustikal beschreiben: viel dunkles Holz, Schnitzereien, all so was. Das wunderte mich etwas, denn dieser Look wäre sogar vor vierzig Jahren unmodern gewesen. Doch Tom erklärte uns, dass das Haus von seinem Großvater gebaut und auch eingerichtet worden war und dass sie wenig daran geändert hätten.

»Vielleicht ... Vielleicht gehen wir wieder raus?«, drängte meine Tante, die in der Tür stehen geblieben war und sich nicht rein traute. »Wir müssen ja ein paar Sachen besprechen.«

»Ja, der Abend ist ja sehr schön, wir können uns in den Garten setzen, was sagt ihr?«, fragte Tom und überreichte mir den Schlüssel für das Häuschen.

»Gute Idee«, stimmte Auguste zu.

»Mensch«, sagte Tom unvermittelt und strahlte meine Tante an. »Auguste … nach all der Zeit. Ich fass es nicht!«

Sie nickte nur. Als wir rauskamen, gab es ein großes Gebell und Hallo. Toms Frau Emma war mit den Hunden zurückgekommen, und was soll ich sagen: Ich warf mich direkt rein. Zungen schlabberten mich ab, es wurde *ziemlich* heftig geschwänzelt, feuchte Nasen drückten sich an meine Arme und beschnüffelten mich, tippelnde Pfötchen überall, ich war im Himmel.

»Habt ihr meine Nichte mit einem Hund gesehen?«, fragte Auguste, nachdem sie Emma ziemlich steif begrüßt hatte.

»Ja, von Weitem. So ein dünnes hellbraunes Hunderl?«

»Ja.«

»Genau, ja, dann waren die das.«

Emma wirkte nett. Sie sah recht resolut aus, klein und stämmig, ebenfalls braun gebrannt. Ich betrachtete neidisch ihre trainierten Bergsteigerwaden. *Sie ist bestimmt den ganzen Tag in den Weinbergen unterwegs, genau wie ihr Mann.* Ich bin zwar Feldbiologin, aber die meiste Zeit muss ich dennoch am Schreibtisch verbringen. Emmas Leben würde mir vermutlich gut gefallen. Sie sammelte die Hunde wieder ein und trieb sie ins Haus. »Wollt ihr was essen?«, fragte sie.

»Ja gern, ich hab schon Hunger«, antwortete ich. Ich hatte mich bis dahin nur von zwei belegten Broten, einem Apfel, und ansonsten hauptsächlich Gummischlangen und Lakritz ernährt.

»Für mich nichts, danke«, lehnte meine Tante ab.

»Ich bring einfach eine kleine Brotzeit raus, dann kann sich ja jeder nehmen, wie er oder sie mag, ja?«

»Klingt gut«, sagte Tom.

Emma verschwand wieder im Haus.

»So … Kommt, hier ist ein schönes Plätzchen.« Tom zeigte

auf eine Reihe Holzbänke, die im Zentrum der Wiese zwischen dem Haus und dem kleinen Gästehaus standen. Sie waren aus massiven Baumstämmen gefertigt.

Gerade, als wir uns in die Abendsonne gesetzt hatten, kamen Hanna und Toni zurück. Meine Schwester lächelte. Die Zunge der Hündin hing raus, und sie sah insgesamt entspannter und zufriedener aus. Anscheinend hatte sich Toni ein bisschen akklimatisiert. Und auch Hanna schien es gut zu gehen.

Emma hatte die Hunde ins Haus gesperrt und deckte den Tisch. Meine Tante saß in ihren Schutzanzug gekleidet etwas abseits von uns, und man hörte sie leise im Wind rascheln.

»So, was führt euch hierher? Ich hab gehört, dass ihr alte Freunde wart«, fragte Emma und nahm sich vom Käse auf dem Holzbrett. »Also Tom und du.« Sie nickte Auguste freundlich zu.

»Ach, wie lang das doch her ist«, lachte Tom und kratzte sich verlegen am Arm. »Wie jung wir waren.«

»Ewig her«, murmelte meine Tante leise.

»Willst du gar nicht essen?«, fragte ich sie.

»Ich habe gerade keinen Hunger, vielleicht wegen der Autofahrt.«

Hanna und ich sahen uns an. Wir waren uns sicher, dass das nicht stimmen konnte, denn während der Fahrt hatte sie nur ein paar Gummischlangen gegessen. Vielleicht waren ihr hier die offen herumliegenden Lebensmittel nicht geheuer. *Morgen früh werde ich einkaufen und ihr ein paar abgepackte Sachen mitbringen*, dachte ich.

»Aber um zu deiner Frage zurückzukommen, Emma: Ich mache mir Sorgen um Sophie.«

Emma hielt inne. »Oh, was ist denn mit ihr?«, fragte sie.

»Das weiß ich nicht, und das ist ja das Problem«, sagte Auguste.

Tom biss kräftig in sein Brot und schien unbesorgt. »Ach, die ist doch da in den Bergen auf Exkursion, bei den Frauen.

Keiner weiß so genau, wo das Kaff liegt. Zumindest keiner, den ich kenne. Nur die Richtung.«

»Hat es einen Namen?«, fragte ich.

»Weiß ich nicht.«

»Habt ihr denn in letzter Zeit etwas von Sophie gehört?«, fragte Auguste.

Tom runzelte die Stirn. »Hm. Also ja, so vor vier oder fünf Wochen war sie zu Besuch. Hat sie dir das nicht erzählt?«

»Doch, klar. Allerdings meinte ich eher, ob ihr seitdem was von ihr gehört habt.«

»Nein«, sagte Tom.

»Und … Ihr findet das nicht komisch?«

»Nun, wir haben uns nicht verabredet. Wir haben jetzt keine Standleitung oder so, so wie ihr.« Er lächelte.

»Wirklich nicht? Ich dachte, weil ihr doch früher so eng wart … Sophie hat gar nicht erzählt, dass es jetzt anders ist.«

»Ja, wieso auch, es ist ja nichts vorgefallen oder so, wir haben einfach beide viel zu tun. Ist nicht mehr wie damals in Studientagen, wo die Sommer endlos schienen.« Er lächelte Auguste zu, die ihre Augen niederschlug.

Hannas und mein Blick kreuzten sich erneut, meine Schwester zog die Augenbrauen hoch.

»Aber …«, begann Auguste, doch Hanna unterbrach sie. »Wart ihr mal zusammen? Du und Auguste?«, fragte sie.

Auguste sah Toni plötzlich sehr interessiert dabei zu, wie diese leise an ihren Krallen knabberte.

»Ach, haha, ja, aber das ist ewig her«, antwortete Tom. »Nur kurz, als wir alle studiert haben. Aber als ich die Uni dann verlassen habe, verlor sich alles etwas. Wie das eben so ist, wenn man jung ist.«

Hanna musterte meine Tante.

»Habt ihr das Gleiche studiert?«, fragte ich Tom weiter.

»Nicht wirklich. Meine Schwester hat Kulturgeschichte

und kulturelle Anthropologie studiert, Auguste Biologie und ich Agrarwissenschaften. Allerdings hab ich abgebrochen und ein paar Ausbildungen gemacht, unter anderem zum Winzer, wie man sieht. Da habe ich dann auch meine Frau kennengelernt, das war so acht oder neun Jahre nach meiner Unizeit.«

Emma lächelte ihn an. »Ich wusste gar nicht, dass ihr auch mal zusammen wart«, sagte sie zu ihm und dann an Auguste gewandt: »War er damals auch schon so stur?«

Meine Tante räusperte sich. »Ähm, ich weiß nicht. Ich glaube, bei uns war ich eher die Sture.«

Alle lachten, und auch Auguste schien unter ihrer Maske zu grinsen.

»Aber, also falls ich das fragen darf … ist … Ist das eine … eine *Kondition,* die du hast? Also wegen der Schutzkleidung. Vielleicht etwas mit dem Immunsystem?« Emma sah von Auguste zu mir. »Also wenn ich das fragen darf, falls es zu persönlich ist, vergiss es einfach.«

»Ach so, nun. Ähm …« Meine Tante fühlte sich sichtlich unwohl.

»Ja, sie hat ein bisschen ein schwächeres Immunsystem, deshalb muss sie etwas aufpassen«, sprang ich schnell ein.

Meine Tante nickte.

»Ach so, ach, hätte ich das vorher gewusst. Moment kurz!« Emma stand auf und ging ins Haus. Wir aßen weiter, drei Minuten später war sie zurück. »Hier, das hab ich vorhin im Supermarkt besorgt.« Sie hielt meiner Tante eine Sandwichpackung hin. »Tom nimmt die gerne mit hoch in die Weinberge. Sind vegetarisch und noch eingeschweißt, war niemand dran.«

»Oh, das ist … danke!«, sagte meine Tante sichtlich erfreut. Sie wartete, bis Emma wieder saß, zog sich den Mundschutz ab und holte ein Sandwich aus der Packung. Ziemlich hektisch biss sie hinein. »Also das … Das ist echt lieb!«, ergänzte sie mit vollem Mund.

»Also noch mal wegen Sophie«, begann Tom, »wieso macht ihr euch Sorgen? Seid ihr deshalb hier runtergefahren?«

Auguste schluckte schnell ein größeres Stück Sandwich herunter. »Ja, wir suchen sie«, antwortete sie.

»Aber ihr hättet doch anrufen können!«, sagte Tom.

»Ich hab deine Nummer nicht. Ich hätte Sophie ja gefragt, aber sie antwortet nicht auf meine Mails. Und ihr Handy ist aus.«

»Was, echt?« Tom zog sein Handy aus der Seitentasche seiner Cargohose. Er tippte darauf herum und legte es dann auf den Tisch. Auf dem Display sah man, dass er seine Schwester anrief. Es sprang sofort für alle gut hörbar die Mailbox an. »Tatsache«, stellte er fest und legte wieder auf. Er runzelte die Stirn. »Das sieht ihr gar nicht ähnlich.«

»Genau!«, stimmte meine Tante aufgeregt zu. »Auch, dass sie nicht vorher Bescheid gibt, dass sie eine Weile nicht erreichbar sein wird. Und ich … Ich habe jetzt lange gewartet, wisst ihr. Aber ich mache mir Sorgen. Auch, weil das gesellschaftliche Klima in Deutschland aktuell ja auch … schwierig ist. Vor allem in Bezug auf ihr Studiengebiet.«

»Ja, das stimmt wohl.«

Kurz aßen alle schweigend, während die Sonne unterging und das Abendlicht von rotgold zu blau wechselte und die anstehende Nacht schon im Gepäck hatte.

»Ich kann mir vorstellen, dass sie mit ihrer Forschung in Deutschland bei der Regierung nicht gerade Bonuspunkte sammelt … Da hört man gerade wohl nicht so gern, dass eine Wissenschaftlerin überall herumposaunt, wie friedlich und toll Gesellschaften sind, in denen die Frauen regieren. Während das eigene Land versucht, Frauen aus allen Bereichen auszuschließen. Es ist ja nicht so, als hätten wir das in Italien nicht auch alles durch«, erzählte Emma.

»Ja, nachdem die Faschos Anfang der 2020er-Jahre an die

Macht kamen, ging es hier auch mit dem ganzen Scheiß los«, erzählte Tom, »dann steigerte es sich immer weiter, bis die Nationalparks geschlossen werden sollten …«

»Sie wollten sie nicht nur schließen«, unterbrach ihn Emma. »Sie wollten sie in landwirtschaftliche Flächen umwandeln. Also, Bäume fällen und Ackerland schaffen.«

»Lustigerweise war *das* dann der Punkt, wo es den Italienern doch zu viel wurde«, erklärte Tom weiter.

»Echt?«, fragte ich.

»Ja«, erwiderte Emma. »Als man in Italien begriff, dass unsere natürlichen Monumente …«

»Und damit auch die Tourismusziele!«, warf Tom ein.

»Ja«, setzte Emma wieder an, »also als die bedroht waren, wurde die Lage kritisch. Nicht, dass es nicht schon heftigen Widerstand gegen die Überwachung und alles andere gegeben hätte. Aber das war der Tropfen, der das Fass zum Überlaufen brachte.«

»Okay, wow«, sagte ich.

»Es ist aber trotzdem noch viel zu tun«, sagte Emma und machte eine vage Handbewegung. »Es ist besser, aber noch lange nicht gut.«

Wir schwiegen kurz.

»Noch mal zu Sophie«, begann Auguste erneut. Sie war in den letzten drei oder vier Minuten auffallend still gewesen. »Also ich weiß, dass sie in Deutschland Probleme bekommen hat. Wegen ihrer Forschung. Die Gelder wurden für solche Themen entzogen, die Studiengänge gestrichen.«

»Ja, deshalb ist sie dann ja nach Amsterdam gewechselt«, warf Tom ein.

»Genau. Und vielleicht … Vielleicht haben sie dennoch Leute auf dem Kieker.«

»Du meinst, dass jemand hinter ihr her ist?«, fragte Tom.

»Es klingt absurd, aber du«, sie wandte sich direkt an ihn,

»… du weißt, dass das total untypisch für sie ist, dass sie sich so gar nicht meldet!«

Er sah meine Tante an und schwieg. Dann stand er auf. »Moment, ich glaube, ich brauche einen Wein, um das zu bereden. Wie sieht es bei euch aus? Hanna, trinkst du auch? Bist du schon sechzehn?«

»Ja!«, strahlte sie.

Ich wollte was sagen, irgendwie dazwischengehen, entschied mich dann aber doch dagegen und nickte, als er mich fragend ansah.

»Dann bring ich euch meinen Lieblingsjahrgang Merlot der letzten Jahre. 2038 war ein fantastisches Weinjahr, und wer weiß, wie viele davon wir noch haben werden.«

Er ging ins Haus und kam eine Weile nicht wieder. Ich aß noch etwas vom Käse und auch ein paar der Oliven. Was für ein Luxus, mir selber waren diese Früchte mittlerweile viel zu teuer im Supermarkt.

»Ich bin sehr froh, dass sie das mit dem Wein hinbekommen haben«, sagte Emma. »Mit der Gentechnologie, meine ich. Das hat uns wirklich gerettet. Für dich als Biologin muss das ja einfach zu verstehen sein«, wandte sie sich an Auguste, »aber hier gab es echt Probleme, den Bauern zu erklären, dass der gentechnisch optimierte Wein nicht gefährlich ist. Und den Kundinnen und Kunden auch. Das war eine Weile wirklich kritisch. Aber jetzt läuft es wieder gut.« Sie lächelte.

»So«, befand Tom, nachdem er zurückgekommen war und zwei Weinflaschen und eine Schar Gläser auf dem Tisch abgestellt hatte. »Auguste, willst du auch was?«

Zu meiner Überraschung zog sie den Mundschutz ab. »Ach Mensch, klar. Warum nicht.«

Hanna sah mich an. Ich zuckte mit den Schultern.

Tom schenkte uns allen ein. »Also«, begann er, nachdem wir alle einen Schluck probiert und den Wein sehr gelobt hatten.

»Auguste, ich hab eben noch mal nachgedacht. Es ist schon komisch, da hast du recht. Was natürlich nichts heißen muss! Aber … Ja, seltsam ist es schon.« Er kniff die Augenbrauen zusammen. »Was war denn das Letzte, das du vom Sopherl gehört hast?«

»Ich hatte einen Videoanruf mit ihr, bevor sie in dieses Dorf zu den Frauen gegangen ist. Danach habe ich nichts mehr von ihr gehört, nur gesehen, dass all ihre anderen Veranstaltungen abgesagt worden sind. Angeblich wegen Krankheit.«

»Hm. Vielleicht versuchen wir einfach mal dieses Dorf zu finden und fahren hin, um nach dem Rechten zu sehen«, schlug Tom vor. »Ich bin sicher, dass nix ist. Aber dann können wir alle ruhiger schlafen, oder? Unglaublich, dass ihr den ganzen Weg hier runtergefahren seid, Menschenskinder. Aber wenn wir …«

»Tom«, unterbrach Emma und legte ihm die Hand auf den Arm. »Du weißt doch … das Dorf. Du weißt, dass du da nicht hinkannst.«

»Emma, es ist ein Notfall. Eine Ausnahme, nur kurz.«

»Ist das Dorf gesperrt oder so?«, fragte ich.

»Nicht für Frauen, aber für Männer«, antwortete Emma. »Die dürfen nicht rein. Überhaupt ist die Gegend … etwas seltsam«, fügte sie hinzu.

»Wieso seltsam?«, fragte meine Schwester interessiert.

»Es ist schwer zu erklären …«

»Es sind nur alberne Geschichten«, ging Tom dazwischen.

»Du weißt, was mit Martino passiert ist«, erinnerte Emma leise ihren Mann.

»Ja gut, aber das war einfach Zufall. Dass er da gerade krank wurde. Das sind doch Hirngespinste, bitte, Emma. Sophie war da wochenlang, hat sie irgendwas Komisches erzählt, als wir mit ihr telefoniert haben? Oder vorher?«

Emma zuckte nur mit den Schultern. »Musst du wissen, ich mein ja nur.«

»Wer ist Martino?«, fragte Hanna, deren erstes Glas schon leer war.

Tom schenkte ihr nach. »Ach, ein Freund. Der wollte mal nachschauen, was mit dem Dorf ist, die ganzen Geschichten haben ihn neugierig gemacht … Er wurde sehr krank, als er da oben war. War wohl einfach die Höhenkrankheit.«

»Auf zweitausendfünfhundert Metern?«, schnaubte Emma.

»Ist halt ein empfindlicher Typ«, befand Tom.

»Was passiert denn bei der Höhenkrankheit?«, fragte Hanna. Sie hatte sich mittlerweile im Schneidersitz auf den Boden gesetzt und kraulte Toni hinter den Ohren. Die Hündin lag zusammengerollt am Boden und hatte den Kopf auf Hannas Bein gelegt.

»Wenn der Körper mit der Höhe nicht klarkommt, kriegst du das. Viele der verstorbenen Bergsteiger am Mount Everest hatten das. Aber eine Bergexpertin oder Ärztin bin ich jetzt auch nicht. Gibt da verschiedene Schweregrade«, erklärte Emma. »Am Anfang ist dir nur etwas schwindelig und schlecht, außerdem hast du Probleme beim Pinkeln. Wenn sich ein Ödem im Hirn bildet, bist du verwirrt, halluzinierst, kriegst irgendwann Krampfanfälle und stirbst. Bei einem Lungenödem spuckst du irgendwann Blutschaum und erstickst.«

»Wow, krass«, sagte Hanna mit deutlicher Begeisterung in der Stimme. »Und Martino hatte das?«

»Das sagt Tom, ich bin aber sicher, dass das Unsinn ist. Das kriegt man eigentlich erst in großen Höhen, fünftausend Meter, sechs, sieben, acht, so was eben. Martino wurde sehr krank und hat Blut gespuckt. Dabei war er nur ein paar Stunden da am Berg bei den Frauen, und der Berg ist nicht hoch. Außerdem ist er Höhe gewohnt.«

»Aber das kann doch wirklich Zufall sein, oder?«, fragte ich unsicher. »Weil ein Mann krank geworden ist?«

»Es war eben nicht nur einer, ich habe noch von ein paar anderen gehört.«

»Na geh«, brummelte Tom.

»Du, ich weiß selber, wie das klingt!«, sagte Emma und zuckte die Schultern. »Aber irgendwas ist da komisch. Aber so oder so ist Männern das Betreten des Bergs ohnehin von seinen Bewohnerinnen verboten …« Sie drehte sich zu ihrem Mann. »Und deshalb gehst du nicht hin. Ende.«

Tom antwortete nichts und schien sich der Ansage seiner Frau zu fügen.

»Wir fahren hin, deshalb sind wir hier«, sagte Auguste. »Und wir sind ja ausschließlich Frauen, das sollte dann ja in Ordnung gehen. Schick mir bitte mal einen Kartenstandort aufs Handy.«

»Klar, kann ich deine Nummer haben?«, fragte Tom in aufgesetzt flirtendem Tonfall.

Ich sah schnell zu Emma, die das alles aber einfach nur witzig zu finden schien. Auguste diktierte ihre Nummer, und Tom speicherte sie ein. Dann schaute er mit Emma zusammen nach den Koordinaten und schickte sie meiner Tante rüber.

»Super, danke.«

»Puh, also mir wird es langsam kühl. Und es ist schon ganz dunkel. Ich geh rein. Sagt uns nur eben schnell, wann ihr morgen frühstückt, damit wir Bescheid wissen und euch was rauslegen können.«

»Oh, ich würde sagen, so um ne-«

»Um sieben, danke«, warf meine Tante dazwischen.

Hanna stöhnte. Ihr Glas war schon wieder leer, und gerade wollte sie nach dem Wein greifen, als ich schnell die Hand ausstreckte und die Flasche außerhalb ihrer Reichweite abstellte.

»Ich denke, du hast genug«, raunte ich ihr zu. »Außerdem gehen wir jetzt schlafen.«

»Spaßbremse«, murmelte sie und wandte sich wieder Toni zu.

»Alles klar. Dann gute Nacht, wir sehen uns morgen. Falls was ist, ruft an, schreibt oder klopft einfach!«, sagte nun auch Tom.

»Sollen wir beim Abräumen helfen?«, bot ich an.

»Nein, nein, das macht Tom«, beschloss Emma und knuffte ihrem Mann in die Seite, woraufhin er sie auf die Stirn küsste.

»Wie die Chefin befiehlt«, antwortete er.

Ich schielte zu meiner Tante rüber, doch sie lief schon in Richtung des Gästehauses zwischen den im Dunkeln kaum noch zu erkennenden Olivenbäumchen entlang. Hanna und ich verabschiedeten uns von Tom und Emma und folgten unserer Tante.

»Die sind ja nett«, meinte Hanna.

Ich nickte nur. Wir schlossen zu Auguste auf, die vor dem Gästehaus stand.

»Ich denke, ich werde im Zelt schlafen.«

»Was, wieso das denn?«, fragte Hanna.

»Es ist mir nicht so geheuer«, gestand Auguste.

»Aber-«

»Lass sie doch einfach«, unterbrach ich meine Schwester. Ich war müde und hatte keine Lust auf Stress. »Komm, wir holen die Sachen aus dem Auto.«

»HP14 kommt aber mit ins Gästehaus«, wies uns unsere Tante an.

Ich holte das Terrarium aus dem Auto und übergab es Auguste. Sie pflückte ein paar welke Blätter aus dem Kasten und legte ein Stückchen Apfel hinein. »Hier, stell das Terrarium auf einen Tisch, weit weg vom Fenster. Ich will nicht, dass HP14 gegrillt wird«, sagte Auguste und drückte mir die Faunabox mit der Schnecke wieder in die Hand, damit ich sie ins Gästehaus brachte.

»Okay …«

Hanna hatte bereits begonnen, das Zelt zwischen ein paar Oleanderbüschen im Schein einer Taschenlampe aufzubauen, die sie im Gästehaus gefunden hatte. Der Aufbau fiel uns durch die viele Übung von früher ziemlich leicht, außerdem hatte meine Tante eines dieser praktischen Pop-up-Zelte mitgebracht, die man nur auffalten und mit Heringen im Boden verankern musste.

»So, alles fertig«, stellte ich zufrieden fest.

»Ja, danke für die Hilfe«, sagte meine Tante. Sie machte sich daran, ins Zelt zu kriechen. »Bis morgen dann, schlaft gut.« Von drin hörte man noch ein leises Rascheln. Zähneputzen war heute offensichtlich nicht mehr drin, oder sie kaute eine dieser Zahnputztabletten, die wir früher immer auf Exkursionen dabeihatten. Ich hörte das leise Zischen des Desinfektionssprays und musste lächeln.

Hanna lief gerade noch einmal mit Toni an der Leine durch den Garten. Er war ein kleines Labyrinth aus Obstbäumen und duftenden Kräutern, im Schein der Lampe sah ich Feigenbäume und Rosmarinbüsche, Findlinge und etwas, das ich dort nicht erwartet hätte: einen Gartenzwerg mit einem Spaten in der Hand.

Ich stemmte meine Hände in die Seiten und streckte meinen Rücken durch. Durch das stundenlange Sitzen im Auto fühlte sich mein Körper ganz verspannt an. Ich ließ die Hände wieder sinken und beugte mich vornüber, um meine Zehen zu berühren. *Solang das noch geht, bin ich eine Sportskanone!*, dachte ich. Hier und da hörte man leise die Zikaden zirpen. Deren monotoner Gesang bildete den Klangteppich dieses Sommerabends. Vor ein paar Jahren noch wäre das ein mächtig lautes Konzert gewesen, aber das bisschen hier reichte schon, um die Entomologin in mir sehr glücklich zu machen.

Eusphalerum robustum
Kurzflügelkäfer

»Bitte *wo* seid ihr?«, fragte meine Mutter. Für kurz nach halb sieben klang sie überraschend wach. Mama war schon immer eine extreme Frühaufsteherin gewesen. Da krachte auch am Wochenende der Staubsauger gern mal um halb acht Uhr morgens gegen die Tür – fand ich als Teenager ganz besonders toll. Sie hatte mir vorhin eine Nachricht geschrieben, dass sie gerne telefonieren wollte, und war ganz überrascht gewesen, dass ich sie direkt angerufen habe.

Ich stand jetzt oben auf einem kleinen Berg und schaute auf die Weinberge hinab. Es war noch recht kühl. Beim Einschlafen hatte ich beschlossen, Mama anzurufen und ihr doch zu sagen, dass wir einen kleinen Urlaub machen, weil mir eingefallen war, dass sie vielleicht versuchte, uns über das Festnetz zu erreichen. Dann wäre sowieso klar, dass niemand zu Hause war. Jetzt jedoch war sie mir zuvorgekommen – und ich mir nicht mehr sicher, ob das eine gute Idee gewesen war.

»In Italien«, rief ich. Die Verbindung war schlecht.

Neben mir schnüffelte Toni einen Stein ab, der aussah, als würde er regelmäßig von Hunden markiert. Ich hatte die Hündin mitgenommen, weil ich dachte, dass sie sich vor der Fahrt noch mal ordentlich entleeren sollte, und Hanna schlief noch. Von meinem Aussichtspunkt aus blickte ich auf die gepflegten Rebstöcke von Tom und Emma, die sich über die kleinen Hügel unter mir erstreckten. Die Luft war frisch und belebend, duftete nach Pinien und Wildblumen. Ich wünschte mir, wir könnten diese Schönheit auch wirklich genießen und hier kurz mal den ganzen Stress des Lebens ausknipsen.

»Mit eurer Tante?«

»Jahaaa«, sagte ich. »Wir hatten Lust auf ein paar Tage Urlaub.«

»In Italien?«

Langsam fragte ich mich, ob meine Mutter irgendwelche komischen Medikamente bekam. »Mama, ist alles in Ordnung?«, fragte ich.

»Ja, ich bin nur … Also ich kann es gar nicht fassen. Seid ihr zelten?«

»Ja, sozusagen. Wir besuchen einen alten Freund von Auguste.«

»Ach so? Wen denn?«

»Tom, das ist der–«

»Bruder von Sophie, ich weiß«, unterbrach mich meine Mutter.

»Ja, und wir sind hier auf seinem Weingut.«

»Oh. Okay. Aber Hanna kriegt keinen Wein! Sie darf das nur, wenn wir das vorher abgemacht haben. So wie–«

»Ja, so wie ich früher«, beendete ich ihren Satz. Ich fragte mich, ob sie wirklich nicht sah und wusste, wie oft Hanna trank, wenn sie mit ihren Freunden zusammen war. Wie viel Wein, Wodka und Rum sich meine Schwester vermutlich reinballerte, ohne dass Mama es mit ihr besprochen oder es erlaubt hatte. Das konnte nicht sein, oder? *Vielleicht wollte sie es einfach nicht wahrhaben.*

Jedenfalls wollte ich sie nicht beunruhigen und spielte mit. »Nein, sie kriegt keinen«, stimmte ich zu. Von Toni würde ich auch erst mal nichts sagen. Alles vermeiden, was meine Mutter aufregen könnte. »Wie läuft die Kur?«

»Ach, eigentlich ist es ganz nett. Die Zimmer sind schön sauber.«

»Hast du ein eigenes Zimmer, oder teilt man sich das mit anderen?«, fragte ich.

»Ein eigenes. Da bin ich auch froh drum.«

»Und die Therapie? Wie ist die?«

»Nun …« Meine Mutter schwieg kurz. »Anstrengend«, fuhr sie schließlich fort, »viel zum Nachdenken. Es gibt Einzel- und Gruppensitzungen. Die Therapeutin spricht mit mir auch über deinen Vater, das ist … Das ist nicht so einfach, weißt du.«

»Das kann ich mir vorstellen«, sagte ich. »Wie geht es dir damit?«

»Ich glaube, es ist gut für mich. Mal sehen, ein bisschen Zeit habe ich ja noch. Bin ja noch nicht so superlang hier.«

»Ja, das ist doch schon mal gut.«

Wir schwiegen beide.

»Du, sag mal, das mit Tom und Auguste … Was war da denn zwischen denen? Es kommt mir vor, als sei da irgendwas … Ich weiß nicht. Kann es nicht greifen.«

»Ach, das. Das ist schon lange her. Als Tom die Uni abgebrochen hatte, ist er weggegangen. Das war damals ziemlich schlimm für Auguste, ich glaube, sie hat ihn schon richtig doll geliebt. War ehrlich gesagt auch ein bisschen 'ne miese Tour von ihm. Aber gut, so was macht man halt, wenn man jung ist. Ich hab deinen Vater ja auch mal verlassen.«

»Was, echt?«, fragte ich.

»Ja, habe ich das nie erzählt?«

»Äh, *nein*?«

»Oh, nun. Ganz am Anfang, als wir zusammengekommen sind. Mit Anfang zwanzig. Ich war mir nach ein paar Monaten nicht sicher, ob das mit uns passt, und da habe ich Schluss gemacht. Ich fand ihn anfangs etwas langweilig.«

»Hä, und wie seid ihr dann wieder zusammengekommen?«

»Nun … Okay, also das ist jetzt nicht gerade meine Sternstunde als elterliches Vorbild …«

»Mama, ich kann es verkraften, ich lege langsam von der *Mitte dreißig* ab.«

»Sei still, ich will nicht anfangen, darüber nachzudenken, was das für mein Alter heißt!« Sie lachte, was meinem Herz direkt Flügel verlieh. Ich hatte Mama in letzter Zeit kaum lachen gehört, und dieses Geräusch war einfach *alles* für mich. Augenblicklich fiel, wenn auch nur für einen kurzen Moment, die ganze Anspannung von mir ab, die mich seit Tagen begleitete.

»Jetzt sag schon!«, drängte ich.

»Also. Ich kam mit einem anderen Mann zusammen, nachdem ich mit eurem Vater Schluss gemacht hatte. Und dann …«

»… jaaaa? Mama, jetzt lass dir nicht alles aus der Nase ziehen!«

»Habe ich nach ein paar Tagen diesen Mann mit deinem Vater betrogen.«

»Was? *Du*??« Ich konnte es nicht fassen.

»Ja, nun, das war schrecklich«, sagte meine Mutter, kicherte aber.

»Mama, du bist ja … *verrucht*!« Ich lachte.

»Zoe! Sag so was nicht! Es war 'ne dumme Aktion.«

»Das klingt nach 'ner richtigen Arschlochnummer! Ich bin entsetzt! Und begeistert!«

»Ach, Kind. Du redest einen Quatsch. Nun, ich habe dann auch direkt mit dem Mann darüber gesprochen, es gestanden und Schluss gemacht. Dann bin ich wieder mit deinem Vater zusammengekommen, und das hielt ja dann auch dauerhaft. Habe nämlich gemerkt, dass mir *langweilig* doch ganz guttut.«

»Wie hieß der andere Mann?«

Stille am anderen Ende der Leitung.

»Mama?«

»… du, ich weiß das gar nicht mehr«, gestand meine Mutter bestürzt, musste dann aber doch lachen. Ich stimmte mit ein, und wir konnten uns beide bestimmt eine Minute nicht beruhigen.

Toni tippelte nervös um mich herum und bellte schließlich.

»War das ein Hund?«, fragte Mama.

»Äh ja, einer von Toms Hunden, die haben sechs Stück.«

»Ach, wie toll! Ich hätte auch gern wieder einen … irgendwann.«

Den hast du vielleicht schneller, als du denkst, dachte ich, behielt das aber für mich.

Wir sprachen noch kurz über ein paar Belanglosigkeiten und verabschiedeten uns dann. Meine Mutter nahm mir das Versprechen ab, ein paar Fotos und Videos an sie zu schicken, damit sie sich ein Bild von der Reise machen konnte. Ich denke, sie wollte einfach nur sehen, dass es allen gut ging. Und vielleicht ihre Schwägerin mal wieder in freier Wildbahn.

Ich ließ Toni noch ein bisschen an einem Holzgatter schnüffeln, dann stieg ich wieder vom Berg hinab zu den anderen. Es war Zeit fürs Frühstück, außerdem wollte meine Tante früh los.

Auf dem Rückweg ließ ich noch mal die Landschaft auf mich wirken. Die Straße, auf der wir am Tag zuvor angekommen waren, schlängelte sich durch ein Tal, das auf beiden Seiten von Weinbergen gesäumt war. Die Reben stiegen überraschend hoch auf, bis die Berge in Felslandschaften übergingen. Auf dem Berg gegenüber sah ich eine kleine, weiß getünchte Kirche, umgeben von winzigen mediterranen Häusern, die sich regelrecht an das Gotteshaus zu kuscheln schienen.

Ich liebe die Berge. Wenn man mich quälen will, zwingt man mich zu einem Strandurlaub im Süden. Meine Mutter kann sich nichts Schöneres als Strandurlaube vorstellen, erzählt immer von den Urlauben mit Papa an der Nordsee oder in

Spanien, wo sie wahrscheinlich tagelang am Strand lagen und nichts taten außer lesen, schlafen und schwimmen. Schreckliche Vorstellung. Ja, ich weiß, alle lieben das Meer. Ich nicht. Wenn ich auf diese Wassermassen schaue, fühle ich einfach – nichts. Gar nichts. Ich finde den Anblick langweilig. Berge dagegen … Meine Augen können sich nicht sattsehen, sind immer beschäftigt, entdecken noch einen Grat, den sie vorher nicht bemerkt haben, beobachten, wie die Gipfel in den Himmel kratzen. Und die Vielfalt der Insekten! Hach. Außerdem vertrage ich das Klima viel besser. Temperaturen über fünfundzwanzig Grad finde ich kriminell. Wenn der Klimawandel noch schneller voranschreitet, werde ich mit ein paar tausend Senioren irgendwann zu den ersten deutschen Hitzetoten in einem April gehören, so viel ist sicher.

Als ich in den Garten kam, saß Hanna mit Tom und Emma am Frühstückstisch. Meine Schwester hatte für Toni schon einen Napf vorbereitet, auf den sich die Hündin sofort gierig stürzte. Sie selbst saß in kurzen Hosen und mit angezogenen Beinen auf einem Stuhl und schrieb in ein Notizbüchlein.

»Hey, na«, begrüßte ich die anderen und ließ mich auf einem der schlichten Holzstühle nieder.

»Hast du gut geschlafen?«, erkundigte sich Tom.

»Ja, denke schon, bin aber trotzdem noch ein wenig müde. Immerhin müssen wir heute nicht allzu weit fahren.«

»Stimmt, keine große Strecke. Ne Menge Serpentinen aber, deshalb dauert es etwas. Vielleicht zwei, drei Stunden«, erklärte er mir. »Aber der Weg ist wunderschön.«

»Ja, ein richtiger Panoramaweg«, stimmte Emma zu.

»Das klingt gut, ich bin gespannt«, antwortete ich und wandte mich an meine Schwester. »Und du? Was schreibst du denn da?«, fragte ich und versuchte ihr über die Schulter zu schauen, doch sie hob das kleine blaue Notizbuch so an, dass ich die Seiten nicht sehen konnte.

»Ach … Ich dachte, ich schreib ein bisschen über unsere Fahrt und so. Ein Reisetagebuch. Zeig ich dir, wenn es fertig ist.«

»Coole Idee. Und wo ist eigentlich Auguste?«

»Die kommt nicht aus ihrem Zelt«, murmelte Hanna.

Ich sah Emma und Tom fragend an, aber beide zuckten nur mit den Schultern. Ich stand auf, ging zu dem Zelt, das immer noch geschlossen war, und hockte mich davor.

»Hey, Tante Auguste? Alles in Ordnung«, fragte ich leise.

»Ja, mir geht's gut, danke!«, antwortete meine Tante mit auffallend hoher Stimme.

»Hast du keinen Hunger?«

»Ach … ähm. Ich … Ich denke, ich esse auf der Fahrt.«

»Klar, wie du willst. Aber möchtest du nicht dennoch dazukommen? Dich einfach dazusetzen, mit so ein bisschen Abstand? Musst ja nichts essen, wenn du nicht magst. Aber wir würden uns über deine Gesellschaft freuen!«

Keine Antwort.

»Auguste?«

»Ich kann nicht.«

Ich ahnte schon, was los war. »Traust du dich nicht raus?«

»Es ist … Ich kann nicht. Ich kann einfach nicht.«

»Soll ich dir erst mal einen Tee bringen?«, fragte ich sie.

»Ja, das wäre nett«, piepste es aus dem Zelt. Ihre Stimme zitterte jetzt deutlich.

Ich ging zum Tisch zurück, wo ich mir schnell ein Käsebrot zubereitete. Dann schenkte ich mir einen Kaffee ein und griff nach einer Tasse Tee. Das alles balancierte ich zum Zelt zurück.

»Tante Auguste? Ich hab deinen Tee«, sagte ich laut, als ich beide Tassen abgestellt hatte.

»Ach, das ist ja nett, danke.«

Der Reißverschluss des Zeltes ging mit einem leisen Ratschen ein Stückchen weit auf, und durch den Spalt schob sich eine schmale, behandschuhte Hand, die sich erwartungsvoll öffnete. Ich reichte die Teetasse mit dem Henkel voran an. Die Hand griff danach, zog die Tasse mit sich ins Zelt, und *ratsch*, ging der Reißverschluss wieder zu.

»Ist gerade alles ein bisschen viel, oder?«, fragte ich meine Tante und versuchte, etwas Beruhigendes in meine Stimme zu legen. Meine Mutter kann das wirklich gut, und zum ersten Mal wünschte ich mir, dass sie jetzt hier neben mir säße und alles in Ordnung brächte. Aber sie war nicht da, also musste ich es irgendwie alleine schaffen.

»Ja, es ist ... Es ist ungewohnt«, antwortete Auguste.

»Verstehe ich voll. Aber das ist kein Problem, wir haben Zeit. Ich bleibe ein bisschen hier sitzen, esse ein Käsebrot und trinke meinen Kaffee. Magst du nicht vielleicht doch eine Sandwichpackung haben?«

»Vielleicht nehme ich so ein Sandwich, ja.«

Ich stand auf und ging wieder zum Tisch rüber.

»Alles in Ordnung?«, fragte Emma.

»Alles gut, es ist nur eine ungewohnte Situation für sie«, erklärte ich ihr.

»Ist normal bei meiner Tante«, ergänzte Hanna, die ihr Notizbuch beiseitegelegt hatte und an einem Croissant nagte, während sie mit der anderen Hand am Handy herumscrollte.

Da spürte ich etwas Kaltes an meinem Bein. Als ich nach unten schaute, sah ich Toni, die neben mir hockte, an meinem nackten Schienbein schnüffelte und dabei nervös mit dem Schwanz wedelte.

»Na du?«, fragte ich und beugte mich hinunter. Das war zu viel für Toni, und sie zischte wieder ab unter den Tisch.

»Wie war die Nacht mit ihr?«, fragte ich meine Schwester. Sie hatte mit Toni im Schlafzimmer geschlafen, während ich im Wohnzimmer übernachtet und sie deshalb noch nicht gesehen hatte.

»Lief eigentlich gut, sie hatte sich irgendwann am Fußende des Bettes zusammengerollt.«

»Oh, super«, antwortete ich. Dann wandte ich mich an Tom und Emma. »Habt ihr vielleicht noch mal so ein abgepacktes Sandwich für Auguste?«

»Klar!«, sagte Tom, stand auf und ging ins Haus.

»Deine Tante ist aufgrund ihrer Krankheit wohl nicht mehr viel draußen unterwegs, oder?«, fragte Emma.

»Ne, ich glaube, sie braucht gerade einfach ein bisschen Zeit, um klarzukommen.«

»Verstehe ich. Na ja, ihr könnt euch Zeit lassen. Wobei, heute wird schon wieder so ein beschissen heißer Tag«, überlegte Emma. »Fahrt lieber nicht zu spät los.«

»Es ist doch erst halb acht«, murrte Hanna.

Tom kam wieder aus dem Haus und drückte mir eine Packung Sandwiches in die Hand. »Hier, bitte«, sagte er. »Auguste hat sich ganz schön verändert, seit ich sie das letzte Mal gesehen habe. Sie war früher eigentlich eher eine Draufgängerin. Zwar nicht so doll wie Sophie, aber doch immerhin …« Er zuckte mit den Schultern.

»Ja, nun«, begann ich, ohne eine Ahnung zu haben, was ich darauf antworten sollte.

»Ja …«

»Das Leben, ne?«, ergänzte ich vage.

Tom nickte und setzte sich wieder neben seine Frau.

Am Zelt angekommen, reichte ich meiner Tante ihr Frühstück. Ich hörte, wie die Verpackung aufgerissen wurde, und lauschte Augustes Essgeräuschen, während ich mich an meinem mitgebrachten Croissant zu schaffen machte. Emma hatte mir selbst gemachte Himbeermarmelade auf den Teller gelöffelt. Und was soll ich sagen? Das Zeug schmeckte fantastisch.

»Wie geht es dir jetzt?«, fragte ich, nachdem das Rascheln und Kauen im Zelt verstummt war.

»Nicht so gut«, antwortete meine Tante leise.

»Überfordert?«

»Ja. Ziemlich. Die Welt ... Sie ist einfach so weit, weißt du? Der Himmel über mir macht mich ganz verrückt, es fühlt sich an, als fiele er jeden Moment auf mich drauf, oder dass ich falle, ich weiß auch nicht.«

Ich nahm noch einen Schluck Kaffee und wartete, ob sie noch etwas sagen wollte.

»Rational betrachte ich mich von außen und frage mich: Bist du bescheuert?«, fuhr sie fort. »Es ist ja nicht so, dass ich es nicht merke, Zoe, weißt du? Ich bin nicht dumm.«

»Nein, das bist du nicht«, stimmte ich ihr zu.

»Ich bin auch nicht verrückt.«

»Das auch nicht, nein.«

»Ich weiß, dass ich irgendeine Störung habe. Irgendein Problem. Dass etwas mit mir nicht stimmt. Aber in diesen Momenten, wo die Angst so groß ist und ich das Gefühl habe, einen Herzinfarkt zu bekommen ...«

»Die Panikattacken?«

»Genau. Da kann ich gar nicht mehr richtig denken. Es ist ... keine Ahnung. Ich fühle mich dann total abgespalten von mir, der Wissenschaftlerin. Von allem Rationalen. Ich fühle mich fast wie ...« Sie überlegte kurz. »Fast wie ein Kind. Total verloren.«

»Das muss schwierig für dich sein.«

»Es ist die Hölle.«

Wir schwiegen eine Weile, dann bewegte sich das Zelt, und der Reißverschluss öffnete sich. Als der Zelteingang ganz offen war, beugte ich mich ein wenig nach rechts, um besser hineinsehen zu können. Vor mir saß meine Tante in Shorts und T-Shirt, aber mit Handschuhen, Mundschutz und blauer OP-Haube. Ihre Augen waren rot und etwas geschwollen, sie schien geweint zu haben. Das versetzte mir einen Stich ins Herz.

Ich zupfte ein paar Grashalme aus und flocht sie zu einem kleinen Zopf. Dann sah ich einen meiner Staphyliniden, Gattung *Eusphalerum*, vielleicht *Eusphalerum robustum.* Zwei oder drei Millimeter lang, gelblichbraunes Halsschild, Flügeldecken glänzend goldbraun.

»Schau mal, hier krabbelt ein kleiner *Eusphalerum*«, sagte ich zu meiner Tante.

»Oh, zeig mal«, sagte sie und steckte ihren Kopf aus dem Zelt.

Ich hob den kleinen Käfer vorsichtig auf die Spitze meines Zeigefingers, wo er sich hektisch im Kreis drehte.

»Der ist ganz schön aufgeregt«, stellte meine Tante fest.

»Ja«, stimmte ich zu und setzte ihn wieder auf den Boden, wo er sofort wieder zwischen Grashalmen und Laub verschwand.

»Deine Stimme klingt schon besser als vorhin«, versuchte ich Auguste aufzumuntern.

»Ja, ich fühle mich jetzt auch ein bisschen besser.«

»Soll ich deinen Tee noch mal nachfüllen?«

»Ich versuche es selber«, sagte sie und krabbelte aus dem Zelt.

Ich wich ein bisschen zurück, um ihr Raum zu geben. Sie setzte sich im Schneidersitz ins Gras vor dem Zelteingang.

»Nicht hochschauen«, riet ich ihr, »guck einfach den Boden an, der dich hält. Das Gras. Wie Cem es dir erklärt hat, bevor wir losgefahren sind.«

»Ja, das hatte ich vergessen. Danke.«

Wir schwiegen wieder.

»Geh schon mal vor«, schlug sie vor, »ich mach hier noch kurz diese Atemübungen, ja?«

»Klar, kein Ding.«

»Ach so ... HP14 geht es gut?«

»Ihr geht's prima, hat schon eine Kirsche bekommen.«

»Hui, so etwas Feines hatte sie schon lange nicht mehr. Kirschen sind doch unbezahlbar geworden«, staunte meine Tante.

»Ja, und hier wachsen sie einfach an den Bäumen.« Ich grinste und stand auf. »Bis gleich.«

Meine Tante kam etwa zwanzig Minuten später. Sie saß wieder etwas abseits und trank Tee, hatte aber ihre Schutzkleidung abgelegt. Von außen betrachtet könnte man meinen, das sei eine ganz normale Szene. Ein paar Leute beim Frühstücken, das war's.

Wir plauderten noch ein wenig mit Tom und Emma, packten unsere Sachen und ließen Toni noch mal pinkeln.

»Danke für die Gastfreundschaft«, bedankte sich Auguste und lächelte Tom und Emma zu.

»Supergern!«, erwiderte Emma.

»Ja, es hat mich wirklich gefreut, nach all den Jahren ... Bitte haltet uns über Sophie auf dem Laufenden, okay? Und gebt uns Bescheid, sobald ihr sicher im Dorf angekommen seid!«

»Natürlich«, versprach ich.

»Falls ihr auf dem Rückweg eine Bleibe braucht, seid ihr hier jederzeit willkommen«, fügte Emma hinzu.

Hanna und ich verabschiedeten uns mit einer Umarmung, während Auguste Tom und Emma zuwinkte. Dann stiegen wir wieder in den Wagen. Auguste saß mit der Schnecke auf dem Schoß neben mir, zwei Reihen hinter uns saßen Hanna und Toni.

»Los geht's«, sagte ich und lenkte das Auto wieder auf die Straße.

Aquila chrysaetos
Steinadler

Die Strecke war malerisch. Nachdem wir Toms Haus hinter uns gelassen hatten, fuhren wir weiter zwischen Weinbergen entlang, begleitet von einem Fluss, den wir nach dem Auffahren auf die Autobahn hinter uns ließen. Hell, dunkel, hell, dunkel. Wir fuhren durch eine Menge Tunnel, wurden dazwischen von steilen felsigen Berghängen flankiert, auf denen sich dichte Tannenwäldchen versprenkelten. Hier oben ging es den Bäumen besser, da es nicht so warm und trocken wie in den tieferen Lagen war. Dennoch sah man auch hier und da Grüppchen toter Bäume stehen.

Im Val Gardena, dem Grödnertal, hielten wir in einem kleinen Ort, um Hundefutter und Proviant zu kaufen. Über den Dächern der Häuser ragten die steilen Felswände und spitzen Gipfel der Dolomiten empor. Auf halber Strecke nach Cortina d'Ampezzo hielt ich an, damit Toni und, na ja, auch meine Tante Gassi gehen konnten. Vor uns erhob sich die Sellagruppe, eine der bekanntesten Gipfelformationen der Dolomiten. Hanna war ganz aus dem Häuschen und knipste Unmengen von Fotos, und auch ich machte ein, zwei Schnappschüsse und schickte sie an Mama und ein paar Freunde. Mama schickte mir ein Selfie zurück. Im Hintergrund konnte ich eine Art Park erkennen. Sie sah gut aus, was mich beruhigte. *Wenigstens eine Baustelle, die irgendwie läuft,* dachte ich und sah mich um.

Über uns kreiste ein Steinadler, und jetzt kam sogar meine Tante aus dem Auto, schirmte die Augen mit der Hand ab und sagte: »Wahnsinn!« Dann erklärte sie Hanna und mir ein paar Sachen über Greifvögel. Fast hatte ich das Gefühl, wir seien wieder wie früher auf einer Exkursion, als sei alles normal, als sei alles nur ein böser Traum, und dann kämen wir in ein paar Tagen nach Hause, und da würden Mama und Papa auf uns warten, und alles wäre gut. *Bittersüß.*

Die restliche Fahrt verlief ebenfalls ziemlich entspannt. Immer wieder öffnete sich der Blick auf weite Almen mit Kühen und Schafen. Kühe gehören zu meinen Lieblingstieren, und diesmal war ich es, die an einer Ecke anhalten wollte, um Fotos zu machen. Dort standen die Kühe ganz nah an der Straße, und als ich mich bückte, um Löwenzahn zu pflücken, der für sie unerreichbar war, und ihn über den Elektrozaun reichte, nahmen sie nicht nur die Blätter dankbar an, sondern leckten auch meinen nackten Arm ab. Die Wissenschaftlerin in mir sagte sich, dass sie das Salz auf meiner Haut wollten. Aber die Kuhfreundin in mir war sich sicher, dass diese sanften Vierbeiner mit den großen dunklen Augen mich einfach sehr, sehr gern hatten, weil sie wussten, dass auch ich sie sehr, sehr gern hatte und niemals eine Kuh essen würde, never ever.

Ich liebe die Dolomiten. Das Bergpanorama ist einfach überwältigend, und auch Flora und Fauna lassen für eine Entomologin keine Wünsche offen, dementsprechend wohl und entspannt fühlte ich mich gerade. Seltene Pflanzenarten, die nur dort vorkommen, wie die Dolomiten-Hauswurz und das Alpen-Leinkraut, bieten ebenso seltenen Insekten Schutz und Nahrung; und der Gipfel des Puez, einem der höchsten Erhebungen hier im Naturpark Puez-Geisler, eröffnet eine echt umwerfende Aussicht. Als ich uns durch diese filmreife Kulisse steuerte, bekam ich Lust, hier irgendwo an einem Fluss oder Bergsee mein Zelt aufzuschlagen und richtig Urlaub zu machen, einfach zur Ruhe zu kommen. Endlich mal ausspannen, nichts *müssen.* Schön wär's.

Nach zwei weiteren Pinkelpausen kam Cortina d'Ampezzo in Sicht, ein Bergdorf, das früher, als es noch regelmäßig geschneit hatte, für Wintersport bekannt war. Ebenfalls malerisch schön. Von hier aus führte der Weg auf Serpentinenstraßen hinauf in die Berge zu dem Frauendorf, das unser Ziel war.

»Wir sind gleich da, oder?«, fragte meine Tante.

»Japp, noch ein bisschen, dann müssen wir das Auto abstellen und den Rest der Strecke laufen«, antwortete ich.

Dichte Lärchen- und Fichtenwälder säumten den unbefestigten Weg, den wir entlangfuhren, und irgendwann kamen wir an die kleine Haltebucht am Straßenrand, von der uns Tom und Emma erzählt hatten.

»So, Endstation, also vorerst«, kündigte ich an.

Ich packte einen Rucksack mit Wasserflaschen und Äpfeln, außerdem befestigte ich Tonis Emailletasse mit einem großen Karabinerhaken außen am Rucksack.

Meine Tante stieg aus, und ich konnte es kaum glauben, aber sie war ganz normal gekleidet. Keine Haube, keine Handschuhe, kein Mundschutz. Sie sah aus wie ein echter Mensch, nicht mehr wie ein Müllsack oder als käme sie gerade aus einem dieser Zombie-Filme, in denen sich ein tödlicher Virus unkontrolliert ausbreitete.

»Wir sind hier weit draußen, ich denke, die Gefahr ist minimal«, erklärte meine Tante, als sie meinen fragenden Blick sah. »Mundschutz und Handschuhe habe ich natürlich trotzdem dabei. Also für dann, wenn wir die Frauen treffen.«

»Ah, okay, alles klar!«

Hanna erkundete mit Toni schon die Umgebung. Ich wollte gerade das Auto abschließen, da sah ich, dass Auguste HP14s Terrarium dabeihatte.

»Auguste, das ist nicht dein Ernst.«

»Wir können HP14 nicht im Auto lassen! Was ist, wenn es sich aufheizt? Dann wird die Schnecke gekocht!«

Meine Tante hatte recht. Ich war etwas ratlos.

»Okay, guter Punkt. Jetzt weiß ich aber auch nicht. Was ist, wenn wir sie stattdessen hier irgendwo im Gebüsch abstellen? Schön schattig?«

»Aber was ist, wenn sie geklaut wird?«, fragte meine Tante.

»Wer sollte denn eine Schnecke klauen?«, fragte Hanna, die mittlerweile wieder zu uns gestoßen war.

»Es müssen ja keine Menschen sein, aber Waschbären oder Füchse oder so, die kriegen so ein Ding auf!«

»Gut, aber wie willst du verhindern, dass sich das Terrarium während der Wanderung aufheizt?«, fragte ich.

»Ich … Mist, ich weiß es nicht.« Meine Tante sah bestürzt aus.

»Die Kühlbox«, schlug Hanna vor. »Wir packen die Schnecke da rein, die sollte doch ein paar Stunden gut abschirmen. Das hat dann ja ungefähr Zimmertemperatur, passt doch prima.«

»Hanna, weißt du, wie klobig das Teil ist? Das kriegen wir nie ge-«, erwiderte ich, doch da war meine Tante schon ums Auto herum gegangen und hatte den Kofferraum geöffnet.

Sie hob die Kühltruhe heraus, entfernte die Getränke und setzte HP14 samt Terrarium rein. »Perfekt«, befand sie.

Ich zuckte mit den Schultern. »Solange ich das Ding nicht tragen muss, ist es mir egal«, sagte ich und begann mit dem Aufstieg.

Meganeura monyi
Riesenlibelle

Natürlich trug ich die Kühlbox, weil meine Tante schon nach kurzer Zeit nicht mehr konnte. Früher war sie kräftig und durchtrainiert gewesen, aber jetzt, nach all den Jahren ohne viel Bewegung, war sie schwach geworden. Hanna nahm meinen Rucksack und ich die sperrige Kühlbox. Ich musste sie mit beiden Armen festhalten, denn Auguste hätte mich umgebracht, wenn die Box an meiner Seite hin und her geschaukelt hätte. »Das ist kein Pilzkorb!«, maßregelte sie mich.

Der Aufstieg war steil, und während Hanna und Toni wie zwei Gämsen nach oben … schwebten …, keuchten Auguste und ich mit hochroten Köpfen, als stünden wir kurz vor dem Exitus. Immer wieder mussten wir Pausen einlegen, die uns aber durch das Panorama versüßt wurden. Gletscher- und Moränenspuren erinnerten an die letzte Eiszeit, felsige Karstlandschaften umgaben uns, der Weg selbst war gesäumt von Preisel- und Heidelbeersträuchern, von Alpen-Astern, Primeln, wir entdeckten sogar ein Edelweiß. Nach etwa einer halben Stunde überquerten wir eine Hängebrücke über einem reißenden Gebirgsbach. Überhaupt schien mir die Natur hier seltsam intakt zu sein, und ich hatte den Eindruck, dass es immer besser wurde, je höher wir stiegen. Keine Spur von Trockenheit, keine gelben Blätter, keine vom Borkenkäfer befallenen vertrockneten Bäume. Es war fast so, als hätte der Klimawandel hier nichts zu melden. Baumsterben? Keine Spur. Nach einer Weile erreichten wir einen Kamm, in den Steinstufen gehauen waren, die den Aufstieg erheblich erleichterten und die auch in der Wegbeschreibung, die uns Emma auf einen Zettel gekritzelt hatte, enthalten waren. Links von uns erstreckte sich ein riesiger Gletscher.

»Wieso ist der denn nicht geschmolzen«, keuchte ich und drehte mich zu meiner Tante. »Es ist doch so warm hier.«

»Was?«, ächzte sie. Ihr Kopf war hochrot, und die Muskeln an ihren dünnen Armen und Beinen traten bei jeder Bewegung deutlich hervor.

Wir müssen langsamer machen, dachte ich. »Hanna, warte, lass noch mal 'ne Pause einlegen«, rief ich hoch.

Ich ließ mich auf eine Stufe fallen und wartete, bis meine Schwester wieder bei uns war. Hanna holte unsere Wasserflaschen raus und verteilte sie an uns. Toni bekam das Wasser in ihre Tasse.

»Wieso ist der Gletscher nicht geschmolzen«, fragte ich erneut, nachdem ich etwas besser Luft bekam.

»Ich weiß nicht, es ist seltsam«, überlegte meine Tante. »Überhaupt ist es hier etwas ... ungewöhnlich.«

»Ja, oder?«

»Nicht die typische Vegetation, die man erwartet hätte. Die ganzen Farne, das viele Moos ... Wirkt alles so durchmischt. Ungewöhnlich, ja, wie du sagst. Es ist auch deutlich kühler, obwohl die Sonne die ganze Zeit runterbrennt. Also immer noch warm, aber ich hätte bestimmt fünf, sechs Grad mehr erwartet.«

»Geht mir auch so. Es wirkt auch fast so, als sei die Luft hier anders«, sagte ich. »Weiß nicht, wie ich es erklären soll. Sie fühlt sich so ...«

»... dick an«, beendete Hanna meinen Satz.

»Ja, genau. Feucht und dick, fast tropisch. Das macht keinen Sinn.« Ich war ratlos und schaute mich wieder um.

»Was zum Teufel steht denn da drüben?«, fragte meine Tante und deutete auf einen Baum.

Erst beim näheren Hinsehen sah ich, dass das gar kein Baum im eigentlichen Sinne war. »Das kann nicht sein«, murmelte ich und schüttelte den Kopf. »Das kann nicht sein, nein, auf keinen Fall.«

»Ist das ein Schachtelhalmgewächs?«, fragte meine Tante.

»Das kann nicht sein«, wiederholte ich. »Heutzutage werden Schachtelhalme vielleicht zehn Zentimeter groß. Auf keinen Fall ist das ein …« Meine Stimme wurde schwächer, bis ich ganz verstummte.

»Es sieht aus wie ein Kalamit«, befand meine Tante.

»Das kann nicht sein«, wiederholte ich schon wieder.

»Zoe, kannst du noch andere Sätze sagen?«, fragte Auguste trocken.

»Was ist denn los?«, fragte Hanna. »Ist doch nur ein Baum.«

Ich stand auf und betrachtete die Pflanze. Ich kam nicht näher als fünf Meter an sie ran, ein Graben trennte uns von ihr. Sie war bestimmt zwanzig Meter hoch, mit einem Stamm, der wie Bambus in einzelne Segmente unterteilt war. Die Äste sahen fast wie die von Nadelbäumen aus, aber eben nur fast. Es waren keine Nadeln. Schachtelhalme haben keine Nadeln in dem Sinne. Nein, es war kein Baum.

»Das … nein. Das kann …«

»Jetzt sag nicht schon wieder *Das kann nicht sein*«, sagte meine Schwester und verdrehte die Augen.

»Es ist ein Kalamit«, wiederholte Auguste, »kein Zweifel.«

»Sieht das hier für dich wie ein prähistorischer Steinkohlesumpf aus?«, fragte ich meine Tante und drehte mich um. »Ignorieren wir mal den Fakt, dass Kalamiten seit Millionen von Jahren ausgestorben sind. Wie soll sich ein Schachtelhalmgewächs von dieser Größe mit Wasser versorgen? Ohne Leitsystem im Stamm und in den Ästen?«

»Steht er denn im Wasser?«, fragte Auguste.

»Ich … keine Ahnung. Warte.« Ich stieg noch ein paar Stufen hinauf, um die Basis der Pflanze sehen zu können. Er stand im Wasser. »Ja, doch, tut er«, bestätigte ich.

»Da hast du es«, sagte meine Tante.

Ich stieg wieder hinunter, holte mein Handy raus und wollte ein Foto schießen, doch das Display war schwarz. »Was zur Hölle«, murmelte ich. Der Akku war doch noch gar nicht leer … oder?

»Hanna, kann ich mal dein Handy haben? Meins ist leer, und ich will ein paar Fotos von der Pflanze machen.«

»Klar«, sagte Hanna und zog ihr Telefon aus der Hosentasche. Doch auch ihr Display blieb schwarz.

»Hä«, wunderte sie sich, »ich hab den Akku doch im Auto geladen!«

»Wir sollten weitergehen«, entschied Auguste.

Hanna fummelte an ihrem Handy herum und fluchte leise vor sich hin.

»Wie kannst du so ruhig sein?«, fragte ich meine Tante entgeistert. »Ist dir klar, was das hier ist?«

»Ja, Zoe, ich weiß, was das hier ist. Im Gegensatz zu dir habe ich eine Professur, ich kenne mich durchaus aus mit Biologie.« Ihr Tonfall war gereizt.

»Aber … Aber wieso rastest du gerade nicht komplett aus? Hier steht ein fast zwanzig Meter hoher Schachtelhalm! In einem Habitat, in dem es viel zu kalt und trocken und zu, äh, *modern* sein müsste! Und die Atmosphäre! Die ist doch so was von anders als damals. Das ist so, als würde hier ein Brontosaurus durch die Gegend spazieren, und du sagst einfach nur: *na und!*«

»Der Baum läuft uns nicht weg. Aber wir sind hier nicht zum Spaß, also lass uns weitergehen. Wir kommen noch mal wieder, machen dann richtige Fotos und nehmen Proben von dem Baum, okay?«, schlug meine Tante vor. Ihrer Stimme nach war das Thema für sie erledigt.

Das ist kein Baum, wollte ich sagen, schwieg aber. Ich warf noch einen letzten Blick auf die Pflanze und packte die Flaschen und die Tasse wieder weg. Hanna schulterte den Rucksack, und ich hob die Kühlbox auf, die wir im Schatten abgestellt hatten.

»Ich hoffe, HP14 geht es gut, aber ich traue mich nicht reinzuschauen, damit keine warme Luft reinkommt«, sagte Auguste mit einem besorgten Blick auf die Truhe.

»HP14 geht es bestimmt gut«, versuchte meine Schwester unsere Tante zu beruhigen.

Wir waren noch nicht weit gekommen, da zog meine Tante auf einmal scharf Luft ein. »Zoe … Zoe, komm her.«

»Was ist?«, fragte ich und drehte mich um.

Auguste zeigte auf den Bach. Weitere Worte waren nicht nötig. Vor uns flog eine Libelle – der Färbung nach wohl ein Weibchen – über dem Gewässer auf und ab, wahrscheinlich auf der Suche nach Beute. Und diese Libelle war das größte Insekt, das ich je gesehen hatte.

»WAS IST DAS?«, schrie Hanna und wich mit Toni zurück, die sofort wieder begann, zu zittern.

Die Libelle war nicht nur groß, sie war riesig. Ich war mir sicher, dass sie eine Flügelspannweite von fünfzig oder sechzig Zentimetern haben musste, also ungefähr so groß wie ein Turmfalke war – nur eben in sehr dünn.

»Das kann nicht sein«, flüsterte jetzt meine Tante.

»Ich weiß«, sagte ich.

»Ich meine, eine Pflanze … schön und gut. Das kann man sich noch irgendwie wegerklären. Aber das hier … so ein großes Insekt … Dafür haben wir viel zu wenig Sauerstoff in der Atmosphäre, das … das ist …«

»STICHT DIE?«, rief meine Schwester mit schriller

Stimme aus einiger Entfernung. Sie war mit Toni ein paar Stufen hochgerannt.

»Nein«, rief ich ihr zu, »das ist nur eine Libelle, die macht dir nichts!« Dennoch fragte ich mich, *was* sie jagte. Bienen und Fliegen, selbst andere Libellen würden ihr nicht genug sein, bei der Größe müsste sie Jagd auf kleinere Säugetiere und Vögel machen müssen. Mäuse, Hamster, Spatzen. So was.

»Wieso ist sie so groß?«, rief Hanna zu uns runter.

»Ich ... Ich hab keine Ahnung«, antwortete ich ihr.

Das hatte ich wirklich nicht. Es gibt einen Grund, warum Insekten in unserer Welt nur bis zu einer bestimmten Größe vorkommen und nicht mehr so groß sind wie zur Zeit der Dinosaurier. Diesen Grund findet man, wenn man sich die Atmung der Insekten und unsere Atmosphäre anschaut.

Ein kleiner Exkurs, also – wie man bestimmt schon gemerkt hat, liebe ich Exkurse. Also: Wir Menschen haben Lungen, und eben Muskeln, die diese Lungen bewegen können. Wir saugen frische Luft in dieses sehr gut konstruierte Organ. Dort gelangt der Sauerstoff über die Blutgefäße in den Körper und landet da, wo er gebraucht wird – im Gehirn, im Arm, im kleinen Zeh. So weit, so klar.

Insekten sind jedoch anders gebaut als wir. Sie atmen nicht aktiv durch den Mund, wie wir es tun, sie haben auch keine Lunge. Sie haben ein Tracheensystem – also Röhren, die den Körper durchziehen und meist an der Flanke in Form von kleinen »Löchern« austreten, die man Stomata nennt. Durch sie gelangt der Sauerstoff passiv in den Körper und letztlich in die Zellen, und die verbrauchte Luft verlässt den Körper ebenfalls durch dieses Röhrensystem. Einige Insekten können die Luft etwas aktiver zirkulieren lassen, zum Beispiel durch bestimmte Bewegungen oder Flügelschläge. Aber im Großen und Ganzen bleibt die Atmung echt ziemlich eingeschränkt im Vergleich zu uns.

Wieso ich das erkläre? Nun, die Sache ist die: Diese Form der Atmung ist nicht sehr effizient. Je größer ein Insekt ist, desto schwieriger wird es, den ganzen Körper auf diese passive Weise mit Sauerstoff zu versorgen. Früher war es für sehr große Insekten einfacher, zu existieren, weil der Sauerstoffgehalt in der Atmosphäre noch viel höher war als heute – im Karbon, also so vor etwa dreihundert Millionen Jahren, lag er bei etwa fünfunddreißig Prozent, heute sind es nur noch einundzwanzig. Damals konnten Insekten also größer sein und trotzdem genug Sauerstoff bekommen, heute würden sie ersticken. Und genau das war der Grund, warum meine Tante und ich so entsetzt auf diese Riesenlibelle starrten. Es war physiologisch einfach *nicht möglich*, dass sie so unbeschwert vor uns auf und ab flog. Und doch tat sie es.

»Was zum Henker ist hier los«, flüsterte meine Tante. Sie war ganz bleich geworden.

»Ich weiß gerade nicht, ob ich lachen oder vor Panik schreien soll«, gestand ich.

»Ich auch nicht.«

»Können wir hier weg? Bitte?«, rief meine Schwester, die ebenfalls einigermaßen geschockt auf das große, flatternde Tier starrte. Toni hatte angefangen, hilflos in die Luft zu bellen, und zitterte wie Espenlaub.

»Ja, wir kommen«, sagte ich und ging die Stufen weiter hoch.

Meine Tante starrte noch eine Weile zu der Libelle hinüber, folgte uns dann aber.

Der Aufstieg schien endlos. Zwischendrin folgten immer wieder Stellen, an denen die Stufen in einen unbefestigten Weg übergingen. Ich verlor mein Zeitgefühl, wir mussten aber Stunden gewandert sein, mit mehreren Pausen, und als ich schon dachte, dass ich wieder eine Pause einfordern müsste, kamen wir endlich oben an und standen auf einer Wildblumenwiese.

»Wow, das ist ja der Hammer!«, rief Hanna und sprang los. Toni schien mittlerweile komplett in meine Schwester reinverknallt zu sein, und diese Liebe beruhte auf Gegenseitigkeit. Hanna löste die Leine, wie sie es zwischendurch schon ein paarmal geübt hatten, und Toni rannte wie von der Tarantel gestochen in riesigen Kreisen. *Zoomies nennt man das.* Da sah man einfach, dass wir es mit einem Windhund zu tun hatten.

»Ich kratz ab, ich muss mich setzen«, keuchte ich hingegen, stellte die Kühlbox auf dem Boden ab und ließ mich ins Gras fallen.

Auf der Wiese vor uns blühten Mohn und Kornblume, Fingerhut und Löwenzahn, Alpenmohn und Trauben-Steinbrech. Aber vor allem, und das raubte mir völlig den Atem, war hier alles voller Schmetterlinge.

»Moment mal, sind … Sind das Taubenschwänzchen?«, fragte ich meine Tante nach einigen Sekunden. Ich betrachtete einen großen Farn, über den ich mich nur kurz wunderte, bevor meine Aufmerksamkeit wieder vom Anblick vor mir in Beschlag genommen wurde. »Kneif mich«, flüsterte ich ihr zu.

»Ja, das scheinen wirklich Taubenschwänzchen zu sein. Hier auch ein Admiral. Und sogar ein Aurora-Falter-Weibchen!«

»Was geht denn hier ab? Ist das ein Refugium? Ein Reservoir? Haben wir gerade ernsthaft die verschollenen Taubenschwänzchen gefunden?«, fragte ich.

»Ja, irgendwie so was, glaube ich.«

Hätte mein Handy funktioniert, hätte ich sofort Hannes angerufen, der mich vermutlich für komplett durchgeknallt gehalten hätte. *Hannes, hier sind überall Taubenschwänzchen, außerdem Libellen so groß wie Greifvögel … und Schachtelhalme, ja genau, wie in den Dinofilmen, wirklich! Glaub mir! Ja, in den Alpen!* Alles klar.

»Und schau, wie groß manche von ihnen sind«, sagte Auguste. »Keine Ahnung, um was für Arten es sich handelt.« Sie deutete auf ein paar Motten, die eher nach großen tropischen Arten aussahen und nicht nach dem klassischen Alpenschmetterling.

»Was ist das für ein Ort?«, fragte ich. Mit einem Mal war mir seltsam zumute. Schachtelhalme, Riesenlibellen. Bei dem Gedanken daran, was hier noch alles aufkreuzen könnte, beschlich mich ein merkwürdiges Gefühl.

»Ich hab keinen Schimmer«, antwortete meine Tante. »Das … Das ist eine unfassbare Entdeckung.«

Ich ging ein paar Schritte weiter in die Wiese und war sprachlos. *Was um alles in der Welt ist das für ein Ort?*

»Da hinten ist das Dorf!«, rief Hanna. Sie stand ein bisschen entfernt von uns auf einem großen Stein und hielt Ausschau. »Guckt, da!« Sie zeigte in eine Richtung.

Ich folgte ihrem Blick und sah in gar nicht so weiter Ferne hinter einer Baumgruppe Dächer aufblitzen.

»Na dann mal los«, sagte ich und nahm die Kühltruhe wieder hoch. Ich drehte mich zu meiner Tante um, die eben noch ein paar Meter hinter mir gewesen war, um sie zum Weitergehen zu motivieren. Sie war in sich zusammengesackt und hyperventilierte.

Luscinia megarhynchos
Nachtigall

»Der Himmel«, keuchte Auguste, »ich … die Libelle … Es ist alles so …« Sie kniete auf allen vieren, ihre Finger krallten sich in den Boden. Sie keuchte wie ein verwundetes Tier.

»Auguste, du musst langsamer atmen«, versuchte ich, sie zu beruhigen.

Hanna und Toni standen neben uns. Die Hündin zitterte so sehr, dass sie nicht stehen bleiben konnte und sich auch hinlegte.

»Denk an das, was Cem dir gesagt hat«, ergänzte meine Schwester und kniete sich neben unsere Tante. Sie legte ihre Hand auf Augustes Rücken und strich langsam von oben nach unten.

»Der Himmel …«, japste meine Tante.

»Ja, ich weiß.« Auch mir kam die Weite über uns mit einem Mal gespenstisch vor. Der Himmel war klar und blau, die Sonne schien so gleißend, dass ich das Gefühl hatte, dass mir die Augen gekocht werden, wenn ich den Blick nach oben richtete. Nicht einmal in die Sonne, nur nach oben. Ein bisschen hatte ich den Eindruck, als wollte uns das Blau über uns verschlingen. Schnell blickte ich wieder nach unten.

»Es ist alles so … weit, als würde sich über mir der Himmel öffnen und … und mich … ins Weltall saugen, als würde ich fallen, aber …«, sie atmete schnell und abgehackt, »aber nach oben!« Sie war blass, ihre Augen hatte sie panisch aufgerissen.

»Tante Auguste, wenn du weiter so atmest, wirst du ohnmächtig. Wir machen das jetzt zusammen. Schau mich an!«

Meine Tante hob den Kopf, sah mir ins Gesicht und nickte.

Ich nahm im Schneidersitz vor ihr Platz. »Setz dich am besten auch so hin«, erklärte ich ihr.

»Ich … Ich weiß nicht, ob …«

»Versuch es einfach.«

Ungelenk richtete sie sich auf und kniete sich vor mich, immer noch japsend. Ich nahm ihre Hand und legte sie unter meinem Hals auf meinem Dekolleté ab. »So, fühl, wie ich atme.«

Ich atmete ein, dann wartete ich kurz, dann atmete ich langsam aus. Anfangs hatte Auguste Probleme, sich meinem Rhythmus anzupassen, doch nach einer Weile klappte es. Wie lange wir da saßen und synchron atmeten, wusste ich nicht so genau, aber fünfzehn, zwanzig Minuten waren es bestimmt.

»Besser?«, fragte ich nach einer Weile.

Meine Tante nickte. Sie hatte irgendwann die Augen geschlossen und sich dem Rhythmus ihres Atmens überlassen.

»Ich trau mich nicht, die Augen aufzumachen«, sagte sie. »Der Himmel ist … zu doll. Es ist alles so weit. So endlos? Oh Gott, Zoe!«

»Du kannst dich an mir festhalten, wenn wir weiterlaufen«, schlug ich vor.

»Ich … Ja, das mache ich vielleicht.«

»Und schau nach unten, nicht nach oben, ja? Dann kannst du dich auf den Boden und deine Schritte konzentrieren. Zähl sie, meinetwegen. Aber schau nicht hoch.«

Auguste nickte.

Hanna und Toni waren schon ein wenig vorgelaufen. Toni steckte ihre schmale Nase hier und da ins Gras, Hanna saß auf dem Boden und schrieb etwas in ihr Notizbuch, das sie anscheinend in ihrer kleinen Gürteltasche dabeihatte.

Wir holten sie ein und liefen dann schweigend einen Pfad

entlang, der auf ein kleines Wäldchen zulief. Auch dort fiel mir das ungewöhnliche Klima auf. Es war feucht, fast stickig, doch dieses Mal war ich vorbereitet, als ich die riesigen Baumfarne sah, die sich zwischen den Fichten tummelten. Die Luft war erfüllt von Zirpen, Flattern und Vogelgesang.

»Ist das eine Nachtigall?«, fragte meine Tante. »Hörst du das ... warte ... jetzt!«

»Ich glaube schon.«

»Unglaublich. Einfach unglaublich.«

Nachtigallen galten in Deutschland zwar noch nicht als ausgestorben, aber neuerdings als verschollen.

Ich drehte mich zu meiner Tante um, die hinter mir lief, ihre Hand auf meiner Schulter.

»Ich weiß«, sagte sie nur.

Ich verlagerte die Kühlbox in meinen Armen. Die Muskeln taten mir weh, und ich merkte, wie sie krampften. Plötzlich standen wir vor einer Frau, die wir beim Näherkommen gar nicht gesehen hatten.

Sie hockte am Wegrand und schnitt Pflanzen ab, die sie in einen Korb legte. Sie erhob sich, als sie uns sah, und wischte sich die erdigen Hände an einem Tuch ab, das sie aus ihrer Jeans zog. Sie sah etwas zerzaust aus, aus ihrem Dutt fielen ihr ein paar der dunklen Haarsträhnen ins Gesicht. Sie dürfte nur wenig älter als ich sein. Vierzig vielleicht?

»*Salve*«, rief sie und winkte uns zu.

Meine Tante hielt uns zurück und ging vor. Sie lief ein wenig gebeugt und ziemlich langsam, ihr Atem ging immer noch ein wenig schwerer als normal. »Ich mach das«, keuchte sie in unsere Richtung. Dann wand sie sich an die Frau: »*Salve! Venimus* ... mh, *petimus ... sic amicam* ... äh ...«

Die Frau sah uns irritiert an.

»Redest du gerade *Latein?*«, zischte ich Auguste zu.

»Ja; *sie* hat doch damit angefangen!«, antwortete sie.

»*Salve* sagt man in Italien! Sie ist *Italienerin!*«, flüsterte ich.

»Was … oh … ach so.«

»Hi, do you speak English?«, fragte ich sie nun.

»English, Italiano oder Deutsch«, antwortete sie.

»Ah … Deutsch! Super!«, antwortete ich. »Hallo noch mal!« Ich stellte die Box ab, ging auf sie zu und streckte die Hand aus, was ich dann aber seltsam fand, deshalb versuchte ich, noch rechtzeitig zu einem Winken abzubiegen, was aber auch irgendwie schiefging und in ein Gefuchtel ausartete. Ich zog die Hand schnell wieder zurück.

»Was macht ihr hier?«, fragte sie in einem Deutsch, dessen Akzent irgendwo zwischen Österreichisch und Italienisch changierte.

»Wir suchen eine Freundin«, erklärte meine Tante. Sie hatte meine Schulter losgelassen.

»*Amica* … hm. Wieso sucht ihr sie hier?«

»Weil das der Ort ist, an dem ich sie vermute. Ihr Name ist Sophie«, erklärte meine Tante, »sie hat blonde Haare, ist ungefähr so alt wie ich, ein bisschen kräftiger, trägt meist einen Pferdeschwanz …«

»Ah, Sophie, *sì!*«, sagte die Frau, und ihr Gesicht hellte sich auf. »Sophie ist eine Freundin von uns.«

»Ist sie hier?«, fragte meine Tante atemlos.

»*No* … Sophie ist nicht mehr hier. Sie war hier, aber das ist schon eine Weile her.«

»Was, wann war sie hier?«

»Oh, sie ist vor … ich glaube, zwei Wochen … abgereist.«

»Wohin?«, fragte ich jetzt.

»Na, sie ist doch in Schweden, wusstet ihr das nicht?«

Milvus milvus
Rotmilan

Da standen wir also in Italien, über dreitausend Kilometer von dem Ort entfernt, an dem sich die Freundin meiner Tante aufhalten sollte. Die Nachricht ließ Auguste etwas zusammensacken. Die Frau schien zu bemerken, dass meine Tante gerade ziemliche Schwierigkeiten hatte, und bot uns an, erst einmal mit ins Dorf zu kommen, um eine Pause zu machen.

Das Dorf selbst sah ziemlich normal aus. Den Architekturstil würde ich mit *Alpenurlaubsort b*eschreiben, man sah Fachwerk, weiß getünchte Häuser, deren obere Hälfte komplett in Holz gehalten war, geschnitzte Balkone mit roten Hängegeranien, das volle Programm. Es war nicht groß, was aber sofort auffiel: Es waren nur Frauen auf den Straßen unterwegs, nur Frauen arbeiteten in den vollen, blühenden Gärten. Eine Frau saß auf einer Bank vor ihrem Haus und las auf einem Tablet, während sie mit dem anderen Arm ein Kleinkind auf dem Schoß hielt und mit dem Bein auf und ab wippte. Mir fiel auch auf, dass es kein einziges Auto gab. Insgesamt löste dieser Ort ein komisches, fremdes Gefühl in mir aus.

Unsere Begleiterin hieß Emilia. Sie erklärte uns im Gehen, dass sie die Tochter der *Dorfältesten* sei, und ich nahm an, dass sie damit meinte, dass ihre Mutter hier die … keine Ahnung. Bürgermeisterin war? Oder so? Gewiss nicht die älteste Frau, Emilia sah nicht sonderlich alt aus, wie schon gesagt.

Sie führte uns in einen Gasthof und sagte uns, dass sie

schauen wollte, dass wir auch etwas zum Essen bekommen. Die Küche sei zwar noch geschlossen, aber irgendwas finde sich eigentlich immer. Meine Tante trug wieder Mundschutz und Handschuhe und hatte erst gezögert, das Gebäude zu betreten, sich dann aber doch überwunden.

Das Innere des Hauses war überraschend modern. Die Einrichtung eine Mischung aus Holz und Glas, schlichte Kanten, kein Schnickschnack. Wir befanden uns in einem großen Raum, fast einem Saal, der durch die bodentiefen Fenster sehr hell war. Überall waren Tische verteilt, um die herum jeweils sechs Stühle angeordnet waren. In der Mitte jedes Tisches stand ein kleines Blumengesteck.

»Schön hier«, lobte ich.

»Ja … Wir haben eine Innenarchitektin im Dorf, die macht ziemlich gute Sachen! Ach, übrigens: Wir essen hier später, deshalb hat die Küche noch zu. Und meistens vegetarisch«, erklärte Emilia. »Ich hoffe, das ist okay für euch. Bestimmt habt ihr großen Hunger? Der Aufstieg ist für ungeübte Wanderinnen nicht einfach.«

Wir nickten. Es war mittlerweile schon früher Nachmittag, und ich war wirklich ziemlich hungrig.

»Wir machen euch eine Brotzeit«, sagte Emilia und sprach kurz mit der Gastwirtin, die hinter dem Tresen auf unsere Bestellungen wartete.

»Was habt ihr da in der Box?«, fragte sie.

»Ach … Da ist eine Schnecke drin. Wir sind Wissenschaftlerinnen und … Also wir bewahren diese Schnecke auf. Sie ist die Letzte ihrer Art.«

»Eine Schnecke!«, rief Emilia erstaunt aus. Sie tauschte einen Blick mit der jungen Wirtin, die nun hinter dem Tresen belegte Brote vorbereitete, den ich nicht deuten konnte. »Wir haben hier keine Schnecken«, erklärte sie weiter.

»Gar keine?«, fragte ich erstaunt.

»Nein … Nein, Schnecken geht es hier nicht so gut.«

Seltsam.

»Mach mal den Deckel auf«, forderte mich Auguste auf, »ich wollte sowieso mal sehen, wie es HP14 geht.«

Ich öffnete die Box und legte den Deckel auf den Tisch, an dem wir alle Platz genommen hatten. Dann hob ich die Faunabox raus.

Meine Tante atmete scharf ein. »HP14«, flüsterte sie, riss mir die Box aus der Hand und hob die Schnecke aus dem Terrarium. Der Anblick war elend. HP14 hing schlaff aus ihrem Häuschen, die Fühler waren vorn über das Gesicht gefallen, der kleine Mund stand ein bisschen offen.

»Ist … Ist sie tot?«, fragte Hanna.

»Ich weiß nicht«, flüsterte Auguste mit zittriger Stimme und hochrotem Kopf.

»*Oh mio* … Ja, Schnecken kommen hier nicht so gut klar. Moment«, sagte Emilia, stand auf und holte unser Essen.

Meiner Tante standen die Tränen in den Augen. »HP14«, flüsterte sie, »was ist mit dir?«

Die Temperatur in der Box war angenehm gewesen, deshalb war mir nicht klar, wo das Problem war. »Ich hab sie ganz vorsichtig getragen«, erklärte ich, »wirklich!«

»Ich weiß, Zoe.«

Emilia stellte die beladenen Teller vor uns ab, doch wir hatten alle nur Augen für die Weinbergschnecke. Ja, klar, es war nur eine Schnecke. Dennoch war der Anblick steinerweichend.

»Ist das eine wichtige Schnecke?«, fragte Emilia.

Die Gastwirtin war mit an den Tisch gekommen und betrachtete das Tier, das schlapp auf der Hand meiner Tante lag.

»Ja, wie gesagt: Es ist die Letzte ihrer Art«, erklärte ich.

»Gib sie mir«, forderte die Wirtin meine Tante in perfektem akzentfreien Deutsch auf.

»Was?«, fragte Auguste und sah irritiert zu der Wirtin hoch.

»Gib sie mir, ich mach sie gesund.«

»Was, nein, das geht nicht so einfach.«

»Gib sie ihr, vertrau ihr«, sagte Emilia.

Meine Tante zögerte.

»Was soll schiefgehen«, flüsterte ich ihr zu, »HP14 ist fast tot!«

Auguste haderte noch kurz mit sich, dann hob sie HP14 vorsichtig am Häuschen hoch und legte sie der Wirtin in die Hand. Meine Tante schluchzte auf, als sie sah, wie die Frau mit der Schnecke davonging.

»Anna ist Tierärztin, sie kann das gut«, beruhigte Emilia meine Tante.

»Was, ich dachte, sie ist die Wirtin?«

»Ah, *no,* wir haben so etwas wie eine Wirtin nicht. Das wechselt immer mal, wir alle sind Wirtinnen, wenn du so willst.«

»Aber kennt sie sich denn mit Schnecken aus?«

»Sicher. Jetzt esst erst einmal, eure Schnecke ist bei Anna in guten Händen.«

Hanna und ich stürzten uns aufs Brot, und selbst Toni bekam einen kleinen Teller mit Fleisch auf den Boden gestellt. Sah aus wie Leber. Meine Tante hingegen saß angespannt auf ihrem Stuhl, die Hände im Schoß gefaltet.

»Hast du Ferien?«, fragte Emilia meine Schwester.

»Ja.«

»Macht ihr hier Urlaub?«

»Nein, wir suchen die Freundin meiner Tante.«

»Ach ja, Sophie. Stimmt, hattet ihr gesagt. Ja nun, die ist in Schweden. Bei einer … bei so was wie einer Partnergemeinde. Hat sie sich denn nicht bei euch gemeldet?«

»Nein, ihr Handy ist aus. Wir erreichen sie nicht.«

»Wirklich! Nun. Das ist seltsam.«

»Ja, es ist nicht normal«, erklärte meine Tante. »Sie meldet sich sonst immer.«

Emilia runzelte die Stirn. »Hm, das klingt wirklich merkwürdig. Wenn ihr wollt, frage ich in der anderen Gemeinde nach.«

»Das wäre nett. Wo in Schweden ist sie denn?«

»Im Nordwesten. In der Nähe des Kungsleden, des Königswegs.«

»Oh, das ist aber weit oben!«, sagte ich. Ich kannte die Gegend, wenn auch nur aus der Theorie, und hatte einmal Daten aus dem Gebiet bearbeitet.

»Ja. Ich schreibe eine Mail an eine Freundin dort. Wenn ich wieder im Tal bin. Ich wollte heute sowieso noch kurz runter.«

»Habt ihr keinen Empfang hier?«, fragte ich.

»Nein … Und Handys haben hier oben oft Probleme«, erklärte Emilia.

»Unsere Handys sind alle ausgegangen!«, rief meine Schwester. »Schau!« Sie zog ihr Telefon aus der Hosentasche. Es funktionierte wieder. »Hä …«

»Ja, die Technik spielt hier oben manchmal verrückt«, erklärte Emilia und zuckte entschuldigend mit den Schultern.

»Ich hab aber keinen Empfang«, stellte Hanna enttäuscht fest. »Habt ihr WLAN?«

»Internet gibt es nur unten, leider nicht hier oben bei uns.«

»Oh Mann, Mist«, brummte meine Schwester.

»Ich lass euch kurz allein, dann kann ich absteigen und eine E-Mail schreiben. Wollt ihr für heute unsere Gäste sein? Im Gasthof gibt es Zimmer, ihr könnt gern hierbleiben. Oder habt ihr ein Hotel irgendwo?«

»Ehrlich gesagt nein … Wir wollten eigentlich zelten, aber ich weiß nicht. Wir würden uns sehr freuen, wenn wir hier im Haus schlafen könnten«, gab ich zu. Der Plan war gewesen, dass wir uns oben einfach eine geschützte Stelle zum Übernachten suchen würden, aber die Vorstellung, das Equipment zu holen und diesen Aufstieg noch einmal machen zu müssen – und das dann auch noch schwer beladen! –, war der blanke Horror für mich. Und ich war mir auch nicht sicher, ob wir noch vor Anbruch der Dunkelheit unten einen anderen Platz für unsere Zelte finden würden. Es hatte sich alles einfach viel zu sehr in die Länge gezogen.

»*Bene!* Anna kümmert sich um euch. Wir sehen uns später, dann habe ich vielleicht auch eine Antwort aus Schweden!«

»Ja, bis dann«, verabschiedeten wir uns.

Wir aßen schweigend, bis Anna mit HP14 zurückkam. »Hier, ihr geht's schon besser.«

HP14 saß in einer durchsichtigen Plastikbox, an deren Seite kleine weiße Muster aufgemalt waren.

»Was ist das?«, fragte meine Tante und zeigte auf die bernsteinfarbene, klare Flüssigkeit, die den Boden der Box überzog.

»Das ist ein Kräutersud … Er wird ihr helfen, gesund zu werden.«

»Wow, danke! Das ist unglaublich!«

Als meine Tante die Box öffnen wollte, legte Anna schnell ihre Hand auf den Deckel. »Nein«, sagte sie bestimmt, »die Box muss verschlossen bleiben, bis ihr vom Berg runterkommt.«

»Aber sie kann doch nicht die ganze Zeit da drin sitzen bleiben«, protestierte meine Tante. »Und wir müssen sie füttern!«

»Doch, sie sollte drinbleiben, das ist wirklich *wichtig.* Holt ihr sie raus, wird sie wieder krank. Und das ist eine Nährlösung, die Schnecke braucht erst mal nichts anderes.«

Ich nahm Auguste die Box aus der Hand und hielt sie vor mein Gesicht. »Tatsache, HP14 trinkt das Zeug«, stellte ich fest.

»Was ist denn da drin?«, fragte meine Tante skeptisch.

»Ach, das ist ein altes Familienrezept, das darf ich leider nicht verraten. Aber der Schnecke wird es sehr gut gehen, wenn sie in der Box bleibt und diese nicht geöffnet wird, solange ihr hier oben bei uns seid.«

Auguste und ich tauschten fragende Blicke aus.

»Na ja, Sie sind die Tierärztin«, sagte meine Tante und klang dabei nicht ganz überzeugt. »Wenn Sie das sagen …«

»Vertraut mir«, sagte Anna und zwinkerte. »Könnt mich übrigens einfach duzen. Wenn ihr aufgegessen habt, zeige ich euch eure Zimmer.«

Wir verputzten alle Brote, und ich war überrascht, zu sehen, dass sogar meine Tante den Mundschutz herunterzog und ein paar Bissen nahm. Sie musste großen Hunger haben, wenn sie das riskierte.

Anna führte uns nach dem Essen einen Stock über die Gaststube. Dort öffnete sie die Tür in ein Vierbettzimmer.

»Ihr könnt auch einzelne Zimmer haben, aber ich dachte mir, dass ihr es vielleicht bevorzugt, zusammenzubleiben.«

»Ja, das ist gut so«, bestätigte meine Tante.

»Ich lass euch mal ausruhen. Ihr könnt euch draußen die Gegend anschauen, oder ihr bleibt hier, ganz, wie ihr wollt. Wenn was ist, kommt einfach in den Speisesaal und drückt die Klingel am Tresen. Dann hör ich euch!«

»Danke, sehr nett«, sagte meine Tante.

Anna lächelte noch einmal, verließ dann den Raum und zog die Tür hinter sich zu.

»Puh«, seufzte ich und ließ mich auf eins der Betten fallen. Der Raum war nicht zu groß und nicht zu klein und eher schlauchförmig geschnitten. Links von der Tür standen vier Einzelbetten nebeneinander, gegenüber gab es zwei Kommoden, auf die vier Wasserflaschen gestellt waren. Ich öffnete die kleine Tür direkt daneben und steckte den Kopf durch. Das Badezimmer: eine Toilette, eine Dusche, ein Waschbecken und ein kleines Fenster.

Gegenüber von der Zimmertür war eine große Fensterfront, außerdem eine Glastür, die auf einen hölzernen Balkon rausführte.

»Mann, hier lässt es sich leben«, sagte Hanna. Sie war dazu übergegangen, mit dem wieder funktionierenden Handy Fotos und Videos zu machen.

Währenddessen zog meine Tante ein Fläschchen Desinfektionsmittel aus einer der vielen Taschen ihrer Cargohose und begann, gezielt den Raum und insbesondere ihr Bett zu desinfizieren. Hanna verzog das Gesicht, ging zur Balkontür und öffnete sie weit. Zusammen mit Toni trat sie hinaus und ließ sich auf einem der dort stehenden Holzliegestühle nieder. Ich folgte ihnen, während unsere Tante den Raum komplett einnebelte.

»Was für ein seltsamer Ort«, murmelte ich und ließ mich ebenfalls auf einen Stuhl fallen.

»Ja, es ist wirklich komisch hier«, stimmte meine Schwester zu, »aber gut komisch. Die sind alle voll nett.«

»Ja, finde ich auch.«

Wir schwiegen. Ich versuchte, herauszufinden, was ich … fühlte. Wie ich mich fühlte. Wie sich dieser Ort anfühlte. Irgendetwas war merkwürdig hier. Es war, als ob man ein Lied hört, das man gut kennt, und alles ist gleich, aber es ist eine halbe Oktave tiefer. Es fühlt sich vertraut an, aber etwas ist … *anders.*

Die Landschaft war überwältigend. Auch jetzt konnte ich nicht umhin, das Bergpanorama zu bewundern, das sich uns in seiner ganzen Pracht darbot. Die Alm, in die das wirklich pittoreske Dorf eingebettet war, wurde in der Ferne von einem mächtigen Bergmassiv flankiert, das wie eine Wand emporragte und den Himmel zu berühren schien. Auf den Gipfeln glänzten mehrere ausgedehnte Gletscher, die vom Klimawandel noch nichts gehört zu haben schienen. Rings um die Alm erhoben sich weitere Berggipfel, manche waren kleiner, andere ziemlich groß, einige erinnerten an Türme, andere wirkten wie natürliche Festungsmauern. Vereinzelte Nadelwälder und kleine Eichengruppen durchzogen das Tal. Wir befanden uns in einer Art alpinem Kessel, und das in beachtlicher Höhe. Gut versteckt, *geborgen.* Erst jetzt realisierte ich, dass es für die Höhe, auf der wir uns befinden mussten, ganz schön warm und sommerlich war. *Seltsam.*

Ich kniff die Augen zusammen. Etwas an der Aussicht irritierte mich. Ich starrte auf das Bergmassiv in der Ferne und hatte fast das Gefühl, dass hinter dem Berg, den ich sah, noch der *echte* Berg verborgen war. Ich weiß nicht, wie ich es erklären soll. Es war, als würde ich ein Hologramm sehen, das über dem eigentlichen Motiv lag, aber genau so aussah wie das Original … Nur war es etwas verschoben. Klingt schräg? Ja, wahrscheinlich.

Dieser Ort wirkte jedenfalls nicht nur wie ein Refugium für lang verloren geglaubte Arten, sondern auch für diese Frauen, die hier ein unbehelligtes, ruhiges Leben zu führen schienen. Was ich aber noch nicht verstanden hatte: *Wie leben sie hier, also so als offenbar ausschließlich weibliche Gemeinschaft? Wie sieht ihr Alltag aus? Gehen sie arbeiten, vielleicht im Tal?* Von meinem Aussichtspunkt aus konnte ich nicht nur Wege, sondern auch eine große gepflasterte Hauptstraße sehen, die allerdings entgegengesetzt zu der Richtung lief, aus der wir gekommen waren. Sie verlor sich hinter einem kleinen Wäldchen, vermutlich ging es dort bergab. Wenn sie irgendwo arbeiteten, würden sie doch gewiss mit dem Auto fahren, oder vielleicht mit Rollern? Nur wo waren die Fahrzeuge? Ich hatte keine gesehen. *Und wie ist das überhaupt mit den Kindern – wo waren die Erzeuger, die dafür notwendig wären? Oder machen die Frauen das hier per Eizellspende? Und was ist mit den männlichen Kindern, werden die nicht auch krank, so wie Tom und Emma erzählt hatten? Oder war das vielleicht doch übertrieben von den beiden? Jungs hatte ich aber keine gesehen, glaube ich, das waren alles nur Mädchen. Aber was ist mit–*

Meine Gedanken rasten.

»Du, was war das vorhin mit den Pflanzen … und dem Insekt?«, fragte mich Hanna.

»Ja, das wüsste ich auch gern.« Ich drückte mit meinem Daumen und meinem Zeigefinger auf meine Nasenwurzel. Wieder Kopfschmerzen.

»Gibt es diese Sachen woanders nicht?«

»Nun, nein. Nicht mehr. Das sind Lebewesen, die eigentlich ausgestorben sind. Schon lange. Und die hier gar nicht ins Klima passen, eigentlich. Ganz ehrlich, ich check es nicht. Ich bin mir jetzt nicht einmal mehr sicher, ob ich mir das nicht eingebildet habe. Vielleicht waren wir dehydriert oder so«, sagte ich hilflos.

»Nein, ich hab das ja auch alles gesehen. Und mir ging es gut.«

»Hm.«

»Müssen wir deshalb Angst haben?«

»Ne, glaube ich nicht. Die Frauen hier sehen nicht so aus, als müssten sie sich mit Waffen gegen Säbelzahntiger oder Dinos verteidigen«, scherzte sich.

Hanna lachte. »Oh fuck, stell dir vor! Wie erklären wir Mama, dass Auguste von einem *T-Rex* gefressen wurde, weil sie irgendwo was am Untersuchen war und nicht auf die donnernden Schritte geachtet hatte, die den Saurier angekündigt haben?«

Ich musste ebenfalls lachen. »Tante Auguste würde ihre Beobachtungen auch dann noch an uns diktieren, wenn sie schon im Maul des Raubsauriers wäre.«

»True«, stimmte mir meine Schwester zu.

Ich kraulte Toni liebevoll hinter den Ohren. Zunächst zitternd, hatte sie sich neben mich gestellt und mein Bein vorsichtig beschnuppert. Mit der Zeit hatte sie an Mut gewonnen und stufte mittlerweile auch Menschen außer meiner Schwester als vertrauenswürdig ein. Deshalb durfte ich auch ab und zu mit ihr Gassi gehen, und wie es schien, hatte ich soeben eine Beförderung ins Kuscheldepartment erhalten.

»Was machen wir jetzt mit der Sophie-Sache?«, fragte ich Hanna. »Hast du 'ne Idee?«

»Absolut keinen Plan, echt. Schweden … Und dann auch noch im Norden. Wenn sie erst zwei oder drei Wochen weg ist, tja. Vielleicht ist sie einfach noch auf Tour.«

»Ja, wahrscheinlich«, stimmte ich ihr zu. »Es klang ja nicht so, als sei Emilia besorgt, oder?«

»Ne, wirkte eigentlich ziemlich entspannt.«

»Sooo, ich denke, das Zimmer ist jetzt in Ordnung«, ließ meine Tante sich in diesem Moment vernehmen. Sie kam zu uns auf den Balkon, seufzte einmal tief und zog die Handschuhe und den Mundschutz aus. »Klasse Aussicht«, stellte sie fest und lehnte sich an die hölzerne Brüstung. »Wie schön … Ach, schaut mal, da fliegt ein Rotmilan! Die sind ja auch selten geworden, ne …«

»Ja, ist echt Hammer hier«, sagte Hanna und stellte sich neben sie, um den großen Greifvogel am Himmel zu beobachten. »Kommt, wir machen ein Selfie und schicken es Mama, wenn wir im Tal wieder Netz haben.« Wir stellten uns zu dritt – Auguste mit einem kleinen Abstand – vors Geländer.

»Lächeln!«, befahl Hanna, und wir taten unser Bestes.

Nach der Fotosession verabschiedete sie sich, weil sie mit Toni noch ein bisschen draußen herumspazieren wollte. Meine Tante beschloss, ein Nickerchen zu machen, und ich blieb einfach auf dem Balkon sitzen und betrachtete die Berge.

Lamprohiza splendidula
Kleiner Leuchtkäfer

Am Abend lud uns Emilia zum Essen zu sich nach Hause ein. Sie servierte Gemüseauflauf, und danach ließen wir uns noch gemütlich an einem Feuerkorb in ihrem echt idyllischen Garten nieder. Ihr Haus war nur einen Steinwurf vom Gasthof entfernt und genau so hübsch wie alle Gebäude, die wir heute gesehen hatten.

»Also, noch mal wegen Sophie«, begann sie. »Ich habe mit meiner Freundin in Schweden gesprochen. Sophie ist noch nicht da, allerdings liegt die Gemeinde einfach so weit im Norden, dass das auch nicht ungewöhnlich ist. Sie ist vermutlich noch unterwegs.«

»Weißt du, wie sie unterwegs ist, mit dem Auto?«, fragte meine Tante.

»Sie ist mit einer Samenhändlerin mitgefahren, zumindest bis nach Stockholm.«

»Eine Samenhändlerin?«, fragte ich.

»*Sì*, Liljana. Sie reist durch viele Länder und bietet eine erstklassige Auswahl an Saatgut an: von Weizen über Karotten bis hin zu Tomaten, sie hat alles im Sortiment. Die Pflanzen werden immer was, und die Ernte ist reich.«

»Und mit der ist sie mitgefahren? Wieso ist sie nicht einfach nach Stockholm geflogen? Ist doch einfacher, und Sophie hat ihr jährliches Kontingent an CO_2 sicher noch nicht aufgebraucht, oder?«, fragte ich und sah zu meiner Tante.

»Bestimmt nicht, Sophie fliegt ungern«, antwortete sie.

»Nun, soweit ich mitbekommen habe, hat Sophie ein paar Probleme«, begann Emilia, hielt dann aber inne.

»Probleme?«, fragte meine Tante und schlang ihre Strickjacke enger um sich.

Nachdem die Sonne am Horizont versunken war, sanken auch die Temperaturen spürbar. Die klare Nachtluft schien hier oben besonders kühl zu werden. Auch ich fröstelte und rückte meinen Stuhl näher an den wärmenden Feuerkorb. Der Schein des Feuers tanzte auf unseren Gesichtern, und zusammen mit den Knistergeräuschen der Holzscheite entstand eine behagliche Atmosphäre.

»Ich weiß nicht, wie viel ich erzählen soll …«

»Bitte, Emilia, ich kenne Sophie seit dreißig Jahren, sie ist meine beste Freundin. Ich bin den ganzen Weg hier hergefahren, ich will ihr sicher nichts Böses«, flehte meine Tante. »Bitte erzähl mir alles.«

Emilia überlegte kurz. »Nun, *sì,* du hast recht, du bist ihre Freundin. Soweit ich mitbekommen haben, sucht die deutsche Polizei sie, diese Männer … von der *governo fascista.*«

»Was?«, fragte ich.

»Diese Faschisten da … die Frauenfeinde. Polizei, von eurer Regierung.«

»Was meinst du mit *suchen?*«, fragte meine Tante atemlos.

»Ach, die versuchen, ihr was anzuhängen. Von wegen Mitgliedschaft in einer verbotenen Organisation, irgendwas mit Terror, *non so.* Ich weiß nicht. Jedenfalls wollte Sophie deshalb nicht fliegen, um nicht durch die Passkontrolle zu müssen. Ich sagte ihr: *Ragazza, wir sind hier nicht in Deutschland, Italien liefert nicht aus!,* aber sie blieb entschlossen. Also ist sie mit Liljana im Auto mit, die hat Passierscheine, bei denen an den Grenzen nicht so genau hingeschaut wird. Die gucken nur den Schein an und winken dann durch, ohne die Pässe zu kontrollieren.«

»Okay … Und diese Liljana fährt bis Stockholm. Und dann?«, fragte Auguste.

»Nun, keine Ahnung. Ich denke, Sophie wird mit dem Zug oder mit Bussen in den Norden hochfahren, vielleicht ein bisschen Anhalter machen, ein bisschen zu Fuß … Das dauert. Die Strecke ist aber nicht gefährlich. Zumindest nicht sehr.«

»Das klingt jetzt nur so mittelberuhigend«, befand Hanna. Sie streichelte Toni, die zusammengerollt auf ihrem Schoß unter einer Decke lag.

»Ja, na ja. Sophie weiß, was sie tut. Und sie ist körperlich fit, ihr geht es gut. Bis auf die Sache mit dem Finger, aber das war nur eine Kleinigkeit.«

»Was ist mit dem Finger?«

»Ach, sie hatte da so einen Schnitt. Nichts Schlimmes, aber es hat sich ein bisschen entzündet.«

»Hat sie Antibiotika bekommen?«

»Nein, auch bei uns in Italien muss man für so was mittlerweile ins Krankenhaus, das ist doch in Deutschland auch so, oder? Weil nur noch so wenige wirken und das alles genau überwacht wird.«

»Doch, ja, ist bei uns auch so.«

»Ah, ja. Nun, Liljana hatte aber ihre Termine und konnte nicht warten, also ist Sophie mit ihr mitgefahren, statt drei oder vier Tage zu verlieren mit der Behandlung. Und so schlimm war es auch nicht.«

»Das … Das klingt wirklich kein bisschen beruhigend«, sagte meine Tante.

»Macht euch keine Sorgen! *Tutto andrà bene!* Sophie ist ein harter Hund. Sie hat mehr Länder gesehen, als die meisten von uns jemals zu Gesicht bekommen werden. Ihr geht es bestimmt gut.«

»Ja, bestimmt …« Meine Tante sah nicht sehr überzeugt aus.

»Was machen wir«, fragte Hanna meine Tante. »Fahren wir morgen nach Hause?«

»Ja, ich denke, das ist das Beste«, antwortete Auguste. »Vielleicht meldet sich Sophie ja bald.«

»Macht euch keine Sorgen, wie gesagt. Aber jetzt denkt erst einmal an etwas anderes, die Nacht ist so schön! Wollt ihr ein Glas Wein? Wir bauen ihn selber an, einen besseren werdet ihr niemals trinken!«, bot Emilia an und strahlte in die Runde.

»Oh ja!«, freute sich Hanna.

»Ach, ich denke, das wäre jetzt nicht schlecht«, stimmte meine Tante zu.

Ich nickte nur.

»*Grande* … einen Moment!« Emilia verschwand und kam kurz darauf mit einer bauchigen Flasche aus grünem Glas und ohne Etikett in der Hand wieder. In der anderen Hand hielt sie vier Gläser. Sie schenkte uns allen ein. »Die Rebsorten hat meine Ururgroßmutter gezüchtet. Oder … meine Urururgroßmutter?« Sie runzelte kurz die Stirn und schien im Geist zu zählen. »Ja, vier mal ur«, befand sie und lachte.

Ich nahm einen Schluck. »Schmeckt super«, lobte ich.

Hanna leerte ihr Glas in zwei Zügen. Ich starrte sie an, doch sie mied meinen Blick. Emilia schenkte ihr nach.

»Oh Gott, sind das Glühwürmchen?«, fragte Hanna und deutete auf einen Busch neben dem Haus.

»Oh … *Sì*, die gibt es hier viel.«

»Wahnsinn, ich habe zuletzt in meiner Kindheit welche gesehen!«, rief meine Schwester erfreut und begann direkt, die Leuchtkäfer zu filmen.

»Wie gefällt es euch ansonsten hier?«, fragte Emilia uns.

»Es ist … ein besonderer Ort«, sagte ich vorsichtig.

»Ja, nicht?«, stimmte sie zu und lehnte sich zurück.

»Mir ist aufgefallen, dass hier sehr ungewöhnliche Tiere und Pflanzen zu finden sind«, fuhr ich fort, »also Arten, die an vielen anderen Orten schon ausgestorben sind. Zum Teil schon sehr lang.«

Emilia lächelte geheimnisvoll, schwieg aber. Wieder dieses Lächeln. *Eine Sphinx.* Emilia schien immer mehr zu wissen, als sie preisgab. Wie die Sphinx behielt sie ihre Geheimnisse anscheinend lieber für sich.

»Ich habe eine Libelle gesehen …«, setzte ich noch einmal an, in der Hoffnung, ihr vielleicht doch eine Erklärung entlocken zu können, doch sie unterbrach mich.

»Ja, die Natur ist hier noch sehr … *ursprünglich.* Tiere und Pflanzen haben bessere Voraussetzungen.«

Meine Tante schwieg und beobachtete unsere Gastgeberin aufmerksam.

»Wurde denn mal geforscht, woran das liegt?«, fragte ich.

»Nicht, dass ich wüsste.«

»Aber–«

»Hanna«, unterbrach Emilia und beendete das Thema damit, »magst du Geschichten?«

»Klar«, antwortete meine Schwester.

»Soll ich dir die Geschichte dieses Ortes erzählen?«

»Ist sie spannend?«, fragte Hanna.

»*Sì,* die ist sogar *sehr* spannend.« Emilia lächelte und lehnte sich zurück.

»Na dann los«, sagte Hanna.

»Also. Siehst du diese Berge da drüben?«, begann Emilia. Sie wies auf einen Gebirgszug, der in der Dunkelheit nur schemenhaft auszumachen war. Die Gipfel präsentierten sich in nahezu gleicher Höhe und formten eine Wand, die majestätisch in den nächtlichen Himmel emporragte.

»Jepp.«

»Das ist die Marmarole-Gruppe. Eine Berggruppe, die noch ziemlich unerschlossen und sehr, sehr wild ist. Die ganzen anderen Berge hier in der Nähe sind … sind verseucht«, sagte

Emilia, rümpfte die Nase und zog die Mundwinkel nach unten, »mit Menschen. Überall haben sie Hütten errichtet, Sessellifte. Touristen rennen wie Ameisen herum. Aber nicht hier, nicht in diesen Bergen. Sie sind menschenleer. Sie sind … *sicher.*« Emilia blickte zu den Bergen hinüber. »Also die Geschichte«, begann sie. »Wir glauben, dass die Berge von einer Königin beherrscht werden, von Tanna. In früheren Zeiten schürften die Menschen hier nach Silber und sind mit ihren Spitzhacken so tief in den Berg vorgedrungen, dass man die Schächte mehrere Tage lang durchschreiten musste, bis man an ihrem Ende ankam. Und noch tiefer in den Bergen, sogar tiefer als die Silberminen, befindet sich Tannas Eispalast.«

»Warst du mal in den Minen?«, fragte Hanna.

»Leider nein, aber meine Mutter. Sie hat mir auch diese Geschichte erzählt. Jedenfalls gibt es eine Besonderheit an Tanna: Sie gehört zum Volk der Crodères, der Felsenkinder. Diese sehen aus wie Menschen, haben allerdings ein Herz aus Stein. Tanna war jedoch anders. Es kommt gelegentlich vor, dass Crodères mit einem fühlenden Herzen geboren werden anstatt mit einem aus Stein. Ein Herz, das die gesamte Bandbreite an Emotionen wie Liebe, Wut und Trauer erleben kann. Und genau das war Tanna passiert.«

Emilia nahm einen Schluck Wein, dann sprach sie weiter. »Tanna verspürte *l'empatia,* nahm Anteil am Schicksal anderer. Sie beobachtete beispielsweise die Menschen und freute sich, wenn es ihnen gut ging. Ging es ihnen schlecht, litt sie mit ihnen. Als sie sah, dass die Menschen hier im kargen Gebirge hart ums Überleben kämpfen mussten, wollte sie ihnen helfen. Sie verwandelte daher Geröllfelder in üppige grüne Weiden, auf denen sich das Vieh satt fressen konnte. Sie hatte auch bemerkt, dass auch Lawinen und Steinschläge den Menschen Probleme bereiteten. Daraufhin verbot sie den Lawinen, sich zu lösen, und untersagte den Steinen, die Berghänge hinabzurollen.«

»Ist das nicht … schlecht? Also fürs Ökosystem?«, fragte ich. Ich sah zu den Bergen hinüber. Besonders übertrieben schneebedeckt sahen sie nicht aus. Trotz der Dunkelheit konnte man die Hänge gut erkennen.

»Ja, deshalb wurde Tanna als Königin auch abgesetzt. Man nahm ihr die blaue Eiskrone ab und sagte ihr voraus, dass sie erst wieder Königin werden könne, sobald sich ihr Schicksal erfüllt habe. Sie verließ die Crodères und verliebte sich in einen menschlichen Grafen. Dann wurde sie schwanger von ihm, und er verließ das Gebirge wieder, weil er eigentlich am Meer lebte. Er versprach, sie zu holen und zu heiraten.«

»Lass mich raten: Er hat sie verarscht«, warf Hanna ein.

»*Sì*, so war es. Als Tannas Sohn erwachsen wurde, suchte er seinen Vater, fand ihn und wurde von ihm jedoch abgelehnt. Aus Wut darüber zog der Sohn gegen den Vater in den Krieg, wurde verwundet und von einem Herzog aufgenommen. Des Herzogs Tochter pflegte ihn gesund, und die beiden verliebten sich ineinander.«

»Irgendwas sagt mir, dass das kein Happy End wird«, murmelte ich.

»Der Herzog war alles andere als begeistert, und als Tannas Sohn die Herzogstochter mit sich nahm und vom Hof floh, ließ er die beiden von bewaffneten Männern verfolgen. Er wollte seine Tochter, die er gewinnbringend verheiraten wollte, auf jeden Fall zurück.«

»Ich fand es schon immer dumm, wenn andere Mädchen im Kindergarten gesagt haben, sie wären gern eine Prinzessin«, befand Hanna. »Ist doch die komplette Albtraumvorstellung, genau wegen *so was*.«

Emilia trank wieder einen Schluck Wein und lächelte. »Ja, ich wollte auch immer lieber *il principe* sein, der Prinz.«

»Ich bin die Hexe im Wald, ist okay für mich«, brummte ich.

»Nun, jedenfalls wurde das Paar verfolgt. Sie flohen zu

Tanna ins Gebirge, doch kurz bevor sie in Sicherheit waren, fiel der Sohn in eine Gletscherspalte und starb. Tanna war am Boden zerstört, genau wie die Herzogstochter. Die beiden Frauen warteten, dass der Gletscher die Leiche freigab. Jahrelang wanderten sie an seinen Rändern entlang und hielten Ausschau. Dabei wurden sie von den Menschen als Hexen verschrien, wurden attackiert, davongejagt. Man brannte ihre Hütte ab, verfolgte sie bis in die Höhlen. Doch sie gaben nicht auf, und irgendwann gab der Gletscher die Leiche des Sohnes tatsächlich frei. Die Herzogstochter sah ihren Geliebten, und der Schock war so groß, dass ihr Herz stehen blieb.«

»Sie starb auch?«, fragte Auguste. Anscheinend hatte sie auch Geschmack an der Geschichte gefunden.

»Ja. In diesem Moment erschien die blaue Krone auf Tannas Haupt. Ihr Schicksal hatte sich erfüllt, und die Menschen fingen wieder an, sie zu verehren. Doch Tanna hatte nicht vergessen, was sie ihr angetan haben, als sie dachten, dass sie nur eine einfache Bettlerin sei. Sie warnte die Menschen, dass sie ihre Pflicht als Königin der Crodères ab sofort ernst nehmen würde. Dass sie einen Tag Zeit hatten, die Berge zu verlassen, bevor sie die sich seit Jahren angestauten Lawinen entfesseln würde. Die Menschen flohen, und Tanna zog sich mit den zwei goldenen Särgen, in die die Leichen ihres Sohns und ihrer Schwiegertochter gelegt worden waren, in den Eispalast zurück. Am nächsten Tag donnerten die Lawinen ins Tal, und es dauerte mehrere Tage, bis all der Schnee, das Eis und das Geröll abgegangen waren.« Emilia streckte sich und sah zu den Bergen hinüber. »Es gibt viele Varianten dieser Geschichte. Meine Mutter hatte mir eine erzählt, in der Tanna mit den Bergen verschmolz, die Berge wurde, sich mit ihnen untrennbar verband. Die Marmarolès sind Tanna, und Tanna ist die Marmarolès. Und sie herrscht über alles und beschützt uns bis heute. Das glaube ich auch, wir alle hier im Dorf glauben das.«

»Ist das sozusagen … eure Religion?«, fragte ich sie.

»*Sì,* das kann man wohl so sagen.«

»Finde ich cooler als Himmel und Hölle«, befand meine Schwester.

Meine Tante zog die Augenbrauen hoch, ich sagte nichts und nippte nur an meinem Wein. Genau wie für Auguste war Religion nichts für mich, im Gegensatz zu ihr hatte ich aber kein Problem damit, wenn Menschen irgendein Glaubenssystem hatten. Ich empfand das hier sogar als eine erfrischend angenehme Abwechslung zu der immer gleichen Geschichte mit dem mächtigen Mann im Himmel oder sonst wo, die den abrahamitischen Religionen wie Christentum, Islam und Judentum zugrunde lagen. *Glauben die hier halt an irgendeine Zauberfrau im Berg. Auch mal nett.*

»Finde es nice, dass hier eine Königin herrscht. Auch wenn es nur eine Sagenkönigin ist«, befand in diesem Moment Hanna, als hätte sie meine Gedanken gelesen.

»Ja«, stimmte Emilia. »Kein guter Ort für Männer.«

Ich dachte über diesen Satz nach. Emma hatte das auch schon gesagt. Männer mochten sie hier anscheinend so gar nicht.

Das Feuer war mittlerweile nur noch rote Glut. Ich überlegte, ob ich Emilia nach dem Ursprung der Ablehnung von Männern fragen sollte, doch da streckte sich meine Tante lautstark.

»Ich bin müde«, verkündete sie.

»Oh ja, ihr müsst morgen früh los, oder? Der Weg nach Hause ist sicher weit.«

»Ja, wir sollten besser zu Bett gehen«, stimmte ich zu.

»Na dann los!«, sagte Auguste und stand auf.

Canis lupus
Wolf

Als ich mitten in der Nacht aufwachte, stellte ich fest, dass Hannas Bett leer war. Ich rieb mir die Augen und setzte mich auf. Wir hatten die Vorhänge nicht zugezogen, und das Mondlicht tauchte alles in ein blasses Milchblau. Toni war auch nicht da, vielleicht mussten sie Gassi gehen?

Ich schlug die Decke zurück.

»Hanna und Toni sind schon eine Weile weg«, sagte meine Tante.

»Oh … hey … Bist du schon lange wach?«, fragte ich, überrascht, dass auch sie nicht schlief.

»Ein bisschen. Da waren sie aber auch schon weg.«

»Oh, hm. Musste Toni vielleicht raus?«

»Ja, das dachte ich auch. Aber das sollte doch mittlerweile erledigt sein.«

Die Sorge kroch wie ein kleiner Tausendfüßer meine Wirbelsäule hoch. *Was, wenn ihr was passiert ist? Wenn sie im Dunkeln eine Klippe runtergefallen ist, weil sie die Kante nicht gesehen hat?* Das Blut rauschte mir in den Ohren.

»Ich gehe mal nachschauen«, sagte ich. »Kommst du mit?«

»Ähm … also … nein. I–ich bleibe hier, falls ihr euch verpasst und sie zurückkommt!«

»Macht Sinn.« Machte es auch, nur glaubte ich, dass das nicht der eigentliche Grund für ihre Zurückhaltung war. Meine Tante wollte nach wie vor nur ungern aus dem Haus, und das war auch irgendwie verständlich. Wenn man so viele Ängste angesammelt hat, wenn man so viele Jahre gelitten hat, dann wird man durch einen Ausflug nicht wie durch ein Wunder geheilt, wir sind hier ja nicht in einem schnulzigen Hollywoodfilm. Trotzdem war ich ein bisschen wütend, weil ich mich fragte, was passieren müsste, damit Auguste das Wohl der Menschen, die ihr am Herzen lagen, über ihre Ängste stellen würde. Aber vielleicht war das auch zu viel verlangt. Ich musste mir eingestehen, dass ich ihre Ängste nicht wirklich verstand, nicht nachvollziehen konnte. Was auch irgendwie logisch ist, denn ich bin ja nicht sie. Und ich war auch noch nie in einer solchen Situation.

»Schlaf noch ein bisschen, der Rückweg wird anstrengend. Ich will in einem Stück durchkommen.«

»Ich versuche es, ja«, antwortete Auguste.

Draußen war es kalt, aber nicht so kalt, wie ich erwartet hatte. Ich trug eine Jacke aus gekochter Wolle. Das war so etwas wie das erste Outdoor-Material, wind- und wasserabweisend und sehr warm. Jetzt, bei all den Beschränkungen, was Kunststoffe und auch künstliche Kleidung angeht, war ich mit meiner Liebe zu Naturstoffen und dem Ekel vor dem Gefühl von Polyester auf meiner Haut fein raus.

Hinter der Unterkunft führte ein Weg mitten durch eine große Blumenwiese zu einem kleinen Wald. Zum Glück konnte ich mich dank des Mondes gut orientieren.

Die nächtlichen Geräusche hüllten mich in einen sanften Klangteppich – Grillenzirpen, das Rascheln kleiner Tiere, die sich zwischen den Grashalmen und unter den Blättern hin und her bewegten, ab und zu glaubte ich sogar, leise, dumpfe Tippelgeräusche zu hören. Vermutlich Feldhamster oder Mäuse. In der Dunkelheit wirkten die hoch aufragenden Felswände um mich herum noch imposanter, die gewaltigen schwarzen Wände schienen sich regelrecht über das kleine Tal zu beugen. In der Ferne hörte ich den Ruf einer Eule. Und–

Awuuuuuuuu!

»Ist das ein Wolf?«, flüsterte ich. Ich blieb stehen. Ja, ich hörte definitiv Wolfsgeheul, und das nicht nur von einem Tier – es schienen mehrere zu sein. Eigentlich sind Wölfe zu Beginn des zwanzigsten Jahrhunderts in den Alpen ausgerottet worden, seit den 1990er-Jahren gibt es allerdings wieder einzelne Populationen. *Aber so weit oben?*

Ach du Scheiße. *Was ist, wenn Hanna da draußen in Schwierigkeiten ist? Wenn sie auf das Rudel gestoßen ist?* Viele Menschen glauben, dass Wölfe blutrünstige Monster sind, aber das ist Unsinn. Ich war selbst schon auf einer Exkursion in der Antarktis, auf der ich Wölfen begegnet bin. Das war vor acht oder neun Jahren, ich habe damals meine Freundin Paula, eine erfolgreiche Meeresbiologin, begleitet. Wir waren mit ihrem Team und Judy drei unterwegs. Seltsamer Hundename? Ja, Paula ist auch ein bisschen spleenig. Judy drei war ihr dritter Schäferhund, also der zweite nach dem, den sie vor vielen Jahren von einem alten Mann geerbt hatte, mit dem sie früher eine Weile herumgereist war (komplett irre Geschichte, erzähle ich ein anderes Mal). Jedenfalls untersuchte Paula damals Krillpopulationen in der Antarktis mit Fragestellungen zum Klimawandel, und ich interessierte mich auch für die kleinen Krebse, allerdings aus evolutionsbiologischer Sicht. So verbrachte ich einige Wochen mit ihrem Team im Südpolarmeer, was eine der intensivsten Erfahrungen meines Lebens war. Long story short, einmal machten wir einen Ausflug aufs Festland, während Judy drei auf dem Schiff blieb, mit dem wir angereist waren und das uns als Basis diente. Zum Glück, denn als wir ziemlich weit im Landesinneren Bohrungen durchführten, um die Dicke der Eisschicht zu überprüfen, wurden wir plötzlich von elf Wölfen umzingelt. Ich hatte Angst, aber Paula legte mir die Hand auf den Arm und sagte: »Ganz ruhig.« Ihre Frau ist Verhaltensbiologin und leitet ein Auswilderungsprojekt für Wölfe in Finnland, daher weiß meine Freundin viel über die pelzigen Gefährten.

»Sie tun uns nichts, sind nur neugierig«, erklärte sie mir. Sie band ihre dunklen Locken, die sich aus dem Zopf gelöst hatten, wieder zusammen und steckte sie unter die Kapuze. Dann bohrte sie einfach weiter, als wäre nichts gewesen.

Ich beobachtete, wie die Wölfe mich beobachteten. Früher dachte man, dass ein Alphawolf das Rudel anführt, dass es strenge Hierarchien gibt, dass der Omega-Wolf sozusagen der Arsch der Truppe ist und so weiter. Das ist alles Quatsch, und auch hier sah man, dass die Dynamik eine ganz andere ist. Denn Wolfsrudel sind einfach: Familien.

Die Tiere umkreisten uns, zwei kamen so nah, dass sie an unserer Ausrüstung schnuppern konnten. Sie waren alle ziemlich dünn, das konnte man sogar unter dem dichten Fell sehen.

»Was ist, wenn sie uns für Futter halten? Sie sind ziemlich mager«, fragte ich Paula.

»Die tun nichts«, wiederholte sie nur und konzentrierte sich wieder auf die Bohrung.

Und was soll ich sagen? Sie taten uns wirklich nichts, und nach einer Weile entspannte ich mich und genoss einfach den Moment. Die jungen Wölfe spielten miteinander, einer wälzte sich im Schnee, ab und zu heulte einer, und die anderen folgten seinem Beispiel. Das war wirklich einer meiner Top-Five-Exkursionsmomente in meinem Leben. Aber eben vermutlich auch nur, weil wir zwei Menschen waren, die ruhig mit viel angstmachender Ausrüstung vor sich hin hantierten, ohne sich zu sehr mit den Wölfen zu beschäftigen. So fühlten sie sich wohl einigermaßen sicher und waren einfach neugierig. Auch Wölfe sind irgendwo auch nur Hunde, oder? Hätten wir jedoch Judy drei dabeigehabt, die gegenüber anderen Hunden sowieso ein Temperament wie eine Stange Dynamit an den Tag legte, wäre die Sache sicher anders gelaufen.

Und deshalb war ich jetzt so nervös. Was, wenn sie Toni angegriffen hatten? Und dann auch Hanna?

Ich blieb stehen und drehte mich im Kreis. Felswände, nichts als schwarze Felswände. Als ich in den Himmel schaute, konnte ich die Milchstraße über mir klar erkennen, sogar die leicht violetten Nebel.

Das Wolfsgeheul kam aus der Richtung vor mir. Waren sie im Wald? War Hanna auch im Wald? Was sollte ich tun? An einem Haus klingeln und versuchen, eine Suchaktion zu starten? Selbst nachsehen?

Als ich mich umblickte, war der Weg in den Wald die logischste Wahl, die Hanna hätte treffen können. Also ging ich weiter, auf die Baumgruppe zu, machte also genau das, was ich bei den Protagonisten in Horrorfilmen immer für total bescheuert hielt. Aber was hätte ich sonst tun sollen, ich konnte nicht einmal jemanden anrufen.

Ich beschleunigte meine Schritte und lauschte auf das Heulen der Wölfe, hörte jedoch nichts. Die Geräusche, die mir eben noch ein wohliges Gefühl gegeben hatten, klangen jetzt bedrohlich, wie damals, als ich mit meinem Vater im Wald unterwegs gewesen war. Ich spürte, wie sich die Muskeln um meine Ohren anspannten, wie ich unwillkürlich und ohne eigenes Zutun die *Ohren spitzte,* wie man so schön sagt. Hätte ich solche prächtigen Lauscher wie Toni, wären sie jetzt sicher aufgestellt gewesen.

Tippeltippel, raschelraschel, shoohoo, shoohoo. Mein ganzer Körper stand unter Strom, und mein Herz klopfte. Was sollte ich tun, wenn ich den Wölfen begegnete? Sollte ich die Flucht ergreifen und mich rückwärts entfernen, oder würde es sie provozieren, weil ich sie dadurch nicht aus dem Blick ließ? Lieber mit dem Rücken zu ihnen weggehen? Rennen sollte man wohl nicht, oder? Ich hatte keine Ahnung, wie man sich verhält, wenn man mitten in der Nacht vor einem Wolfsrudel steht. Das lernt man ja nicht unbedingt im Kindergarten.

Der Wald war jetzt ganz nah.

»Hanna?«, rief ich, aber sicherlich viel zu leise. Lauter zu rufen sah ich als Sicherheitsrisiko, andererseits: Sollte man nicht immer Lärm machen, wenn man großen Wildtieren begegnet? Damit sie nicht das Gefühl haben, dass man sich anschleicht?

»HANNA!«, rief ich jetzt lauter.

Bellen.

Wolf oder Hund? Das war hier die Frage.

Ich blieb stehen.

Wuff, wuff!

Das war Toni! Jetzt rannte ich. Als ich in den Wald hineintrat, war es, als würde ich durch die Tür eines Kaufhauses gehen, in dem warme Luft durch die Lüftungsschlitze am Boden geblasen wird, nur dass es hier zusätzlich noch tropisch feucht war. Mir stockte fast der Atem, und ich blieb abrupt stehen, der Temperaturunterschied musste locker zwanzig Grad betragen. Ich ging wieder ein paar Schritte aus dem Wald heraus. Kalt. Zum zweiten Mal rein. Warm. *Was zur Hölle?*

Aber das war noch nicht alles. Je weiter ich langsam in den Wald ging – meine Wolljacke hatte ich inzwischen ausgezogen und um die Hüfte gebunden –, desto mehr veränderte sich die Flora. Ich konnte zwar nicht viel sehen, weil es hier noch dunkler war als draußen, aber meine Augen hatten sich mittlerweile schon so gut an die Lichtverhältnisse gewöhnt, dass mir nicht entging, wie um mich herum wieder Schachtelhalme auftauchten. Je tiefer ich in den Wald hineinging, desto mehr verdrängten diese urzeitlichen Gewächse die normalen Bäume, bis ich schließlich nur noch von Schachtelhalmen, Bärlappgewächsen und Farnen umgeben war. Und der Boden … *Ist das ein Sumpf?*

»Hanna?«, rief ich wieder. *Wuff!*

Ich lief schneller und zog die Beine etwas höher, um nicht an den Wurzeln hängen zu bleiben.

Wuff! Direkt neben mir.

Ich blinzelte in die Schwärze. Da war Toni! Und neben ihr: Hanna.

Meine Schwester hing am Boden, ihr Rücken lehnte an einem großen Stein. Ich tastete um ihren Körper herum und fand ihr Smartphone, dann knipste ich dessen Taschenlampe an und nahm alles etwas genauer in Augenschein. Hannas Augen waren geschlossen. Neben ihr standen zwei Weinflaschen, eine leer, die andere noch halb voll.

»HANNA!«, rief ich, dieses Mal lauter.

»Gnhmhmh«, kam von ihr zurück. Toni leckte ihr über das Gesicht.

Wo hatte sie den verdammten Wein her? Ich bückte mich und hob das kleine Notizbuch auf, das ebenfalls auf dem Boden lag. Die feuchte Luft und das Moos hatten die Seiten klamm werden lassen. Ich schlug es auf.

… und ich zeichne mit herabgefallenen Blättern dein Gesicht, die Knollennase, die buschigen Brauen, den Vatermund. »Nicht so hoch, Papa!«, schreie ich und lache, ich klammere mich mit kleinen festen Fäusten an das kühle Metall der Ketten, du schaukelst mich nachts bis fast über die Baumgipfel, fast bis über die leuchtenden und blinkenden Hochhäuser, fast bis ins Weltall. »Ich schaukel dich zum Mond!«, nein, Papa, nicht, auf dem Mond kann ich nicht atmen! Drehst dich rasend um mich herum …

Ich ließ das Buch sinken und betrachtete meine Schwester, das kleine Häufchen Mensch zu meinen Füßen.

In meiner Kindheit hatte ich einen immer wiederkehrenden Traum gehabt, der mich viele Jahre verfolgte. In diesem Traum bin ich auf dem Nachhauseweg von der Schule oder vom Einkaufen. Meistens ist es ein schöner Sommertag, die Luft ist warm und die Straße belebt. Doch je näher ich meinem Zuhause komme, desto mehr verändert sich die Atmosphäre, und ich habe es bis heute nicht geschafft, den Übergang zu bemerken. Egal wie oft ich diesen Traum durchlebe, egal wie sehr ich ihn manchmal kurz unter der Oberfläche als Traum erkenne und auch *wieder*erkenne, ich verpasse den Wendepunkt jedes Mal, erkenne den Kipppunkt immer zu spät. Denn plötzlich stehe ich in unserer Straße, und alle Farben sind verschwunden. Die Häuser sind Grau in Grau, die Wiesen verdorrt, die Bäume dunkel und kahl. Die Fenster der Häuser ragen wie schwarze Löcher in die Straße, und über allem liegt ein seltsamer Nebel. Ich bekomme Angst, fange an zu rennen, will schnell nach Hause zu Mama und Papa, doch als ich dort ankomme, wo normalerweise unser Haus stehen würde, steht da einfach ein anderes Haus, ein fremdes Haus. Suchend drehe ich mich um, erkenne die Straße, weiß, dass ich hier richtig bin, aber mein Zuhause ist weg und mit ihm meine Familie. Ich renne zurück zum Supermarkt, will Hilfe holen, aber auch dort ist niemand mehr, auch hier sind die Straßen verlassen, und ich stehe im Zwielicht und merke, dass ich ganz allein bin, dass ich schutzlos bin, dass niemand mehr da ist, außer dem, das kommen wird, wenn die Nacht anbricht.

Als ich Hanna so auf dem Boden kauern sah, musste ich an diesen Traum denken und daran, dass sich meine Schwester genau so fühlen musste. Alles war grau und sie ganz allein auf der Welt. Mama? Konnte sich im Moment kaum um sich selbst kümmern. Auguste? War völlig von der Bildfläche verschwunden, im Gegenteil, Hanna kümmerte sich mehr um sie als umgekehrt. Und ich?

Tja. Ich war auch weg. Hatte sie zurückgelassen, und keiner von uns hatte gemerkt, dass Hanna hängen geblieben war. Dass sie immer noch Papas Hand hielt und er sie mit runter ins dunkle Grab zog, dass sie nicht losgelassen hatte, nicht loslassen konnte.

Ich kniete mich vor sie, legte meine Hand auf ihre Wange und blinzelte die Tränen weg, dachte daran, wie sie als Baby war, die ungeplante Nachzüglerin, unser kleines Wunder, dachte an diesen süß-sauren Milchgeruch, wenn ich meine Nase auf ihren Kopf drückte, an den Schorf, den sie in den ersten Monaten hinter den Ohren hatte. Wie sie sich immer das Gesicht zerkratzte, wenn sie im Schlaf um sich schlug, wie erschrocken Mama war, wenn die kleinen Fingernägel wieder eine rote Schramme über die Wange gezogen hatten, obwohl wir Hanna die Nägel immer so kurz wie möglich geschnitten hielten. Ich dachte an unseren ersten Kinobesuch und wie meine Schwester, gerade sieben Jahre jung, auf dem Rückweg sagte *Du, Zoe, ich hätte nicht gedacht, dass die Schauspieler so gut Deutsch sprechen können, ich dachte, die können alle nur Englisch.* Wie ich lachen musste und sie drückte, ihr nichts von Synchronsprechern erzählte, wie ich ihr auf dem Rückweg ein Eis kaufte und sie den ganzen Weg meine Hand hielt und nicht losließ. Wie wir Deckenzelte bauten, so wie fast jedes Kind seit Generationen, und wie ich aus Papier Theaterfiguren bastelte und ihr jeden Abend eine kleine Vorstellung mit ausgedachten Geschichten gab. *Noch nicht aufhören,* jammerte sie immer, wenn mir nach einer Stunde nichts mehr einfiel, *eine Geschichte noch, dann ist Schluss!* Natürlich war niemals Schluss, es war nie genug, Hannas Hirn war hungrig, sie wollte immer mehr, mehr, mehr – mehr Geschichten, mehr Zeit mit der Schwester, mehr Liebe, mehr alles.

Ich betrachtete die Weinflaschen neben ihr, neben meiner Babyschwester mit den zerzausten Haaren. Hatte sie sie aus der Küche gestohlen? Auch hier schien es nie genug zu sein, es gab kein Ende, sie wollte immer mehr, mehr.

Hanna war ein Papakind gewesen, folgte ihm auf Schritt und Tritt, so wie jetzt Toni sie nicht aus den Augen ließ. Wenn Papa bei der Arbeit war, war sie traurig, und nach dem Kindergarten und später nach der Schule verbrachte sie den Tag meistens in der Küche, weil die zur Straße hinausging und sie unseren Vater schon von Weitem sehen konnte. Und wenn er dann in ihrem Blickfeld auftauchte, Papa mit seinem Rauschebart, Papa im Blaumann mit dem großen, klobigen Rucksack, dann ließ sie alles stehen und liegen und stürmte wie ein kleiner Windhund aus der Tür, rannte die Straße entlang und warf sich in seine Arme.

Wir hätten es wissen müssen, wir hätten es kommen sehen müssen. Aber wir waren alle so beschäftigt, Mama damit, den Alltag irgendwie am Laufen zu halten, ich damit, die Behördengänge zu erledigen, und Auguste war einfach in ihrer Wohnung und in sich selbst verschwunden. Und wir haben alle getrauert, aber viel zu wenig gemeinsam und viel zu viel jeder für sich. Hanna veränderte sich in dieser Zeit. Hatte sie in den ersten Wochen noch viel geweint, so hörte das irgendwann auf, und sie schien wieder normal zu spielen und zur Schule zu gehen und Freunde zu treffen, und alles lief so pragmatisch, ohne größere Auffälligkeiten. Aber es war kein Pragmatismus, den sie an den Tag legte, das wurde mir jetzt klar. In Hanna war einfach etwas gestorben, sie war eine von außen hübsch anzusehende Urne, die den ganzen Tag verbrannte Asche in sich trug, und keiner von uns hatte es bemerkt.

Ich schüttelte sie. »Hanna«, flüsterte ich. »Hanna, wach auf.«

Sie brummte wieder und bewegte sich, aber jetzt schlug sie die Augen auf. »Zoe?«, fragte sie mit belegter Stimme.

»Komm, wir müssen zurück ins Gasthaus, es ist mitten in der Nacht, du kannst nicht hier bleiben.«

»Wo bin ich?« Meine Schwester setzte sich ein bisschen auf.

»Wir sind im Wald.«

Da brandete das Wolfsgeheul wieder auf, näher als vorher.

»War'n … War'n das Wölfe?«, nuschelte Hanna.

»Ja.« Plötzlich fragte ich mich, ob das überhaupt normale Wölfe waren oder ob das auch irgendwelche großen, prähistorischen Viecher sein würden. Das wäre definitiv ein größeres Problem als eine Riesenlibelle.

»Fuck, was … nein … Sind die gefährlich?«, fragte Hanna, jetzt etwas wacher.

»Ich weiß nicht, aber lass uns bitte schnell zurückgehen.«

Ich half ihr auf, und sie schwankte ziemlich. Ich legte ihr einen Arm um die Taille und leuchtete uns mit der Taschenlampe den Weg. Ich dachte wieder an die Szene im Wald mit Papa und wünschte mir, er wäre hier. Was würde er wohl denken, wenn er seine Töchter so sehen könnte? Wahrscheinlich würde es ihm das Herz brechen, und der Gedanke trieb mir wieder die Tränen in die Augen.

Toni lief fiepsend hinter uns, ihre Leine hatte ich mir an den Arm gehängt, der auch Hanna stützte.

»Lauf ein bisschen schneller«, flüsterte ich.

Awuuuuuuuuuuuu! Noch näher. Toni bellte und lief mit eingekniffenem Schwanz so nah an meinen Beinen, dass ich fast über sie fiel. Ich hörte Äste knacken und Blätter rascheln. *Werden wir verfolgt?*

Ich konnte den Ausgang aus dem Wald sehen und hatte keine Ahnung, ob es eine gute Idee war, die Deckung zu verlassen. Aber wahrscheinlich würde es sowieso nichts ausmachen, die Wölfe würden uns riechen und hören, lange bevor sie uns sehen würden – oder wir sie.

Hanna stolperte neben mir her und murmelte etwas, aber ich achtete nicht darauf. Ich zog sie mit mir, doch kaum waren wir aus dem Wald raus, brach sie zusammen und übergab sich.

»Fuck … Hanna, wir müssen weiter, wir können hier nicht warten!«

Doch sie kippte auf die Seite und murmelte nur: »Ich kann nicht mehr …«

Aw aw awuuuuuuuuu!

Das war *richtig* nah. Toni entwich ein kleiner Schrei, und sie begann, in Richtung Gasthof zu zerren. Ich merkte, dass ich auch zitterte, und drehte mich zwischen meiner Schwester und dem Wald hin und her. *Sind sie im Wald? Kommen sie da raus? Wobei, wenn sie uns jagen, sind wir vermutlich schon längst eingekreist.*

Ich zerrte an Hannas Arm. »Steh auf!«

Meine Schwester rappelte sich wieder auf und sah jetzt etwas klarer aus als eben. »Sorry, ich ... Okay, ja, ich komme.«

Wir rannten so gut es ging den Weg entlang, wobei ich Hanna immer noch stützte. Da sahen wir in der Ferne auf einmal Lichtpunkte tanzen, die sich auf uns zubewegten. Kam das aus dem Dorf? So was wie ein Leuchtsignal?

Awuuuuuuuuuuuuuuuuuuu!

Ich drehte mich um – und da sah ich sie. Zwei Gestalten, die ungefähr so groß wie Ponys waren. *Epicyon,* schoss es mir durch den Kopf. Das größte hundeartige Raubtier, das je gelebt hatte – manche Arten wogen bis zu hundertsiebzig Kilogramm. Aber das konnte nicht sein, diese Raubtiere waren vor fünfeinhalb Millionen Jahren ausgestorben. *Riesenlibellen auch.* Ich sagte Hanna nichts, war mir aber sicher, dass, wenn zwei von ihnen hinter uns trabten, wir auch schon links und rechts von anderen Exemplaren eingekesselt waren. Wahrscheinlich trieben uns die Wölfe – oder was auch immer das für Viecher waren – direkt zu ihren Kollegen, die schon freudig auf uns warteten.

Awuuuuuu!

Ich wandte mich wieder nach vorn und sah, wie einer dieser dunklen Schemen den Kopf zum Himmel hob. *Awuuuuuu awu awuuuuuuuu!*

Ich will nicht sterben, dachte ich, *was soll aus Mama werden, oh Gott!* Ich rannte weiter und beobachtete die tanzenden Lichter vor uns. *Taschenlampen?*

Auf einmal ertönte ein lang gezogener tiefer Ton, der von den Felswänden um uns herum abprallte und sich endlos vervielfachte. Es klar wie … ein Kriegshorn?

»Was war das?«, fragte Hanna.

»Keine Ahnung, lauf weiter und dreh dich nicht um.«

»Was, wieso …« Sie wollte den Kopf nach hinten drehen, doch ich zischte ihr ein »Schau nach vorn!« zu. Sie gehorchte.

Ich hatte Angst, dass sie, wenn sie sah, was uns verfolgte, die Nerven verlor und irgendwohin rannte, wahrscheinlich direkt in die Fänge eines dieser Ungetüme.

Das Horn ertönte noch einmal.

Mittlerweile konnte ich eine Gruppe Leute ausmachen, die die Taschenlampen trugen. Ich hätte am liebsten »Hier, hier sind wir!« geschrien, doch ich hatte Angst, zu laut zu sein.

Mittlerweile waren wir nah genug, um einzelne Menschen zu erkennen. War das da in der Mitte meine Tante?

»Zoe! Hanna! Da vorne sind sie!« Die Lichtstrahlen der Taschenlampen bündelten sich und leuchteten uns direkt an. Der Lichtstrahl blendete mich, und ich blinzelte, stolperte jedoch keuchend weiter. Ich war vollkommen außer Atem, und im nächsten Moment fiel mir jemand schluchzend um den Hals. Es war Auguste.

»Ich … Wir müssen hier weg, schnell«, heulte ich in ihre Schulter. »Da sind Wölfe oder so was, aber komische Wölfe, große Wölfe!« Ich drehte mich um. »Schau d–«, doch als ich mich umdrehte, lag der Weg verlassen da. Keine Wölfe, keine Ponys. Keine Epicyons.

»Sie sind weg, oder?«, keuchte Hanna atemlos neben mir in den Armen meiner Tante, die uns immer noch fest umschlungen hielt.

»Tantchen, ich … Du erwürgst uns«, nuschelte Hanna, doch Auguste schluchzte nur.

Erst jetzt stellte ich fest, dass um uns herum eine große

Gruppe Frauen stand. Einige trugen Gewehre, eine von ihnen hatte ein gewaltiges Horn in der Hand. *Ist das Elfenbein? Aber oh Gott, wovon? Was bitte ist so groß?*

»Was ... was waren ... das für Tiere«, fragte ich in die Runde, als unsere Tante uns endlich losließ.

»Das sind Wölfe.« Ich erkannte die Stimme von Emilia.

»Ja ... aber ... so groß?«, fragte ich keuchend. Ich hatte meine Hände auf die Knie gestützt und versuchte, wieder zu Atem zu kommen.

Hanna schwankte neben mir, meine Tante legte den Arm um ihre Taille. Sie schien gerade nicht im Geringsten an Bakterien oder Keime zu denken und weinte immer noch leise vor sich hin. *Sie dachte anscheinend wirklich, sie hätte uns verloren.*

»Wir sollten jetzt gehen«, sagte Emilia und ließ meine Frage unbeantwortet. Das war ich mittlerweile ja schon gewohnt von ihr.

»Ja. Denn sie werden wiederkommen, und dann werden es mehr sein als jetzt«, stimmte eine ältere Frau aus dem Hintergrund zu.

Ich realisierte, dass das halbe Dorf auf den Beinen war. Auguste musste Hilfe geholt haben, als ich nicht zurückgekommen war. Mir stieg die Schamesröte ins Gesicht, was man in der Dunkelheit zum Glück nicht sah.

»Ihr geht jetzt schlafen, und morgen müsst ihr gehen«, entschied Emilia.

Das war keine Bitte.

Autographa gamma
Gammaeule

Am nächsten Tag war Emilia freundlich, aber im Vergleich zum Vortag ziemlich kurz angebunden. Sie gab uns die Telefonnummer dieser Samenhändlerin, mit der Sophie unterwegs war, wich Fragen über die Wölfe und auch all die anderen seltsamen Dinge, die wir gesehen hatten, aber komplett aus. Sie begleitete uns beim Abstieg und trug die Kühlbox mit HP14, wobei ich mir nicht sicher war, ob sie nett sein oder nur sichergehen wollte, dass wir *wirklich weg* waren.

Die Rückfahrt war anstrengend. Hanna war völlig verkatert und wechselte sich mit Toni dabei ab, sich am Straßenrand zu übergeben. Meine Tante hatte wohl während unseres Aufenthaltes bei Tom und Emma ein Dokument angefordert, um Toni als registriertes Versuchstier über die Grenze zu bringen, und das war angekommen, während wir in den Bergen keinen Empfang hatten. An der Grenze gab es damit keine Probleme. Wir sprachen nicht viel miteinander, jede brütete stumm vor sich hin. Auch Toni versuchte, sich unsichtbar zu machen.

Als wir nach stundenlanger Fahrt endlich vor unserem Haus parkten, kam mir alles so unwirklich vor, dass ich erst einmal im Auto sitzen blieb, um mich zu sammeln.

In den letzten zweiundsiebzig Stunden hatten wir einen Hund gefunden, ein sehr seltsames Frauendorf entdeckt, längst ausgestorbene Tiere und Pflanzen gesehen und waren von Wölfen gejagt worden. Das musste man erst mal verkraften.

Ich hatte die Augen geschlossen und atmete ruhig vor mich hin, *eins, zwei, drei, vier, fünf,* da klopfte es an der Scheibe. Es war Cem.

»Hey, na«, sagte ich, nachdem ich die Autotür aufgemacht hatte.

»Da seid ihr ja wieder. Wollte mal kurz Hallo sagen.«

»Ja … hallo.«

»… alles okay?«

»Keine Ahnung. Nein. Ich glaube nicht.« Ich war zu erschöpft, um so zu tun, als ginge es mir gut, als wäre alles in Ordnung.

»Habt ihr die Freundin gefunden?«, fragte er und stützte sich mit der Hand am Autodach ab.

Ich rieb mir mit den Händen das Gesicht. »Uff, nein, haben wir nicht, aber wir wissen wenigstens, wo sie ist«, erklärte ich ihm.

»Willst du reden?«, fragte er.

»Ich –«, doch weiter kam ich nicht, da mein Handy anfing zu klingeln. »Warte kurz.« Ich hob ab.

»*It's always sunny in California!*«, kam Paulas Stimme aus dem Handy, »*IT'S ALWAYS SUNNY IN CALIFORNIA!*« Sie schrie jetzt.

»Paula, was …«

»Gammaeule, Esparsettenwidderchen284f!«

Im Hintergrund hörte ich ein Hämmern. Klopfte da jemand an ihre Tür?

»Kümmer dich drum!«, rief sie in den Hörer, dann hörte ich ein lautes Krachen, Geschrei, dann brach die Verbindung ab.

Ich saß da und starrte mit zitternden Händen mein Handy an. Auf einmal schaltete ich.

»Cem, merk dir 284f, schreib es *nicht* auf!«

»Was, okay …«

»Komm mit ins Haus, schnell.« Ich sprang aus dem Auto und sprintete durch den Garten, während ich die Fernbedienung über meine Schulter hielt und das Auto abschloss. Cem eilte mir nach.

In der Wohnung rannte ich sofort in mein Zimmer, setzte mich aufs Bett, klappte mein Notebook auf und öffnete den verschlüsselten Browser.

»So, einloggen … Benutzername … Gammaeule … Okay, das Passwort war Esparsettenwidderchen, und … Was war noch mal der Rest? Dieser Code?«

»284f«, antwortete Cem, der sich neben mich gesetzt hatte.

»Danke. So, bin drin. Okay, wo war das … Ach ja: delete account. Gut, okay, okay, ich krieg das hin.« Ich klickte den Button an und wartete, bis die Nachricht *account deleted irrevocably* erschien. Ich zitterte am ganzen Körper.

Eine der wichtigsten Regeln der Nachtschwärmer besagte, dass die Mitgliedschaft streng vertraulich zu behandeln ist. Lediglich wenn es darum geht, eine neue Person anzuwerben, dürfen wir das Schweigen brechen. Doch auch dann erst, wenn wir uns völlig sicher sind, dass der potenzielle Neuzugang nicht nur vertrauenswürdig, sondern auch gewillt ist, sich uns anzuschließen. Im Falle akuter Gefahr nutzen wir den Code *It's always sunny in California,* um anderen Schwärmern zu signalisieren, dass wir in einer brenzligen Situation stecken. Anschließend teilen wir unsere Nutzerdaten mit, in der Hoffnung, dass der Empfänger den Account umgehend löschen würde, um jegliche Beweise zu vernichten. Ich hatte schon länger den Verdacht, dass Paula auch dazugehörte, und sie hatte sich bei mir wohl dasselbe gedacht. Wieso hat sie nicht die Person angerufen, die sie rekrutiert hatte? *Oder sitzt die schon im Knast?*

Ich saß auf dem Bett und starrte auf den Bildschirm, der mittlerweile dunkel geworden war.

»Ist alles okay?«, fragte Cem noch mal.

In diesem Moment spürte ich, wie mich die Last all dieser Sorgen und Ängste erdrückte, und ich konnte meine Tränen nicht mehr zurückhalten. Es war einfach zu viel: meine Mutter, Hanna, Auguste, die komplizierte Situation an der Universität, die Angst vor der Polizei und die Sorge um meine Freundinnen. Schluchzend gab ich nach, und Cem schob mir behutsam den Laptop vom Schoß und nahm mich in den Arm.

»Kakao?«, fragte er.

»Unbedingt, ja«, schniefte ich.

»Kommst du mit rüber?«

»Ja.«

Ich schaute nur schnell nach, wo Hanna war. Sie lag in ihrem Bett, Toni hatte sich zu ihren Füßen zusammengerollt. Beide dösten.

»Meine Eltern sind ein paar Tage in Istanbul, Oma besuchen«, erklärte Cem, während wir in seiner Küche standen und darauf warteten, dass die Hafermilch in der Mikrowelle warm wurde.

Ich nickte nur. Innerlich fühlte ich mich total leer.

Mit dem Kakao ging es dann ins Wohnzimmer. Aufwendig gemusterte Kelim-Teppiche lagen auf dem dunklen Holzboden und gaben dem Raum eine fröhliche Note. Eindeutig die Handschrift von Cems Mutter. Sie war eine lebenslustige Frau, ganz anders als ihr Mann, und kleidete sich auch immer in den knalligsten Farben, die sie finden konnte. Sie plauderte ununterbrochen, und man konnte gar nicht anders, als sich mit ihr anzufreunden. Meine Mutter und sie haben sich früher zwei- oder dreimal in der Woche zum Kaffeetrinken getroffen. Als ich mich aufs Sofa setzte, fragte ich mich, ob diese Treffen immer noch stattfanden oder ob auch das eingeschlafen war.

Ornamentale Kissen in leuchtenden Farben und mit aufwendigen Stickereien schmückten die Sofaecke, während ein Couchtisch aus dunklem Holz und Glas den Mittelpunkt des Raumes bildete. Die Wände waren mit zeitgenössischen Gemälden behangen.

An einer Seite des Raumes führte eine Glastür in den Garten. Sie war mit Vorhängen in kräftigen Farben umrahmt, die im Tageslicht zu leuchten schienen. Durch die Glastür konnte man einen Blick in den sorgfältig angelegten Garten werfen, in dem Rosen und Lavendel in voller Blüte standen.

»Okay, magst du erzählen, was das eben war? Mit dem Anruf?«, fragte mich Cem, der sich neben mich auf das Sofa gesetzt hatte.

»Das ist … kompliziert. Kann dazu leider nix sagen.«

»Wirklich? Gar nichts?«, fragte er mich und zog die Augenbrauen hoch.

»Es ist nicht so, dass ich dir nicht vertraue, weißt du. Es ist nur … gefährlich. Für alle Beteiligten.«

»Das klingt ja fast wie aus einem Film.«

»Bisschen durchgeknallt, oder?«

»Nein, das meine ich nicht. Es ist eher … *unerwartet spannend.*«

Ich lächelte müde und nickte.

Cem wechselte das Thema. »Ich habe gesehen, ihr habt einen Hund im Garten?«

»Ach, du meinst Toni. Das ist eigentlich Hannas Hund. Wir haben sie auf einem Rastplatz gefunden. Ist ein Mädchen.«

»Oh, krass, ihr habt sie also gerettet! Ich wollte schon immer einen Hund haben, aber meine Mutter ist allergisch. Also kam das nie infrage.«

»Ja, ich erinnere mich. Hunde können echte Seelenretter sein, gerade wenn es im Leben mal turbulent wird. Ich hätte auch so gern wieder einen, aber die Zeit …« Ich trank einen

Schluck Kakao. Ebenfalls ein guter Seelentröster. Cem tat es mir nach.

»Sorry, ich muss aber sagen, ich hasse das Haferzeug«, sagte er.

»Bist eher so der Kuhmilchtyp?«

»Auf jeden Fall! Aber ja, seit das nicht mehr subventioniert wird, ist es einfach sau teuer. Meine Mutter kauft deshalb nur noch Hafermilch.«

»Na ja, die Subventionen waren auch bescheuert.«

»Ja, schon. Find Hafermilch dennoch scheiße. Aber mit Kakao geht's.« Er nahm noch einen Schluck. »Habt ihr eurer Mutter schon erzählt, dass ihr einen Neuzugang in der Familie habt?«

»Nein. Behalten das noch für uns, sie soll sich in der Kur einfach nur auf sich konzentrieren. Aber wenn sie nach Hause kommt, na ja. Dann wird sie total ausrasten. Ganz sicher.«

»Also, wenn ich mir eins bei deiner Mama nicht vorstellen kann, dann, dass sie *ausrastet.*«

Ich musste lachen. »Ja. Okay. Vielleicht ganz leise. Vielleicht runzelt sie die Stirn und sagt so was wie«, ich ließ meine Stimme ein bisschen strenger klingen, *»Mensch, da hättet ihr aber vorher fragen können!«*

Wir lachten beide. Ich lehnte mich zurück und ließ meinen Kopf auf die Rückenlehne fallen.

»Ich mach mir so viele Sorgen. Um meine Freundin, die angerufen hat. Um Auguste. Um Mama. Und um Hanna.«

»Ja, das verstehe ich. Wie lief es denn so in den Bergen?«

Ich richtete mich wieder auf. »Nun, mit Auguste eigentlich besser als erwartet. Sie hatte die ein oder andere Panikattacke, aber hat es echt gut hingekriegt.« Ich erzählte ihm vom Dorf, von den Pflanzen und Tieren, den Wölfen, was ihn einigermaßen fassungslos machte. Und auch von Hanna.

»Ich glaube, du hast recht, Cem. Sie ist Alkoholikerin.«

»Ob sie wirklich Alkoholikerin ist, können wir nicht so einfach feststellen. Dazu braucht es ein professionelles Gespräch, eine Diagnose und so weiter. Sei vorsichtig mit solchen Etiketten.«

»Ja, das stimmt vermutlich.«

»Aber eins ist offensichtlich, und zwar dass sie Alkohol missbraucht, und das nicht zu knapp. Klar, viele Teenies machen das in dem Alter. Ich weiß nicht, ob du dich erinnerst, was wir da so alles angestellt haben, ich sag mal so: Auch ich war dem ein oder anderen Exzess nicht abgeneigt.«

Ich nickte.

»Aber das Problem bei deiner Schwester ist«, fuhr Cem fort, »dass sie aus anderen Gründen trinkt als die meisten Jugendlichen in dem Alter. Bei ihr ist die Motivation eine andere, und ja, das ist besorgniserregend.«

»Ja, sie tröstet sich damit, betäubt sich. Ich glaub, sie experimentiert auch mit Drogen. Als sie letztens nach Hause kam, hatte sie Pupillen so groß wie der Mond.«

»Auch hier natürlich: Machen viele, aber kann bei ihr unter diesen Voraussetzungen auch irgendwann in 'ne Sucht umschlagen. Selbstmedikation mit Alkohol oder Drogen geht oft nicht gut aus.«

Wir schwiegen beide. Ich hatte wieder Kopfschmerzen und rieb meine Schläfe.

»Was soll ich tun?«, fragte ich Cem.

»Ich kann dir einen Kontakt zu einer Beratungsstelle vermitteln. Die Schwester eines Exfreundes von mir arbeitet dort. Die helfen Jugendlichen und ihren Familien in schwierigen Situationen.«

»Ja, vielleicht. Keine Ahnung. Aber ja, bestimmt hast du recht. Ich will sie drauf ansprechen, die ganze Zeit schon, habe aber keine Ahnung, wie ich das am besten mache. Wir verstehen uns gerade so gut, ich will das nicht torpedieren.«

»Vielleicht wartest du damit, bis deine Mutter zurück ist?«

»Ich hätte es schon gern erst mal mit ihr allein angesprochen, so von Schwester zu Schwester, weißt du? Mama muss sowieso anders damit umgehen, eben als Erziehungsberechtigte. Aber vielleicht erreiche ich sie leichter.«

»Kann sein, ja.«

»Mal sehen. Keine Ahnung. Egal. Was tut sich bei dir, irgendwas in Aussicht, jobtechnisch?«

Wir unterhielten uns noch eine Weile, bis ich nach Hause ging, um zu schauen, ob ich Hanna und mir ein paar Nudeln kochen konnte. Von meiner Tante hörte ich nichts, vermutlich war sie froh, wieder in ihrem Bau zu sein. Wir alle mussten erst mal runterkommen.

Nicrophorus spec.
Totengräber

Die nächsten drei oder vier Tage verliefen ruhig. Hannes rief mich ein paarmal per Videochat an, um mich über die Gerüchte um Paula auf dem Laufenden zu halten. Über die Gründe für ihre Verhaftung wurde am Fachbereich wohl wild spekuliert. Ich kannte natürlich die Ursache, doch die behielt ich für mich. Außerdem gab es eine weitere Verhaftung am Institut, eine Sekretärin wurde am helllichten Tag vor aller Augen abgeführt, wegen angeblicher *staatsgefährdender Schriften* im Netz. Unfassbar.

Meine Tante hatte sich ein wenig von uns zurückgezogen, sie sagte, es ginge ihr gut, sie brauche nur etwas Zeit für sich. Und Hanna war mit Toni beschäftigt, was mich freute. Ich hatte ihr ein Körbchen fürs Schlafzimmer und eine Decke fürs Wohnzimmer gekauft, und die Hündin schien endlich richtig anzukommen.

Ich saß gerade in unserer Küche am Rechner und brütete über dem Abstract einer wissenschaftlichen Arbeit, die ich bei einem Fachmagazin einreichen wollte. Es ging um das Balzverhalten einer neu entdeckten Totengräber-Art, *Nicrophorus busanii,* und ja, ich habe ihn benannt, und ja, nach einem meiner Lieblingshorrorfilme *Train to Busan,* von dem ich schon erzählt habe.

Totengräber sind spannende Käfer, die sich von Aas ernähren und Brutpflege betreiben. Die meisten Menschen glauben ja, dass sich nur größere Tiere wie Vögel oder Säugetiere um ihren Nachwuchs kümmern würden, doch auch Insekten können sehr fürsorgliche Eltern sein! Diese Käfer sind ein gutes Beispiel, und wie ich eben festgestellt habe, kam schon länger kein Insektenexkurs von mir. Das geht so natürlich nicht, deshalb erzähle ich jetzt von ihnen.

Totengräber nutzen kleine Kadaver von Hamstern oder Mäusen als Basis für ihre Kinderstube. Zuerst gräbt das Männchen unter dem toten Tier, bis es in die Erde sinkt. Dann lockt es ein Weibchen an, und zwar ziemlich auffällig: Es wackelt mit dem Hinterteil – führt also eine Art Tanz auf, was wir in der Biologie als *Sterzeln* bezeichnen.

Gelingt es dem Männchen, das Weibchen zu erobern, vergraben sie gemeinsam den Kadaver, entfernen die Haare des toten Tieres, konservieren alles mit Speichel, paaren sich (ja, an einem Kadaver. Aus Menschenperspektive jetzt nicht gerade *Romantik pur,* klar), und schließlich legt das Weibchen Eier. Wenn die Larven schlüpfen, können sie sich noch nicht selbst ernähren und werden von den Eltern mit vorgekauter Nahrung versorgt. Die Kleinen signalisieren dafür Hunger, indem sie ihre Eltern anstupsen, mit den Beinen zappeln und winken. Niedlich, oder? Also, bis auf die ganze Leichensache. Das ist natürlich eher nicht so Massengeschmack.

Jedenfalls beackerte ich gerade meinen Abstract, also den einleitenden Text, mit dem ein wissenschaftlicher Fachartikel immer beginnt, und der ihn ein bisschen einordnet, als mein Handy klingelte.

»Zoe, komm mal hoch, Sophie hat sich gemeldet!« Auguste war am Telefon, und sie klang sehr aufgeregt.

»Oh, wow, okay. Soll ich Hanna mitbringen?«

»Ja, aber … Ich weiß nicht mit dem Hund, nicht, dass der hier alles durchwühlt.«

»Wir lassen Toni unten, kann sie bei uns alles durchwühlen.«

»Super, bis gleich!«

Ich klappte den Rechner zu und ging in Hannas Zimmer. »Hey, Sophie hat sich wohl gemeldet. Auguste will, dass wir hochkommen. Aber ohne Toni.«

»Kein Problem, sie kann mittlerweile schon zehn Minuten allein bleiben. Haben wir geübt.«

Hanna stand auf und sagte zu Toni: »Ab auf deinen Platz, ich bin gleich wieder da.« Dann drehte sie sich einfach um und ging aus der Wohnung.

Ich folgte ihr und blickte mich noch mal nach der Hündin um. Sie guckte etwas misstrauisch, blieb aber in ihrem Körbchen liegen. *Feiiiin.*

Als wir oben ankamen, wartete Auguste schon vor der Tür. Die Hygienemaßnahmen schienen sich gelockert zu haben, aber sie bestand immer noch auf Desinfektion und Mundschutz. Immerhin konnten wir die OP-Haube, die Handschuhe und die Schuhüberzieher draußen lassen.

»Kommt, sie hat mir ein Video geschickt!« Auguste eilte ins Arbeitszimmer, und wir folgten ihr. »Hier, setzt euch.«

Klassiker. Wo denn? Hanna nahm auf dem kleinen Hocker neben Augustes Drehstuhl Platz, ich blieb hinter ihr stehen. Meine Tante hatte ein Video geöffnet, das verwackelte Standbild zeigte eine Frau mit roten Pausbacken und zerzausten blonden Haaren. Auguste drückte auf Play, und das Video begann. Ich erkannte Sophie sofort wieder.

Sie stand in einem Wald, zumindest war alles um sie herum grün. Ich sah Farne, Birken, Efeu. Sie sah verschwitzt aus und fuhr sich mit einer verbundenen Hand durchs Haar.

»Hey, meine Liebe«, begann sie zu erzählen. Sie lächelte, aber es sah ein bisschen gequält aus. »Ich bin hier gerade in Schweden … auf dem Weg zu ein paar Freundinnen.« Sie sah sich immer wieder um. »Das Wetter ist schön, aber ich war schon mal fitter. Ich … Ich hab meinen Bruder besucht, vielleicht meldest du dich auch mal wieder bei ihm?« Wieder dieses angespannte Lächeln. »Er vermisst dich sicher, und ihr habt euch bestimmt einiges zu erzählen. Da sind auch ein paar Freundinnen, die du kennenlernen solltest … Mein Bruder weiß, wo sie wohnen. Ihr versteht euch bestimmt sehr gut! Ich bin hier auf dem Weg zu ein paar … Also auch zu anderen Freundinnen. Ach Moment, das hatte ich ja schon gesagt.« Sophie schien kurz den Faden zu verlieren, und das Bild wackelte ziemlich stark. Sie sah sich um, ihr Gesichtsausdruck bekam etwas Besorgtes, doch dann lächelte sie wieder in die Kamera. »Mein Handy ist kaputtgegangen, aber ich habe ein neues … Nun, melde dich wie gesagt gerne mal wieder bei meinem Bruder. Um der alten Zeiten willen. Ich besuche meine Freundinnen und hoffe, dass ich … dass ich rechtzeitig ankomme. Ich hab so eine kleine Verletzung, die sollte bald mal versorgt werden, nun. Aber was soll's, halb so wild, wie sagt man so schön: *It's always sunny in California!* Ciao, bis bald, meine Liebe!«

Dann stoppte das Video.

»Ist doch super!«, sagte Hanna. »Anscheinend geht es ihr gut.«

»Hm, ich weiß nicht. Sie sieht aus, als hätte sie Fieber«, antwortete meine Tante und runzelte die Stirn. »Außerdem diese Hinweise auf Tom … Sie weiß nicht, dass wir ihn besucht haben. Zumindest wirkt es so. Und wieso sollte ich mich auch bei ihm melden? Wir hatten Jahrzehnte keinen Kontakt! Und dann der Hinweis mit den Freundinnen … Damit meint sie das Frauendorf, oder?«

»Vielleicht«, überlegte Hanna. Sie runzelte die Stirn.

»Und die verbundene Hand«, sinnierte meine Tante. »Kann sein, dass alles okay ist. Aber es kann auch sein, dass sie Probleme hat.«

»Spiel es noch mal ab«, bat ich sie. Mein Blut pochte mir in den Ohren.

Auguste drückte erneut auf Play.

It's always sunny in California.

»Sie sieht krank aus, stimmt«, befand jetzt auch Hanna.

»Meinst du auch, oder?«, fragte meine Tante und nickte.

»Ja.«

»Und du, Zoe? Was denkst du?« Auguste drehte sich auf dem Stuhl zu mir um.

»Ich glaube, Sophie ist in sehr, sehr großen Schwierigkeiten«, sagte ich leise.

Corvus corax
Kolkrabe

Es dauerte eine Weile, bis ich meiner Tante das mit den Nachtschwärmern erklärt hatte. Ich sah einfach keine andere Lösung, ich musste sie, und damit auch Hanna, einweihen, um ihnen das Ausmaß der Dinge klarzumachen – aber sie verstanden sofort, wie heikel die ganze Sache war.

Zuerst war Auguste etwas vor den Kopf gestoßen, dass sowohl ich als auch Sophie ihr nichts davon erzählt und sie nicht eingeladen hatten, mitzumachen.

»Na ja, hättest du da denn mitmachen wollen?«, fragte ich irritiert.

»Nein, aber es ist schon schön, bei so was wenigstens gefragt zu werden, damit man das selbst entscheiden kann«, antwortete meine Tante in leicht gekränktem Tonfall.

Oh Mann.

»Jahaa, aber es geht ja genau darum, es nur solchen Leuten zu sagen, bei denen man *sicher* davon ausgehen kann, dass sie mitmachen!«, versuchte ich ihr zu erklären.

Irgendwann akzeptierte sie es dann doch.

»Was machen wir jetzt?«, fragte ich schließlich.

»Ich denke, das ist offensichtlich«, sagte meine Tante.

»Ist es das?«

»Ja, das ist es. Wir müssen nach Schweden.«

Hanna und ich schwiegen.

»Wie sollen wir sie dort finden?«, fragte Hanna.

»Ich rufe diese Samenhändlerin an … Wie heißt sie doch gleich …« Meine Tante klickte auf ihrem Smartphone herum.

»Liljana«, antwortete Hanna.

In diesem Moment fing Toni unten an zu jaulen und zu bellen.

»Fangt schon mal an. Ich guck eben, ob bei Toni alles in Ordnung ist«, sagte Hanna und ging aus dem Zimmer.

Ich setzte mich neben meine Tante auf den Hocker.

»Ach, ich rufe sie jetzt direkt an … warte.« Auguste wählte die Nummer und stellte das Telefon auf Lautsprecher, damit ich mithören konnte. Eine Frauenstimme meldete sich.

»Alo? Cine este?«

Die Verbindung knackte.

»Hallo?«, fragte meine Tante, doch die andere Person schien uns nicht zu verstehen.

»Am întrebat: Cine este?«, rief die Stimme. Wieder ein Knacken, dann tutete es, und der Anruf war vorbei.

»Hm. Noch mal versuchen?«, fragte ich.

»Weiß nicht, ob das Sinn macht, sie scheint ja gerade keinen Empfang zu haben. Welche Sprache ist das überhaupt?«

»Vielleicht was Slawisches?«, mutmaßte ich.

»Ne, denke ich nicht. Egal.« Meine Tante rieb sich die Schläfen.

»Ja. Bin sicher, Liljana spricht auch Englisch.«

»Ja, vielleicht versuchen wir es spä–«, doch weiter kam meine Tante nicht, als das Handy anfing zu klingeln.

Sie tippte auf den grünen Hörer auf dem Display und stellte den Lautsprecher wieder an.

»Alo? Cine este?«, fragte die Frauenstimme von eben, *»alo! Alo!«*

Die Stimme war jetzt besser zu verstehen. Meine Tante blickte etwas ratlos drein. Ich zog das Handy ein wenig zu mir und wechselte ins Englische.

»Hallo? Ist da Liljana? Wir sind Freundinnen von Sophie«, sagte ich.

Auf der anderen Seite war es kurz still, dann antwortete unsere Gesprächspartnerin ebenfalls auf Englisch. »Oh, hallo! Ja, hier ist Liljana. Sophie ist auch eine Freundin von mir …«

»Super, ähm. Also wir haben eine Nachricht von Sophie bekommen, die uns ein wenig … beunruhigt. Und wir glauben, dass sie Hilfe brauchen könnte, weshalb wir wiederum *deine* Hilfe brauchen«, schaltete sich jetzt meine Tante ein. »Kannst du uns sagen, wo du Sophie abgesetzt hast? Und was ihr Ziel war?«

Schweigen am anderen Ende der Leitung.

»Hallo?«, fragte ich.

»Es ist … Ich weiß nicht. Ich kann dazu nichts sagen.« Die Leitung knackte und rauschte wieder.

»Bitte, wir waren schon in Italien bei den Frauen und haben sie gesucht«, erklärte ich.

»Ach, ihr wart das? Ja, sie haben mich ja vor ein paar Tagen deshalb angerufen. Ich habe Sophie bis nach Stockholm mitgenommen. Von da aus ist sie allein weiter.«

»Okay, das ist schon mal gut. Wir haben sie ewig nicht erreicht. Ihr Handy war aus.«

»Ja, die Kommunikation war nicht sicher«, erklärte Liljana. »Sie hat ihr Handy entsorgt, mittlerweile sollte sie aber ein neues haben. Es gibt Probleme, wisst ihr …«

»Ja, davon gehen wir aus«, sagte meine Tante.

»Kannst du uns sagen, wo diese Siedlung liegt, zu der sie wollte?«, fragte ich.

»Ich … Ich weiß nicht. Ich kenne euch nicht, das zu verraten wäre … Also es ist gefährlich. Es ist …«

»Bitte! Sophie geht es nicht gut, sie braucht unsere Hilfe, sie ist krank«, flehte meine Tante und wirkte dabei einigermaßen verzweifelt.

»Krank?«

»Ja, in dem Video … Es sieht so aus … Also wir denken, dass sie Fieber hat!«

»Oh … Ja, sie hat diese kleine Verletzung an der Hand. Ich habe ihr gesagt, sie soll in Stockholm in eine Klinik gehen, doch anscheinend hat sie das nicht gemacht …«

»Bitte sag uns, wo wir sie finden können.«

»Ich … Ich wünschte, ich könnte! Aber ich kann nicht! Es geht nicht.« Liljanas Tonfall klang endgültig.

Meine Tante legte verzweifelt ihr Gesicht in ihre Hände und murmelte auf Deutsch »Das darf nicht wahr sein.«

»Bitte«, fragte ich weiter, »bitte, sag … Moment …«, ich hatte eine Idee. *»It's always sunny in California!*«, rief ich. Ein Akt der Verzweiflung.

Stille.

»Hallo?«, fragte ich nach einer Weile.

»Ich schick euch die Koordinaten«, sagte sie. »Aber denkt dran … Dort sind nur Frauen willkommen.«

»Ja, wissen wir, danke!«

»Bis bald. Und viel Glück. Ich hoffe, Sophie geht es gut, ich hab sie sehr gern.« Dann legte Liljana auf.

Auguste lehnte sich auf ihrem Stuhl zurück. »Gibt es irgendjemanden, der nicht bei dieser Organisation ist?«, fragte sie.

Da vibrierte das Handy. Eine Nachricht, die Koordinaten enthielt, und den Hinweis auf Englisch: *Schreibt sie auf ein Blatt Papier und löscht diese Nachricht danach!*

Ich schrieb die Koordinaten ab.

»Na ja, ist nicht ganz unwahrscheinlich, oder?«, griff ich die Frage meiner Tante schließlich auf. »Also dass man Leute aus dem Umfeld dieser Frauendörfer gehäuft dort antrifft. Die Nachtschwärmer waren als Forum gestartet, um Frauen aufzuklären … Aber mittlerweile ist das, glaube ich, alles 'ne Nummer größer geworden. Eine richtige Organisation eben. Widerstand, weißt du? Feministischer Widerstand.«

»Aber meintest du nicht, die Nachtschwärmer klären nur über Verhütung auf?«

»Ja, also so war es am Anfang. Mittlerweile machen sie auch noch andere Sachen … Aber da bin ich nicht involviert.«

»Was für andere Sachen?«, fragte meine Tante und sah mich dabei durchdringend an.

»Also … Also man munkelt von Sabotage und so was.«

»Anschläge?«

»Das ist das, was die Regierung die Bevölkerung glauben lassen will.«

»Aber hat sie recht?«

»Nun … Ich weiß es nicht. Im Forum wird darüber nichts geschrieben, aber die Kollegin, die mich rekrutiert hat, hat so was mal angedeutet. Aber damit hab ich nichts zu tun, hab da nie weiter nachgefragt. Ich beantworte einfach Fragen zu Verhütung, das war's.«

Auguste drehte sich auf ihrem Sessel hin und her. »Was ist«, fragte sie mich nach einer Weile, »wenn Sophie in so 'ner Aktion mit drinsteckt? Und man ihr deshalb auf den Fersen ist?«

»Meinst du?«

»Wieso sollte eine Kulturanthropologie-Professorin bitte sonst vor der Regierung fliehen müssen?«, fragte meine Tante. »Klar, man kann ihr quasi das Mikrofon abdrehen, das haben sie ja auch getan. Ihr alle Gelder streichen. Sie ächten. Man kann sie arbeitslos machen. Aber das jetzt? Da muss doch mehr dahinterstecken, oder nicht?«

»Ja, gut. Wenn du so fragst …«

»War nicht gerade erst etwas mit diesem Hackerangriff auf das Innenministerium? Das sollen doch auch angeblich sogenannte *staatsfeindliche Gruppierungen aus dem linken Milieu* gewesen sein. Das habe ja sogar ich mitbekommen.«

»Ja, das ist ein paar Wochen her.«

»Sophies Tochter ist Programmiererin. Kann Zufall sein, vielleicht aber auch nicht. Also eigentlich ist sie Lehrerin, aber sie programmiert auch nebenher. Wusstest du das?«

Natürlich wusste ich das nicht, woher auch? Meine Tante nahm das Handy an sich, suchte eine Nummer raus und rief an. Sie stellte den Anruf wieder auf Lautsprecher.

»Hallo?«, fragte eine Frau am anderen Ende der Leitung.

Auf dem Display las ich *Laura*.

»Laura, hallo, hier ist Auguste!«

»Ah, hallo! Auguste ... lang nichts gehört ...«

»Ja, nun, man erreicht dich ja nicht so gut, oder?«

Ich erinnerte mich, dass meine Tante uns erzählt hatte, dass Sophies Tochter auch nichts über den Verbleib ihrer Mutter wüsste. Vermutlich hatte sie eine Menge Anrufe und Mails von ihr erhalten, und wie es schien, hat sie Auguste wohl ziemlich abgewimmelt.

»Ja ... viel zu tun.«

»Hier, warum ich anrufe: Deine Mutter–«

»Ja, ich weiß«, unterbrach die Stimme und klang dabei ungeduldig. »Ich hab dir doch schon gesagt: Ich weiß nicht, wo Mama steckt, es geht ihr bestimmt gut, und–«

»*It's always sunny in California*«, sagte meine Tante.

»Ich ... Was meinst du?«, fragte Laura. Sie war offensichtlich überrascht.

»Hör zu, wir haben ein Video von Sophie bekommen, das ein bisschen beunruhigend–«

»Ihr müsst euch keine Sorgen machen. Sie ist nur erkältet und bald wieder zurück in Deutschland. Ich muss jetzt los, schön von dir zu hören, bis bald!«

Dann legte Laura einfach auf.

Auguste und ich starrten uns an.

»Was war das denn?«, fragte ich sie.

»Das war Abwimmelungstaktik«, antwortete meine Tante grimmig.

Bing.

Das Handy vibrierte, und meine Tante nahm es hoch.

»Eine verschlüsselte Nachricht von Laura«, sagte sie.

»Was steht drin?«

»Ein Link … Ich klicke mal drauf … geht nicht.«

»Zeig mal.« Ich nahm ihr das Handy aus der Hand und schaute mir die Nachricht an. »Das ist ein Link für ein verschlüsseltes Videogespräch. Schreib ihn schnell auf ein Blatt Papier, die Nachricht läuft in zwei Minuten ab und verschwindet dann! Ich hole meinen Rechner, da hab ich schon alles installiert. Geht schneller, als wenn wir deinen Rechner jetzt dafür aufsetzen.«

Meine Tante schnappte sich einen Kugelschreiber und begann, den Link abzuschreiben. Ich ging nach unten und sammelte Hanna gleich wieder mit ein. Oben angekommen fragte sie meine Tante aus, und während Auguste meine Schwester auf den neusten Stand brachte, tippte ich den Link im verschlüsselten Browser ein.

Anruf beitreten?

Ich klickte auf *Ja.*

Vor uns erschien eine jüngere Version von Sophie. Laura war vermutlich Mitte zwanzig und hatte die gleichen blonden Locken wie ihre Mutter. Sie sah schlimm aus. Augenringe, blasse Haut, anscheinend hatte sie auch geweint. Auf ihrer Schulter saß ein … Rabe?

»Wieso habt ihr Masken auf?«, war ihre erste Frage an uns.

Und das von jemandem, der einen Raben auf der Schulter sitzen hat.

»Ach, das ist jetzt egal«, wischte Auguste die Bemerkung zur Seite. »Was ist los?«

»Es ist … Ich hab nicht viel Zeit, deshalb schnell: Wir waren das mit dem Hack aufs Innenministerium. Also ein paar Programmiererinnen aus der Gruppe, ich war auch dabei. Wie ihr in den Nachrichten sicher mitbekommen habt, hat das alles gut geklappt. Wir wollten nach Daten über Frauen suchen, die Abtreibungen hatten, Listen von queeren Menschen, all so was. Wir wollten sie raussuchen und die Daten löschen. Aber sie kamen uns auf die Schliche, es gab einen Fehler, und sie konnten mich pingen und meine IP-Adresse rausfinden …« Laura begann zu weinen. »Und Mama hat dann alles auf sich genommen. Die wissen nicht, dass ich programmieren kann, ich habe ja eigentlich Geschichte und Französisch auf Lehramt studiert, ich programmiere nur ein bisschen, um mir unter der Hand was dazuzuverdienen. Es gibt also auch keine Steuerunterlagen oder so, die haben keine Ahnung. Und deshalb hat Mama mich dazu gebracht, ihren Rechner so zu fingieren, dass es aussieht, als sei das Skript über ihren Computer gelaufen. Und dann ist sie geflohen. Und seitdem … Sie suchen sie. Ich bin total fertig, weil ich sie auch nicht erreiche.«

Auguste hatte die Hände vor dem Mund zusammengeschlagen und verharrte so die ganze Zeit, während Laura sprach. Ich fragte mich, wie es sich anfühlen musste, wenn man plötzlich herausfindet, dass die beste Freundin in eine Art Thriller verstrickt ist. Sicher nicht witzig. Sie sah aus, als würde gerade ihr ganzes Weltbild erschüttert werden.

»Du weißt auch nicht, wo sie ist?«, fragte ich. »Und wer sind *sie?*«

»Damit meine ich die Polizei, Regierung, irgendwie so was. Und Mama ist in Schweden, bei diesen Frauen. Sie wollte da hin, weil man sie dort angeblich nicht finden kann. Sie … Sie haben sie verfolgt, selbst in Schweden im Wald mit Wärmebilddrohnen. Aber sie hat mir gesagt, dass sie nur etwas weiterlaufen müsste, dass so tief in diesem Wald Technik nicht mehr funktioniert und dass sie dort sicher ist.«

»Okay …«

»Aber das ist doch Unsinn! Man kann Drohnen mittlerweile sogar tief unter Wasser steuern, man kann sie an den entlegensten Orten per Satellit navigieren. *Mama, du kennst dich nicht aus, das ist Quatsch!,* habe ich ihr gesagt, aber sie hörte nicht auf mich. Sie meinte nur zu mir: *Du weißt nicht alles, und das ist auch besser so.* Das ist jetzt vier Tage her, also dass sie mir das mit den Drohnen erzählt hat. Seitdem habe ich nichts mehr von ihr gehört.«

»Wir haben heute ein Video von ihr bekommen. Es scheint ihr einigermaßen okay zu gehen, und sie ist in einem Wald«, versuchte ich sie zu beruhigen.

»Laura, wir wollen nach Schweden fahren, um sie zu suchen. Kommst du mit?«, fragte meine Tante.

»Ich … Ich kann nicht.« Noch mehr Tränen.

»Wieso nicht?«, fragte Auguste. Ihre Stimme klang hart.

Laura stand auf und ging ein paar Schritte zurück. Sie war allem Anschein nach hochschwanger. Der Rabe wurde aufgeschreckt, flatterte kurz mit den Flügeln und setzte sich neben ihr auf die Kleiderstange, die dort stand.

»Oh … *ooooh!*«, rief meine Tante und riss die Augen auf. »Davon hat mir Sophie gar nichts erzählt.«

»Ja, ich wollte, dass sie es für sich behält. Es war … Es war ungeplant. Aber Abtreibung, ihr wisst ja … Ich will es zur Adoption freigeben, ich … Ich kann das nämlich alles nicht. Und der Vater … egal. Deshalb wollte ich jedenfalls nicht, dass das jemand mitkriegt, also mit der Schwangerschaft. Damit hinterher keine Fragen kommen, wo denn das Baby sei. Seit man es sehen kann, verstecke ich mich. Erzähle allen, ich sei auf einem Meditationsretreat.«

Laura musste unglaublich verzweifelt sein.

»Deshalb machen Mama und ich bei den Nachtschwärmern mit«, erzählte sie weiter, nachdem sie sich wieder gesetzt hatte. »Hätte ich damals gewusst, dass es so was gibt … Es hätte mir so geholfen.«

»Kann ich mir denken«, sagte ich. »Deshalb mache ich auch mit. Weil … Es wird ja wenig drüber berichtet, aber die Suizidrate bei jungen Frauen …«

»Ich weiß. Ich war auch sehr …« Lauras Stimme brach ab. Sie sah auf ihre Hände, dann hob sie ihren Blick wieder. »Ich war an einem ziemlich dunklen Ort. Mama hat mir da rausgeholfen, und mir war dann klar, dass ich das anderen Frauen ersparen wollte. Ich war vorher schon in einem anderen Verband aktiv, der sich für die Rechte von Schwulen, Lesben und Transmenschen eingesetzt hat. Weißt du, wegen meinem Cousin.«

Die Regierung hat vor ein paar Jahren die Möglichkeit, vom Mann zur Frau oder andersherum zu transitionieren, komplett abgeschafft, und leugnet mittlerweile offiziell die Existenz von Transmenschen in Deutschland.

»Wie geht es Robert?«, fragte meine Tante.

»Jetzt wieder gut. Er lebt jetzt in Norwegen. Da wurde sein Personenstand anerkannt, er bekommt auch weiter ganz normal seine Hormone und lebt da ein gutes Leben, soweit ich es mitbekommen habe. Hat dort Asyl beantragen können, wegen seines ursprünglich norwegischen Vaters besteht sogar Aussicht auf eine Staatsbürgerschaft, mal sehen.«

»Wenn das Kind da ist, wollten Mama und ich dasselbe machen«, erklärte Laura weiter. »Nach Norwegen auswandern, weil die ja nicht mehr in der EU sind und nicht nach Deutschland ausliefern. Aber jetzt … Jetzt ist alles kaputt.« Sie weinte wieder.

»Wir suchen sie«, versuchte ich, sie zu beruhigen. »Laura, keine Sorge. Wir finden sie. Ihr geht es gut, das Video ist von heute. Wir fahren hoch und finden sie. Alles wird gut.«

Noch mehr Stress war das Letzte, das sie in diesem Zustand brauchte.

»Wisst ihr, wo diese Siedlung ist? Ich weiß es nämlich nicht, Mama wollte es mir nicht sagen«, sagte sie.

»Wir haben die Koordinaten. Wir finden sie und bringen sie nach Norwegen. Und sobald du die Geburt hinter dich gebracht hast und das Kind in guten Händen ist, schaffen wir dich auch da hoch. Alles wird gut«, beruhigte sie Auguste.

Wir verabschiedeten uns und beendeten den Anruf.

Wo war ich hier reingeraten?

Felis catus
Hauskatze

Diesmal waren die Vorbereitungen viel aufwendiger. Meine Tante war wie ausgewechselt. Sie hatte das Kommando übernommen, und es war, als wäre die alte Auguste aus ihr herausgekommen und steuerte das Schiff, wie sie es immer getan hatte.

Zuerst überlegten wir, zu fliegen und uns vor Ort ein Auto zu mieten, aber Auguste wollte so wenig Spuren wie möglich hinterlassen. Also beschlossen wir, wieder mit dem Auto zu fahren, das wir uns ohnehin für die kompletten Ferien von der Uni geliehen hatten.

Die Koordinaten wiesen auf ein Waldstück in der Nähe des schwedischen Kungsleden, des Königspfads, hin. Aber auch hier: Als wir die Karte per Satellitenansicht heranzoomen wollten, war alles nur grüner Pixelbrei. Nichts zu erkennen. So weit wie möglich wollten wir auf einer verlassenen Landstraße fahren, den Rest würden wir zu Fuß zurücklegen müssen. Etwa dreißig Stunden Autofahrt und schätzungsweise ein bis zwei Tagesmärsche lagen vor uns. Wir würden die Zelte wieder mitnehmen und schleppen müssen. Völlig bescheuert, wenn man darüber nachdenkt, aber wir sahen keine andere Möglichkeit.

Als wir alles einigermaßen vorbereitet hatten, ging ich zu Cem, um mir von ihm eine Liste mit Medikamenten und anderen Dingen zu holen, die in eine gute Reiseapotheke gehören, wenn man sich mit einem Teenager und einer Frau mit Angststörungen durch die schwedischen Wälder schlagen will.

»Wie lange werdet ihr unterwegs sein?«, fragte er mich, als wir mit einer Limo auf seiner Terrasse saßen. Es war bewölkt und sah nach Regen aus, endlich. Ich beobachtete eine rot getigerte Katze, die an der Hecke entlanglief und irgendwas zu jagen schien. *Wenn Cems Vater das sehen könnte, der würde komplett ausflippen.*

»Keine Ahnung, ewig?«, antwortete ich schulterzuckend. »Ein paar Tage werden es schon sein. Eine Woche vielleicht? Anderthalb?«

»Und ihr wollt euch zu dritt durch dieses unwegsame Gelände kämpfen? Wie soll das gehen, Auguste hat doch keine Kondition mehr.«

»Dachte ich am Anfang auch, aber in den Bergen war ich überrascht, wie gut das mit ihr ging. Stellte sich raus, dass sie in ihrem Schlafzimmer einen kleinen Crosstrainer hat, mit dem sie wohl jeden Tag trainiert. Um fit zu bleiben.«

»Okay, das ist schlau.«

»Dachte ich auch. Was die Unsportlichkeit angeht, bin ich eher das Problem. Aber das kriegen wir schon irgendwie hin.«

»Ich weiß nicht. Was ist, wenn ihr euch verletzt? Wenn ihr wieder keinen Empfang habt, wie in den Bergen?«

»Das wird schon.«

»Weißt du wenigstens, wie man ein Bein schient?«

»So grob ...«

Cem klang besorgt. »Das geht so nicht«, befand er.

»Es muss funktionieren. Und das wird es auch.«

»Ich komme mit.«

Ich starrte ihn an. »Was?«

»Ja, ich komme mit. Es ist gut, wenn ein Arzt dabei ist und ...«

»Jetzt sag nicht *Mann!*«

»So meine ich das doch gar nicht, hallo? Aber könntest du zum Beispiel Auguste tragen, wenn sie sich das Bein bricht? Oder Hanna, wenn sie krank ist?«

Cem war groß und durchtrainiert. *Das könnte praktisch sein,* dachte ich.

»Aber nicht, weil du ein Mann bist!«

»Quatsch. Aber ich bin einfach jemand, der Sport treibt und viel wandert. Und klettert. Ich bin jedes Jahr in den Dolomiten bergsteigen. Wenn du eine Freundin hättest, die auch Bergsteigerin ist, wäre das eine gute Lösung. Aber ihr drei seid Stubenhocker, nichts für ungut. Auguste früher nicht, aber jetzt schon. Und dreißig ist sie auch nicht mehr.«

Ich dachte nach. Rational gesehen hatte er recht, und es war sicher gut, jemanden dabeizuhaben, der sich mit Medizin auskannte. Meine Tante kann sich hervorragend im Wald oder überhaupt im Gelände orientieren, aber bei mir war ich mir nicht so sicher. Zusätzliche Unterstützung könnten wir gut gebrauchen.

»Aber da, wo wir hinwollen, sind Männer nicht erwünscht. Da dürfen nur Frauen rein.«

»Ja, kein Problem, ihr könnt mich einen halben Kilometer vorher oder so absetzen, da schlage ich mein Zelt auf und warte auf euch. Alles easy.«

»Ich muss das mit Hanna und Auguste besprechen.«

»Mach das. Ich sag meinen Eltern, dass ich im Urlaub bin, wenn sie zurückkommen.«

Hätte ich damals schon gewusst, was ich heute weiß, hätte ich Cems Vorschlag auf keinen Fall akzeptiert.

Capreolus capreolus
Reh

Auguste von unserer neuen Gruppenkonstellation zu überzeugen, war überraschend einfach. Ich musste sie nicht einmal wirklich überzeugen, ich sagte ihr nur, dass Cem mitkommen wolle, um uns zu unterstützen, und sie antwortete: »Gute Idee.« Das war's.

Wieder ließ sich meine Tante nicht davon abbringen, die Schnecke mitzunehmen. Also packten wir ein paar Äpfel und einen kleinen Kohlkopf ins Auto, damit das Tier in den paar Tagen, die wir unterwegs waren, seine gewohnte Nahrung bekam.

Nach insgesamt drei Tagen Vorbereitung und mehreren Online-Bestellungen und Einkaufstrips war es dann so weit. Cem musste währenddessen eine Quarantäne in unserem Wohnzimmer ableisten, zweimal am Tag duschen und sich in dieser Zeit auch mehrfach auf Krankheiten testen, sonst hätte meine Tante ihn nicht mit ins Auto gelassen. Aber auch das schafften wir.

Mama erzählten wir, dass wir vom Urlaub zu dritt noch nicht genug hatten und noch eine Woche wegfahren wollten, diesmal nach Schweden. Sie war außer sich vor Freude, dass alles so gut lief mit Auguste. Als meine Tante mit ihr sprach, versicherte sie meiner Mutter ebenfalls, dass sie das *mit den Kindern* im Griff habe.

Ich legte Mama einen Brief in die Küche, in dem ich in groben Zügen beschrieb, was in den letzten Wochen passiert war und wo wir uns aufhielten, aber ohne zu genaue Ortsangaben zu machen. Nur für den Fall, dass etwas passierte und wir nicht vor ihr zurück wären. Ich rang mit mir, ob ich ihr auch das mit dem Frauendorf schreiben sollte, entschied mich aber dagegen. Ich gab nur an, wo wir das Auto vor der zweitägigen Wanderung abstellen wollten.

Nachdem wir alles eingepackt hatten, überprüfte ich den Ladestand der Batterie. Voll. Zum Glück würde uns in Skandinavien ein besonders dichtes Netz an Elektrotankstellen erwarten, denn die nordischen Länder hatten schon lange vor uns auf Elektroverkehr umgestellt. Und dann saßen wir wieder im Auto. Ich auf dem Fahrersitz, Cem als Beifahrer, hinter mir Tante Auguste und HP14, dahinter Hanna und Toni. Was für eine Zirkustruppe!

»Los geht's«, sagte ich und startete den Motor.

Es war sieben Uhr morgens, und unser Tagesziel war ein Zeltplatz hinter Malmö. Neunhundert Kilometer, also elf bis zwölf Stunden Fahrt, lagen heute vor uns. Mindestens. Cem und ich würden uns unterwegs immer mal abwechseln, damit alles glattging und keiner am Lenkrad wegpennte.

Wir schlängelten uns mit dem Van durch den morgendlichen Berufsverkehr, umringt von Hochhäusern und Bankentürmen, schoben uns mit vielen anderen Autos durch stark befahrene Straßen. Das mit der Verkehrswende in Deutschland klappte seit Jahrzehnten fantastisch. Nicht. Graue Betonbauten und komplizierte Verkehrsknotenpunkte wurden jedoch bald weniger, und kaum hatten wir die Frankfurter Stadtgrenze hinter uns gelassen, kam zum Glück wieder viel Grün in Sicht. Vor uns erstreckten sich Getreidefelder, auf denen der Sommerweizen seine prallen, goldenen Ähren im Wind schaukeln ließ. Am Horizont säumten Pappeln und Weiden die Ufer von Flüssen, die die Sonnenstrahlen auffingen und in glitzernde Kaleidoskope aufbrachen. *Hübsch.*

Nach einer Weile tauchten vereinzelte Weinberge auf, neben den Reben wuchsen hier und da Wildrosen und Holunderbüsche. Ich dachte an Tom und Emma auf ihrem Weingut. Wir hatten ihnen zu Hause per Videochat einen kurzen Bericht gegeben, die Sache mit den Nachtschwärmern und Laura aber für uns behalten. Wir hatten ihnen nur erzählt, dass wir nach Schweden fahren würden, um Sophie zu treffen.

Im Odenwald mussten wir zweimal anhalten, da sich Toni, für die Autofahren noch immer eine Belastungsprobe war, einmal übergeben und kurz darauf auch noch pinkeln musste. Während Hanna sich um die Hündin kümmerte, stieg ich aus und vertrat mir die Beine. Das kleine Mittelgebirge um uns herum sah ziemlich gerupft aus. Bevor das Baumsterben einsetzte, hatte es hier viele Buchen und Eichen gegeben. Die Buchen waren verschwunden, aber die Eichen hielten sich wacker. Offenbar hatte man an einigen Stellen den Götterbaum, *Ailanthus altissima*, gepflanzt. Früher war er als sich schnell ausbreitender Neophyt – also eine nicht heimische Pflanze – verpönt, aber ihn jetzt im Wald anzusiedeln, war eine Art Notwehr, denn er ist einer der wenigen Bäume, die mit dem trockenen und heißen Klima zurechtkommen. *Das wird uns noch auf die Füße fallen,* dachte ich. Mir fiel zwar auch keine andere Lösung ein, aber ich war ja auch keine Botanikerin.

In Hamburg legten wir eine längere Pause ein. Der Weg in die Metropole führte uns durch weite Marschlandschaften, in denen Schilf und verschiedene Gräser dominierten.

In der siebten Klasse waren wir eine Woche auf Klassenfahrt in Hamburg gewesen, damals standen der Fischmarkt und die Speicherstadt noch nicht die kompletten Herbst- und Wintermonate unter Wasser, wie es heutzutage der Fall ist. Insgesamt war die Stadt aber so schön wie eh und je. Mama hatte immer davon geträumt, in Hamburg zu wohnen. Sie ist ein absolutes Nordlicht, und ein gemeinsamer Nordseeurlaub war immer das Schönste, das Papa ihr schenken konnte.

Nach der Pause ging es weiter und hinter Flensburg dann auch endlich über die Grenze. Dänemark ist eines meiner Lieblingsländer, ein echter Sehnsuchtsort. Wäre ich nicht so unverbesserlich von den Bergen besessen und gäbe es nicht den Job in München, ich hätte schon längst meine Zelte im Land der sanften Dünen, krummen Küstenbäumchen und Heidelbeeren aufgeschlagen. Bereits beim Grenzübertritt, den wir überraschend problemlos und zügig hinter uns brachten, änderte sich die Atmosphäre merklich. Wacholder und Heidekraut beherrschten die Landschaft, und sehnsüchtig dachte ich an Labkraut, an Silbergras, das sich im Wind wiegt, an Ferkelkraut, an all die formenreichen Flechten und das flauschige Moos, das große Steine, feuchte Baumstümpfe und den mit Kiefernnadeln bedeckten Sandboden überzog.

Und dann das Essen – oh Mann! Lieb ich, vor allem *Ymer mit Ymerdrys.* Ymer ist ein dänischer Sauermilchjoghurt, in den man beispielweise Zucker und geröstete Roggenbrotkrümel – also die *Drys* – einrührt. Aber es sind nicht nur die Natur und das Essen, die Dänemark so besonders machen, es sind vor allem auch die Menschen. Diese unaufdringliche Herzlichkeit, diese lässige Eleganz, mit der sie das Leben meistern – beneidenswert. Sie haben die einzigartige Fähigkeit, auch die einfachsten Dinge zu etwas Besonderem zu machen. Selbst ein ganz normaler Abend zu Hause wird mit ein paar Kerzen und einem guten Buch zu *Hygge,* diesem schwer übersetzbaren dänischen Lebensgefühl von Gemütlichkeit.

Die Frau meiner Freundin Paula ist Dänin, und mehrmals im Jahr fahren sie an die Westküste in ihr kleines Ferienhaus, das innen und außen wie der Inbegriff von *Hygge* aussieht. Einmal haben sie mich auch eingeladen, und nach den zwei Wochen dort wollte ich gar nicht mehr gehen. Mit den flauschigen Teppichen, ihrem gemütlichen Ofen und den endlos langen Bücherregalen hätten die beiden mich da gerne monatelang gefangen halten können. Ja, ja, ich schweife ab, aber das ist es ja gerade: In Dänemark schweift man gerne ab, darum geht es ja.

Die Pausen, die wir für Toni einlegen mussten, wurden langsam, aber sicher immer häufiger. Mit jedem Stopp ließ sie sich schwerer beruhigen und zurück ins Auto bugsieren. *Kann ich verstehen,* dachte ich. Aber wo hätten wir sie lassen sollen? Also musste sie mit, auch wenn mich ihr gegenüber ein schlechtes Gewissen plagte.

Cem saß neben mir und schlief. Durch das offene Fenster wehte der Duft von Baumharz und Meersalz herein, und in diesem Moment hätte ich alles dafür gegeben, einfach in ein Ferienhaus zu fahren und mich eine Woche lang zurückzuziehen, ohne mit irgendjemandem reden – oder ihn aufspüren zu müssen.

»Wie lange noch?«, fragte Hanna von hinten.

»Wir sind bald in Kolding«, antwortete ich. »Von dort sind es noch etwa drei Stunden.«

Die Straße war jetzt weniger befahren, und die Hügel der dänischen Landschaft entspannten mich. Windschutzhecken aus Hainbuchen und Eschen säumten die Straße, ab und zu sah man kleine Siedlungen und Bauernhöfe. Ich spürte, wie meine Gedanken in die Ferne schweiften, während die Kilometer unter den Rädern dahinschmolzen.

Als wir Kopenhagen erreichten, änderte sich das Bild in ein stadttypisches Geflecht aus Gebäuden, Straßen und Kanälen. Noch vor der Öresundbrücke tauschten Cem und ich ein letztes Mal die Plätze.

Ich habe das große Glück, dass ich beim Autofahren problemlos lesen oder am Computer arbeiten kann, genau wie meine Schwester. Tante Auguste hingegen muss konsequent aus dem Fenster schauen, weil ihr sonst unfassbar übel wird. Ich holte meinen Computer aus dem Rucksack und klappte ihn auf. Er zeigte mir an, dass er sich im Roaming-Modus befand, ich also nicht mehr mit dem deutschen, sondern mit dem dänischen Internet verbunden war. *Gott sei Dank,* dachte ich, denn das deutsche Internet kann man eigentlich schon seit Generationen in die Tonne treten.

Ich öffnete den verschlüsselten Browser und schaute im Forum nach, was es Neues gab. Es war streng verboten, über andere Mitglieder zu spekulieren oder über andere Themen als Verhütung und dergleichen zu diskutieren; sinnlos also, nachzusehen, ob es Gerüchte über Paula oder andere Frauen gab.

Ein Mitglied, GirlOnATrain19, bereitete mir besonders große Sorgen. Aus ihrer letzten Nachricht vor ein paar Tagen ging hervor, dass sie eine illegale Abtreibung unter, sagen wir, nicht idealen Umständen gehabt hatte. Es gab wohl Probleme bei der Nachsorge, und alles sah nach einer Blutvergiftung aus. Aber sie hatte sich nicht getraut, ins Krankenhaus zu gehen, um sich mit Antibiotika behandeln zu lassen, weil man dann den Grund für ihren Zustand herausgefunden hätte. Und auf eine medizinisch nicht notwendige Abtreibung, also fast alle, so eng, wie die Voraussetzungen dafür definiert waren, standen fünfzehn Jahre Gefängnis wegen *Mordes.* Muss man sich mal vorstellen, was für ein Bullshit. Wen klagte man denn dann für die *Morde* an den Frauen an, die sich wegen der fehlenden medizinischen Möglichkeit einer Abtreibung umbrachten, oder die durch den Versuch starben, die Schwangerschaft selber zu beenden? Da ist natürlich niemand verantwortlich, klar. *Selber schuld* ist Regierungslinie bei uns.

Ich klickte auf ihren Forenbeitrag, um zu sehen, ob sie sich wieder gemeldet hatte, aber nichts. Das ist das Traurige: Wir werden nie erfahren, was aus diesen verzweifelten Frauen geworden ist, nachdem wir versucht haben, ihnen zu helfen.

Manchmal frage ich mich, ob ich das überhaupt wissen wollte. Vielleicht nicht immer. Bei GirlOnATrain19 rechnete ich jedenfalls mit dem Schlimmsten.

Ich klappte den Rechner wieder zu und sah aus dem Fenster.

Hinter Malmö veränderte sich die Vegetation langsam, dieser Teil Schwedens war geprägt von Heiden, Seen und Nadelwäldern. Fichten und Kiefern waren die Hauptbaumarten, aber auch Fjällbirken und Mehlbeeren säumten die Straßen. Im Unterholz wuchsen Heidel- und Preiselbeeren, Natternkopf, Mädesüß und Feldthymian. Einmal sahen wir eine kleine Gruppe Rehe, die direkt an der Straße stand, als wollten sie sie gleich überqueren. Mit großen, dunklen Augen blickten sie alle in unsere Richtung. Cem hielt an und wartete, aber die Tiere setzten sich nicht in Bewegung. Stattdessen starrten sie uns eine Weile an, drehten sich wieder um und liefen in Richtung eines Wäldchens davon, das sechzig oder siebzig Meter entfernt war.

Als wir unser Tagesziel erreichten, war es Abend geworden, und es kam mir vor, als würden wir schon ewig fahren. Eine halbe Stunde hinter Malmö fanden wir einen Zeltplatz, auf dem wir uns einrichteten. Auguste bezog mit HP14 ein Zelt, Cem ein weiteres, und Hanna, Toni und ich teilten uns das größte.

Kurz vorm Schlafengehen erhielt ich noch einen Anruf von Hannes. Die Sekretärin, die vor ein paar Tagen vom Campus eskortiert worden war, hatte sich in der Haft das Leben genommen.

Ursus arctos
Braunbär

»Ich denke, so können wir den Wagen stehen lassen.« Cem schaltete den Motor aus und drehte sich zu uns um. »Oder was meint ihr?«

Ich saß diesmal hinter ihm, Auguste hatte den Beifahrersitz eingenommen, weil ihr übel geworden war und sie unbedingt nach vorn wollte.

»Ja, ist okay, denke ich.« Ich schnallte mich ab und stieg aus. »Ist auch die Stelle, die ich in dem Brief an Mama angegeben habe.« Im Internet war sie als Wanderparkplatz markiert, weshalb ich sie für geeignet befunden hatte.

Das Auto stand auf einer kleinen, natürlichen Einbuchtung, die ein paar Meter von der Straße entfernt lag. Nach einer kurzen ersten Nacht auf dem Zeltplatz hinter Malmö, einem weiteren langen Tag im Auto und unserer zweiten Übernachtung auf einem Zeltplatz in der Nähe von Storuman hatten wir nun das Einzugsgebiet des südlichen Abschnitts des Kungsleden erreicht, von hier an würde es zu Fuß weitergehen. Die rauere Fjälllandschaft des nördlichen Abschnitts, den ich aus Bildern im Internet kannte, wurde hier im südlicheren Teil von ausgedehnten Nadelwäldern abgelöst, einem Netz aus Kiefern und Fichten, deren Wipfel sich gen Himmel streckten.

»Das wird krass«, bemerkte Hanna, den Blick auf die vor uns liegende Landschaft gerichtet. Aus unserer erhöhten Position bot sich uns ein ziemlich schöner Panoramablick: die wechselnde Topografie aus Bergen, Felsen und kleinen Tälern, gelegentlich unterbrochen von Waldflecken und vereinzelten Seen, die wie dunkle Augen aus der Erde starrten. Unser eigentliches Ziel, ein besonders ausgedehntes Waldstück, lag nach den digitalen Karten auf meinem GPS-Gerät etwa zehn Kilometer entfernt und wurde von Bergen verdeckt.

»Auf der Karte sieht alles viel kleiner aus«, bemerkte ich, als ich die Pixel auf dem Bildschirm mit der Realität vor uns verglich.

»Das kann täuschen, besonders in einer Landschaft wie dieser«, antwortete meine Tante und zog die Riemen ihres Rucksacks, in dem sich HP14 in einer kleinen Transportbox befand, vorsichtig fester. »Perspektive ist alles.«

»Meinst du, wir finden Sophie?«, fragte Hanna.

»Auf jeden Fall. Entweder sitzt sie irgendwo in einem Zelt, ruht sich aus, um gesund zu werden, und ärgert sich, nicht in ein Krankenhaus gegangen zu sein. Oder sie ist schon in dem Frauendorf. Was auch gut wäre, dann könnten wir sie gleich nach Norwegen schaffen.«

»Positive Einstellung! Finde ich gut«, lobte Cem.

Für diese Expedition waren wir besser ausgerüstet als für unseren Trip in die italienischen Alpen. Cem besaß sowieso eine beeindruckende Sammlung an Outdoor-Equipment, und auch Auguste hatte ihren umfangreichen Fundus angezapft. Trotzdem hatte ich für uns drei Frauen neue Wanderschuhe und hochwertige Thermounterwäsche gekauft sowie einige andere Notwendigkeiten, die unsere Reise angenehmer machen würden. Blasenpflaster zum Beispiel, neue Schuhe konnten auf einer Wanderung zur Herausforderung werden, doch zum Einlaufen hatte uns einfach die Zeit gefehlt. An unseren Rucksäcken hingen ultraleichte Einpersonenzelte und Isomatten. Diese Ausrüstung war einfacher zu tragen als die größeren Zelte, die wir im Auto gelassen hatten. Auch wenn ich mir lieber ein Zelt mit Hanna geteilt hätte, denn diese kleinen Dinger waren sehr eng und unkomfortabel. Die Aussicht darauf, allein mitten in einem dunklen Wald zu liegen, weckte nicht unbedingt große Vorfreude in mir.

»Los geht's«, sagte Auguste und setzte sich in Bewegung. Wir anderen folgten ihr.

Die Luft um uns herum war kühl und feucht, angereichert mit dem erdigen Geruch von Waldboden und Harz. Man konnte schon erahnen, wie der Nebel hier in den frühen Morgenstunden zwischen den Bäumen hängen und alle Oberflächen mit Tautropfen zum Glitzern bringen würde. Die Stille um uns herum wurde nur vom gelegentlichen Rauschen eines fernen Flusses oder dem Flügelschlag eines vorbeifliegenden Vogels unterbrochen.

»Was gibt es hier für Tiere?«, fragte Hanna. Sie hatte Tonis zehn Meter lange Ausziehleine an einem speziellen Wandergurt an der Hüfte festgemacht, sodass sie die Hände frei hatte, um mit ihrem Handy Fotos zu schießen.

»Meistens kleine Säugetiere wie Eichhörnchen, Hasen und Dachse«, antwortete Auguste. »Wenn wir Glück haben, sehen wir vielleicht einen Elch oder sogar einen Luchs, doch die sind richtig scheu. Wölfe und Bären sind eher selten, da würde ich mir keine allzu großen Sorgen machen.«

Immerhin. Dennoch hatte ich Bärenspray besorgt und griffbereit in einer Seitentasche meines Rucksacks verstaut. Man weiß nie, und nach der Sache mit den Wölfen wollte ich kein Risiko eingehen.

Fast wie früher, dachte ich und betrachtete meine Tante, die wie ausgewechselt schien und wacker voranschritt. *Vielleicht ist es die Natur?* Es war, als hätte es die lange, angsterfüllte Zeit davor nicht gegeben, als würden die Bewegung und der würzige Harzduft ein Gespenst austreiben, das in den letzten Jahren von ihr Besitz ergriffen und in ihr gehaust hatte.

Ich suchte Hannas Blick, doch sie war mit ihrem Hund beschäftigt. Toni lief im Zickzack von einer Seite des Weges zur anderen, die kleine Hundenase machte Überstunden. Anscheinend gab es hier richtig viel zu entdecken.

Augustes Wanderstiefel knirschten rhythmisch über den Waldboden und gaben unserer Gruppe ein gleichmäßiges Metronom vor. Der Pfad, dem wir folgten, zog sich durch ein lebendiges Pflanzenmeer, gesäumt von Granitfelsen und uralten, hoch aufragenden Bäumen, die seit Jahrhunderten Wache hielten. Hin und wieder kamen wir an kleinen, aufeinandergestapelten Steinen vorbei, Wegmarken früherer Wanderer, die uns tiefer in die schwedische Wildnis führten.

»Passt auf, ist ganz schön rutschig«, warnte uns meine Tante, als sie über einen kleinen Bach sprang, der unseren Weg kreuzte. Sie verlor kurz das Gleichgewicht, konnte sich aber wieder fangen. Ich zog lieber meine Schuhe aus, denn mir war klar, dass ich die Letzte war, die hier mit Grazie einen Satz über das Wasser machen würde. Es war heute nicht kalt, wir hatten ungefähr zwanzig Grad, und Wandern wärmte gut auf, von daher war es eine angenehme Abwechslung, mit nackten Füßen durch den Bach zu laufen. Das Wasser war kühl und kristallklar, plätscherte leise über die runden Kieselsteine und nährte eine Fülle von Farnen und Moosen an seinen Ufern. Cem machte es mir gleich und stakte barfuß durch den Bach, aber Hanna und Toni sprangen mit Leichtigkeit darüber. *Hach, die Jugend.*

Ich hatte noch nicht einmal meine Schuhe wieder angezogen, da stiefelte meine Tante schon weiter. »Los, kommt!« Auguste war allem Anschein nach fest entschlossen, keine Sekunde zu verlieren. Komme, was wolle.

Das Blätterdach über uns war ein Mosaik aus Licht und Schatten, und die Strahlen, die von unten einfielen, tauchten alles in ein jadefarbenes Glühen. Plötzlich blieb meine Tante so abrupt stehen, dass ich fast in sie reinlief.

»Alles okay?«, fragte ich.

Sie drehte sich um, ihre Augen glänzten verdächtig. »Das ist alles so … so echt«, flüsterte sie.

»Ja, klar«, sagte ich, lächelte und legte ihr meine Hand auf den Oberarm. »Es ist alles noch da.«

»Ich war so lang … weg von all dem. So allein.«

»Ich weiß. Aber wie du siehst, haben alle Bäume und Moose und Ameisen und Käfer auf dich gewartet.«

Auguste lächelte. »Ja«, stimmte sie zu, »also der Anlass ist ernst, aber … Aber es ist auch schön, also jetzt gerade. Das hier.« Dann drehte sie sich wieder um und ging nach kurzem Zögern weiter.

»Ich glaube, wir nähern uns einem alten Gletscher«, informierte ich die anderen und schaute kurz auf mein GPS. »Ich hatte mir das im Internet angeschaut.«

»Toll, das sind sicherlich die Überreste der letzten Eiszeit!«, rief Auguste begeistert. Sie schien immer mehr Spaß an der ganzen Sache zu haben. Keine Spur mehr von dem verschlingenden Gefühl, das sie in den Dolomiten erfasst hatte. Vielleicht, weil wir durch die dichten Baumkronen vom weiten Himmel abgeschirmt wurden. *Hier fällt niemand ins Weltall.*

Eine halbe Stunde später erreichten wir die Stelle, die den Wald in einer großen Schneise aus Felsen durchschnitt. Riesige Gesteinsbrocken ruhten vor uns wie eine Familie schlafender Riesen. Jeder Stein sah aus wie eine unregelmäßige Skulptur, abgenutzt und geglättet durch Zeit und Elemente. Auf ihnen wuchsen eine Menge Flechten, die sich in runden, schuppigen Kreisen über die steinerne Oberfläche zogen.

Meine Tante trat näher an einen der Steine heran. »Oh, interessant«, sagte sie und fuhr mit ihren Fingern sanft über die trockene, rissige Oberfläche der Flechte. »Absolut bemerkenswert.«

Cem schaute verwirrt. »Ist das nicht einfach, na ja … Unkraut?«

Auguste sah ihn scharf von der Seite an.

Hanna lehnte sich ein bisschen vor. »Sieht aus wie getrockneter Seetang auf Felsen.«

»Das sind Flechten, kein Seetang«, erklärte ich. »Wo soll hier auch Seetang herkommen?«

»Ja, was weiß ich denn!«, antwortete Hanna.

»Ich find immer noch, das ist Unkraut«, sagte Cem.

Auguste umrundete den Stein. »Ihr habt ja keine Ahnung«, murmelte sie. »Flechten sind keine Pflanzen, sondern Symbiosen aus einer Alge und einem Pilz. Außerdem sind es Archivare. Das sind Historiker.«

»Ähm, okay …« Hanna sah skeptisch aus.

Auguste räusperte sich. »Die unglaublich langsame Wachstumsrate und die lange Lebensdauer vieler Flechtenarten kann genutzt werden, um das Alter der Strukturen zu datieren, auf denen sie wachsen. Das nennt man *Lichenometrie.*«

Hanna sah mich an und grinste leicht. Da war sie wieder, die alte Auguste, die mit uns in der Wildnis stand und uns einen Vortrag hielt.

Cem hob eine Augenbraue. »Lichen-was?«

»Lichenometrie«, erklärte meine Tante. »Das ist eine Methode, um das Alter von freiliegenden und mit Flechten bedeckten Felsen oder anderen Oberflächen zu bestimmen, wie gesagt. Man geht davon aus, dass bestimmte dieser Krustenflechten hier mit einer relativ konstanten Geschwindigkeit wachsen – etwa einen halben bis zwei Millimeter pro Jahr. So können wir das Alter der Flechte und damit auch das Alter der Oberfläche, auf der sie sich befindet, berechnen.«

Hanna war fasziniert. »Die hier könnten also uralt sein?«

»Sicher, schau, wie groß diese Flechten sind«, nickte Auguste. »Diese Technik wird oft in der Archäologie oder Paläontologie eingesetzt. Sie ist besonders nützlich, wenn andere Datierungsmethoden wie die Dendrochronologie, also die Datierung von Baumringen, oder die Radiokarbonmethode nicht anwendbar sind.«

Cem beugte sich über die Flechten und berührte eine. »Ist das denn zuverlässig?«

»Ja, doch, bei den richtigen Bedingungen kann es schon ziemlich genau sein. Ist aber dennoch nicht ganz einfach«, gab Auguste zu. »Die Identifizierung der Flechtenart kann Probleme bereiten, und das muss man natürlich wissen. Außerdem beeinflussen die klimatischen Bedingungen ihre Wachstumsrate. Das maximale Alter, das zuverlässig gemessen werden kann, liegt bei etwa viereinhalbtausend Jahren.«

»Was? *So alt?* Wie alt ist dann diese Flechte hier?«, fragte Hanna und zeigte auf ein etwa handtellergroßes Exemplar.

»So genau weiß ich das natürlich nicht«, antwortete Auguste, »ich müsste dazu die Art bestimmen und was weiß ich nicht alles. Aber ein paar hundert Jahre dürfte die auf dem Buckel haben, vielleicht sogar ein-, zweitausend.«

»Krass«, befand Hanna.

»Es ist also möglich, dass die Wikinger an denselben Felsen, an denselben Flechten vorbeigegangen sind, die hier so wachsen?«, fragte Cem.

Auguste lächelte. »Ganz genau! Du könntest gerade einem Lebewesen begegnen, das Tausende von Jahren alt ist, und würdest es nicht einmal merken.«

»Ich frage mich, welche Geschichten sie erzählen könnten«, murmelte Cem und berührte die Oberfläche des nächstgelegenen Felsblocks, als wäre er eine heilige Reliquie.

»Bestimmt einige. Aber kommt, wir müssen weiter«, sagte meine Tante. Entschlossen schritt sie voran, und wir folgten ihr. *Sie verliert kein Wort über Sophie,* dachte ich. *Als seien wir hier auf einer Ferienfreizeit.* Wenn meine Tante ein Thema, das so auf der Hand lag, so dermaßen aussparte, bedeutete es, dass es ihr große Angst machte.

Je weiter wir in den Wald vordrangen, desto abwechslungsreicher wurde das Gelände. Wir umrundeten Dornengestrüpp und überquerten sanfte, mit Heidekraut bewachsene Hänge. Hier trugen wilde Himbeer- und Brombeersträucher kleine Früchte, die wir im Gehen pflückten und probierten.

Schließlich kamen wir zu einem dunklen, abgelegenen Teich, der von einem Vorhang aus Trauerweiden verdeckt war. *Ungewöhnlich.* Überhaupt war der Wald für schwedische Verhältnisse ungewöhnlich, was die Pflanzen betraf. Vieles war typisch, einiges aber auch nicht, zum Beispiel die vergleichsweise hohe Dichte an Laubbäumen. Egal. *Solange es keine Schachtelhalme gibt, ist alles in Ordnung.*

»Ganz schön dunkel hier«, befand Hanna.

»Ja, die Bäume sind unglaublich hoch und dicht«, stimmte ich zu.

»Glaubst du, dass es hier spukt?«, fragte Hanna scherzhaft.

»In der schwedischen Folklore werden Teiche und Seen oft als Wohnort von Nixen, also Wassergeistern, angegeben«, erklärte Auguste. »Die sind jetzt nicht unbedingt böse, aber sie können schelmisch oder sogar, ja, *bösartig* werden, wenn sie das Gefühl haben, dass ihr Revier nicht respektiert wird.«

»Ich respektiere ihr Revier very much«, sagte Hanna und schoss ein paar Fotos.

»Lasst uns eine kleine Pause machen, wir sind schon drei Stunden unterwegs und haben erst zweimal kurz zum Trinken angehalten. Ich würde sagen«, Auguste sah auf ihre Uhr, »eine halbe Stunde?«

»Klingt gut«, erwiderte ich.

Gerade wollte ich mich auf einen Baumstumpf setzen, da packte mich Cem am Arm.

»Was ist?«, fragte ich ihn.

Er nickte mit dem Kopf in die Richtung vor uns.

Am gegenüberliegenden Ufer stand ein Bär.

Alces alces
Elch

»Mein Gott, sie hat ein Junges dabei«, flüsterte meine Tante. Ihre Augen verengten sich, als sie sich auf die Stelle hinter dem massigen Tier konzentrierte.

Ich hatte es bis jetzt noch nicht bemerkt, aber tatsächlich tollte da ein kleines, flauschiges Bärenjunges hinter seiner Mutter herum. Es stürzte sich spielerisch auf einen Stock und ließ ihn mit seinen Pfoten durch die Luft fliegen.

Das Muttertier starrte uns an.

»So, meine Lieben«, verkündete meine Tante mit lauter, fester Stimme, »ich würde sagen, wir singen jetzt mal ein schönes Lied!«

Dann begann sie doch tatsächlich, gut hörbar *Alle meine Entchen* zu schmettern. Die Bärin wurde unruhig und stellte sich auf die Hinterbeine.

»Spinnst du, sei still und lass uns abhauen!«, flüsterte Hanna mit Panik in der Stimme. Sie hatte Toni am Halsband genommen und die zitternde Hündin schützend hinter ihre Beine gezogen.

Meine Tante beachtete sie nicht, sondern verfiel in einen gut hörbaren Singsang aus *Wir sind Menschen, keine Beute,* dabei kramte sie in ihrem Rucksack. Da schaltete auch ich, holte das Bärenspray hervor und hielt es vor mich, jederzeit bereit, abzudrücken und der Bärin eine pfeffrige Ladung ins Gesicht zu blasen, die sie so schnell nicht vergessen würde.

Die Bärin zog ihre Lefzen hoch, öffnete den Mund und brüllte. Dann ging sie zum Angriff über.

Mir sank das Herz in die Hose. Man kann sich nicht richtig vorstellen, was man denken und empfinden würde, wenn ein Bär mit vollem Tempo auf einen zurennt, bis eben ein Bär mit vollem Tempo auf einen zurennt. Vielleicht kann man sich das Entsetzen vorstellen, das mich befiel, als ich realisierte, dass am Bärenspray noch eine Sicherung angebracht war, die ich nach dem Kauf nicht entfernt hatte. Während ich hektisch an der Dose herumnestelte, sprang meine Tante auf einen Baumstumpf, hielt ihre Thermoskanne hoch und schlug mit dem hölzernen Knauf ihres Outdoormessers auf das Metall ein. »Heeeeeeee«, schrie sie jetzt sehr laut, »was willst duuuu, hau ab, duuuuu!«

Die Bärin, die gerade durch den vielleicht dreißig Zentimeter tiefen Teich raste, legte eine Vollbremsung hin und fokussierte meine Tante misstrauisch. Cem fuchtelte mit den Armen und schrie auch irgendwas, Hanna stimmte ein, und selbst Toni bellte wie verrückt, vermutlich aber eher aus Angst und Überforderung als aus Angriffslust.

Einen Moment lang sah die Bärenmutter unsicher aus. Dann drehte sie sich mit einem letzten zögernden Blick um und zog sich zu ihrem am Ufer zurückgebliebenen Jungtier zurück, das sie grob vor sich herstieß, als sie beide im dichten Laub verschwanden.

»Ach du *Scheiße*«, keuchte meine Schwester und ließ sich mit Toni auf den Boden sinken.

»Ich hab schon das Licht am Ende des Tunnels gesehen«, sagte Cem. »Ganz ehrlich.« Er nahm auf einem Baumstumpf Platz.

Meine Tante holte die Faunabox von HP14 heraus. Der Schnecke schien es an nichts zu fehlen. Zufrieden steckte sie sie wieder in den Rucksack.

»Hast du nicht gesagt, wir müssten uns hier keine Sorgen

um Bären machen?«, fragte Hanna. Ihre Stimme klang vorwurfsvoll.

»Ja, stimmt. Lasst uns deshalb am besten mal darüber sprechen, was wir tun sollten, wenn wir noch einem Bären begegnen. Es ist klar, dass wir alle unvorbereitet waren, und auch wenn es gut ausgegangen ist … Das könnte nächstes Mal anders laufen.«

»Ja, wäre nicht schlecht«, stimmte ich zu. Ich hatte mich mit zittrigen Beinen auf meine zusammengerollte Isomatte fallen lassen.

»Erstens«, begann Auguste und hob sogar den Zeigefinger, »nähert euch niemals mutwillig einem Bären und überrascht ihn auch nicht. Redet immer laut und deutlich oder macht anderweitig Lärm, wenn ihr euch durch schlecht einsehbare Gebiete bewegt. Singen ist beispielsweise gut. So ist die Wahrscheinlichkeit geringer, dass sich die Tiere erschrecken und glauben, ihr führt was im Schilde.«

»Gut, das hinterher zu wissen«, bemerkte Hanna und kraulte Toni hinter den Ohren.

»Zweitens«, setzte meine Tante ihren kleinen Vortrag fort, »wenn ihr einem Bären begegnet, sprecht mit ruhiger, selbstbewusster Stimme. Lasst ihn wissen, dass ihr Menschen seid, *keine Beute.*«

»Weil der uns versteht, oder was?«, murrte Hanna.

»Aber du hast doch vorhin geschrien«, sagte Cem.

»Ja. Ein Schrei kann einen Bären manchmal abschrecken, aber er kann ihn auch neugierig oder aggressiv machen. Ruhig sprechen ist sicherer, klar. Aber so, wie die Bärenmutter uns angegriffen hat, musste ich kreativ werden.«

»Was ist mit Weglaufen? Stimmt es, dass man nie rennen sollte?«, fragte Cem.

»Ja, bloß nicht rennen! Das könnte den Jagdinstinkt wecken, und das wollen wir auf gar keinen Fall. Bären können Menschen leicht plattmachen. Macht euch so groß wie möglich. Wer Bärenspray hat, kann es in so einem Moment benutzen.« Sie drehte sich zu mir. »Vorausgesetzt, man hat die Sicherung entfernt.« Sie lächelte.

Ich nickte, ein wenig rot im Gesicht. »Verstanden. Sicherung entfernen, alles klar.«

»Wenn es ein Braunbär ist, der mit Karacho auf euch zurast und sich schon entschieden hat, dass ihr Beute seid – so wie eben also –, solltet ihr euch totstellen, wenn andere Maßnahmen nix helfen. Legt euch flach auf den Bauch, verschränkt die Hände im Nacken und spreizt die Beine, damit der Bär euch nicht umdrehen kann. Ist es aber ein Schwarzbär … Ähm, dann viel Glück, sag ich mal. Da hilft es nur, zu kämpfen … Die verstehen so gar keinen Spaß. Manchmal hilft auch hier Totstellen, oft aber auch nicht. Ist 'ne Lotterie.«

»Gibt es hier Schwarzbären?«, fragte Hanna unsicher.

»Nein, keine Sorge.«

Hanna sah nicht überzeugt aus.

»So. Haben wir das geklärt, sehr schön. Wer will jetzt eine Tasse Tee?«, fragte meine Tante. »Die Thermoskanne habe ich ja jetzt eh schon draußen, hihi.« Sie befüllte unsere Emailletassen. »Wartet mal«, sagte sie plötzlich und griff nach ihrem Fernglas.

»Oh Gott, was, *was ist es?*« Meine Schwester sprang auf und schaute sich panisch um.

»Nichts Schlimmes«, beruhigte Auguste sie. Meine Tante schaute aufmerksam durch ihr Fernglas und richtete es auf eine entfernte Baumgruppe in der Nähe des Sees. Nach einem Moment senkte sie es und lächelte. »Sieht aus, als hätten wir Glück. Da besucht uns ein Elch.«

Sie reichte Hanna das Fernglas und zeigte in die Richtung. »Siehst du die Gruppe von Weiden? Schau mal nach links.«

Hanna schnaufte leise, als sie sie durch das Objektiv entdeckte. »Oh, der ist wunderschön«, flüsterte sie und gab das Fernglas an Cem weiter, der seinerseits hindurchsah. Dann war ich dran. Der Elch knibbelte an Flechten auf dem Boden vor ihm.

»Wir sollten weitergehen, wenn wir noch ein paar Kilometer vor Sonnenuntergang schaffen wollen«, sagte ich.

Wir packten unsere Sachen zusammen und machten uns wieder auf den Weg. Cem und Auguste gingen voran, Hanna und ich folgten ihnen. Ich achtete drauf, dass meine Schwester und ich uns ein wenig zurückfallen ließen, zeigte ihr einen besonders schönen Baum, blieb kurz stehen, all so was. Dann fasste ich mir ein Herz. *Jetzt oder nie.*

»Hey, ich dachte, wir könnten uns kurz unterhalten?«, begann ich.

Hanna lief neben mir und filmte gerade sich und unsere kleine Reisegruppe. »Klar, worüber?«, fragte sie und hielt die Handykamera auf mich.

»Vielleicht machst du das aus«, schlug ich vor und zeigte auf ihr Smartphone.

»Oha, jetzt wird es ernst«, sagte sie, packte das Handy aber weg.

»Ich wollte noch mal über die Sache in den Bergen sprechen … die Nacht mit den Wölfen.«

»Ja, das war 'ne dumme Aktion, sorry noch mal dafür. Ich hätte mich nicht rausschleichen sollen.«

»Also, was ich besprechen will, ist weniger das Rausschleichen, sondern eher … also das mit den Weinflaschen, das–«

»Jetzt geht *das* wieder los.« Hanna rollte mit den Augen.

»Ja, ich will nur sicherstellen, dass es dir gut geht.«

»Es geht mir gut! So, sichergestellt.«

»Hat da aber nicht so gewirkt«, beharrte ich.

»Du machst soooo 'ne große Sache aus *nichts*«, blockte meine Schwester ab und beschleunigte ihren Schritt.

»Hanna, warte.« Ich eilte ihr nach und griff nach ihrem Arm.

Sie wirbelte herum. »*Was?*«

»Du schießt dich ab. Bis zur Besinnungslosigkeit. Versuchst, dich mit Alkohol zu betäuben. Das ist … Das *hilft nicht!*«, zischte ich. Ich wollte nicht, dass Cem und Auguste, die etwa zwanzig Meter vor uns liefen, uns hören konnten.

»Vielleicht hab ich einfach nur gerne Spaß? Mal daran gedacht?«

»Sich allein im Wald zu betrinken und fast von Wölfen gefressen zu werden ist für dich *Spaß*? Und übrigens, ich hab auch die Flaschen in deinem Zimmer gefunden.«

Hanna blieb stehen. Dann wurde sie wütend und zwar so richtig. »Du schnüffelst in meinen Sachen herum? *Was* gibt dir das Recht dazu? Spinnst du? Das geht dich einen *SCHEISS* an!«

»Ich schnüffle nicht, ich bin besorgt, ich –«

»Aaaaah, die Nummer mit der besorgten Schwester mal wieder, verstehe. Wo war denn diese Besorgnis, als Papa starb? Wo warst du, als ich dich gebraucht habe?«

»Hanna, wir hatten darüber doch schon … Ich war doch da, aber ich hatte ja auch mein Leben in München, und ich musste mich um Mama und die ganzen Behördensachen kümmern, und –«

»Da kommen ja wieder die Ausreden, schön.« Hanna schnaubte verächtlich und setzte sich wieder in Bewegung. Toni lief zwischen uns und schaute unruhig von Frauchen zu mir und wieder zurück.

»Hanna … Ich dachte damals, dir geht es gut! Ich dachte, du hättest Mama und Tante Auguste, an die du dich anlehnen kannst. Ich hab … Ich hab mich geirrt, und das tut mir leid!«

»*Gut?* Hast du 'ne Klatsche? Papa ist tot, und du denkst, mir geht es *gut*?« Ihre Wangen waren gerötet vor Zorn.

Vorne drehte sich meine Tante um. »Wo bleibt ihr denn?«, rief sie uns zu.

»Kommen!«, rief Hanna in bemüht lockerem Tonfall.

»Warte, bitte!« Ich versuchte, Hanna einzuholen. »Hör zu, du musst verstehen, dass ich auch getrauert und nicht gemerkt hab, wie sehr hier alles aus den Fugen geraten ist. Ich hab das nicht extra gemacht!«

»Nun, während du in München warst und *dein Leben gelebt hast,* wie du immer so schön sagst, war *mein Leben* nicht so geil.«

»Ich weiß, ich will es ja jetzt besser machen ... Aber wir können unseren Kummer nicht ertränken. Das ist nicht der richtige Weg, um mit unseren Problemen umzugehen!«

»Danke, ich bin alt genug, mir selber zu überlegen, wie ich mit Dingen umgehe. Muss ich schon mein ganzes Leben lang.«

»Es ist nie zu spät, um zu versuchen, die Dinge wieder in Ordnung zu bringen.«

»Heilige Scheiße, Zoe, du klingst wie ein verdammtes Selbsthilfebuch!«

»Ja, schön, vielleicht ist das so, aber das macht es nicht weniger wahr. Alkohol kann Leben zerstören, Hanna, Beziehungen zerfressen ... Willst du mal so enden wie Mama? Auf Entzug? Oder so einsam wie Tante Auguste?«

»Was soll ich denn stattdessen tun? Hm? So leben wie du? Nur am Arbeiten, einsam und spaßbefreit? Mein Leben, meine Familie für einen Job aufgeben? *Oh Hanna, ich kann leider nicht kommen, ich habe dieses und jenes Projekt.* Wie oft durfte ich mir diese Scheiße anhören!«

»Hanna ...«

»Lieber saufe ich mich tot, als so zu werden *wie du*!« Sie rannte los und schloss zu Auguste und Cem auf.

Über uns erhob sich ein Schwarm Krähen.

Aricia artaxerxes
Großer Sonnenröschen-Bläuling

Wir hatten einen guten Zeltplatz gefunden. Eine kleine Kuhle, in der eine Wiese eingebettet war, in der die Zeltheringe wunderbar halten würden.

»Schon krass, dass wir so lange nicht mehr wandern waren«, sagte Hanna mit Seitenblick auf unsere Tante.

Die Stimmung zwischen ihr und mir war angespannt, wir bemühten uns aber beide, die anderen nichts von unserem Streit merken zu lassen.

»Mhm«, murmelte Auguste und rammte einen Hering in den lehmigen Boden. »Eine schöne Abwechslung.«

»Und sehr gesund für Körper und Geist«, fügte Cem hinzu, der sein Zelt schon aufgebaut hatte und gerade den Campingkocher aufbaute.

»Sagt der Herr Doktor«, witzelte ich.

»Japp.« Er lächelte.

Nachdem mein Zelt stand, setzte ich mich wieder auf meine eingerollte Isomatte. Hanna hatte Toni schon einen Napf hingestellt, und ich beobachtete die Hündin, die schlabbernd und schmatzend ihr Abendessen quasi einsaugte. Sie war bestimmt ganz schön erledigt. Verdammt, ich selbst war ganz schön erledigt!

»Oh schau mal, ist das ein Bläuling?«, fragte ich und zeigte auf einen Schmetterling.

Meine Tante kam rüber. »Ja, *Aricia artaxerxes,* vermute

ich, der Große Sonnenröschen-Bläuling. Kann aber auch der Kleine Sonnenröschen-Bläuling sein, *Aricia agestis,* so gut kann man die nicht unterscheiden. Nicht mal unter dem Mikroskop. Dennoch hübsch.«

Der Schmetterling hatte sich auf meinem Rucksack niedergelassen.

»Und es ist allem Anschein nach ein Weibchen«, erklärte Auguste weiter. »Erkennt man an diesen Monden an den Vorderflügeln. Die sind bei den Männchen schwächer ausgeprägt, ein bisschen verwaschener.«

»Witzig, in den Alpen haben wir doch auch fast nur weibliche Schmetterlinge entdeckt«, bemerkte ich.

»Genau genommen habe ich da *nur* Weibchen gesehen. Aber das war auch eine stressige Situation, sicherlich flogen da genau so viele Männchen herum«, sagte meine Tante. »Oft kann man die ja auch auf die Schnelle nicht so gut voneinander unterscheiden, also Männchen und Weibchen.«

Ich schaute Cem dabei zu, wie er seinen Rucksack durchwühlte. »Sag mal, Cem, ist alles okay? Du siehst so blass aus. Hast du dich doch ein bisschen überanstrengt? Ich dachte, du bist hier der Superheld und wir die Stubenhockerinnen«, zog ich ihn auf.

Er lächelte. »Ja, ich fühle mich ein bisschen müde, irgendwie so, als ob 'ne Erkältung im Anmarsch wäre. War ein langer Tag.« Er holte ein Päckchen Kaugummi raus und warf sich einen in den Mund.

»Vielleicht ist es die frische Luft. Stadtmenschen sind das nicht so gewöhnt«, befand meine Tante.

»Das wird bei Cem wohl kaum der Fall sein«, erwiderte ich, »er klettert doch die ganze Zeit draußen über die Berge.«

»Na ja, sieh es als Praktikum, Cem. Jeder Arzt muss auch mal Patient sein, um die andere Seite zu verstehen!«, rief meine Schwester zu uns rüber. Sie war fast mit ihrem Zelt fertig.

»Auch wieder wahr. Ich sehe die Erkältung also als Praxiserfahrung«, stimmte Cem zu und holte jetzt noch eine Tütensuppe aus seinem Rucksack.

»Na, wer hat Bock auf Gourmet-Buchstabensuppe à la Cem?«

»Nehme alles, ganz ehrlich«, brummte Hanna.

»Ich füttere eben HP14«, sagte Auguste.

»Und ich geh kurz pinkeln.« Ich stand auf, entfernte mich von unserem Zeltplatz und hockte mich hinter einen Busch. Während ich versuchte, weder auf meine Schuhe noch auf meine Hose zu strullern, fragte ich mich, wie schnell wir wohl morgen vorankämen, wenn wir einen ganzen Tag zum Wandern hatten und auch alle ausgeruht waren. *Das geht bestimmt deutlich schneller als heute.*

Ich zog die Hose hoch und drehte mich um. Wie erstarrt blieb ich stehen und fixierte die Kiefer vor mir.

Das ist keine Kiefer. Das war kein Nadelbaum. Das war ein Schachtelhalm.

Rana arvalis
Moorfrosch

Ich lag im Zelt und hoffte einfach nur, dass ich schnell einschlafen würde. Ich horchte auf die Nachtgeräusche. Die Grillen zirpten gleichmäßig und gaben den Takt dieser Nacht vor, in der Ferne rief eine Eule in die Dunkelheit hinein. Sie war zwar weit weg, aber immer noch gut zu hören. Der Wind ließ die Äste der Bäume über mir rascheln, ein Frosch quakte aus der Richtung des Baches, und irgendwelche Tiere, vermutlich Fledermäuse, sausten über meinem Zelt hin und her.

Da hörte ich einen Zeltreißverschluss, ein Klimpern und Schritte.

»Hey … Schläfst du schon?«, fragte kurz darauf Hanna flüsternd.

»Bin noch wach.«

Jetzt ratschte der Reißverschluss meines eigenen Zeltes, und kurz darauf steckte Hanna ihren Kopf herein. Sie hatte ihren Schlafsack und ihre Isomatte in den Armen, hinter ihr stand Toni.

»Kann ich … Kann ich bei dir schlafen? Die Sache mit den Wölfen und dann dem Bär … Ich find's irgendwie gruselig allein.«

Ihre Stimme klang dünn und unsicher, und mein Herz galoppierte ihr entgegen. Meine Babyschwester.

»Natürlich, komm rein. Warte, ich mach ein bisschen Platz.«

Es war Millimeterarbeit, aber irgendwie bekam Hanna ihre

Isomatte und den Schlafsack in mein winziges Zelt hineinoperiert und lag kurz darauf neben mir. Toni hatte sich zu unseren Füßen zusammengerollt, sodass ich komplett bewegungsunfähig war. Ich unterdrückte das Gefühl, genau jetzt ganz dringend mit meinen Beinen strampeln zu müssen.

»Geht das so?«, fragte meine Schwester.

»Ja. Ich find's auch blöd, hier allein zu schlafen.«

»Hast du auch Angst?«, fragte sie mich.

»Ein bisschen.«

Stille.

»Sorry wegen vorhin«, sagte ich leise.

»Ja, tut mir auch leid.«

»Lass uns die nächsten Tage überstehen, ohne uns an die Gurgel zu gehen, okay?«

»Klar.«

Wir schwiegen beide und lauschten den Nachtgeräuschen. Wenn man nicht mehr allein im Zelt lag, klangen sie gar nicht mehr so gruselig wie noch zuvor.

»Weißt du noch, wie Papa für uns immer das Zelt im Garten aufgebaut hat?«, fragte meine Schwester schließlich.

»Oh mein Gott, ja! Er hat uns immer erzählt, dass das eine Zauberburg ist. Hat sogar diese alten Laken um das Zelt drapiert, damit es mehr nach Festung aussieht. Mit Lichterketten und allem. Das war *voll* sein Ding. Ich glaube, er selbst mochte es fast mehr als wir.«

»Ja. Und wie er uns vorgelesen hat. Diese Fantasiegeschichten von Rittern, Prinzessinnen und Drachen? Es fühlte sich so echt an, in unserer *Burg* zu sitzen und ihm zuzuhören. Ich weiß, du warst da schon erwachsen …«

»Für mich war es trotzdem magisch.«

»Mama machte uns dann diese *königlichen Snacks*. Sandwiches, die sie in die Form von kleinen Kronen geschnitten hatte, und dieser Traubensaft, den sie *Zauberelixier* nannte.«

Ich musste lachen. »Stiiiiimmt, das *Zauberelixier!* Du warst so überzeugt davon, dass es dir besondere Kräfte verleihen würde.«

»Ich weiß noch«, fuhr Hanna fort, »einmal hat er uns Schwerter aus Pappe gebastelt, und wir mussten das Schloss gegen unsichtbare Monster verteidigen.«

»Oh ja! Wir waren so laut, dass Mama rauskam und uns schimpfte. Wir sollten leiser sein, weil Oma da war und sich wohl darüber beschwert hatte. Papa hat dann sehr ernst geguckt und ihr gesagt, dass wir das Königreich vor einem Drachen beschützen.«

»Meinst du, er hat damit Oma gemeint?«, fragte Hanna.

»Oh Gott, stimmt, jetzt, wo du es sagst …«

»Das Beste war, die Sterne mit Papa zu beobachten«, flüsterte Hanna, »wir lagen auf dem Rücken und schauten durch die offene Zeltklappe nach oben. Papa hat uns die Sternbilder gezeigt und alles erklärt. Das war richtig schön.«

»Ja, er hat es immer so erzählt, als würde sich hinter den Sternen eine Art magisches Reich verbergen. Weißt du noch, was er immer gesagt hat?«

Hanna drehte ihr Gesicht zu mir. Ich konnte es nicht sehen, weil es zu dunkel war, hörte es aber an ihrer Stimme. »Klar«, sagte sie, und dann: »Dass für uns nicht einmal der Himmel die Grenze ist.«

Wir schwiegen wieder.

»Wie bei der Sache mit der Schaukel«, flüsterte Hanna irgendwann.

»Was?«

»Wie er mich als Kind manchmal so hoch geschaukelt hat, dass ich das Gefühl hatte, ich könnte gleich den Himmel berühren. Ich habe immer geglaubt, dass ich eines Tages bis zum Mond komme, dass Papa mich *wirklich* so hoch schaukeln kann. Ich habe wirklich daran geglaubt.«

Der Wind rauschte leise durch die Bäume, und das Grillenzirpen und das Quaken der Frösche begannen, mich einzulullen. *Rana arvalis,* dachte ich, Moorfrösche. Ihr Quaken klang fast wie ein unterdrücktes Bellen, sehr charakteristisch. Vielleicht hatten wir morgen Glück und würden welche sehen. In Deutschland waren diese Amphibien ausgestorben, aber in Schweden gab es noch einige Populationen, die ein Freund von mir mit seinem Team betreute. Anscheinend lebten die auch hier. Ob er das wusste?

»Ich vermisse Papa so sehr«, gab Hanna leise zu.

»Ich weiß, ich auch.«

»Hätte ich gewusst, wie wenig Zeit wir mit ihm haben …«

»Das weiß man doch nie vorher.«

»Ja, schon. Aber … ach, keine Ahnung.«

Stille.

»Was du vorhin gesagt hast … dass ich mich zu wenig um dich, oder euch, gekümmert habe, stimmt schon. Da muss ich gerade dran denken«, flüsterte ich. »Du hast recht. Ich meine, ich bin schon lange von zu Hause ausgezogen. Da warst du gerade in der Grundschule. Die meiste Zeit, die Geschwister miteinander verbringen, passiert in der Kindheit. Das ist nie wieder aufzuholen danach.«

»Wie meinst du das?«, fragte meine Schwester.

»Also ich bin ausgezogen, da warst du sechs Jahre alt. Das heißt, wir haben uns sechs Jahre jeden Tag gesehen. Abzüglich Urlauben mit Freunden oder Zeiten, in denen ich bei einem festen Freund war oder so … keine Ahnung. Ziehen wir ein halbes Jahr ab, also fünfeinhalb Jahre. Das wären …« Ich zog mein Handy raus und tippte auf dem Bildschirm herum, doch er blieb schwarz. Anscheinend war der Akku dieses alten Dings schon wieder leer.

»Rund zweitausend Tage, plusminus«, sagte meine Schwester.

»Äh, ja. Genau. Danke. Also wir haben uns in der Zeit, in der ich zu Hause gewohnt habe, an ungefähr zweitausend Tagen gesehen. Das ist, wenn man nicht in der gleichen Stadt lebt, kaum wieder einzuholen. Das bedeutet, dass wir die meiste Zeit schon miteinander verbracht haben und dass alles, was jetzt kommt, weniger ist. Wir haben den Zenit schon überschritten.«

»Fuck, was wird das?«, fragte meine Schwester, »willst du mich zum Heulen bringen oder was?«

»Nein, nein«, antwortete ich schnell, »nein, warte. Sorry. Ich will damit eigentlich sagen: Wir waren unaufmerksam ... also, *ich. Ich* war unaufmerksam. Ich hab da nicht dran gedacht. Man denkt ja immer: Demnächst, das Leben ist noch so lang. Man kann noch tausendmal zu Hause vorbeischauen! Aber das ist ein Trugschluss.«

»Rechnen wir doch mal«, schlug meine Schwester vor. »Also momentan sehen wir uns zweimal im Jahr, im Schnitt immer so für eine Woche.«

»So wenig?«, fragte ich entsetzt.

»Ja. Pandemie ... Job. Wir sehen dich kaum. Egal, weiter. Du bist vierunddreißig, sagen wir, du wirst neunzig.«

»Sechsundfünfzig Jahre noch«, sagte ich. *Hier bewegen wir uns wieder in Kopfrechengefilden, in denen ich klarkomme.*

»Sechsundfünfzig mal sieben, das mal zwei ... rund siebenhundertvierundachtzig Tage verbringen wir noch miteinander, bis du stirbst. Wenn alles glattgeht und niemand von uns vorher einen Abgang macht.«

»Siebenhundert-vier-und-achtzig. Klingt schon viel und irgendwie aber auch so gar nicht. Wenn man überlegt, dass ein Jahr dreihundertfünfundsechzig Tage hat ...«

»Ist ziemlich wenig, finde ich«, sagte Hanna.

»Du hast recht. Ich will es besser machen, Hanna. Ich will mehr als siebenhundertvierundachtzig Tage mit dir«, flüsterte ich. Ich zog meine Hand aus dem Schlafsack und suchte ihre. Sie war ganz kalt. »Weißt du noch, als du klein warst, hast du immer meine Hand gehalten, wenn du in meinen Armen oder neben mir eingeschlafen bist.«

»Ja.«

»Willst du meine Hand auch heute Nacht halten?«, fragte ich leise.

»Ja.«

Über uns zischten die Fledermäuse wie Waldgeister durch die Luft.

Julus scandinavius
Gemeiner Dunkler Schnurfüßer

Als ich aufwachte, waren Hanna und Toni schon aufgestanden und ich allein im Zelt. Ich hatte das Gefühl, dass alle Gelenke steif gefroren waren, und rieb mir die Hände. Wir hatten alle dicke Klamotten dabei und waren auf die nächtliche Kälte vorbereitet, aber angenehm war es trotzdem nicht.

Ich setzte mich auf und schälte mich aus meinem Schlafsack, da fiel ein winziger Tausendfüßer auf meinen Schoß.

»Oh … hey, na?« Hatte er die Nacht in meinen Haaren verbracht? Für viele Menschen dürfte das die schlimmste Vorstellung überhaupt sein, aber mich stresste so was gar nicht. Ich sah mir das kleine Kerlchen an. Es war ein dunkelbrauner Doppelfüßer, vielleicht ein normaler Gemeiner Dunkler Schnurfüßer, *Julus scandinavius.*

Ich kroch aus dem Zelt und ließ meinen kleinen Freund am Boden daneben runter. Draußen saßen die drei anderen schon um ein kleines Feuer und kochten Kaffee in unserem Metalltopf.

»Hey«, begrüßte mich Cem. Seine Stimme klang rau. »Gut geschlafen?« Er hustete bellend.

»Ja, denke schon … Aber Cem, du bist ja richtig krank geworden!«

Ich setzte mich dazu und streichelte Toni, die mich schwanzwedelnd begrüßte – anscheinend waren wir nach der gemeinsamen Nacht im Zelt jetzt dicke Kumpels. Ich kraulte ihr die Öhrchen und schaute ihr in die bernsteinfarbenen Augen. Sie war ohne Zweifel der süßeste Hund der Welt (so wie jeder Hund).

»Ja, hab mir wohl was eingefangen. Deshalb war ich gestern vermutlich auch so schlapp.«

»Mist. Hast du 'ne Ahnung, was es sein könnte?«

»Keinen Plan. War kalt heute Nacht, das wird es begünstigt haben. Vielleicht Bronchitis oder so. Aber ich denke, wenn ich heute viel Tee trinke, wird sich das schon bessern.«

»Wie ist das mit … na ja, mit Sport? Ich meine, wir wandern.«

»Hab das Gefühl, dass das kein Problem sein sollte.«

»Okay, du bist der Arzt.« Ich wandte mich meiner Tante und meiner Schwester zu. Erstaunt sah ich, dass Auguste ihre Sandwiches teilte und auch etwas von den geschnittenen Karotten aß, die Cem mitgebracht hat. *Keine Ahnung, was dieser Wald mit meiner Tante macht, aber gerne mehr davon.* Das Essen hatten wir nachts ein gutes Stück weg vom Zeltlager an einem Baum aufgehängt, wegen der Bären, und als ich es so betrachtete, merkte ich, dass ich ganz schön Kohldampf hatte. Ich griff nach einem der Sandwiches.

»Kaffee?«, fragte Hanna.

»Klar, nur her damit … Sekunde.« Ich streckte mich zur Seite und fischte nach meiner Emailletasse, die ein paar Meter entfernt lag. Ich wischte sie mit einem Taschentuch aus, weil ich zu faul war, zum kleinen Bach in der Nähe zu laufen. Trinkwasser wollte ich aber auch keins nehmen. *Lieber nichts verschwenden.* Wir hatten jeder zwei Liter Trinkwasser und ansonsten eine Packung Filtertabletten dabei, um Wasser aus Flüssen trinkbar zu machen. Letztere mussten aber immer mindestens eine Stunde einwirken und hinterließen einen leicht ekligen Geschmack. Ich hatte schon über einen Liter von meinem Wasser verbraucht und wollte mir noch etwas davon aufheben.

»Hier.« Ich streckte ihr meinen Becher hin, Hanna füllte ihn mit Kaffee auf.

»Ich frage mich, wo Sophie langgegangen ist«, sagte Auguste. »Im Video hat man dichtes Laub gesehen, die Farne sind aber zu niedrig, die waren im Video höher. Und hier gibt es ja gerade hauptsächlich Nadelbäume.«

»Und die Schachtelhalme, schon wieder«, erinnerte ich sie.

»Ja, genau. Ich finde übrigens, dass wir uns deshalb keine Sorgen machen müssen. Wer weiß, was alles an so abgelegenen Orten die Erdzeitalter überdauert hat. Vielleicht gar nicht ungewöhnlich.«

»Ja, kann sein.« Etwas mulmig war mir dennoch zumute.

»Jedenfalls glaube ich, dass Sophies Video an einer anderen Stelle aufgenommen wurde.«

Ich wollte fragen, ob meine Tante sich Sorgen machte, ließ es dann aber sein. *Bloß nicht die Stimmung vermiesen, sie hat sich so gemacht die letzten Tage.*

Plötzlich fing Toni an zu bellen, woraufhin sich sofort die Haare an meinen Armen aufstellten.

»Shhhht, was ist denn?«, fragte Hanna und versuchte, Toni zu beruhigen.

Wir schauten in die gleiche Richtung wie die Hündin. Zwischen den Bäumen, vielleicht zehn, fünfzehn Meter von uns entfernt, stand schon wieder ein Elch und schaute uns ruhig an.

»Fuck … Ist der groß, ich fass es nicht«, flüsterte Hanna.

Elche sind wirklich *riesig*, ein Rind wirkt daneben wie ein Schoßhund. Die Schulter so eines Tiers kann sich durchaus zwei Meter über der Erde befinden, der Kopf erreicht dann gut und gerne luftige Höhen von drei Metern.

»Eine Elchkuh«, flüsterte ich. »Vielleicht dieselbe wie gestern? Ich sehe aber kein Kalb, zum Glück. Elche sind da genau so unentspannt wie Bären.«

Hanna ging in ihr Zelt und holte ihr Handy und die Powerbank raus. »Mist, irgendwie hat es nicht geladen ... Ich wollte ein Video machen.«

In dem Moment drehte die Elchkuh um und verschwand wieder im Unterholz.

»Krasses Viech«, urteilte Cem, doch das, was er danach sagen wollte, ging in einem Hustenanfall unter.

»Das klingt aber böse«, bemerkte jetzt auch Auguste und runzelte die Stirn. Ich war ehrlich gesagt erstaunt, dass sie nicht panisch davonrannte. Ich meine, hallo, wenn man sich gerade irgendwo vor Keimen in Acht nehmen musste, dann ja wohl in Cems Nähe.

»Quatsch, ich hab schon Schlimmeres ausgestanden.« Seine Stimme klang kratzig.

»Mann ... Mein Handy ist kaputt!«, rief Hanna.

»Ach, bestimmt nicht. Zeig mal her«, sagte ich und griff nach dem Handy und der Powerbank. Ich schloss die Powerbank wieder mit dem Kabel am Handy an und drückte auf den Knopf, um die Ladung zu prüfen. Nichts passierte. »Vielleicht ist auch die Powerbank kaputt.«

»Oh, ja. Vielleicht. Kannst du es mit deinem Handy mal probieren?«

Ich zog mein Telefon aus der Tasche meines Hoodies und steckte es an die Powerbank. Nichts passierte, der Bildschirm blieb schwarz.

»An deinem Handy liegt es schon mal nicht«, sagte ich.

»Wartet, ihr könnt meine nehmen«, schlug Auguste vor und stand auf. Sie griff in ihren Rucksack und holte ihren Akku raus. »Hier, schließt das Handy mal da an.«

Hanna tat, wie ihr geheißen. Doch es passierte nichts.

»Ich bin mir sicher, dass ich sie geladen habe ...«, murmelte Auguste.

»Wie in den Alpen«, erinnerte uns Hanna.

Plötzlich rutschte mir das Herz in die Hose. Ich durchwühlte meinen Rucksack, holte das GPS raus und drückte auf den ON-Schalter: nichts. Ich drehte es um und öffnete die Klappe für den Akku. Paranoid, wie ich war, hatte ich vor der Reise sechs (!) Ersatzakkus gekauft und vollständig geladen. Ich probierte alle aus, doch es tat sich nichts.

»*Jetzt* sind wir gefickt«, sagte Hanna.

»*Hanna!*«, maßregelte sie Auguste.

»Ja, wir haben ein echtes Problem«, stimmte ich meiner Schwester zu und starrte auf die nutzlose Technik in meiner Hand.

»Okay, wir denken jetzt logisch«, versuchte meine Tante uns zu beruhigen. Sie schien instinktiv die Führung in dieser Situation zu übernehmen.

Was ich amüsant finde: Ich bin vierunddreißig Jahre alt, habe einen Doktortitel und meistere mein Erwachsenenleben seit Jahren allein, und dennoch spürte ich komplette Erleichterung, als in diesem kritischen Moment eine *richtige* Erwachsene das Ruder übernahm. Und damit meine ich eine Person, die schon erwachsen war, als ich selbst noch ein Kind war.

»Fuck, fuck, fuck«, flüsterte Hanna vor sich hin. Sie hatte Toni in den Arm genommen und wiegte sich und den Hund vor und zurück.

»Ja, denken wir logisch«, sagte auch Cem. »Wir sind hier mit zwei Biologinnen unterwegs und einem Bergsteiger. Also drei Leuten, die sich extrem gut in der Natur orientieren können und auskennen.«

Dass meinem Orientierungssinn nicht weiter zu trauen ist, als man einen Stein werfen kann, behielt ich lieber für mich.

»Und wir haben Toni«, ergänzte Auguste und lächelte. Anscheinend wollte sie Hanna das Gefühl geben, auch etwas beizutragen. »Sie warnt uns vor wilden Tieren. Gemeinsam mit Hanna bildet sie einen wichtigen Teil unseres Teams.«

Hanna lächelte unsicher und klopfte Toni die Flanke.

»Was machen wir jetzt?«, fragte Cem.

»Sehr guter Punkt«, sagte meine Tante. »Ich denke, wir haben zwei Optionen: Wir versuchen weiter, das Dorf zu finden, was ungefähr noch ein halber Tagesmarsch nach Nordost wäre, mit etwas Glück schaffen wir das heute und sind am Nachmittag dort. Sofern wir uns nicht verlaufen. Oder wir treten den Rückweg an, das dürfte aber anderthalb Tage dauern und würde uns in der Suche nach Sophie nicht weiterbringen. Und wir müssten halt auch noch mal von vorne anfangen. Mit besser funktionierender Technik. Keine Ahnung, wieso sie uns im Stich lässt. Vielleicht ist hier irgendein komisches ... äh ... Magnetfeld oder so. Bin leider nicht so fit in Elektrotechnik. Oder wir nehmen einfach ganz klassisch eine Wanderkarte aus Papier mit.«

»Eigentlich wäre ich für den Rückweg«, gestand ich. »Der Weg, den wir gegangen sind, dürfte jetzt noch relativ frisch in unserem Gedächtnis sein. Können uns ja an Landmarken orientieren. Wir sind aber natürlich viel näher am Ziel, doch soweit ich mich erinnere, ist der Weg jetzt noch ein bisschen verwinkelt. Wir müssen oft abbiegen, ich weiß nicht, ob wir das ohne Karte hinkriegen.«

»Cem, was sagst du?«, fragte meine Tante.

Er sah ein bisschen blass aus und hustete immer noch ziemlich viel. Ich hatte aber das Gefühl, dass der heiße Kaffee den Husten etwas linderte.

»Ich weiß nicht. Ich denke, das Dorf ist die logischere Wahl. Der Rückweg ist verdammt weit, und ich bin mir ehrlich gesagt nicht sicher, ob ich alle Abzweigungen wiederfinden würde. Weiß nicht, wie es da bei euch aussieht.«

»Ist auf jeden Fall herausfordernder«, stimmte meine Tante zu.

»Dann gehen wir weiter?«, fragte ich. Ich fühlte mich bei dem Gedanken unwohl.

»Moment, Hanna hat ihre Meinung noch nicht gesagt. Hanna, was denkst du?«

Meine Schwester zögerte kurz und schien zu überlegen. »Nun«, sagte sie schließlich, »es klingt logischer, weiterzugehen, weil die Wegstrecke kürzer ist. Aber was ist, wenn wir uns verlaufen, und dann sind wir noch tiefer drin im Wald. Sinkt dann nicht die Wahrscheinlichkeit … also, dass wir rausfinden? Und was ist, wenn es Cem schlechter geht? Ich würde lieber wissen, wo ich langlaufe. Und ich glaube nicht, dass wir das so gut ohne Wegbeschreibung hinkriegen.«

»Guter Einwand«, meinte Auguste. »Vielleicht gehen wir lieber zurück. Wir müssen es Sophie ja nicht nachmachen … Wenn sie sich verlaufen hat, hilft es ihr nicht, wenn wir uns auch noch verlaufen. Vielleicht hatte sie auch Probleme mit der Technik. Die Situation jetzt fühlt sich für mich wie ein Puzzlestück zu ihrem Verschwinden an …« Sie dachte nach. »Lasst uns zurückgehen. Am Ende verlieren wir nur Zeit und müssen dennoch umdrehen, oder wir verlaufen uns komplett. Wir starten die Aktion noch einmal, dann mit besserer Vorbereitung.«

Wir bauten unser Zeltlager ab.

»Hier, nehmt ein paar von den Müsliriegeln, ich hab richtig viele davon gekauft«, bot sie an. »Wir haben auch noch für mehrere Tage Essen und Wassertabletten, müssen uns also keine Sorgen machen, selbst wenn wir ein bisschen länger brauchen, um zurückzufinden.«

»Klingt gut!«, sagte Hanna und sah schon etwas entspannter aus.

Nachdem alles verstaut war, schulterten wir die Rucksäcke.

»So, dann zurück, würde ich sagen. Wir sind aus dieser Richtung gekommen, also los.« Meine Tante machte den ersten Schritt auf dem Weg, der uns in unser kleines Lager geführt hatte.

Formica rufa
Rote Waldameise

»Hat noch jemand das Gefühl, dass wir im Kreis laufen?«, fragte Hanna nach zwei, drei Stunden. »Diese Felsen und auch der große umgestürzte Baum … Das kommt mir so bekannt vor. War das nicht in der Nähe des Lagers?«

»Hm, kann sein«, antwortete ich und musterte die Umgebung. »Irgendetwas stimmt hier nicht. Kommt mir auch bekannt vor.«

Wir blieben stehen, und Auguste zog ihren Kompass hervor. »Ne, kann eigentlich nicht sein«, sagte sie, »wir laufen konsequent nach Westen, immer auf dem gleichen Weg. Wir sind nicht abgebogen oder auf einen anderen Weg gewechselt.«

Cem, ganz schön am Keuchen dafür, wie fit er eigentlich ist, schloss zu uns auf. »Wir sind müde, das hilft nicht gerade. Es sind bestimmt andere Steine und ein anderer umgestürzter Baum. Lasst uns eine Pause machen.«

»Gute Idee«, stimmte ich zu. Ich setzte den Rucksack ab und ließ mich auf mein kleines, faltbares Wanderkissen fallen, das auf einer Seite isoliert war und mich vor Nässe und Feuchtigkeit schützte. Eine Blasenentzündung war das Letzte, das ich jetzt gebrauchen konnte.

Die anderen setzten sich auch hin. Cem entnahm seiner Reiseapotheke ein Breitbandantibiotikum. Für uns Normalsterbliche unerreichbar außerhalb des Krankenhauses, aber er hatte sich einfach selbst ein Rezept ausgestellt.

»Hoffe, das Zeug wirkt«, sagte er. »Wenn es ein viraler Infekt ist, wird es nichts helfen, aber vielleicht sind es ja Bakterien.«

»Ich koch noch mal Tee für dich«, sagte meine Tante zu Cem. Mittlerweile war sie doch dazu übergegangen, etwas Abstand zu ihm zu halten. Er hustete wirklich heftig. »Hier, nimm erst einmal den Rest aus der Thermoskanne.« Sie goss ihm Tee in seine Emailletasse.

»Danke.«

Während wir so dasaßen und uns ausruhten, stand Hanna auf und ging zu einem Ameisenhügel. »Krass, schaut mal, wie groß der ist.«

»Oh ja, Rote Waldameisen«, stimmte ich zu.

»Weißt du noch, wie ich als Kind in so einen Haufen reingefallen bin?«, erinnerte mich Hanna und kam wieder zurück.

»Ja, klar. Du hast geschrien, als hätte dich der Teufel persönlich mit seinem Dreizack aufgespießt. Danach hattest du tagelang Schmerzen.«

»Oh ja«, sagte Hanna und lächelte, als sei das irgendwie eine *schöne* Erinnerung.

Cem hatte wieder einen Hustenanfall. »Nervt ganz schön, dieser Husten«, krächzte er danach.

»Sag mal«, begann ich und beugte mich etwas zu ihm rüber. »Kann es sein, dass du Fieber hast?«

»Was, wieso?«, fragte er irritiert. Dann wollte er auf seine Smartwatch schauen, um seine Temperatur zu checken, stellte aber fest, dass sie ausgegangen war.

»Du schwitzt so.«

»Ist ja auch anstrengend, das ganze Rumgelaufe und so!«, verteidigte er sich.

»Ja, aber … so? Cem, mach dir nichts vor. Komm mal her.« Ich streckte auffordernd die Hand aus.

Cem lehnte sich seufzend in meine Richtung, sodass ich seine Stirn fühlen konnte.

»Du glühst ja!«, rief ich. Dann kramte ich in meiner kleinen Bauchtasche. »Hier, Paracetamol. Hab ich dabei, weil ich demnächst meine Tage kriege und da immer so Schmerzen habe. Hilft auch gegen Fieber.«

»Zoe, ich kenne Paracetamol. Ich bin Arzt.«

»Entschuldigen Sie, Herr Arztologe«, witzelte ich.

Ich drückte ihm gleich zwei Tabletten aus dem Blister, und er schmiss sie ein. Zum Glück nicht so wie in den Filmen, wo die Leute immer den Kopf in den Nacken werfen. Das hilft nämlich gar nicht, im Gegenteil – man bekommt das Zeug dann nur noch schwerer runter. Wenn man sich das Tablettenschlucken erleichtern will, muss man den Kopf nach *vorne* neigen, also das Kinn zur Brust ziehen. Macht mich jedes Mal wahnsinnig, wenn ich im Fernsehen sehe, wie das falsch dargestellt wird, wirklich wahr.

Ich trank meine Wasserflasche leer und füllte sie an dem kleinen Bach auf, der hier an uns vorbeifloss. *Sind wir vorhin nicht schon an so einem Bach vorbeigekommen? Oder war das ein anderer?* Ich warf eine Wassertablette in die Flasche und wartete, bis sie aufgelöst war. Dann schraubte ich die Flasche zu und steckte sie seitlich an meinen Rucksack.

Wir liefen weiter.

Gestern Abend noch waren wir so zuversichtlich gewesen, dass wir heute Nachmittag diese Siedlung erreichen würden. Wir hatten genau gewusst, wo wir uns auf der Karte befanden. Kaum zu glauben, wie schnell sich alles änderte.

Im Laufe des Mittags wandelte sich das Blau der Himmelsfetzen über uns in ein tristes Grau. Die Zuversicht in der Gruppe schwand deutlich, und ich bekam das Gefühl, dass uns der Wald mit seinen knorrigen Ästen und trügerischen Lichtungen einen grausamen Streich spielte. Dieser Ort war uralt, und ich musste mich im Geiste sehr an meine wissenschaftliche Ausbildung klammern, um nicht zu glauben, dass es der Wald selbst war, der uns vorsätzlich in die Irre führte.

»Zeig noch mal den Kompass«, bat ich und blieb stehen.

Meine Tante reichte ihn mir, und ich betrachtete die zitternde Nadel, die stur in eine Richtung zeigte. Wir gingen immer noch nach Westen.

»Westen«, verkündete meine Tante. »Da, wo wir auch hinmüssen. Da, wo wir herkamen.«

»Aber kann das sein? Müsste nicht langsam eine Weggabelung kommen? Wisst ihr noch? Und dahinter war doch der See, wo wir die Bärin gesehen haben. Das müsste doch echt bald mal kommen.«

Wir blieben wieder alle stehen.

»Zoe, du machst mich nervös«, sagte Hanna. Ihre Stimme klang angespannt.

»Sorry, aber wenn wir falsch laufen, müssen wir drüber reden und die Richtung ändern.«

»Aber wir folgen doch einfach nur dem Weg«, meinte Cem. Seine Wangen waren gerötet, und der Husten klang, als käme er mittlerweile ganz tief unten aus den Bronchien.

»Genau. Wir sind nicht abgebogen, wir laufen den Weg, den wir beim Verlassen des Lagers eingeschlagen haben, und wir–«, stimmte meine Tante zu, doch ich unterbrach sie.

»Und findet ihr das nicht *komisch*? Dass wir seit Stunden geradeaus laufen? Dass der Weg keine Abzweigungen hat? Wir aber durchaus, als wir gestern den Weg entlanggelaufen sind, ab und zu abgebogen sind?«

»Immerhin sind wir jetzt nicht noch einmal auf den Bach und diese Felsen gestoßen. Sind also nicht falsch abgebogen«, warf Cem ein.

»Wir sind *gar nicht* abgebogen, das ist es ja!« Ich fragte mich langsam, ob die anderen bescheuert waren, dass sie nicht verstanden, was ich meinte.

»Okay, bevor wir uns hier alle anschreien, essen wir erst mal jeder einen Müsliriegel. Ich muss auch nach HP14 sehen«, sagte meine Tante.

Dieses Mal blieben wir stehen, während wir uns stärkten. Nur Cem setzte sich auf seinen Rucksack. Er sah echt kaputt aus.

»Oh … oh nein!«, rief Auguste.

»Was denn?«, fragte Hanna, die sich auf meiner Schulter abstützte.

»HP14 sieht gar nicht gut aus …« Meine Tante öffnete die Faunabox und hob die Schnecke heraus. Wieder hing sie schlapp aus dem Häuschen, so wie damals in den Alpen.

»Oh … oh no, zeig mal!« Ich nahm meiner Tante das kleine Tier ab.

Ich besah mir HP14 ganz genau, tippte die Fühler an, die reglos über ihrem Gesicht hingen. Dann drehte ich sie auf den Rücken. Eigentlich müsste ihr Körper dabei zur Seite kippen, doch er behielt die nach vorn gekrümmte Position bei und war ganz steif.

»Tante Auguste«, begann ich vorsichtig, »es tut mir sehr leid, aber … HP14 ist tot.«

Vipera berus
Kreuzotter

Auguste verlor die Nerven. All die Stärke, die sie in den letzten Tagen entwickelt hatte, verließ sie auf einen Schlag. Zurück blieb ein panisches Häufchen Elend.

»Wie kann das sein«, krächzte sie mit bebender Stimme, »das kann nicht sein!«

»Tut mir leid«, sagte Hanna und legte die Hand auf Augustes Schulter.

»Lass … nein!« Sie rückte von meiner Schwester ab. »HP14 muss krank gewesen sein, sie muss sich angesteckt haben.«

»Tante Auguste …«, begann ich, doch da hyperventilierte sie schon.

»Sie hat sich angesteckt … Wie Cem, und dann stecken wir uns auch alle an … Wer weiß, was das ist! Ein Virus! Ein Pilz! Ein Bakterium! Vielleicht ist es in der Luft, vielleicht …« Sie atmete viel zu schnell.

»Auguste«, sagte Cem und versuchte, ein Husten zu unterdrücken, »bitte beruhig dich. Du atmest wieder viel zu schnell.«

»Geh … geh weg! Wer weiß, was du hast!« Sie rappelte sich auf. »Geht weg, bleibt mir vom Leib!« Dann rannte sie los, einfach so, direkt ins Unterholz.

»Nicht ihr *verdammter* Ernst«, rief ich und warf meinen Rucksack ab. »WARTE!«

Ich rannte ihr so gut es ging hinterher, und das war gar nicht so einfach. Das Unterholz hier war unglaublich dicht. Dornenbüsche stachen mir durch mein dünnes Funktionsshirt in die Arme und kratzten über meine Haut, nasse Zweige schlugen mir ins Gesicht, mein Hoodie, den ich um die Hüfte geschlungen hatte, blieb an Ästen und Gestrüpp hängen. Ich stolperte über Wurzeln und knickte fast um, als ich über einen Stein springen wollte.

»Tante Auguste!«, rief ich, »*Warte!* Wir dürfen uns nicht trennen!«

Hinter mir bellte Toni. »Bleibt auf dem Weg«, rief ich über meine Schulter und hoffte, dass die anderen es gehört hatten. Dass wir uns aufteilten und alle in unterschiedliche Richtungen durchs Dickicht irrten, kam überhaupt nicht infrage. Ich sah gerade noch rechtzeitig wieder geradeaus, um meine Tante nicht komplett über den Haufen zu rennen. Sie war schwer atmend stehen geblieben und starrte auf etwas vor ihren Füßen.

»Tante Auguste«, sagte ich und legte ihr vorsichtig die Hand auf die Schulter.

Plötzlich stellten sich meine Nackenhaare auf, und mich überkam ein ganz komisches Gefühl. *Bitte dreh dich nicht um.* Dieser Gedanke schoss wie ein Blitz durch mein Gehirn und hinterließ ein ekelhaftes, kribbelndes Gefühl im Kopf. *Wenn sie sich jetzt umdreht, wird mich eine verzerrte, gruselige Monstermaske anschauen, wie im Horrorfilm,* dachte ich. *Unsinn.* Ich schüttelte den Gedanken ab.

»Auguste?«, fragte ich noch einmal, ließ die Hand aber wieder sinken. Mein ganzer Körper war angespannt.

Meine Tante trat einen Schritt zur Seite und gab den Blick auf eine Birke frei, neben der sich ein dunkler, morscher Baumstumpf befand. Eine Schlange lag zusammengerollt in seiner Mitte und sonnte sich in dem kleinen Sonnenstrahl, der durch die Blätter drang und die Szene wie ein Bühnenscheinwerfer beleuchtete. Der Himmel war aufgeklart. *Ist das eine Kreuzotter?*

Ich betrachtete die Szene genauer. Die schlafende Schlange, die keine Anstalten machte, uns anzugreifen. Der Baumstumpf. Die Linien auf seiner Rinde, die geschwungenen Formen. Moment mal. Das war gar kein Baumstumpf.

»Ist das«, begann ich langsam.

Meine Tante griff nach meiner Hand. »Ja. Ist es.«

Es war eine Leiche.

Pandion haliaetus
Fischadler

Ich stolperte rückwärts und ging in die Hocke, die Hände vorm Gesicht. *Weckt mich bitte jemand auf, bitte, bitte, bitte, das darf nicht wahr sein. Ein Albtraum, es muss ein Albtraum sein.*

Meine Tante sagte irgendwas zu mir, das ich nicht verstand.

Ich nahm die Hände vom Gesicht und betrachtete unseren Fund. Es war eigentlich nur noch ein Skelett in ein paar halb kompostierte Kleidungsstücke gehüllt. In den Armen hielt es einen gammeligen schwarzen Wanderrucksack. Die Knochen selber waren dunkel verfärbt, und auf den ersten Blick sah das alles wirklich wie ein komisch geformter Baustumpf aus.

»Was meinst du, wie lange der schon hier liegt«, fragte ich meine Tante.

Auguste war ganz ruhig geworden. Entweder stand sie noch unter Schock, oder sie konnte durch den Schreck wieder klar denken.

»Keine Ahnung. Zehn Jahre. Zwanzig. Schwer zu sagen.«

»Mein Gott. Denkst du …« Ich traute mich kaum, es zu sagen, rang mich dann aber doch durch. Ich musste es aussprechen. »Denkst du, er hat sich auch verirrt und ist hier einfach irgendwann verhungert?«

»Jetzt mach dich nicht verrückt«, sagte meine Tante und löste sich aus ihrer Starre. Sie drehte sich vom Skelett weg. »Komm, wir müssen zurück zu den anderen.«

Ich fragte mich, was sie gerade fühlte. Dachte sie an Sophie? Mir jedenfalls drängte sich der Gedanke direkt auf. *Was, wenn Sophie auch tot ist?* In so einer Situation an die Existenz eines unangenehmen Umstandes namens *Tod* erinnert zu werden, ist nicht ideal. Meinte Tante ließ sich jedoch nichts anmerken, und ich spielte auch nicht darauf an.

»Sagen wir es ihnen?«, fragte ich sie.

»Auf gar keinen Fall!«, antwortete sie in scharfem Tonfall. »Du wirst den Mund halten und ihnen keine Angst machen!«

»Ist ja gut, alles klar.« Ich betrachtete den Toten. Oder die Tote, denn ob das ein Mann oder eine Frau war, ließ sich nicht wirklich sagen.

Plötzlich hörten wir Rufe, und Toni bellte. Auguste und ich rannten los und brachen wie ein Rudel Hirsche auf die Straße.

»Was ist passiert«, fragte ich atemlos, »was ist los? Geht es euch gut?«

»Die Handys funktionieren!«, rief Hanna aufgeregt und hielt mir ihr Smartphone hin. »Ich habe keinen Empfang, aber vielleicht geht das GPS-Gerät!«

Schnell kramte ich in meinem Rucksack und holte das GPS raus. Ich drückte die ON-Taste. Kurz passierte nichts, dann erschien plötzlich das Symbol des Herstellers auf dem Bildschirm.

»Yes!«, rief Cem, und auch Hanna jauchzte. »Wir sind gerettet!«

Ich wartete, bis das Gerät hochgefahren war. Ungeduldig wippte ich mit dem Fuß und beobachtete das Rädchen, das signalisierte, dass das Gerät eine Verbindung zu einem Satelliten herzustellen versuchte. Dann leuchtete das grüne Lämpchen an der Seite auf.

»Wir haben eine Verbindung!«, jubelte ich.

Cem klatschte in die Hände. »Jawoll!«

Das Gerät zoomte an eine kleine pixelige Stecknadel ran, die unsere Position markierte.

»So, mal schauen, wo wir sind«, sagte ich.

Man sah den Weg, auf dem wir uns befanden, und ich wollte so weit herauszoomen, bis wir weitere Landmarken ausmachen konnten. Flüsse, Landstraßen, all so was eben. Ich zoomte und zoomte, doch es wurde mir nur der Weg – der durch den Zoom immer kleiner wurde – angezeigt. Drumherum war Wald markiert. Kein anderer Wanderweg, kein Fluss, nichts. Nur Bäume und der Weg.

»Und?«, fragte meine Tante.

»Ähm, irgendwas stimmt hier nicht.« Ich runzelte die Stirn. *Hä?* Ich zoomte weiter und weiter, eigentlich müsste man bei dem Maßstab mittlerweile ganz Schweden sehen, doch ich sah immer noch nur den Wald und die Stecknadel auf einer immer schmaler werdenden Pixellinie, die den Weg markierte.

»Was ist denn?«, fragte Hanna.

»Zeigt mir Schrott an. Laut dem GPS gibt es nur den Wald und diesen Weg. Was natürlich Quatsch ist. Vielleicht ist auch die Kartendatei kaputtgegangen.«

»Gib mal her«, forderte meine Tante und nahm mir das GPS aus der Hand, ohne meine Antwort abzuwarten.

Sie klickte darauf herum, versuchte ebenfalls, zur Übersichtskarte von Europa zu gelangen, aber nichts. Sie startete es neu, aber auch das half nicht.

»Zoe, ich hab Angst«, flüsterte meine Schwester. Ihre Stimme klang weinerlich.

Ich legte meinen Arm um ihre Schulter. »Alles wird gut«, tröstete ich sie.

»Ist wohl kaputt«, befand unsere Tante. »Schade.«

»Was machen wir jetzt?«, fragte Hanna.

»Ich muss mich kurz setzen«, sagte Cem.

»Du siehst gar nicht gut aus«, bemerkte ich und legte ihm die Hand auf die Schulter.

»Ich fühle mich auch gar nicht gut«, gab er zu. Wieder wurde er von einem schweren Hustenanfall geschüttelt. Er hielt seine Hand vor den Mund. Als er sie wegnahm, sah ich kleine rote Spritzer. *Blut.*

»Cem, ich bin keine Ärztin, aber du hustest Blut, und das ist alles andere als … ideal«, sagte meine Tante.

Cem konnte nicht antworten, weil er so sehr husten musste, dass er kaum noch Luft bekam. Hanna klopfte ihm auf den Rücken, doch ich hielt ihre Hand fest.

»Nicht, das macht es schlimmer«, sagte ich.

Ich sah mich um. Wir konnten jetzt unmöglich ein Zeltlager aufschlagen, vor allem nicht neben einer Leiche. Und Kreuzottern gab es hier wohl auch, aber vermutlich waren die sowieso überall. Ich betrachtete die Bäume um mich herum. Diese Stelle sah wieder mehr nach Tropen als nach Schweden aus. Die Schachtelhalmdichte hatte ordentlich zugenommen, das war mir vorher gar nicht aufgefallen. Dicke Farnwedel bildeten ein dichtes Unterholz, die Stämme der Birken, die hier standen, waren mit Moos und Flechten bewachsen und glänzten feucht.

»Hier sieht es aus wie in den Tropen«, sagte ich.

»Hast recht«, stimmte mir meine Tante zu.

Cems Husten versiegte langsam.

»Ist auch echt warm, merkt ihr das?«, fragte Hanna und zog ihre Kapuzenjacke aus.

»Ja, bestimmt fünfundzwanzig Grad«. Mir war richtig heiß.

»Cem braucht auf jeden Fall eine Pause«, beschloss ich. Ich versuchte, ruhig zu wirken, aber innerlich schob ich total Panik. *Blut husten* war nichts, was sich mit Erkältung oder Sonstigem wegerklären ließ. Das war ein echter Notfall. Eventuell eine Lungenentzündung, die Nacht war sehr kalt gewesen und die Zelte zugig.

»Vielleicht solltest du mal 'ne Stunde schlafen«, schlug Auguste vor. »Es dürfte jetzt so vierzehn Uhr sein, würde ich sagen. Dann haben wir immer noch genug Zeit, ein bisschen weiterzulaufen und einen geeigneteren Zeltplatz zu finden.«

»Klingt gut«, sagte Cem.

»Kommen Sie, Herr Doktor, wir rollen Ihnen Ihre Isomatte aus, stecken Sie in den Schlafsack, und dann ist erst mal Schicht im Schacht!« Ich versuchte, möglichst unbeschwert zu klingen.

Cem widersprach nicht und ließ sich anstandslos ins »Bett« bringen. Wir drei anderen setzten uns jeweils auf unsere eigenen Isomatten ein paar Meter von ihm entfernt. Cem schlief sofort ein, und wir unterhielten uns nur flüsternd, um ihn nicht aufzuwecken.

Ich hörte einen Schrei. Wir hoben unsere Blicke und sahen einen Greifvogel über uns kreisen.

»Fischadler«, murmelte Auguste. Sie hatte einen kleinen Stock in der Hand, mit dem sie im Laub vor ihrer Matte herumstocherte.

»Tut mir echt leid mit HP14«, sagte Hanna leise. »Ich weiß, dass sie dir viel bedeutet hat.«

»Ja … es ist …« Meine Tante schluckte. »Es ist schlimm. Ihr wisst ja, HP14 war die Letzte ihrer Art. Die letzte Weinbergschnecke, ein kleiner Endling. Hätte ich sie nicht mitgenommen, hätte ich sie einfach im Labor gelassen …« Ihr standen Tränen in den Augen.

Hanna legte ihre Hand auf Augustes. »Aber du wolltest sie beschützen. Konntest doch nicht wissen, dass so was passieren würde.«

»Ich weiß. Es war dennoch … Es war irrational. Unvernünftig. Dumm, einfach dumm.«

»HP14 war schon alt, sie wäre bestimmt ohnehin bald gestorben. Ohne dass jemand vorher noch einen Paarungspartner gefunden hätte.«

»Kann sein.«

Wir schwiegen.

»Wisst ihr, was wir jetzt machen?«, fragte Hanna und sprang auf.

»Pssst, nicht so laut«, ermahnte ich sie.

»Was denn?«, fragte meine Tante.

»Wir beerdigen HP14. Wie es sich gehört!«

»Dein Ernst?«, fragte ich.

»Wieso nicht? Also wenn ich sterbe, will ich auch nicht, dass ihr mich einfach irgendwo liegen lasst. Kommt, wir suchen eine schöne Stelle für sie aus. HP14 war ja so was wie ein Haustier. Toni würde ich auch beerdigen wollen, wenn sie irgendwann stirbt.«

Auguste schaute erst skeptisch, stand dann aber doch auf. »Na gut ... warte ... Wie wäre es hier? Zwischen diesen beiden Moospolstern, am Fuß der Birke? HP14 mochte Moos«, schlug sie vor. Ihre Stimme klang traurig. »Sie hat gern darauf oder darunter geschlafen. Weil es so schön feucht ist.«

»Gute Stelle. Ich grab ein Loch.« Hanna ging an der Stelle, die unsere Tante ausgesucht hatte, in die Hocke und begann mit bloßen Händen zu graben. Toni, begeistert von diesem Spiel, »half« mit, indem sie ein paar Zentimeter weiter ebenfalls energisch begann, zu buddeln.

»So, jetzt braucht HP14 noch einen Sarg«, sagte Hanna. Sie sah sich um.

»Ich denke, das geht so«, wandte ich ein, doch sie würgte mich mit einer Handbewegung ab.

»Nee, wir machen das *richtig.*«

Sie rupfte zwei Farnwedel ab und schlug die Schnecke darin ein. Ehrlich gesagt sah das Päckchen in Hannas Händen ein bisschen so aus wie eines dieser gefüllten Weinblätter, die es bei den Karadeniz immer gab. *Echt unangenehmer Moment, um zu merken, dass man Hunger hat.*

»Will jemand was sagen?«, fragte Hanna und hielt die Schnecke feierlich in den Händen.

»Ich«, kündigte meine Tante an und räusperte sich. »HP14 … Du warst eine sehr gute Schnecke. Ein sehr gutes Forschungsobjekt. Es tut mir leid, dass ich keinen Paarungspartner für dich finden konnte. Und es tut mir leid, dass ich dich hier her mitgenommen habe, wo du …« Auguste räusperte sich, und man sah, dass ihr das Ganze schwerfiel. »Hier, wo du gestorben bist. Du warst ein sehr guter Endling, und ich habe sehr gern mit dir zusammengelebt. Ohne dich wäre ich ganz allein gewesen.«

Hanna und ich sahen uns an. Ich blickte betreten auf den Boden.

»Sehr gut gesagt!« Hanna legte das kleine Paket in die Erdkuhle. »Schnecke zu Schnecke, Farn zu Farn«, sprach sie und schüttete das kleine Loch mit Erde und Laub zu.

»Das war sehr nett von dir«, sagte meine Tante.

Oh Gott, sie weint tatsächlich.

Und, oh Gott, jetzt weine ich auch.

Hätte nie gedacht, dass ich mal bei der Beerdigung einer Schnecke heulen würde. Andererseits hätte ich auch nie gedacht, dass ich überhaupt einmal bei der Beerdigung einer Schnecke dabei sein würde. Ich glaube, das können nicht viele von sich behaupten.

Ich blinzelte die Tränen weg und legte meiner Tante die Hand auf die Schulter. Ich weinte nicht um HP14. Also gut, ein bisschen vielleicht, aber vor allem weinte ich um meine Tante. Es war nur eine Schnecke, die wir hier zu Grabe trugen, aber allen war klar, dass HP14 in den letzten Jahren so etwas wie eine Freundin für Auguste gewesen ist. Eine *emotional-support-S*chnecke. Eine Wegbegleiterin. Vermutlich war HP14 bis zuletzt nicht wirklich bewusst, dass meine Tante überhaupt existierte, so als fühlender und lebender Mensch. Aber für Auguste war HP14 sehr real gewesen, und sie würde von nun an ohne sie leben müssen.

Wir setzten uns wieder in unseren Kreis. Um uns herum war es still, nur ab und zu flog mal ein Vogel auf, oder ein kleines Tier raschelte irgendwo im Gebüsch. Die Minuten verstrichen, und ich wartete darauf, dass Auguste uns mitteilte, dass eine Stunde vergangen sei. Ich hatte kein Zeitgefühl mehr, und als ich auf einem der Handys nachschauen wollte, stellte ich fest, dass es wieder ausgegangen war.

Ein Vogelschrei, direkt über uns. Wir sahen nach oben – auf dem Baum, an dessen Fuß wir HP14 begraben hatten, saß ein Fischadler, vielleicht derselbe wie eben.

»Ganz schön groß«, bemerkte ich.

»Ja, deshalb denke ich, dass es ein Weibchen ist«, sagte Auguste gedankenverloren.

Ich merkte auf. »Ein Weibchen?«, fragte ich, »sicher?«

»Na, sicher nicht, wann ist man schon einmal sicher … Aber so groß, wie der ist, gehe ich schon davon aus. Weibchen sind in der Regel deutlich größer als die Männchen, und das hier wäre schon ein besonders großes männliches Exemplar«, erklärte meine Tante.

»Der Elch war auch weiblich«, erinnerte ich die anderen, »und die Bärin.«

»Ja, wir drei sind es auch. Was ist daran besonders?«, fragte meine Tante.

»Ich weiß nicht«, antwortete ich, »nichts, nehme ich an.« Ich fuhr mit den Händen über den Boden, hob hier und da ein Blatt auf. »Ich guck mal was nach«, sagte ich, »bin gleich wieder da.«

Ich stand auf und ging zum Weg zurück. Dort schob ich mich wieder durchs Unterholz bis zu der Stelle, an der wir das Skelett gefunden hatten.

Nur die Ruhe, versuchte ich mich innerlich runterzuregeln, *atmen, ganz ruhig.*

Ich schob einen Farnwedel, der fast so hoch war wie ich, beiseite, und da war er wieder – der Baumstumpf, der gar kein Baumstumpf war, sondern mal ein Mensch gewesen ist. Der Anblick gruselte mich. Auf dem Rucksack lag immer noch die Kreuzotter, nur dass sie jetzt nicht von einem Sonnenstrahl angestrahlt wurde, denn der Himmel hatte sich wieder etwas zugezogen.

Braun, dachte ich. Ein Weibchen.

Ich ging zurück und wurde so euphorisch von Toni begrüßt, als sei ich zwei Tage lang weg gewesen. Hunde. Man muss sie einfach lieben.

»Wo warst du?«, fragte Hanna.

Meine Tante musterte mich aufmerksam.

»Hab nur was gecheckt … Da hinten war eine Schlange. Auch ein Weibchen.«

»Kann Zufall sein«, sagte meine Tante.

»Ja«, stimmte ich zu. »Aber erinnerst du dich an die Alpen? Die Libelle? Die Schmetterlinge? Alles Weibchen.«

»Uns können die Männchen entgangen sein. Was willst du damit überhaupt andeuten?«, fragte meine Tante.

»Ich weiß es nicht.« Das war die Wahrheit. Ich hatte nur so ein komisches *Gefühl,* das ich nicht erklären konnte.

»Meinst du echt, dass es hier nur weibliche Tiere gibt?«, fragte Hanna.

»Keine Ahnung … vielleicht? Findet ihr es nicht seltsam, dass wir auch ausgerechnet ein … Frauendorf suchen? Und dass hier alles so ähnlich wie in den Alpen ist?«

»Wie soll das gehen?«, fragte meine Tante. »Die Tiere müssen sich ja vermehren.«

»Kannst du nicht nach Käfern im Boden schauen und gucken, ob da auch Männchen sind?«, fragte meine Schwester.

»Ich weiß nicht … Denke, wird schwierig, gerade bei den kleinen. Da bräuchte ich ein Mikroskop und Sezierbesteck, um die Geschlechter unterscheiden zu können. Dafür muss man die Geschlechtsteile präparieren.«

»Iiih«, stieß Hanna aus und verzog den Mund.

»Aber Leute, ernsthaft … Erkennt ihr hier kein Muster? Das mit den Weibchen, das ist doch seltsam.«

»Du verbeißt dich da in was«, sagte Auguste.

»Ja, aber wir sind Wissenschaftlerinnen. Und es gibt ein Muster. Wir gehen Mustern nach.«

Auguste dachte nach. »Vielleicht … ja. Also okay, ich gebe zu, es gibt ein Muster. Das kann aber auch eine Fehlinterpretation sein. Weil wir nicht genug Daten haben. Weil wir gestresst sind, weil wir ein Frauendorf suchen und dadurch vielleicht unterbewusst dafür sensibilisiert sind, nur Weibchen zu bemerken. Irgendwie so was, ich bin keine Psychologin. Ich bin Wissenschaftlerin.«

Dass auch Psychologinnen Wissenschaftlerinnen sind, merkte ich nicht an. Meine Tante hielt Psychologie für Gelaber, was eine ziemlich unwissenschaftliche Einstellung ist, nebenbei bemerkt.

Hanna rutschte unruhig hin und her. »Leute, ähm, wenn wir schon dabei sind …« begann sie. Sie zögerte kurz, sprach dann aber weiter. »Wisst ihr noch, was Emma und Tom über ihren Freund erzählt haben? Der so krank wurde?«

Ich starrte meine Schwester an.

»Der hat Blut gespuckt. Und, na ja, jetzt sind wir hier. Und Cem spuckt Blut. Ich meine, ihr seid die Wissenschaftlerinnen. Aber findet ihr das nicht … komisch?«

Ich schielte zu meiner Tante, doch ihr Blick war in die Ferne gerichtet, sie schien nachzudenken.

»Was ist, wenn es hier auch so eine Krankheit gibt, wie in den Bergen? Die, warum auch immer, nur Männer befällt?«, fragte Hanna. »Oder, keine Ahnung, vielleicht keine Krankheit. Aber was auch immer das bewirken kann.«

»Shit«, flüsterte ich leise. »Mit dem ganzen Gerede über Männer sind nicht erwünscht, kein guter Ort für Männer … Ich dachte einfach, dass die Männer hassen.«

»Vielleicht ist da was dran«, sagte meine Tante. »Aber das werden wir jetzt nicht herausfinden. Es macht keinen Sinn, sich jetzt damit zu beschäftigen. Wird Zeit, dass wir Cem wecken. Wir müssen einen Lagerplatz finden, wo er sich so richtig ausschlafen kann. Und wo wir auch die Nacht verbringen können.«

Wir schnallten unsere Isomatten an unsere Rucksäcke und weckten unseren Freund. Er sah ein wenig besser aus und versicherte uns, dass er weiterlaufen könnte, weshalb wir uns wieder in Bewegung setzten.

Ich dachte über Hannas Worte nach, über den seltsamen Wald, über das Frauendorf. Lauter Andeutungen und Hinweise, aber worauf?

Argiope bruennichi
Wespenspinne

Schritt, Schritt, Schritt. Absolute Monotonie. Die Baumkronen über uns waren komplett geschlossen, sodass wir mittlerweile gar nichts mehr vom Himmel sahen. Alles war in ein fades grünes Zwielicht getaucht, und ich muss gestehen, dass ich ein bisschen Angst hatte, genau wie Hanna.

Cem schleppte sich so gut es ging voran, doch mit jedem Meter schien er mehr an Kraft zu verlieren. Er hustete mittlerweile bedenkliche Mengen Blut und hatte auch Probleme, Luft zu bekommen.

Keine von uns sprach es aus, aber wir alle dachten vermutlich dasselbe: *Was, wenn es immer schlimmer wird und Cem es nicht schafft? Wenn er vielleicht sogar stirbt, weil wir hier mitten in einem merkwürdigen, gruseligen Wald unterwegs sind, aus dem wir nie wieder rausfinden werden?*

Die Stimmung war extrem angespannt.

Was auch immer ich noch vor wenigen Stunden über seine belebende Wirkung auf Tante Auguste gedacht hatte: In diesem Moment hasste ich den Wald. Normalerweise war ein Wald für mich ein Rückzugsort, ein sicherer Hafen, der mich stets willkommen hieß und mich schützend umfing. Doch während ich diesen von Farnen, Schachtelhalmen und Birken gesäumten Weg entlangging, sehnte ich mir nichts mehr als Großstadt, Verkehrslärm und andere Menschen herbei, wirklich. Ich hätte alles dafür gegeben, aufzuwachen und festzustellen, dass ich in meiner Wohnung in München lag und einfach nur spät dran war. Dann würde ich mich aufs Rad schwingen oder den Bus nehmen und mich auf den Weg ins Institut machen. Alles wäre normal.

Doch stattdessen folgte ich mit meiner Tante, meiner Schwester, meinem blutspuckenden Freund und einem Hund ohne Ziel durch einen endlosen schwedischen Wald, der es sich ganz offenbar vorgenommen hatte, uns nie wieder freizugeben.

»Ich glaube, da vorn ist ein guter Platz, was sagt ihr?«, fragte Hanna und deutete auf eine kleine, mit Laub bedeckte Lichtung.

»Ja, sieht gut aus«, stimmte ich zu.

Dann wischte ich mir über mein Gesicht. Ich war in ein Spinnennetz gelaufen, das noch bewohnt gewesen war: eine hell-dunkel-gestreifte Spinne mit dickem Hinterleib hangelte sich einigermaßen entsetzt von abgerissenem Faden zu abgerissenem Faden. Eine Wespenspinne, *Argiope bruennichi.* Eine meiner Lieblingsspinnen.

»Shit, sorry«, murmelte ich.

»Ich stell mein Zelt hierhin!«, verkündete Hanna und ging mit großen Schritten zum rechten Rand der Lichtung.

Und dann war sie plötzlich weg.

»Hanna!«, rief ich.

Toni, die bei mir stehen geblieben war, rannte an die Stelle, an der Hanna eben noch stand, und bellte den Boden an.

Ich eilte hinüber, Auguste auf den Fersen, und kniete mich hin. Meine Schwester war in ein Loch im Boden gestürzt.

»Hanna!«, rief ich.

*Wie tief bitte war dieses Ding? I*ch konnte nichts erkennen. Die Wände, die noch durch das Licht der Dämmerung erleuchtet wurden, sahen gemauert aus. *Ein Brunnen?*

»HANNA!«, schrie meine Tante in den Schacht.

»Hey«, kam die Antwort. »Hier unten … Mir geht es gut … Nur der Fuß tut weh!«

Ich suchte meine Taschenlampe aus dem Rucksack und wollte nach unten leuchten. Doch sie funktionierte nicht, und ich warf sie beiseite.

»Hanna, hast du eine Ahnung, wie weit unten du bist?«

»Ne … aber wirklich sehr tief. Ich hab mir den Fuß verletzt!«, kam schwach die Antwort. Hanna schien zu weinen.

»Du klingst gar nicht so weit weg«, rief ich. »Kannst du aufstehen, vielleicht kann ich dich sehen!«

»Nein, ich kann nicht aufstehen!«

»Warte, ich spreche kurz mit Tante Auguste«, rief ich den Schacht hinunter.

»Was machen wir jetzt?«, fragte ich sie. Meine Stimme zitterte, ich war total fertig.

Hinter mir brach Cem zusammen.

»Cem!«, rief ich und eilte zu ihm. »Cem, was ist?«

»Kann … kann schlecht atmen … muss … mich hinlegen«, keuchte er.

Ich wollte einfach nur schreien. Das durfte alles nicht wahr sein.

Meine Tante hatte Cems Isomatte ausgerollt und seinen Schlafsack darauf drapiert. »Cem, leg dich hier hin«, wies sie ihn an. Er ließ sich das nicht zweimal sagen, krabbelte in den Schlafsack und drehte sich auf die Seite. Sein Atem ging schnell und flach, und als ich seinen Puls fühlte, merkte ich, wie sein Herz raste.

»Gib ihm Wasser. Gib auch Toni Wasser und was zu essen, und nimm dir selbst auch etwas«, wies mich meine Tante an.

Ich tat, was sie mir aufgetragen hatte, während sie sich wieder an den Schacht hockte. Sie hatte ein paar Zeltleinen zusammengeknotet und ließ sie runterbaumeln. »Hanna?«, rief sie hinunter.

»Ja«, kam die Antwort.

»Greif die Leine, vielleicht können wir dich hochziehen!«

Ich kam dazu und griff nach dem Ende der Zeltschnur, die meine Tante in der Hand hielt. Wir spürten einen Zug.

»Wir ziehen jetzt!«, kündigte Auguste an. Gesagt, getan.

Der Widerstand war riesig, doch wir hatten das Gefühl, dass sich was bewegt.

»Klappt es?«, schrie ich, in der Hoffnung, dass Hanna mich hörte.

»Ja!«, antwortete sie.

Doch dann rutschte mir das Seil aus der Hand, und meine Tante stolperte vorwärts.

»Aua!«, kam es aus dem Brunnen.

Hanna war wieder auf den Boden gefallen, und die Schnüre waren gleich mit im Schacht gelandet. Ich blickte auf meine Hände – sie waren aufgeschnitten.

»Mist, das klappt nicht«, sagte meine Tante.

»Hast du dich verletzt?«, rief ich in das Loch im Boden.

»Nicht mehr als vorher auch«, antwortete meine Schwester.

»Noch mal können wir es nicht versuchen. Deine Hände sind ruiniert, und allein schaffe ich das nicht«, stellte meine Tante fest. Sie kniete sich an den Schacht. »Okay, erst mal das Wichtigste. Hanna, wenn ich dir eine Flasche mit Wasser runterwerfe und ein paar Müsliriegel ... Kannst du das fangen?«

»Ich ... Ich weiß nicht. Aber ich hab Durst.«

»Versuchen wir es erst einmal mit den Müsliriegeln. Und Taschentüchern. Falls du mal musst.«

»Okay ...«

Auguste nahm einen Riegel. »Ich werfe ihn jetzt runter. Wenn ich JETZT rufe, lasse ich ihn los. Ich lasse ihn in der Mitte runterfallen!« Sie ließ den Müsliriegel mit dem ausgestreckten Arm über dem Schacht schweben. »Bereit?«, fragte sie.

»Ja.«

»3-2-1-*Jetzt!*« Dann ließ sie los.

»Aua«, kann es nach einer Sekunde.

»Hast du ihn gefangen?«

»Ne, aber versuch es noch mal!«, rief meine Schwester zu uns hoch.

Meine Tante wiederholte den Versuch. »3-2-1-*Jetzt!*«

»Hab ihn!«

»Okay, sehr gut«, rief Auguste. »Jetzt die Taschentücher!«

Auch die fing meine Schwester.

»Jetzt versuchen wir es mit der Wasserflasche. Sie ist aus Metall und kann nicht zerbrechen, aber sie kann dich treffen. Bereit?«

»Auguste, nein, was, wenn du sie damit verletzt?«, wollte ich sie stoppen.

»Wir haben keine Wahl, Hanna braucht Wasser, damit ihr Blutdruck durch den Schreck nicht absackt. Ich glaube nicht, dass sie während der Wanderung genug getrunken hat.«

Ich hatte zuvor beim Packen unserer Sachen kurz überlegt, ob ich uns noch Wasserschläuche für die Rucksäcke kaufe, mich dann aber für Edelstahlflaschen entschieden. Das bereute ich jetzt.

»Hanna, ich lasse die Flasche fallen. Wieder in der Mitte. Ich würde sie an die Seite fallen lassen, aber ich glaube nicht, dass wir uns auf eine verständigen können. Die Flasche fällt aufrecht stehend in der *Mitte!* Hast du das verstanden?«

»Ja, mach«, sagte sie, »ich hab auch eine Wunde am Bein und muss sie auswaschen. Wirf die Flasche!«

»Okay!«

Meine Tante hielt die Flasche über den Schacht. »3-2-1-*Jetzt!*«, rief sie und ließ los. *Klonk.*

Ich hielt den Atem an.

»Hab sie!«, rief meine Schwester.

Gott sei Dank.

»Bin gleich wieder da«, rief meine Tante meiner Schwester zu.

»Cem, hast du alles, was du brauchst?«, fragte sie.

Er nickte schwach.

Sie drehte sich zu mir um. »Hast du Toni gefüttert?«, fragte sie.

»Ja«, sagte ich.

»Gut. Komm, wir bauen jetzt zwei Zelte auf. In eins müssen wir Cem irgendwie reinkriegen.«

Gesagt, getan. Wir bauten zwei Zelte so auf, dass sich die Eingänge gegenüberlagen und man von einem Zelt ins andere reinschauen konnte. Dann trugen wir unsere Rucksäcke in ein Zelt und halfen Cem, in das andere zu kriechen. Anschließend schnallte sich meine Tante Tonis Wanderleine um und setzte den Rucksack auf. An der Seite hingen ein Schlafsack und eine Isomatte. Toni stand wachsam neben ihr.

»Was machst du da?«, fragte ich sie irritiert.

»Ich hole Hilfe.«

»Was? Nein, du kannst nicht gehen!«

»Zoe, was genau sollen wir sonst tun? Cem pfeift auf dem letzten Loch! Hanna steckt in einem Schacht fest, ist verletzt und kommt nicht raus! Wir können hier nicht rumsitzen, bis wir alle verhungert und verdurstet sind!«

»Aber …«

»Zoe, *denk doch mal nach!* Den Schacht hat jemand gebaut. Der ist gemauert. Vielleicht ist das ein alter Brunnen. Wenn wir Glück haben, ist hier irgendwo in der Nähe eine Siedlung. Eine von uns muss suchen gehen, und ich denke, es ist besser, wenn du hierbleibst. Auch, weil Hanna weniger Angst hat, wenn du dabei bist. Sie vertraut dir.«

»Aber … Aber was ist, wenn du niemanden findest?«

»Irgendwann endet jeder Weg, auch dieser hier. Wir müssen *Hilfe* holen. Und es wird Hilfe geben, irgendwo.«

Mir kamen die Tränen. Ist das nicht immer der Grund, weshalb die Leute in Horrorfilmen sterben? Weil sie sich aufteilen, nicht zusammenbleiben?

»Komm her«, sagte Auguste in diesem ganz bestimmten Tonfall, den sie früher immer hatte, wenn ich als kleines Mädchen weinte oder Angst bekam. »Zoe, alles wird gut«, flüsterte sie und nahm mich in den Arm.

Ich weinte. Ich weinte so sehr, dass ich dachte, ich könne gar nicht mehr aufhören. Ließ mich in die Tantenumarmung fallen, war wieder ganz klein und saß vor einer großen Spinne, während meine Tante immer wieder wiederholte: *Du musst keine Angst haben, dir kann nichts passieren. Keine Angst, ich bin da. Du bist mutig, ein richtiger Herkuleskäfer, die haben auch keine Angst!*

Doch ich hatte Angst. Uns konnte dieses Mal wirklich etwas passieren. Und sie würde uns gleich allein lassen. Was als Rettungsmission für ihre Freundin gestartet war, war jetzt ein Kampf auf Leben und Tod für uns alle. Plötzlich mussten *wir* gerettet werden. Die ganze Aktion war mehrere Nummern zu groß für uns, wir hätten uns niemals darauf einlassen sollen. Es war ein komplettes Himmelfahrtskommando.

»Was ist, wenn dir was passiert?«, flüsterte ich in ihre Schulter, die ich mittlerweile schon nass geweint hatte.

»Ohne mich wärt ihr nie in diese Lage geraten. Jetzt ist erst einmal wichtig, dass *ihr* gerettet werdet, und genau darum werde ich mich jetzt kümmern. Macht euch keine Sorgen. Und ich hab doch Toni.« Meine Tante schob mich sanft von sich weg und lächelte. »Alles wird gut, kleine Zoe. Alles wird gut.«

Da war sie wieder – die alte Auguste. Die Tante, die ich so, so vermisst hatte. Von der ich dachte, dass ich sie für immer verloren habe, genau wie Papa. Doch ausgerechnet in diesem verdammten Wald war sie wieder zum Vorschein gekommen und versicherte mir, dass alles gut werden würde. Und die kleine Zoe in mir glaubte ihr. Hatte Tante Auguste nicht immer recht?

Auguste trat an den Schacht und erklärte Hanna kurz, dass sie Hilfe holen werde. Dass sie das Gefühl habe, dass gar nicht weit weg von hier eine Siedlung wäre, schließlich sei hier ja auch ein Brunnen. Sie beruhigte meine Schwester mit diesen Worten, versuchte, ganz locker zu klingen, und sagte ihr auch, dass sie Toni mitnehmen werde.

Ihr Zelt lag neben ihr auf dem Boden, es hatte keine Schnüre mehr, sodass sie es nicht aufbauen konnte. Sie würde später wohl im Freien schlafen müssen. Bei dem Gedanken wurde mir ganz mulmig, wenngleich ein Zelt ja auch kein echter Schutz war. Doch zumindest konnte man damit ein bisschen mehr so tun, als wäre man sicher in seiner Behausung.

Auguste stand auf und winkte mir.

»Bis gleich«, verabschiedete sie sich und ruckte an Tonis Leine. Die Hündin ging überraschend bereitwillig mit. Kurz darauf lief sie in die Richtung, in die wir eben noch gemeinsam unterwegs gewesen waren. Mit großen, schnellen Schritten holte sie aus, und ich sah zu, wie die beiden immer kleiner wurden und schließlich zwischen den Bäumen verschwanden, während ich mich an mein Bärenspray klammerte und die Sonne langsam unterging.

Athene noctua
Steinkauz

Ich kroch aus dem Zelt und schaute zitternd in den pechschwarzen Wald hinaus. Cems kratzendes Atmen erfüllte die Luft, und bei jedem rasselnden Luftholen bekam ich Gänsehaut. Ich überzeugte mich, dass es ihm einigermaßen okay ging. Er döste, was schon einmal gut war. Stabiler Zustand. Dann tastete ich mich weiter vor zum Schacht. Es war mittlerweile komplett dunkel, die Blätter ließen kein einziges Photon Sternenlicht durch, und ich hatte es nicht geschafft, Feuer zu machen. Das war eigentlich Cems oder Augustes Aufgabe. Ich bekomme das bis heute nicht hin. Auf allen vieren kroch ich über den Boden weiter, bis ich die Kante fand.

»Hanna?«, rief ich runter.

Ich hatte Hanna vorhin ihren Schlafsack, meine isolierte Sitzunterlage und zwei meiner Hoodies runtergeworfen, damit sie die Nacht gut überstand. Da unten musste es noch viel kälter sein als hier oben, und hier war es schon ungemütlich. Außerdem ließ ich auch die Schmerztabletten den Schacht runterfallen, was ihre Situation offenbar etwas verbessert hatte.

»Ja«, antwortete sie.

»Wie geht es dir?«

»Alles okay … also, na ja. Du weißt schon.«

»Brauchst du was?«

»Eine Pizza mit doppelt Käse und einen heißen Kakao, danke!«

»Ist notiert.« Ich lächelte und stellte mir vor, dass sie das auch tat.

»Zoe?«

»Ja?«

»Dieses Geräusch … Ist das eine Eule?«

»Ich denke, das ist ein Steinkauz.«

»Erzählst du mir eine Geschichte über Steinkäuze? Wie damals, als ich klein war. So ein Märchen.«

Also erzählte ich ihr eine Geschichte über Eulen, und dann noch eine und noch eine, genau wie damals, als sie klein war. Und genau wie damals interessierte es sie nicht, dass mir irgendwann einfach nichts mehr einfiel. Sie wollte mehr, mehr, immer mehr.

Nachdem ich ihr noch sechs weitere Geschichten erzählt hatte, verabschiedete ich mich von ihr, hoffte, sie würde die Nacht in ihrem Schacht so gut wie möglich überstehen, und kroch voller Angst in mein Zelt. Gerade, als ich den Reißverschluss schließen wollte, hörte ich, wie sich etwas Großes durchs Gebüsch zu schlagen schien.

Ich erstarrte.

Äste brachen, man hörte Stampfen, ein Knurren oder Gemurmel … Was war das?

Zitternd tastete ich nach dem Bärenspray. Schließlich fand ich es. Ich kroch aus meinem Zelt und versuchte zu orten, aus welcher Richtung die Geräusche kamen. Diesmal dachte ich daran, die Dose zu entsichern. Ich brach den Plastikhaken ab und hielt das Spray ausgestreckt vor mir in die Richtung, aus der der immer lauter werdende Krach kam.

Auf einmal Licht. Es sah aus, als würden die Farnwedel vor mir glühen. Das Licht flackerte. *Feuer?*

»Zoe! Zoe, ich bin es!«

»Tante Auguste?«

»Ja, warte!«

Die Farnwedel teilten sich, und vor mir standen Tante Auguste, Toni und zehn oder fünfzehn Frauen.

Vor Erleichterung fing ich an zu weinen. Wir waren gerettet.

Sus scrofa
Wildschwein

Und dann ging alles ganz schnell. Die Frauen ließen eine Strickleiter in den Brunnen, und eine kleine, starke Frau namens Ebba kletterte hinunter und kam mit Hanna im Schlepptau wieder hoch. Währenddessen legten die anderen Frauen Cem auf eine Trage und gingen mit ihm schon mal vor, während ich schnell unsere Rucksäcke zusammenpackte. Die Zelte ließ ich stehen, dafür war jetzt keine Zeit, dann folgten Auguste und ich den anderen. Hanna wurde von zwei Frauen gestützt und humpelte, freute sich aber sichtlich, dass sie ihrem Loch entkommen war und ihre geliebte Toni begrüßen konnte.

Wir gingen nicht den Weg entlang, sondern querfeldein durch den Wald, wobei sich immer wieder Lücken im Unterholz ergaben. Es war, als würde uns der Wald leiten, als würde er entscheiden, wohin wir gingen. *Oder ich verliere einfach langsam den Verstand.* Ich sag, wie es ist: Sich in einem schier endlosen und sehr bedrohlich wirkenden Wald zu verlaufen, eine Leiche zu finden und einen Endling beerdigen zu müssen, während ein Freund immer kränker wird, macht was mit einem. Ich betrachtete die Bäume und Sträucher im Schein der Fackeln, die vier der Frauen trugen. Wieder hatte ich dieses seltsame Gefühl wie in den Bergen. Dass sich hinter diesem Wald, den ich sah, noch ein anderer Wald befand. Das Gefühl, dass der Wald wie ein Hologramm über einem *anderen* Wald lag. *Das macht keinen Sinn,* sagte ich mir. *Das macht überhaupt keinen Sinn.*

In der Zwischenzeit erzählte mir Auguste, dass sie mit Toni unterwegs gewesen war, als die Hündin plötzlich in Richtung Unterholz lief. Sie hatte nicht gebellt oder sich sonst irgendwie auffällig verhalten, sie wollte nur unbedingt in diese Richtung. Seltsamerweise hatte auch meine Tante das Gefühl, dass sie dahin wollte, obwohl ihr der Verstand mitteilte, dass es eine sehr schlechte Idee war, den Weg zu verlassen. Ich dachte daran, wie mich in den Alpen dieser Wald angezogen hatte, Hanna ja anscheinend auch.

Meine Tante war also Toni gefolgt. Auch hier war es, als würde der Wald ihnen Platz machen, sie einfach durchschlüpfen lassen, genau wie jetzt bei uns.

»Ein oder zwei Stunden liefen wir mitten durch die Büsche und Bäume hindurch«, erzählte sie, »und dann … Dann standen wir einfach vor einem Haus. Einem ganz normalen Haus. Und dahinter waren noch mehr ganz normale Häuser. Es gab eine Straße, Gartenzäune, Briefkästen. Ich dachte, ich halluziniere.«

Wir kamen nach zwei oder drei Stunden Fußmarsch endlich am Dorf an. Hanna war total fertig, und ich war auch schon mal fitter. Cem wurde weggebracht, *auf die Krankenstation,* wie man uns sagte, wir anderen in ein Gästehaus. Dort hatte man ein Zweibettzimmer vorbereitet, in das meine Schwester und ich geführt wurden. Hanna ließ sich seufzend auf einen Stuhl sinken. Das Zimmer war gemütlich eingerichtet, helle Holzdielen am Boden, aber auch die Wände waren mit Holzpaneelen ausgekleidet. *Wie in Dänemark bei Paula,* dachte ich. Die Betten standen nebeneinander, nur durch zwei kleine Nachttische voneinander getrennt. Meine Tante war nirgendwo zu sehen, aber man beruhigte uns damit, dass sie sich schon in ihrem Zimmer einrichten und erst einmal duschen würde.

»Ich bin Ylvie«, stellte sich eine der Frauen freundlich auf Englisch vor und hockte sich vor Hanna hin. Neben ihr lag eine dieser großen Taschen voller Spritzen und Medikamente, wie sie Rettungssanitäter immer bei sich trugen. Sie dürfte im Alter von Auguste und unserer Mutter sein und trug eine Frisur aus blonden, hochgesteckten Zöpfen.

Die anderen Frauen verließen das Zimmer und ließen uns drei allein.

»Wie heißt du?«, fragte Ylvie.

»Hanna«, antwortete meine Schwester. Da sie, wie so ziemlich alle Teenager heutzutage, genauso gut Deutsch wie Englisch sprach, gab es hier keinerlei Verständigungsprobleme.

»Okay, Hanna, wir schneiden deine Wanderhose auf, und dann wasche ich die Wunde aus, das ist ein ganz schön tiefer Schnitt. Vielleicht muss ich sie nähen. Und deinen Knöchel kühlen wir dann erst einmal. Ich glaube nicht, dass da etwas gebrochen ist. Ich bin übrigens Ärztin, also keine Sorge, du bist in guten Händen.«

Hanna nickte, und ich sah ihr die Erleichterung an. Die Ärztin schritt zur Tat und trennte die Hose mit einer Schere auf.

»Das Ding wären wir schon einmal los«, sagte sie und warf die Hosenreste auf den Boden. »Jetzt noch ein kleiner Pieks gegen die Schmerzen. Vorher die Frage: Hast du Allergien gegen Schmerzmittel oder Antibiotika?«

Meine Schwester verneinte.

»Sehr gut. Ich spritze dir jetzt ein Schmerzmittel, und du bekommst eine Infusion mit Flüssigkeit und auch Antibiotika drin. Es wird dir schon bald viel besser gehen. Meinst du, du kannst schlafen, oder brauchst du auch ein Schlafmittel?«

»Ich denke, das geht so, ich bin total erledigt«, antwortete meine Schwester.

»Alles klar.« Ylvie begann, die Wunde zu reinigen und zu

nähen. »So. Noch eine wichtige Frage, bevor ich dich an den Tropf hänge: Musst du mal aufs Klo?«

»Boah … ehrlich gesagt ja, ziemlich dringend.«

»Gut, das Schmerzmittel sollte gleich wirken. Dann bringen wir dich ins Bad, da kannst du auf Toilette gehen und dich ein bisschen waschen. Dann begleiten wir dich zurück ins Zimmer, hängen dich an den Tropf, und dann kannst du dich mal richtig ausschlafen.«

Während wir Hanna im Bad assistierten und ihr anschließend auch dabei halfen, einen Schlafanzug anzuziehen, raste mein Kopf. *Was ist das mit den Frauen hier, was ist mit dem Wald, was ist mit Cem, was ist mit den Tieren los, was ist das mit den Schachtelhalmen, was, was, was.*

Nachdem Hanna versorgt war, ging ich mit einem Handtuch zurück ins Gemeinschaftsbad, um zu duschen. Als ich zurück ins Zimmer kam, wartete Ylvie auf mich, um sich kurz um die Schnitte in meinen Handflächen zu kümmern. Dann drückte sie mir einen Pyjama in meine verbundenen Hände und ließ uns allein.

»Tante Auguste war hier zum Gute-Nacht-Sagen«, erzählte meine Schwester, »als du Duschen warst.«

»Oh, hat sie noch was gesagt? Vielleicht wegen Cem?«

»Sie meinte nur, dass sie sich gut um ihn kümmern. Anscheinend haben die hier ein richtiges kleines Krankenhaus. Sie war bei ihm, und er bekommt Medikamente und schläft. Antibiotika, Infusion, noch anderes Zeug … das volle Programm.«

Das erleichterte mich. Ich hatte schon Sorge, dass wir hier bei irgendwelchen Hinterwäldlerinnen gestrandet wären, die Weihrauchbündel anzündeten und die Dämonen wegtanzten, die ihrer Ansicht nach von Cem Besitz ergriffen hatten. *Antibiotika* und *Infusion* waren Musik in meinen Ohren.

»Danach ist sie mit dieser alten Frau weg, die mir auch die

Kühlpacks an den Knöchel gelegt hat. Die Schwellung geht schon zurück, hilft echt gut.«

»Gott sei Dank!« Ich trat an ihr Bett und hob die Decke am unteren Ende hoch. Hannas Bein war auf zwei Kissen ein wenig erhöht gelagert und verbunden. Links und rechts vom Knöchel lagen Kühlkissen locker auf.

»Tante Auguste schläft in einem anderen Zimmer, keine Ahnung, ob sie noch mal wiederkommt.« Hannas Stimme klang langsam verwaschen.

»Haben sie dir doch was gegeben? Schlafmittel oder so?«

»Nein, ich bin einfach nur soooo müde. Glaube, war noch nie so müde in meinem Leben.«

Nachvollziehbar.

»Dann schlaf jetzt«, sagte ich.

»Wo ist Toni?«, murmelte Hanna.

»Die liegt hier am Boden, ist aber schon eingeschlafen«, erklärte ich ihr.

»Ah, dann ist gut«, flüsterte sie. Dann zog sie ihre Bettdecke bis ans Kinn und war kurz darauf weg vom Fenster.

Gute Idee, dachte ich und legte mich in mein eigenes Bett. Gegenüber von unseren Betten, direkt über der Tür, hing der Kopf eines ausgestopften Ebers an der Wand. Das war mir vorhin gar nicht aufgefallen.

»Boah, ist das schräg«, murmelte ich.

Auch ich schlief sofort ein.

Pavo cristatus
Blauer Pfau

Ich erwachte am nächsten Tag zur Mittagszeit, die Sonne stand tief und satt am Himmel. Hannas Bett war leer, auch Toni war nicht da. Ich stand auf, schlüpfte in die Gästepantoffeln, die sich neben meinem Bett magisch materialisiert zu haben schienen, und öffnete die Tür.

Wo ist Cem, war mein erster Gedanke.

Ich ging den holzverkleideten Flur entlang zu der Treppe, die wir gestern hinaufgegangen waren. Unten kam mir Auguste entgegen.

»Ah, ich wollte gerade zu dir«, sagte sie. »Wie hast du geschlafen? Geht es dir gut?« Sie trug kurze Leinenshorts und ein khakifarbenes Baumwollhemd. Ihre Haare waren noch nass, anscheinend hatte sie schon geduscht.

»Ich ... ja. Wo ist Hanna? Und wo ist Cem, wie geht es ihm?«

Ich war noch nicht richtig wach, aber merkte, wie mein Adrenalinspiegel bei dem Gedanken an meinen Freund direkt hochschoss.

»Cem geht es gut, ich habe ihn eben besucht. Möchtest du ihn sehen?«

»Ja!«

»Vielleicht willst du vorher noch den Schlafanzug loswerden ... Warte, ich hole dir was. Bleib hier stehen.«

Meine Tante verschwand um eine Ecke. Kurz darauf kam sie mit einer alten Frau zurück.

»Hier, Liebes, zieh das an.« Die Alte hielt mir einen Stapel Klamotten hin.

»Sie sprechen ja Deutsch«, bemerkte ich.

»*Sie,* oh, gleich so förmlich«, sagte die alte Frau und gluckste vergnügt.

Ihr Gesicht war faltig, aber ihre Augen waren klar und voller Leben. Es fiel mir schwer, einzuschätzen, wie alt sie war. Sie trug ein langes, pflaumenfarbenes Leinenkleid und darüber eine flaschengrüne Strickjacke. Ihr Hals war mit bunten Ketten behangen, genau so wie ihre Handgelenke – die ganze Person war ein einziges Klimpern. Ehrlich gesagt fand ich, dass sie ein bisschen esoterisch aussah, gleichzeitig aber sehr sympathisch. Einer dieser Menschen, die man einfach mögen muss.

»Sag ruhig *du*«, forderte sie mich auf, »ich bin Helle. Und du bist Zoe, nehme ich an.«

Obwohl sie perfekt Deutsch sprach, hatte sie einen gut hörbaren skandinavischen Akzent. Wie alt mochte sie sein, fünfundachtzig? Neunzig? Vielleicht sogar über neunzig. Sie war klein, ein wenig rundlich und hatte schlohweißes Haar.

»Ja, genau, ich bin Zoe. Vielen Dank für die Sachen … Ich geh kurz zurück und zieh mich um.«

Ich stieg die Treppe wieder hoch. Im Zimmer angekommen untersuchte ich die Klamotten, die man mir gegeben hatte: einen Sport-BH, eine Baumwollunterhose, eine weite blaue Leinenhose mit Gummizug und ein fließendes weißes Leinenoberteil. Alles tatsächlich genau meine Größe. Nicht mein Stil, aber sehr gemütlich, das musste man schon sagen. Zuletzt schlüpfte ich noch in die Sandalen (ebenfalls die richtige Größe) und verließ das Zimmer.

»So, also Cem«, sagte Auguste, die unten auf mich gewartet hatte.

Die andere Frau war verschwunden.

»Komm mit«, forderte mich meine Tante auf und führte mich aus dem Gebäude. Wir gingen die Straße entlang. Der Ort, an dem wir uns befanden, sah genau so aus, wie ich mir ein schwedisches Dorf im Wald vorstellte.

Die Häuser, meist Holzbauten, waren im traditionellen Falunrot gestrichen und mit weißen Verzierungen an Fenstern und Türen geschmückt. Wie in dem Alpendorf schien auch hier jedes Haus seine eigene Persönlichkeit zu haben, mit sorgfältig gepflegten Gärten voller Pflanzen und kleiner Bänke sowie kunstvoll geschnitzten Holzornamenten an den Dachrinnen. Moosbewachsene Kopfsteinpflasterwege verbanden die Häuser und führten zu einem zentralen Platz, auf dem ein kleiner Springbrunnen fröhlich plätscherte. Durch die Bäume hindurch konnte ich die Sonne am Himmel stehen sehen, und die Luft roch nach Erde und feuchtem, frischem Laub. Gestern noch hätte ich mich nicht mehr groß gewundert, wenn der Teufel höchstpersönlich auf Ziegenfüßen zwischen den Farnen hervorgekommen wäre, heute fühlte ich mich wie in *Ferien auf Saltkrokan.* Was für ein wilder Ritt.

»Hier entlang«, dirigierte Auguste.

Wir bogen nach rechts ab und kamen an ein kleines gelbes Haus, das ein wenig abgesondert von den anderen Häusern lag. Es befand sich am Ende eines sehr weitläufigen Gartens, der bestimmt so groß wie ein Fußballfeld war. Wir gingen durch das weiße Holztörchen. Wilde Himbeersträucher standen neben gepflegten Rosenbeeten, während ein kleiner, von Moos und Farn umsäumter Teich fast magisch in der Mitte des Gartens lag und mit einer kleinen Holzbrücke überquert werden konnte. Hier und da waren Skulpturen aus Holz oder Stein zu entdecken, die anscheinend Figuren aus Folklore und Mythen darstellten, zumindest meinte ich, Elfen und Trolle zu erkennen. In einer Ecke des Gartens gab es ein Gemüsebeet, in dem Karotten, Kartoffeln und verschiedene Kräuter wuchsen, und zwischen denen drei große Blaue Pfaue herumstreiften und nach Würmern und anderen Insekten pickten. Wir bogen ab, und hinter einem Weidenbaum sah ich ihn: Auf einem Liegestuhl in der Sonne lag–

»Cem!«, rief ich und rannte los.

Die Rückenlehne der hölzernen Liege war hochgeklappt, eine Wolldecke über seinen Beinen ausgebreitet. Er hielt eine Tasse in der Hand und sah erstaunlich gesund aus. Etwas blass, ja, aber weit entfernt von dem halb toten Zustand, in dem er sich noch am Abend zuvor befunden hatte.

»Hey, Zoe«, begrüßte er mich.

»Oh mein Gott … Geht es dir besser? Also ich meine: Es geht dir besser! Du siehst … du siehst …«

»Du meinst, es steht mir gut, kein Blut zu spucken?«, entgegnete er und lächelte.

»Ich meine … *ja!*«

»Ja, ich fühle mich auch fast wie neu.«

»Aber wie ist das möglich?«

Auguste war mittlerweile zu uns aufgeschlossen.

»Premiumärztinnen oder so«, sagte Cem. »Nein, im Ernst, ich habe keine Ahnung, ich war bewusstlos. Das Letzte, woran ich mich erinnere, ist, dass Hanna in einen Schacht gefallen ist. Und das Nächste, dass ich hier in einem weichen, warmen Bett aufgewacht bin.«

»Das ist … das ist … wow! Also wow! Und wo ist Hanna eigentlich?«, fragte ich Auguste.

»Die ist bei Sophie.«

»Bei … *bei Sophie?*«

Okay, was habe ich bitte alles verpasst?

»Ja, sie haben Sophie zwei Tage vor uns gefunden. Sie hatte hohes Fieber und halluzinierte. Blutvergiftung. Sie ist auf der Krankenstation. Hanna ist auch da zum Verbandwechsel.«

Ich wollte ins Haus gehen, da hielt Auguste mich zurück.

»Die *andere* Krankenstation. Die hier ist für Männer, soweit ich das verstanden habe.«

»Geht nur, ich trinke meinen Tee. Außerdem wurde mir Rührei versprochen, mich kriegt hier so schnell nichts mehr weg«, sagte Cem.

»Sicher?«

»Ja klar, hau ab, ich geb davon sicher nichts ab!«

Er grinste, und ich war so, *so* erleichtert.

»Okay … Ich besuch dich später wieder!«

Auguste und ich gingen zurück zum Gartentörchen und überquerten den Platz, auf dem zwei Mädchen im Grundschulalter Fußball spielten. Mir brummte der Schädel. *Verdammte Migräne.*

»Hier«, sagte Auguste und zeigte auf ein Gebäude. »Das ist das offizielle Krankenhaus.«

Wir betraten ein größeres rotes Haus. Meine Tante führte mich durch einen Flur, bis wir in eine Art Krankensaal kamen. Die Wände waren mit weißer, abwaschbarer Farbe gestrichen, und der Boden war mit einem strapazierfähigen, leicht zu reinigenden Material ausgelegt. Mehrere Betten standen in einer Reihe, getrennt durch Vorhänge. Jedes Bett war mit einem Überwachungsmonitor und anderen medizinischen Geräten ausgestattet, daneben befand sich ein kleiner Rolltisch für persönliche Gegenstände.

Alle Betten waren leer, bis auf eines. Eine blonde Frau lag darin und plauderte angeregt mit meiner Schwester, die neben ihr auf einem Stuhl saß.

»Sophie?«, fragte ich.

»Zoe! Mensch, bist du groß geworden!«, rief die Frau rüber und richtete sich ein wenig mehr auf.

Toni umrundete das Bett und begrüßte mich schwänzelnd.

»Na, du kleine Maus«, flüsterte ich und begrüßte sie kurz.

»Ihr habt mir einen ganz schönen Schrecken eingejagt«,

sagte Sophie, »sie haben mir erzählt, dass ihr fast gestorben seid!«

»*Wir* haben *dir* einen Schrecken eingejagt?«, fragte meine Tante fassungslos. »Wärst *du* nicht einfach von der Bildfläche verschwunden, wären wir gar nicht in diese Situation gekommen! Ich glaub's ja nicht!«

Sophie und meine Tante sahen sich mit gespielter Empörung an und brachen dann in schallendes Gelächter aus. Ich weiß nicht, wann ich Auguste das letzte Mal so lachen gesehen habe. Hanna und ich ließen uns sofort anstecken, und ich war mir sicher, dass man uns noch drei Häuser weiter hören konnte.

Sciurus vulgaris
Eurasisches Eichhörnchen

Die nächsten Tage verliefen angenehm ereignislos. Cem, Sophie und Hanna ruhten sich aus und kamen langsam wieder zu Kräften, und auch ich konnte nach zwei Tagen die Verbände an den Händen abnehmen. Im Dorf funktionierten unsere Handys wieder ganz normal, sodass wir Mama anrufen und ihr vorgaukeln konnten, dass wir eine tolle Wanderung gemacht hätten, auf der es leider nur Funklöcher gab. Sie schien sich in der Kur richtig gut zu fühlen und hatte auch zwei Freundinnen gefunden, mit denen sie wohl allerlei unternahm.

Cem blieb immer noch in seinem eigenen Haus, und Sophie bekam weiterhin Antibiotika auf der Krankenstation und schlief viel.

Am nächsten Tag begleitete ich Hanna, der die Spaziergänge wieder eine gesündere und rosigere Farbe auf die Wangen gemalt hatten, zu ihrer täglichen Untersuchung auf der Krankenstation.

Nachdem sie ihr Antibiotikum bekommen hatte, besuchten wir wieder Sophie. Meine Tante war auch schon da.

»Setz dich ruhig hier an die Bettkante«, sagte sie, als ich nach einem Sitzplatz suchte. Hanna und Auguste hatten bereits auf den beiden vorhandenen Stühle Platz genommen.

»Also … Sophie, was ist *passiert*?«, legte ich direkt los. Noch immer schwirrten mir meine vielen Fragen im Kopf herum, und sie zu stellen, brannte mir einfach unter den Nägeln.

»Ehrlich gesagt ist mir genau dasselbe wie euch passiert. Ich hab mich verlaufen … Wahrscheinlich, weil mich die Infektion ganz schön fertig gemacht hat … na ja. Ein Kind hat mich zum Glück rechtzeitig gefunden.«

»Ein *Kind*?« Die Vorstellung, dass Kinder durch diesen Albtraumwald spazierten, verursachte mir Unbehagen.

»Ja, ein kleines Mädchen, das ein paar Himbeeren sammeln wollte. Da hab ich ganz schön Schwein gehabt. Wo wir gerade bei Kindern sind …« Sophie wandte sich an Auguste und streckte die Hand aus. Meine Tante ergriff sie. »Hast du was von Laura gehört?«, fragte sie.

»Ja, ihr geht es gut, du musst dir keine Sorgen machen«, antwortete Auguste.

»Lassen sie sie in Ruhe?«

»Ja, niemand ahnt was«, beruhigte sie Auguste.

»Gut, gut.« Sophie schloss kurz die Augen.

Ich musste einfach fragen. »Sophie … Weißt du, was mit diesem Wald los ist?«

Sie öffnete wieder ihre Augen. »Haben die Frauen euch das noch nicht erzählt?«

»Nein.«

»Nun denn«, begann sie und richtete sich etwas mehr im Bett auf. »Ich würde sagen, auf diese Frage gibt es mehrere Antworten. Ich warne euch gleich: Besonders naturwissenschaftlich wird das jetzt nicht, hihi. Also. Habt ihr mal den Namen Njörun gehört?«

»Nein«, sagte ich.

»Njörun ist eine Gottheit, die in den skandinavischen Sagen nur als Name auftaucht, aber niemand weiß viel über sie. Es gibt keine richtigen Quellen. Was nicht verwundert, denn aufgeschrieben haben solche Sachen in späteren Zeiten nur die Männer. Und nun …« Sie überlegte kurz. »Ich denke, die *Umstände* waren damals einfach so, dass kein Mann da war, um irgendetwas aufzuschreiben. Festzuhalten, was hier in diesem Wald passierte. Weil, na ja. Ihr wisst ja: dieser Wald und Männer …«

Ich schielte zu meiner Tante, ob sie schon die Augen verdrehte. Das war ja wieder genau ihr Ding: Glaube, Religion, Sagen. Doch sie saß still da und hörte ihrer Freundin zu.

»Ich recherchiere schon länger zu ihr. Die Frauen hier haben mir jedenfalls erzählt, dass es diese Siedlung schon seit Jahrtausenden gibt. Natürlich nicht so wie heute, das Dorf ist ja modern und alles. Aber die Frauen haben hier schon immer gelebt, und früher waren sie wohl die Priesterinnen von Njörun gewesen. Sie widmeten ihr Leben der Verehrung dieser Gottheit, lebten in Abgeschiedenheit, waren zufrieden. Ab und zu schickten Familien ihre Töchter hin und bekamen dafür jedes Jahr etwas Getreide für den Winter. Ein pragmatischer Deal, aber für die Töchter war das allemal besser, als unglücklich verheiratet zu werden. Irgendwann im zehnten oder elften Jahrhundert muss es aber einen Vorfall gegeben haben, einen genauen zeitlichen Punkt konnte Helle mir nicht nennen … Ach ja, Helle hat hier das Sagen. Habt ihr sie schon getroffen?«

»Ja«, sagte Hanna.

»Schrullige alte Frau, aber sehr nett. Jedenfalls sollen christliche Soldaten diese Siedlung überfallen und die Priesterinnen vergewaltigt haben. Daraufhin soll Njörun über die Männer hergefallen sein, sich in eine riesige Bärin verwandelt haben – oder in ein Wildschwein, hier widersprechen sich die Aussagen ein wenig –, und dann verschlang sie alle Männer. Und sie verfluchte den Wald, sodass Männer, die das Herz des Waldes betreten, sterben müssen.«

Wieder schaute ich zu meiner Tante, um zu sehen, wie sie auf diese Informationen reagierte. Doch sie ließ sich nichts anmerken.

»Sind das hier also Priesterinnen?«, erkundigte sich Hanna.

»Nicht mehr, glaube ich. Zumindest nicht richtig, ich bin mir nicht sicher. Ich glaube, sie sind nicht ganz offen, verbergen ein bisschen was vor mir. Die haben jedenfalls fast alle normale Jobs, manche ziehen weg, gründen Familien, kriegen Kinder. Wenn sie alt sind und der Partner oder die Partnerin stirbt, kommen viele von ihnen wieder zurück, um den Rest des Lebens hier zu verbringen. Helle hat das beispielsweise gemacht. Nach dem Tod ihrer Frau vor ein paar Jahren kam sie wieder *nach Hause.*«

»Und Njörun ist also ein ... Tier?«, fragte ich.

»Die Frauen hier *glauben* das zumindest. Sie glauben, dass der Wald *selbst* Njörun ist. Dass er nur aussieht wie ein Wald, aber eigentlich ist es die Göttin in Tiergestalt. Und sobald ein Mann den Wald betritt, verzehrt sie ihn.«

Ich dachte an dieses seltsame Gefühl, das mich in den Alpen und auch hier im Wald überkommen hatte. Das Gefühl, dass die Berge und der Wald nur eine Schicht über etwas anderem waren, dass sie etwas verbargen. Vorgaben, etwas zu sein, was sie nicht sind. *Eben die ganz normalen Gedanken einer Frau, die kurz davor ist, ihren Verstand zu verlieren.* Mir war klar, dass es auf jeden Fall eine wissenschaftliche Begründung dafür gibt und dass diese Sache mit der Göttin und allem einfach nur eine Erklärung für etwas ist, das bisher nicht verstanden wurde.

»Das ist also das, was die Frauen hier glauben?«, murmelte Auguste nach einer Weile.

»Ja«, erklärte Sophie. »Das ist die, sagen wir, religiöse und kulturelle Antwort auf die Frage, was mit dem Wald los ist.«

»Es gibt also noch mehr Antworten?«, fragte ich.

»Oh, ja. Natürlich«, bestätigte Sophie. »Gerade dir müsste das doch klar sein. Es gibt bestimmt auch eine naturwissenschaftliche Antwort, eine biologische, eine philosophische. Ich bin mir sicher, dass man das alles auch anders erklären könnte.

Dass es Antworten gibt, die deiner Tante vielleicht besser schmecken«, sagte sie mit einem Blick auf Auguste.

Meine Tante nickte.

»Und was glaubst du?« Ich wollte wissen, was Sophie darüber dachte.

»Ich? Hm.« Sie dachte kurz nach. »Ich glaube, dass dieser Wald *anders* ist. Dass die Berge, in denen ich war und die ihr auch besucht habt, *anders* sind. In den Bergen gibt es auch so eine Geschichte, über die Königin Tanna …«

»Die hat uns Emilia erzählt«, warf Hanna ein.

»Ach, hat sie das? Sehr gut. Es gibt noch mehr dieser Orte, auf der ganzen Welt verteilt. Und immer gibt es einen Mythos über eine Frau, mit dem diese … *Anomalien* … erklärt werden. Und ich wollte mit meiner Forschung herausfinden, was die Grundlage dafür ist. Was die Verbindung zwischen all dem ist. Ich muss gestehen, nicht erwartet zu haben, dass sich diese Geschichten in der Realität irgendwie … manifestieren. Dass Männer wirklich sterben. Dass wirklich so eine Art … Energie spürbar ist. Wie ein Kraftfeld, wie …«

»Ein Hologramm«, murmelte ich leise.

Sophie sah mich prüfend an. »Ja, vielleicht. Nun, wer weiß, was hinter der Sache steckt. Mythen sind Erklärungen für reale Phänomene. Wobei manchmal …« Sie schaute zu meiner Tante und grinste. »Also manchmal denke ich an die Geschichte mit Njörun und bin mir gar nicht mal so sicher, ob das nicht doch stimmt. Aber ich bin vielleicht auch ein bisschen *wunderlich,* wie meine Tochter es immer so schön sagt.«

Wir sprachen dann noch ein wenig über andere Dinge, unter anderem über die Nachtschwärmer. Sophie erzählte mir, dass hier in diesem Dorf wohl auch Frauen aufgenommen werden, die aus unterschiedlichen Gründen ihr Zuhause verlassen mussten. Frauen, die abgetrieben hatten und strafrechtlich dafür verfolgt wurden, die in einer gewaltsamen Beziehung steckten. Frauen »verschwanden« hier und konnten ein neues Leben anfangen, in Sicherheit, fernab vom frauenfeindlichen Klima in Deutschland und anderen Ländern. Es war ein *Refugium,* deshalb stieg die Population hier und in anderen dieser Siedlungen an. Einige der Bewohnerinnen scannten wohl auch jeden Tag die Foren ab und suchten nach Frauen, denen sie bei der Flucht helfen konnten.

Am Abend saßen Auguste, Hanna und ich mit einigen der Dorfbewohnerinnen auf dem kleinen gepflasterten Platz um ein Feuer herum. Helle fragte uns ein wenig über unsere Leben aus. Was macht ihr so, wo kommt ihr her, das Übliche eben.

»Sophie hat uns von diesem Wald erzählt«, sagte ich irgendwann. »Von Njörun.«

»Ach ja, hat sie das also. Nun, das wird komisch auf euch wirken, oder?«, erwiderte sie.

»Nun … ja. Also ich selbst bin beispielsweise gar nicht religiös, ich mag Fakten lieber«, gestand ich.

»Och, Fakten mögen wir hier auch. Wir sind keine religiösen Fanatikerinnen, wir sind einfach … *spirituell,* würde ich sagen.«

Die anderen Frauen nickten zustimmend.

»Die Njörun-Saga ist ein Erklärungsversuch für diese besonderen Phänomene, die es in diesem Wald gibt. Eine Geschichte, die von Generation zu Generation weitergegeben wird. Und wie das bei Religion so ist: Man darf nicht alles wörtlich nehmen.«

»Das heißt, ihr glaubt nicht daran, dass der Wald ein Lebewesen ist? Dass er Männer tötet?«, bohrte ich nach.

Helle schwieg und dachte kurz nach. »Männer sterben hier, das ist Fakt. Wieso das so ist, wissen wir nicht«, sagte sie dann. »Die einen sagen dies, die anderen das.«

Vager geht es wohl nicht?

»Wenn männliche Tiere sterben: Wie funktioniert das dann

mit der Fortpflanzung? Wir haben ein Bärenjunges mit seiner Mutter gesehen. Wie ist das möglich?«, fragte meine Tante.

»Die Weibchen treffen am Rand des Waldes die Männchen, das ist kein Problem«, mischte sich eine andere Frau ein. »Ach, sorry, ich hab mich gar nicht vorgestellt. Ich bin Tuva. Ich bin Biologin.« Sie lächelte uns an.

»Du bist … Du bist *Biologin*? Ich auch! Und meine Tante auch!« Ich war ganz aufgeregt. *Eine Kollegin! Die uns das alles vielleicht erklären kann!*

»Ja, ich bin auf Pflanzen spezialisiert. Vor allem auf Schachtelhalme und Bärlappgewächse, was euch sicherlich nicht verwundern wird. Es ist ein spannendes Biotop hier.«

»Oh Gott, ich habe so viele Fragen dazu«, gestand ich.

»Haha, *das* kann ich mir vorstellen!«

»Hast du schon etwas herausgefunden?«, fragte ich. Ich brannte darauf, mich mit Tuva auszutauschen. »Ich habe hier und in den Alpen Arten gesehen, die es schon lange nicht mehr gibt. Tiere und Pflanzen. Und auch welche, die vor Kurzem ausgestorben sind, zumindest in ihren normalen Lebensräumen.«

»Ja, nun. Ich habe leider noch nicht herausgefunden, wieso das so ist. Ich kenne nur die Geschichte, die meine Mutter mir erzählt hat. Deshalb bin ich Wissenschaftlerin geworden: Um mehr darüber herauszufinden.«

»Welche Geschichte?«, fragte Auguste.

»Meine Mutter hat mir viel über diesen Wald, über Njörun, erzählt. Dass er sehr, sehr alt ist. Älter als die Gletscher, die uns umgeben, älter als die ersten Menschen, die über die Erde gelaufen sind. Die Ränder des Waldes sind jung. Aber das Herz, in dem wir uns befinden … Meine Mutter hat mir gesagt, dass das hier die Wiege des Lebens ist, dass hier Njörun geboren wurde, die das Leben in den Händen hält. Es wird ja immer Freja zugesprochen, die Göttin des Lebens zu sein. Aber meine Mutter und ihre Mutter und all die Generationen vor ihr glauben, dass es Njörun war.« Helle warf noch ein Scheit ins Feuer, was die Flammen kurz auflodern ließ.

»Meine Mutter hat mir auch erzählt, dass Njörun sich verbreitet«, fuhr Tuva fort, »so wie sie es erzählt hat, stelle ich mir es ein bisschen wie einen Pilz vor, der Sporen über die Welt aussendet. An den Stellen, wo Njöruns ... *Sporen* ... landen, entsteht das Leben neu, und es gibt dort ähnliche Anomalien wie hier. Nach einer Weile, nach ein paar hundert Jahren, nutzt sich der Effekt allerdings ab. Irgendwann verschwinden die ... sagen wir: ungewöhnlichen Arten. Da sich das Klima dort langsam an das vorherrschende *moderne* Klima anpasst. Rieseninsekten können da dann nicht mehr leben, weil–«

»... weil der Sauerstoffgehalt zu niedrig ist«, vollendete meine Tante den Satz.

Man müsste hier und in den Bergen mal den Sauerstoffgehalt messen.

»Und das mit den Männern? Hast du eine Ahnung, was es damit auf sich hat?« Ich war ganz an die Stuhlkante gerutscht. Diese Frau wusste *Dinge.* Ich wollte alles wissen, musste alles erfahren. Was ist, wenn wir herausfinden würden, wieso sich an diesen Stellen Arten so schnell neu bildeten? Könnten wir damit das Artensterben aufhalten? Und ließe sich dieser Effekt auch auf andere Lebensräume übertragen? Wenn wir das mit dem negativen Effekt auf die Männer in den Griff kriegen würden, wenn wir herausfinden würden, welche Mechanismen ablaufen, könnten wir sie vielleicht stoppen, sodass Männchen auch in solchen Gebieten normal leben konnten. Und mir kam noch ein Gedanke: Wenn wir die Möglichkeit, diesen Effekt zu aktivieren und deaktivieren, als Frauen für uns behalten könnten, würden wir nie wieder Gefahr laufen, in einem frauenverachtenden Patriarchat zu landen. Ihr schränkt unsere Rechte ein? Na, passt mal auf, dass ihr nicht gleich wieder Blut spuckt. Gut, wir sollten sie dann nicht direkt zurückunterdrücken. Aber dennoch. Es würden sich dadurch ganz neue … Chancen ergeben.

»Ach, das mit den Männern. Nun, es könnte alles Mögliche sein. Bakterien, Viren, Pilze … Irgendwas, das an Hormonrezeptoren bindet oder etwas mit den Chromosomen macht«, erklärte Tuva. »Meine Mutter hat mir gesagt: Es ist Njöruns Fluch. Aber nur, weil wir es nicht wissen, weil wir es noch nicht erforscht haben, heißt es nicht, dass es gleich Zauberei sein muss.«

»Sehr richtig«, stimmte meine Tante zu und schaute zufrieden.

»Aber wieso ist es hier im Dorf anders als im restlichen Wald?«, fragte meine Schwester. »Ihr könnt Handys benutzen, Cem geht es wieder gut … Was ist der Unterschied?«

Helle und Tuva sahen sich an. Ein paar der Frauen rutschten unruhig auf ihrem Stuhl hin und her.

»Das ist unsere Sache«, sagte jemand mit hart klingender Stimme. Die Person saß etwas abseits im Halbdunkeln. Ich erkannte Ebba, die kleine Frau, die Hanna aus dem Schacht geholt hatte.

»Oh, okay«, sagte ich. *Hatte Hanna etwas Falsches gesagt?*

»Es ist … Es gibt Dinge, die teilen wir nicht mit Fremden«, erklärte Helle und lächelte freundlich. »Wir haben … Techniken, mit denen wir den Effekt des Waldes abschwächen können.«

Aha! Also haben sie zumindest so viel Ahnung davon, dass sie die unerwünschten Nebenwirkungen stoppen können.

»Ich weiß, was du denkst«, sagte Tuva und sah mich aufmerksam an. »Du denkst, dass wir Njörun auf der Welt ausbreiten und damit die Ökosysteme neu starten können, stimmt's?«

»Zumindest die Wälder, ja, genau«, antwortete ich hoffnungsvoll. »Wenn wir den Amazonas-Regenwald oder auch die großen Wälder in Kanada und in anderen Ländern wiederherstellen könnten … Wenn wir Njörun vielleicht, ich weiß nicht … woanders *anpflanzen* könnten … die, äh, *Sporen* also bewusst verteilen könnten …«

»So funktioniert das leider nicht«, erklärte mir Tuva. »Ich hatte die Idee auch, deshalb bin ich in die Forschung gegangen. Aber Njörun breitet sich nur von selbst aus. Die Pflanzen, die man aus dem Herzen entfernt, sterben. Keine Ahnung, wie oft ich versucht habe, Schachtelhalme und Bärlappe selbst zu kultivieren. Keine Chance. Dabei glaube ich, dass diese Pflanzen irgendwas mit der ganzen Sache zu tun haben.«

»Du forschst also weiter daran?«

»Natürlich will ich nicht aufgeben. Auch ich sehe das Potenzial, frage mich, ob ich einen Weg finde, zu verstehen, was hier so anders läuft. Will herausfinden, wie wir das für unsere Probleme weltweit nutzen können. Doch es gibt so viele Fragen. Das mit der Technik beispielsweise. Wieso funktioniert die hier nicht? Keinen Plan, nicht den blassesten Schimmer, wirklich.«

»Forschst du allein?«, fragte Auguste.

»Ja. Sie machen es mir hier nicht immer ganz leicht.« Sie lächelte in die Runde.

Einige der Frauen grinsten.

»Wir möchten keine Fremden, die herumschnüffeln«, erklärte Ebba. Dieses Mal sah sie aber freundlicher aus.

»Tuva darf hier forschen, sie ist eine von uns«, sagte Helle. »Wir helfen ihr, wo wir können.«

»Aber ihr sagt mir nicht alles«, warf Tuva ein.

»Das ist wohl wahr. Du weißt, was du wissen musst.«

»Seht ihr?«, fragte Tuva, hob die Arme ratlos in die Luft und lachte.

Ich fragte die Frauen weiter aus, ließ mir weitere ihrer Sagen und Geschichten erzählen. Bei diesem Reichtum an Folklore verstand ich, wieso Sophie so versessen darauf war, hier zu forschen. Nur war das anscheinend nicht nur ein Fall für eine Kulturanthropologin, sondern auch für Naturwissenschaftlerinnen.

Später im Bett wollten meine Gedanken, die nun wieder jede Menge neues Futter bekommen hatten, erneut nicht zur Ruhe kommen. *Was zur Hölle ist mit diesem Wald los?* Immer wieder die gleiche Frage, die sich durch meine Hirnwindungen bohrte. Die bisherigen Antworten waren nicht sehr ergiebig. *Gibt es hier irgendwelche Anomalien im Magnetfeld der Erde, das Technik verrücktspielen lässt? Gibt es eine Krankheit, einen Pilz, der Männer krank macht? Wieso halten sich so lange ausgestorbene Arten hier, und wenn sie hier neu entstehen: wie? Woraus gehen sie hervor? Wie können wir als Menschheit dieses Phänomen nutzen, um den Karren aus dem Dreck zu ziehen?*

»Weißt du, was krass wäre?«, flüsterte Hanna.

»Was denn?«

»Stell dir mal vor, wir kriegen die Regierung in diesen Wald gelockt. Den Kanzler, den Vize, die Minister. Die Landräte, alle tausenden Politiker, diese ganzen Wichser. Durch irgendeine Falle, die wir ihnen stellen. Durch irgendwas, das sie anlockt. Und dann kommen die alle in den Wald, und dann kratzen die alle ab. Finden nie wieder raus. Stell dir das einfach nur mal vor.«

Ich setzte mich auf. »Wie soll das denn gehen?«

»Keine Ahnung«, gestand Hanna. »Wir fingieren … irgendwas. Etwas, das die total anmacht. *Oooooh, wir haben hier Ausgrabungen entdeckt, die beweisen, dass Frauen verkümmerte Männer und dumm sind.* Keine Ahnung, irgendwie so was. Dass man ihnen ein Angebot macht, das *so gut* ist, dass sie es nicht ablehnen können. Die fahren doch die ganze Zeit für so PR-Scheiß durch die Gegend. Wir faken eine Grabungsstätte, Wikinger oder Germanen oder so, irgendwas, auf das die komplett abgehen. Und ein paar Wochen später sind diese ganzen Funktionäre einfach weg. Im Wald verschwunden, auf Nimmerwiedersehen. Njörun regelt. Und das Land ist frei.«

»Das Land wäre dann auch nicht einfach frei.«

»Aber die Bevölkerung hat doch keinen Bock mehr! Es müsste nur einmal wieder richtige Wahlen geben«, sagte Hanna. Sie hatte sich auch aufgesetzt.

Die letzten Wahlen waren acht Jahre her. *Notstandsgesetzgebung* nannten sie das.

»Schau, wie viele Frauen sich bei den Nachtschwärmern engagieren!«, fuhr sie fort. »Wie viele Ärzte und Apotheker … und ja, die männliche Form ist extra … weiterhin Abtreibungen vornehmen. Nicht nur die Frauen haben keinen Bock mehr, die meisten der Männer wollen das alles doch auch nicht. Denk doch mal nach, Zoe. Das wäre der perfekte Anschlag. Es wäre nicht einmal ein Anschlag. Es ist einfach nur eine Einladung. Wenn diese ganzen Arschlöcher weg wären … Ich glaube nicht, dass bei einer richtigen Wahl noch einmal so ein Ergebnis rauskäme.«

Langsam sickerte die Erkenntnis bei mir ein. Wenn wir alle Kräfte bündeln würden … Es klang erst einmal abstrakt und auch ein bisschen absurd. Aber … Unsere Regierung hatte wirklich ziemlich viele Auftritte an allen möglichen Orten. Alles, was die Regierungslinie stützt, wurde in Grund und Boden besucht. So, wie Hanna es beschrieb, war es noch kein richtiger Plan. Aber vielleicht …

»Weißt du, wer die Leiche ist?«, fragte Hanna.

»Moment, welche Leiche?«

»Na, im Wald die.«

»Woher weißt du davon?«

»Julia hat mir das erzählt.«

»Wer ist Julia?«

»Eine Deutsche, die hier seit ein paar Jahren mit ihrer Tochter lebt. Sie meinte: *Ihr seid vielleicht an meinem Mann vorbeigekommen.*«

»Das war ihr *Mann*? Oh Gott, die Arme …«

»Nein, nichts da. Die *Glückliche!* Ihr Mann Robin war ein Frauenschläger. Der Wald hat sie von ihm befreit.«

Ich starrte meine Schwester im Halbdunkeln an.

»Zoe, lass es uns versuchen. Mit den Nachtschwärmern. Die haben das Innenministerium gehackt, die kriegen sicher irgendwas hin. Wir müssen es ja nicht selbst machen. Wir müssen nur jemanden dafür begeistern. Darauf ansetzen!«

»Eine Art Honeypot für machtbesessene rechtsradikale Männer?«, fragte ich.

»Ja. In der Organisation sind so viele schlaue Frauen, denen fällt was ein. Eine Einladung der schwedischen Regierung zum Staatsbesuch faken, die können doch hacken. Irgendwie so was!«

»Wir können Laura fragen. Also wenn wir wieder zu Hause sind.«

»Das machen wir! Und wenn das alles ausgestanden ist, schreibe ich ein Buch darüber, einen Roman. Also über die Nachtschwärmerinnen und die Frauen hier und so. Ich hab so viele Notizen, das wird krass.«

Ich lächelte.

»Meinst du, Mama wird wütend?«, fragte meine Schwester nach einer Weile.

»Wieso?«

»Wegen Toni. Und wegen all dem, was wirklich passiert ist. Bestimmt wird sie komplett ausrasten.«

»Wenn wir nach Hause kommen, muss vieles anders werden. Wir müssen diese Familientherapie machen, und dieses Mal richtig.«

»Boah neeeee, aber …«

»Und ich such mir eine Stelle in Frankfurt.«

»… das würdest du tun?«

»Ja, wie soll ich sonst bei der Therapie mitmachen? Außerdem will ich mehr Tage mit dir. Hab ich doch gesagt.«

Das Rascheln von Bettzeug. *Tapps, tapps, tapps.*

»Rutsch mal«, sagte meine Schwester. Sie stand neben mir.

Ich rückte bis zur Bettkante, dann schlüpfte Hanna mit unter meine Decke.

»Erzähl mir eine Geschichte«, flüsterte sie.

Cepaea nemoralis
Hain-Bänderschnecke

»Ich bleibe hier.« Meine Tante hatte die Arme vor der Brust verschränkt und sah uns erwartungsvoll an.

»Du … *was?*«, fragte ich.

Hanna und ich hatten unsere Rucksäcke gepackt und warteten auf dem gepflasterten Platz in der Dorfmitte auf die anderen. Gleich sollten wir alle mit einem Auto aus dem Wald zu unserem Van gebracht werden. Hanna, Sophie, Cem, Toni und ich. Und Auguste. Eigentlich.

»Ich bleibe hier, zusammen mit Sophie. Ich will herausfinden, was es mit diesem Wald auf sich hat. Sophie will tiefer in diesen Mythologiekram einsteigen. Für meine Forschung könnte das der Durchbruch werden! Tuva braucht Verstärkung, das ist offensichtlich. Dafür muss ich aber hier leben, damit ich keine Außenstehende mehr bin. Ihr habt Helle und Ebba ja gestern gehört …«

»Moment, du willst hier *leben*?« Ich war fassungslos.

»Tante Auguste, du hast doch deinen Job! Die Uni! Das Haus! Was … Du kannst hier nicht bleiben!« Die Stimme meiner Schwester klang ungläubig.

»Hanna, vielleicht erinnerst du dich grob: Mein Leben in Frankfurt war nicht so toll.«

»Aber …«

»Hier bin ich *frei*. Und nützlich. Ich werde gebraucht. Und ist es nicht genau das, woran ich schon die ganze Zeit arbeite?«

»Aber was ist *mit uns*?« Meine Schwester verschränkte jetzt ebenfalls die Arme. Sie sah verletzt aus. »Wir brauchen dich auch! Wir mussten jetzt so lange ohne dich auskommen und verlieren dich gleich ein zweites Mal. Wirst du uns denn gar nicht vermissen?«

Auguste ging zu Hanna und legte ihr die Arme an die Schultern. »Natürlich werde ich euch vermissen«, sagte unsere Tante. Ihre Stimme klang weicher. »Aber ihr könnt mich besuchen. Und ich euch.«

»Dich *besuchen*? Und noch mal in diesem Wald fast verrecken?« Hanna schob Augustes Hände von sich. »Du spinnst ja.«

»Es gibt anscheinend sichere Wege hinein ins und hinaus aus dem Dorf.«

»Aber Tante Auguste, was ist mit deiner Stelle an der Uni? Kannst du denn von hier aus forschen?«, fragte ich. »Lassen die das zu?«

»Ja, nun, diese Sache, ja, da müssen wir uns was einfallen lassen, und ich weiß auch schon, was … Ihr müsst mich als verschollen melden.«

»Wir … Moment, was?«

»Ihr wisst doch: keine Außenstehenden. Die Uni darf nicht erfahren, dass ich hier bin. Und was ich mache.«

»Mein Gott, *kündige* doch einfach!« Mir kam ihre »Lösung« etwas sehr dramatisch vor.

»Ich denke nicht, dass das so einfach geht. Man wird Fragen haben, euch nicht in Ruhe lassen. Mich suchen … Nein, das geht nicht. Ihr müsst sagen, dass ich in einen Abgrund oder so gestürzt bin, dass nichts mehr zu machen war. Nach drei Jahren oder so könnt ihr mich dann *offiziell für tot erklären.* Die haben die Grenze doch mittlerweile runtergesetzt, weil in letzter Zeit so viele Frauen … *verschwinden.*«

Ich betrachtete Auguste. Sie war fest entschlossen, das sah

man ihr an. Und ich konnte sie verstehen. Ihr Leben in Frankfurt war der Horror gewesen. Sie lebte für ihre Arbeit, jeder andere Lebensbereich war verkümmert. Jahrelang hatte sie nicht einmal mehr das Haus verlassen. Und jetzt? *Sie ist wie ausgewechselt.* Sie hatte ihren Biss wiedergefunden, ihr altes Ich, das irgendwo unter all den Büchern und Globen und Terrarien in Frankfurt verschüttet gewesen war. Unter all der Trauer und Angst. Der Wald hatte sie befreit, das musste man so sagen. Und dass sie jetzt nicht zurück in dieses Leben wollte, war nachvollziehbar. Und wer weiß? Vielleicht würde sie zu Hause sowieso wieder ihre alten Verhaltensweisen, ihre alten Ängste annehmen. Dann wäre alles umsonst gewesen.

»Was sagen wir Mama?«, fragte ich.

»Na, ihr sagt ihr natürlich, dass es mir gut geht. Die ganze Geschichte wird sie sowieso erst mal umhauen, sie ist ja eh so schnell so dramatisch. Aber sie kriegt das hin, genau wie ihr.«

»Okay …«

»Hey!«

Ich drehte mich um. Cem kam gerade um die Ecke gelaufen und winkte uns.

»Na, seid ihr bereit?«, fragte er gut gelaunt.

»Ja … äh, und du? Geht es dir gut?«

»Ja. Ylvie hat mir erklärt, dass es ein paar Stunden dauert, bis dieser negative Effekt einsetzt. Bis dahin sind wir schon zurück am Van und aus der Gefahrenzone raus.«

Ich fragte mich, wie viel die Frauen ihm erzählt hatten. Vermutlich mussten wir einiges an Erklärungen bei ihm nachholen.

»Na dann«, sagte Hanna. »Unsere Tante will hierbleiben, Sophie auch. Es wären dann nur wir drei.« Sie sah immer noch ein wenig verletzt aus.

»Oh, okay … Wie lange bleibt sie denn?«

»Dauerhaft.«

»*Dauerhaft?*« Cem riss die Augen auf.

»Ja, sie will hier ein paar Sachen forschen. Was für dich wichtig ist, zu wissen: Sie ist offiziell tot.«

»*What*, sie …«

»Seid ihr bereit?« Ebba kam auf uns zu, einen Autoschlüssel in der Hand. »Die Autos stehen hinter dem Dorf, da gibt es auch eine befestigte Straße«, erklärte sie auf Englisch.

»Warte, das mit dem Tod …«, begann Cem.

»Erkläre ich dir später ausführlich«, flüsterte ich.

Auguste breitete die Arme aus. »Kommt her, ihr kleinen Herkuleskäfer.« Hanna und ich liefen zu ihr, und wir drei umarmten uns sehr lange. Ein zarter Duft von Desinfektionsspray umhüllte mich dabei, und ich musste lächeln. *Ein bisschen ist sie doch noch die Alte.* Toni stand neben uns und wedelte ein wenig ratlos mit dem Schwanz.

»Schaut mal, was ich hier gefunden habe.« Unsere Tante ging zu einem der Häuser und kniete sich hin, machte irgendetwas am Zaun und kam zu uns zurück. Sie öffnete ihre Hand.

»Oh … oh wow«, sagte ich. In der offenen Hand lagen zwei Schnecken: eine Hain-Bänderschnecke und eine Weinbergschnecke.

»Ja, die gibt es hier im Dorf. Außerhalb natürlich nicht, die sind ja Zwitter, und wir haben ja gesehen, was mit HP14 passiert ist. Aber hier gibt es die haufenweise.«

Ich beobachtete, wie die Schnecken langsam ihre Fühler aus den Häuschen schoben. Sofort ging mir das Herz auf. Nichts rührte mich mehr als eine Schnecke, die irgendwo anstößt, sich versteckt und dann schüchtern ein Auge aus dem Häuschen steckt, um erst einmal zu schauen.

»Los kommt, wir müssen los. Die Uhr tickt für euren Freund«, rief Ebba auf Englisch zu uns rüber. Sie hatte sich taktvoll ein wenig abseits von uns gestellt, um uns etwas Privatsphäre bei der Verabschiedung zu geben.

»Wir kommen«, antwortete ich ihr. »Du bist dir sicher?«, fragte ich an meine Tante gewandt.

»Absolut sicher. Und ihr wisst doch: *It's always sunny in California.*«

Wir folgten Ebba. Als ich mich noch einmal umdrehte, sah ich, wie meine Tante die Hand vor ihr Gesicht gehoben hatte, die Schnecken von Auge zu Fühler inspizierte und lächelte.

Danksagung

Ich danke Lorenz, der mir während der gesundheitlichen Probleme dieses Jahr immer zur Seite stand und steht. In guten wie in schlechten Zeiten eben.

Ich danke meinem Verlag, der verständnisvoll und ohne Druck versucht hat, mich sicher und behutsam durch diese umständehalber äußerst herausfordernde Buchabgabe zu manövrieren.

Ich danke Dominique und Doreen, die dieses unorthodoxe Lektorat wieder einmal tapfer durchgestanden haben. Ich würde gerne sagen: Nächstes Mal läuft das alles geordneter, aber wieso lügen.

Ich danke Agnes Obel für ihre Musik, ohne die ich nicht schreiben könnte. Sie kennt mich nicht, ich kenne sie ja auch nicht, aber ich dachte, ich erwähne es mal.

Ich danke meiner Arbeitsgruppenleiterin Dagmara, die immer sagt: »One day you will recognise *Aleocharinae* at first sight.« Ich hoffe, dieser Tag kommt noch in diesem Leben.

Ich danke all den Käfern, Schnecken, Asseln, Moosen, Pilzen, Flechten und anderen Kleinstlebewesen, die mir zeigen, dass die Welt nicht nur düster ist, wenn die Depression mal wieder zu stark kickt.

Und ich danke allen Mit-Depris, dass ihr mit mir durchhaltet. We're in this together.